MEMORY HOUSE

记忆坊文化

拂衣 著

暗恋自救

指南

SOS

MELODY
OF
SECRET
LOVE

（全二册） 上

江苏凤凰文艺出版社
JIANGSU PHOENIX LITERATURE AND
ART PUBLISHING, LTD

目录
CONTENES

/ Chapter 01 /

印第安老斑鸠

在终于意识到耳边那叮叮当当、骚扰得人不得安睡的声音是手机来电提示之前，倪悦还深扎在梦里，为如何修改出一份华丽光鲜，却又不过分浮夸的简历而抓耳挠腮，拼命做着功课。

因此，当她迷迷糊糊地抓起手机摁下接听键后，一时间没能判断出耳边响起的问话声，究竟是来自现实世界，还是梦中。

"喂，您好。请问是倪悦小姐吗？"

听筒那边的询问声充满了职业性的礼貌，语调平稳且套路十足。

"啊……是我。请问您是？"

"这里是Resonance人力资源部，我们收到了您的一份简历，基本符合我们品牌专员的招聘需求，所以想邀请您明天早上十点来公司面试。"

"Re……Resonance？"

倪悦结结巴巴地重复了一遍。一时间没反应过来，这个听起来蛮洋气的公司名究竟是由哪几个字母组成。

电话那头沉默了一下，像是对自己报出了公司大名，却没换来应聘者受宠若惊的积极反应而微微有些不满。

几秒钟后，对方抬高声音，再次强调了一遍："对，Resonance！"

啊？

听对方这口气，这个时候去问公司名字究竟如何拼写，以及具体是做哪方面业务的，大概只会自取其辱。

倪悦只能暗中记下发音，正准备着挂了电话在网上以排列组合的方式，试着百度一下，对方已经自顾自地介绍起了接下来的流程。

"一会儿我会把面试邀请发到您留下的邮箱里，如果确认参加，请在下午三点前回复。明天到了公司您可以直接联系我，我是人力资源部的Tina，具体的联系方式也会在邮件里注明，您看您那边还有什么问题吗？"

"没有了没有了……多谢你啊！"

"好的，再见。"

随着一句颇为冷淡的告别声，电话被干净利落地挂断了。

倪悦坐在被子里抓了抓头。

回忆起梦境里拼命查面经、改简历的痛苦，对刚刚发生的一切，她还是觉得有几分不真实。

也难怪她脑子如此不清醒——自从她义无反顾地从上一家公司辞职以后，这种为了工作而忧心忡忡、连觉都睡不安稳的日子，已经持续快一个月了。

其实按道理说，她原本应该是同届校友中最不该为工作和生计操心的那一个。

身为Z大市场营销专业的高才生，又一直保持着年级排名前十的傲人成绩，要不是大四那年，遇见了几个不太靠谱的师兄师姐返校做演讲，听信了他们口口声声宣扬"干市场这一行实践经验比理论知识更重要"的言论，她本不会这么早踏入社会，而是会继续待在校园里深造，轻轻松松地再念个研究生。

不过即使只手握一张本科毕业证，凭着Z大在全国的知名度，外加过硬的专业成绩，她工作找得也还算顺利。没正式毕业，就已经在各大企业的校招宣讲会上，拿了好几个让人羡慕的offer。

在综合考虑了各方因素之后，倪悦最终以兴趣为导向，选择进入了一家名为Blue Rays的知名公关公司。

Blue Rays虽说是本土企业，在普通人眼里似乎没有Ogilvy（奥美）、Burson-Marsteller（博雅）这类国际大牌那么光芒显赫，但在中国这片土地上做品牌公关，适应水土和掌控资源往往比所谓的专业性更重要。

Blue Rays的大老板Chris创业前，原本是在国内某大型IT企业负责品牌公关工作的高管，在IT行业发展得如火如荼的那些年，对国家趋势、政策风向、行业资源和媒体喜好，都有了非常独到而深刻的见解。从老东家离开之后，更是利用之前经营下来的关系，将其相关业务一一收入囊中。

在他的掌舵领航之下，Blue Rays从成立以来一路飞速发展，短短几年时间，就被经营得有声有色。至倪悦加入时，Blue Rays无论是人员规模还是业务营收，都已经成了中国公关圈当之无愧的领头羊，扩张之迅猛，在整个亚洲范围内也不遑多让。

在公司总部工作的一年多时间里，倪悦把从课本中学习到的理论知识充分运用于实践，干劲十足地和团队的小伙伴们，一起做了好几桩漂亮的案子。至年终总结会议时，面对领导的嘉奖和甲方的赞誉，她雀跃之余也十分庆幸，自己在职业道路上做了一个明智的选择。

然而随着二十四岁生日的到来，倪悦还算一帆风顺的职场之路，终于陷入了"本命年诸事不顺"的诅咒怪圈。

因为Blue Rays在华南区域的业务比重一再加强，总部决定将一部分员工分派至S城的分部做增援。考虑到倪悦的老家就在S城，她自然就被人力资源部划进了调派人员的大名单中。

对公司的这个决定，倪悦倒是没什么异议。毕竟北京虽然是首都，文化气息浓郁，但无论是空气质量还是环境交通都十分堪忧。而回到S城，不仅意味着可以和父母亲人相聚、享受到干净舒适的城市环境，也意味着可以争取到更好的晋升机会和发展空间。

然而就在倪悦回到S城，准备卷起袖子大干一场时，传闻中的职场性骚扰降临到了她的头上。

那个让她至今想起来都翻白眼的下流骚扰者，正是Blue Rays在S城分部的副总陈嘉杰。此人三十出头，是土生土长的S城本地人，据说因为有一个人脉颇广的老爹，从而给公司带来了不少业务资源，因此虽说个性张狂、口碑恶劣，但对有客户就是大爷的乙方公司来说，也算是得罪不起的一号人物。

倪悦第一天报道时，在HR的带领下去副总办公室和他简单打了个照面。

当时的陈嘉杰一脸人模狗样，除了例行公事般说了几句欢迎之类的话以外，也没表现出什么异常。

然而就在当天晚上，倪悦的微信里忽然多出了他的好友申请，通过之后没聊几句，紧接着就是一系列诸如"悦悦你有没有男朋友""我看到你第一眼，就想起了大学时候特别喜欢的一个小学妹""晚上要不要出来喝一杯"这样的骚扰信息。

倪悦论长相，算不上妖媚惊艳，但也是五官清秀，容易让人心生好感的小美女一枚。外加皮肤白皙，眉眼弯弯，看上去甜美又纯情的模样，十分符合男人心目中的初恋标准，因此从小到大也算追求者甚众。

对方这种刚认识没多久，就急于出手撩妹的轻浮做派，让倪悦十分嫌恶。但考虑到对方是公司的大领导得罪不起，只能谨慎地画下红线，将他的轻浮行径冷处理，除了业务相关的信息之外，其他尬聊一概无视屏蔽。

没想到的是，这位陈总眼见微信上的语言挑逗始终无甚回应，很快就手脚积极地把骚扰升级到了实际工作中。

在经历了好几次对方借着面见客户、讨论方案的机会对她动手动脚的行径后，倪悦就算脾气再好，也已然忍无可忍了。

然而屡次严正警告，对方依旧嬉皮笑脸，只当调情。

最终在一个客情维护的夜晚，陈嘉杰借酒装疯，试图在KTV包房里对她"壁咚"强吻之后，倪悦以一记重重的耳光外加一纸辞职报告，干净利落地结束了自己在Blue Rays的职业旅程。

令人恶心的职场性骚扰就此画上了句点。

但接下来找工作这件事，让倪悦再次陷入了水深火热之中。

S城的公关圈原本就这么点大，像Blue Rays这种规模水准的公司更是凤毛麟角。

倪悦原本以为，凭着老东家的招牌和自己做过的案例，在行业内找个下家并不难，然而几轮简历投下来，好几家原本对她颇有兴趣的公司在进入背景调查的环节后，都莫名其妙地没了声息。

倪悦疑惑之下略加打探，才知道陈嘉杰对她离开前的那一巴掌一直耿耿于怀，继而放狠话，要让她在S城的公关广告圈里混不下去。

以对方如今的人脉和地位，要在同行面前对她的人品和业务能力给予几句不切实际的差评，自然相当容易。

更何况，就算企业同行心知肚明陈嘉杰是个什么货色，也犯不上为了她这么一个小菜鸟，得罪业界红人。

在经历了好几轮的挫败之后，倪悦决定调整方向，把求职目标从自己熟悉的乙方公司，转向甲方们的市场品牌部，避开陈嘉杰能够伸手干涉的范围。

然而从乙方向甲方的过渡，并不像她想象中那么容易。甲方们似乎更热衷于寻求同样出自企业、想法更为全面，且在行业内有所深耕的应聘者。

倪悦屡遭冷遇，近一个月的时间里，简历发了一箩筐，却连面试的机会都没捞上几回。面对日渐稀薄的存款和父母频频询问的电话，她很快连觉也睡不安稳，无时无刻不在琢磨着怎么利用有限的工作经验，把简历捯饬得更符合甲方们的审美一些。

只是在她的印象里，自己虽然漫天撒了一堆网，却并没有给这家叫作Resonance的公司投过简历，也不知道对方是怎么联系上自己的。

经过了几分钟的呆坐冥想，倪悦终于彻底清醒了过来，赶紧爬起床洗了一把脸，然后打开电脑，准备好好查一查Resonance的资料。

随着系统的启动，好几个社交软件开始自动登录。

紧接着，QQ列表里一个顶着"印第安老斑鸠"ID的头像，很快"滴滴"作响地左右晃动了起来。

"例行打卡。话说今天你有没有被人给捡走啊？"

"你猜？"

看着那熟悉的秃尾斑鸠头像，倪悦的心情瞬间愉悦了起来。

"啧啧，看你这嘚瑟劲儿。有心情在这儿卖萌而不是大吐苦水，看来是有戏。"老斑鸠像是蹲守在电脑前就等她上线，看到信息后几乎是秒回，"来来来，说说看，是哪家企业这么不长眼，居然把你给捡了？"

"能客观公正地面对你眼前的小仙女吗？什么叫不长眼？怎么说我之前也是Blue Rays的优秀员工好不好？一个公司上上下下几百号人，全国限量才五个名额的那种！"

"哦……"老斑鸠气场森森，"然而因为你们垃圾陈总的一句差评，全国限量版的优秀员工，依旧被各大公关公司退货了一个月之久，至今不得不蹲在家里改简历……真是闻者心酸，听者流泪。"

"你够了啊！"

倪悦恨恨地翻了个白眼。

在意识到只有文字交流对方无缘得见的情况下，她很快补了个同款表情包，这才一边打开邮箱，一边继续敲字："对了，你知道Resonance吗？"

"知道啊！"对方像是终于迎来了展现知识量的机会，成段成段地回复犹如在刷屏，"现在国内优秀的智能语音科技公司之一嘛。之前最大的竞争对手就是长青科技，不过后来长青去了美国发展，眼下他们也就一骑绝尘了。而且现在S城市政府提倡科技创新，正在大力扶植这一类型的企业，给了他们很多政策上的支持，未来几年的发展应该还会更好……怎么，是他们和你联系了啊？"

"是啊！"

随着老斑鸠的介绍，倪悦已经从Tina发来的邮件里，打开了Resonance的官网链接，一边快速浏览，一边不禁感叹："斑鸠兄，我怎么越来越觉得，你是八卦百事通了？和你认识到现在，感觉你好像没有什么不知道的。有时候我都怀疑，在网络对面和我说话的到底是个人呢，还是个QQ自带的机器人客服。"

"哪个机器人客服会有我这么英俊潇洒又知情知趣啊？"老斑鸠自我表扬之际不忘继续羞辱她，"而且Resonance现在本来就是明星企业，这些信息连小道消息都算不上，稍微关注一下科技圈就能知道的事，也就你整天沉迷各种小青年，才会一脸无知。"

"呸！你才沉迷小青年！"倪悦被他戳中痛点，愤然回复，"而且无图无真相的事情，你就不要瞎吹嘘了。每天自吹自擂一千次，有本事说自己帅，怎么没本事上照片啊？"

"看破不说破，这是美德啊，小仙女！"一说到颜值，老斑鸠敲出来的每个字都带着沉痛，"既然知道我这种人，在现实世界一曝光就得见光死，你又何必逼着我自爆其短呢？让我隔着网络，沉浸在高帅富的世界里不好吗？"

"少来！"倪悦见他开始装可怜，轻声笑了起来，打字的力道却带上了几分温柔，"我知道你不愿意暴露现实生活，开个玩笑啦。不过嘛……"她顿了顿，脸上带上了几分郑重，"我能感受到，你一定是个特别出色的人！"

"谢谢你的夸奖。"

几秒钟后，老斑鸠毫不客气地回复过来一个十分欠揍的笑脸："其实我也一直这么觉得！"

倪悦花了一个上午的时间，把Resonance的背景资料和招聘需求仔仔细细地研究了一遍。

随着了解的深入，对自己会收到对方面试邀请这件事，她越发疑惑起来。

正如老斑鸠介绍的那样，Resonance眼下是科技圈内炙手可热的明星企业，网上随手一搜，铺天盖地都是关于它接受政府嘉奖，以及在各种峰会上斩获殊荣的新闻。

这家高科技公司隶属全国闻名的广恩集团，最初是做翻译软件相关的业务起家，此后随着语音技术的不断发展而切入了智能语音行业，并且成长迅速。

目前Resonance由广恩集团董事长吴继恩的亲生儿子——吴寅峰任CEO亲自带队管理，可见它在整个集团业务发展中，占据着十分重要的战略地位。

如此一家背景深厚又正处风口的科技公司，自然不缺吸引各路精英加入的资本，尤其是在S城，青年求职者如果能够拿到一份来自Resonance的offer letter，立马就能变成相亲市场上的抢手货。

大概只有倪悦这种刚回家乡没多久，又对科技圈鲜少关注的门外汉，才会在对方的HR报出"Resonance"的大名时，一脸状况外的样子。

也难怪Tina会对她的茫然反应，表现得那么无语凝噎。

"斑鸠兄，我刚把Resonance的资料看完了，可是怎么看怎么觉得不对劲。你说Resonance这种大牛公司，薪水福利那么好，平时招人至少是985的研究生起跳，学校差一点的连简历都递不进去，怎么会偏偏找到我？"

关于找工作这件事，一心只盼着她做公务员，或者老老实实进国企捧铁饭碗的父母，铁定是给不了什么意见的。而身边的亲友，要么厮混在公关广告圈，要么在世界500强的快消企业里搏前程，熟悉科技行业的少之又少。

思来想去，倪悦最终还是只能把老斑鸠这个贴心的八卦百事通，从QQ列表中召唤了出来。

"这有啥不对劲的？每个企业多少也得弄两个漂亮点的花瓶撑场面不是？尤其是这种科技企业，男性码农居多，年轻漂亮的妹子属于稀缺资源。所以说，当初我让你在简历上贴照片之前，先用美图秀秀修一下，是多么有先见之明！还不赶紧发个红包对我表示感谢？"

"花瓶你个头啊！"这么多年相处下来，倪悦已经习惯了对方说正事之前，先得不着调地跑两圈火车的风格，虽然回击的句子气势汹汹，但依旧还是期待着对方的意见，"我刚才逛了一下求职者论坛，发现Resonance的品牌部好像也是刚成立不久，你说这个时候把我呼唤过去，到底靠不靠谱？"

"去看看不就知道了吗？现在在这儿猜来猜去有什么用？"老斑鸠调侃完毕，终于拿出了一点友人精神，正经分析道，"Resonance之前一直在做技术研发，所以品牌建设方面的事没怎么理。现在业务有了新的发展，才开始重视品牌和公关的作用。智能语音行业相对是个新兴产业，能够找到经验丰富的对口人才不多，Blue Rays怎么说也是声名在外的公关公司，拉你去面个试很正常，你别想太多了。"

倪悦还是忧心忡忡："可是我之前服务的企业基本都是快消品和电子类，目标客户以C端（Consumer，终端消费者）为主。Resonance这种科技企业，想来大部分应该是B端（Business，商家客户）业务，品牌方面的工作该怎么操盘我不是太熟，也不知道面试能不能应付。"

"看看这心操得……你以为你过去是应聘CMO（首席市场官）吗？"老斑鸠终于逮到了吐槽的契机，敲出来的每一个字都带着嘲讽的味道，"你就是去应聘一个最基本的品牌专员岗，做的都是最基础的执行类工作。上面的头儿让你做什么你就做什么，哪轮得到你去做企业的品牌操盘手？小仙女，你拿着卖白菜的钱，操着卖白粉的心，这未雨绸缪的劲儿是不是太过分了点？"

"哦……那倒也是。"

倪悦被他这么一嘲笑，也觉得自己有点想得太多了。

心里的纠结一平复，倪悦不由得把关注点放在了这位一直侃侃而谈的对象身上。

"斑鸠兄，虽然咱们说好了不八卦你的真实身份，但你能不能看在咱们相处这么多年的情分上，稍微透露一下，你究竟是干哪行的？之前你和我聊天文地理娱乐八卦，我可以当你是书看得多，八卦论坛逛得勤。可是这种深入企业内部的信息你也这么如数家珍，让我不得不怀疑……"

"怀疑什么？"老斑鸠迅速反问。

"怀疑你是不是搞商业间谍工作的！"

"呵！幼稚！"对方貌似一派不屑，"我这种高帅富用得着干这个吗？不怕告诉你，中情局和FBI都是我家承包的，要什么消息就是勾勾手指头的事。"

"咦？之前说好的见光死呢？这身份切换得够快的啊！"

"这你就不懂了，这是作为一个演员的自我修养。"

老斑鸠扯到最后，朝她发了一个挥手的表情："不说了，导演叫我开工，我得去化妆了。小仙女明天面试加油，我等你的好消息哟。"

怀揣着老斑鸠的安慰和鼓励，当天夜里，倪悦终于安安稳稳地睡了个好觉。

第二天清晨，她提前两个小时起床，把自己收拾得一派精神后，按照邮件里提供的地址，搭乘地铁赶往了位于S城CBD的某栋高级写字楼。

虽然事先已经做过一定的心理准备，但是真正踏进了Resonance的办公区后，倪悦还是忍不住有些咂舌。

在她看来，Blue Rays就办公环境而言，已经是业内数一数二的优越了，可和眼前这家公司比起来，完全就是不入流的小儿科。

"倪小姐，请您先在这儿稍等一下，品牌部的楚经理一会儿就到。"

"好的，谢谢。"

目送Tina离开后，倪悦开始专心致志地打量起了周边的一切。

这是一间专门用于面试的小会议室，除了舒适的桌椅之外，还十分周到地配置了简易的酒水吧。

正对着的墙壁上是一面硕大的液晶显示屏，配合桌上的语音和投影设备，想来是用于跨区域的远程面试。

回想起不久之前，一身名牌的Tina带领她前往小会议室时，沿路打着电话，似乎正在安排某个通过了复试的候选人，飞往S城进行终面的住宿和机票，倪悦不禁再次感叹，Resonance在人才招揽上的不留余力和财大气粗。

这样一家企业，不知道自己能够留下来的概率能有多少……

正在满脑子患得患失之际，几声轻微的敲门声响起，一个三十岁左右的职业女性已经推门走了进来。

"倪悦是吧，我是Resonance品牌部的经理楚纤，你可以叫我Jessica。HR部门前几天向我们推荐了你的简历，所以特地约你过来聊一聊。"

对方的打扮简约却不失时尚，进门之后先主动做了一番自我介绍，态度看上去十分务实。

倪悦赶紧站起身来，十分礼貌地和她打了个招呼，才在对方的示意下重新落座。

楚纤像是对她的情况已经十分熟悉，并没有像大多数面试官一样，先让她做一番冗长无聊的自我介绍，而是有的放矢地针对她之前做过的案例，问了几个问题，继而开始对公司情况进行讲解。

"我们是一家做智能语音技术的公司，之前一直以技术研发为主，服务的对象也都是政府部门，所以品牌和公关板块的工作相对比较简单，基本是由行政或者运营部门兼顾完成。如今公司有了一些新的商业战略，会和更多的企业进行项目合作，对品牌的要求也高了起来，所以我们希望引入一些专业性的人才。"

她说到这里，在倪悦一脸专注的表情里微微笑了笑："我自己本身是运营出身，后期因为发展需要转岗到了品牌部，虽说对公司的情况比较了解，但品牌方面的工作，还是需要更专业的同事来一起协作。我这边对倪小姐没什么问题要问了，就是最后还需要你再见见我们副总，不知道是否方便再耽误你一点时间？"

"副总？"

倪悦闻言吃了一惊。

在她的经验里，像她这样的基层员工，一般面到经理差不多就能定生死。遇到严格一点的公司，最多是到总监那边再过一眼，走个流程。

至于副总，一般是入职以后才有机会得以面见，怎么会在这个时候，专门来考察她这样一个小人物？

像是觉察到了她的心思，楚纤悉心解释着："Resonance的品牌部暂时没有招到合适的总监人选，上层也没有设CMO的岗，所以我们都是直接向负责运营和产品的言总那边汇报工作。而且公司未来的几个重要项目都是他在主导推进，所以拿到你的简历后，言总特别交代了，如果我们感觉合适，他需要和你见个面聊一聊。"

"这样啊……"

倪悦勉强压下内心的忐忑，在楚纤出门之前，忍不住还是问出了一直藏在心中的疑惑："对了Jessica，我想问问，我之前其实并没有主动投递简历到Resonance，不知道你们是怎么拿到我的资料的？"

对这个情况，楚纤像是也有些意外："这个我倒是不清楚，不过听HR说你的简历似乎是熟人直接递到他们手里的，还特别做了推荐。我想是不是你有认识的人之前和Resonance合作过，所以才会把你介绍过来。"

这个回答让倪悦很是意外。

毕竟以她当下的人际关系网，她实在想不出会有什么"熟人"这么有能量，能把她的简历越过层层筛选，直接递到Resonance的HR手中。

更何况，她从Blue Rays离职，开始焦头烂额地忙找工作这件事，身边其实没几个人知道。

所以说……难道是老斑鸠那家伙在暗中帮忙？

这个念头从脑海中一闪而过时，倪悦自己都觉得有点好笑。

以老斑鸠那喜欢嘚瑟的性子，如果真是他在帮忙，大概早就屁颠颠地跑到自己面前来邀功了。

更何况这位兄台虽说博学又有趣，但怎么看都是一副吊儿郎当、不务正业的样子，要说他在八卦圈有能量她还能相信，至于以严谨和高大上为标签的科技圈嘛……

自己还是不要过度脑补为好。

正在胡思乱想之际，小会议室的房门再次被轻轻叩响。

紧接着，随着音调轻快的一声"Hi"，一道挺拔的身影缓步走了进来。

原本因为空调过剩，显得有些空洞发凉的会议室里像是瞬间迎来了一道暖阳，整个房间都因为这个面试官的出现而变得熠熠生辉。

虽然随着产业的更新迭代，科技公司的高管日趋年轻化，四十不到的高管甚至CEO早已经比比皆是，但这个楚纤口中的"副总"显然还是太年轻了一些。

眼前的青年大概只有二十六七岁的模样，长着一双漂亮的桃花眼。

瞳孔的颜色比普通人要深一些，这让他看人时的目光很容易让人产生一种深情又专注的错觉。

薄薄的嘴唇血色充沛，嘴角微微弯起的模样和那副笑眯眯的神情嵌在一起，带着几分温柔又讨巧的劲儿。

在Resonance的员工心里，这大概是个活泼机灵却又好脾气，可以随时随地和下属打成一片，几乎没什么架子可言的可爱领导。

然而在倪悦看来，眼前这副笑脸看上去却是如此虚伪可恶。

"言祈……是你？"

话音刚落，倪悦已经开始后悔。

都好几年了，自己居然还能第一时间叫出对方的名字！

"师妹别那么客气嘛，随意一点，坐着聊聊就好。"

眼见她"喇"一下站了起来，身体绷得像杆标枪似的，青年赶紧安抚性地做了个"别紧张"的手势。

紧接着长腿一伸，已经施施然在她的对面坐了下来。

客气你个鬼啊！

早知道面试官里会多出这么一个不靠谱的对象，她压根儿不会来自取其辱好吗？

倪悦咬着嘴唇，一时间没想好是继续留下，还是立马拎包走人。

挣扎了好一会儿，考虑到一个职场人的基本素养，她终于还是忍气吞声地坐了下来。

像是根本没有感受到她此刻的纠结和愤懑，言祈先是装模作样地把手里的简历前后翻着浏览了好几分钟，才笑着开口："从Z大毕业以后，你直接去了Blue Rays啊？"

"是。"

简历上不都写得明明白白了吗？

用这种问题当开场白，还真是没话找话！

"我听说Blue Rays发展挺好的啊，好像最近都准备要上市了。你怎么会忽然离开了呢？"

"和领导关系相处得不太好。"

倪悦口气硬邦邦的。

"哦？"

言祈似乎终于抓到了一个适合延展的话题，立马开始追根究底：
"所谓的相处不太好，究竟是怎么个不好法？是领导太严格让你觉得
工作压力过大，还是做事风格有差异，导致双方的契合度不高？"

倪悦沉默。

职场性骚扰这种理由原本很难开口，更何况眼下面对的是这么一
个她原本就十分厌恶的家伙。

如果认真解释，以对方那不着调的性子，大概只会当作笑话来
听，说不定心血来潮之下，还会兴致勃勃地在圈子里打听一轮，找找
故事中的男主角。

倪悦原本在亲眼见识了Resonance优越的工作环境和直属上司的亲
切态度后，是非常想要争取这个工作机会的。

然而意识到最终的汇报对象是言祈后，已经打消了要留下的
念头。

此刻面对着对方满是探究的一张脸，她也没了顾忌，态度生硬
地直接驳了回去："都不是。那位领导没诚信，又轻浮，为人十分讨
厌，我实在没办法忍受和他一起共事，所以离职了。"

"这种理由听起来不是很有说服力哦。"

言祈像是没听出她夹枪带棒的嘲讽，殷殷教诲的模样像是一个诚
恳的学长，在给不懂事的学妹传授社会经验。

"职场上总会遇到形形色色的合作者，无论是平级的同事还是作
为领导的上司，不可能每一个人都让你满意。如果所谓的不喜欢不是
因为对方的人品或是原则性问题，那么就要学着尽量去磨合。毕竟工
作的本质是为了赚钱养家以及实现自我价值，而不是为了交朋友。如

果只是因为领导讨厌就轻易放弃掉一个合适的工作机会，实在太不值得了……你说是不是？"

这番言论听起来是如此地心灵鸡汤，如果不是了解对方究竟是个什么品性，倪悦几乎要给他鼓掌了。

只可惜心理阴影太深，对方再舌灿莲花做温柔导师状，也改变不了他既有的形象。

因此倪悦听到最后，只是面无表情地"哼"了一声："多谢言总指教。"

"言总？你怎么忽然变得这么客气啊？"言祈笑眯眯地纠正着她的称谓，"Resonance不是国企，上下级关系没那么严格。你要么直接叫我名字，要么和之前一样叫师兄。"

以前？你还好意思提以前？

倪悦内心默默翻了个大白眼。

只可惜言祈看上去，并没有接收到她散发出来的嫌弃信号，依旧孜孜不倦地教导着："咱们继续刚才的话题。比如说我吧……我们是师兄妹，所以工作以外的地方怎么开玩笑都无所谓。但一旦进入工作状态，我还是蛮严格的，所以希望你能提前做好心理准备，到时候不要因为觉得我太讨厌，就轻易提交离职报告。"

听他这口气，像是已经认定她明天就要来Resonance上班了。

倪悦实在受不了他那副自我感觉良好的表情，赶紧表明态度："如果决定入职，我是不会怕辛苦的。不过工作也是双向选择，我暂时还没考虑好。"

"没关系，你可以慢慢考虑，做好决定了，通知HR那边就行。"

言祈似乎并没有介意这不识好歹的态度，眼看着她频频看向手机，已经是一副坐立难安的模样，十分善解人意地站起身来，主动替她拉开了门。

临走之前，他像是想起了什么一样，冲着倪悦笑了笑："对了，刚才忘了问你，你的那个电台……是叫'悦享之音'吧，现在还在运营吗？我记得里面推荐的歌都还蛮不错的。如果还在继续，介不介意分享一下地址？"

什么？

这家伙居然还记得？

这样看来的话，他这句话简直是故意在挑衅！

倪悦狠狠地咬着牙，费了老大的劲儿才克制住自己朝他瞪眼骂脏话的冲动。

然后很快地，她装作什么都没听见一样，踩着为了这场面试而特意准备的小高跟鞋，脚步"噔噔"地把对方那副欠揍的笑脸远远抛在了身后。

回到家时已经将近下午一点。

倪悦进门之后先是气鼓鼓地在沙发上坐了一阵，随意吃了两块饼干后，才洗了一把脸，满是沮丧地躺上了床。

从B城回来之后，她秉承着"自强自立，既然工作了就绝对不再向父母伸手要钱"的原则，态度坚定地在离家车程半小时的地方，租了个一室一厅自己住。平日里只有周末的时候，会回父母那边去蹭个饭，改善改善伙食。

倪家老两口拗不过女儿，最终只能暗中找房东给了点补贴，让倪悦这边的房租明面上看着便宜点，尽量减轻她的压力。

所以她这小套间虽说月租不到三千五，比周边的同类房型便宜了好几百块，但是户型方正，环境良好，交通也便利，比起她在B城租的那套永远泛着潮气的半地下室，住起来舒服了不止一星半点。

然而即使是待在这套让她宅得理直气壮的小房子里，眼下又正是阳光温暖的午休时刻，倪悦还是情绪烦躁得根本没法闭眼。

Resonance优越的办公环境大大超出她的预想，作为顶头上司的楚纤也给她留下了非常好的印象。但最后压在头上的副总居然会是言祈，这个事实足以让一切的吸引力大打折扣。

偏偏这个时候，还有不知趣的家伙专门等着给她添堵。

手机屏幕伴着"滴滴"声闪了两下，一条QQ信息已经被推送进来："小仙女，面试结果怎么样啊？被顺利捡走了吗？"

"斑鸠兄，你干狗仔这行也太敬业了，我这才刚到家没多久呢，你的消息居然就来了。"

倪悦不太习惯对着手机的小键盘敲字，干脆直接戴上耳机发语音："看反馈好像还行吧，不过我大概不会去。"

"为什么？"老斑鸠敲字如飞，从手速上看真跟常年在干淘宝客服似的，"你不喜欢他们公司，还是直属上司又是个意图不轨的不良分子？"

"别瞎说。"倪悦叹了口气，"Resonance看上去挺高大上的，我的顶头上司感觉人也很好。不过嘛……"

她稍微犹豫了一下，还是决定坦白："公司分管运营和产品的副总是个我很讨厌的人，据说如果我进去了以后会和他打不少交道，所以决定放弃。"

"你还认识Resonance的副总啊？路子挺野的嘛！"老斑鸠像是丝毫没有关注到她此刻的郁结，反而兴致勃勃地追问着，"来来来，说说看，那位副总怎么招惹你了，让你这么讨厌？"

"呃……"

这事说来话长，而且如今回想起来，似乎也不是什么让人无法原谅的深仇大恨。

尤其是走上社会以后，经历过的人事多了，倪悦早已意识到，夸夸其谈不靠谱、答应过的事转脸就忘的这种人，满大街比比皆是。如果每个人都要记恨生气，她的仇恨值大概早超额溢出了。

之所以会对言祈一直耿耿于怀，大概还是因为这个青年，曾经是让自己心怀好感，且抱有无限憧憬和期待的那个人。

"你那儿是断网了吗，还是多大的仇让你气得连话都不想说了啊？"

QQ的提示音继续"滴滴"作响。

面对她的沉默，老斑鸠依旧是一副刨根问底、不达目的不罢休的模样。

"其实也不是什么了不起的事啦……"

反正闲着也是闲着。

如此阳光晴好的午后，小风扇"呼呼"吹着，的确适合追溯一下少女往事。

倪悦从冰箱里拿了听可乐，咬着吸管盘腿朝着窗台下一坐，看着窗外的阳光，摆出了一副准备长聊的架势。

"斑鸠兄，你还记得我最初办在Z大学校里的，那个叫悦享之音的电台吗？""记得啊，当时不是人气还挺高的？后来你忽然关了，我还给你发了好几个月的私信呢。"老斑鸠看上去有些感慨，"说起来，咱们还是因为这事才认识的，所以说百年修得同船渡，千年修得共枕眠。你我注定做朋友，网络情缘一线牵啊！"

"缘你个头啊！"

倪悦被他乱七八糟的打油诗和随后发来一张"为了友谊干杯"的老年人表情包笑得喷了一口可乐。

隔了好一阵，才把缅怀往事的情绪重新酝酿好："之前一直没具体和你说，当时悦享之音忽然关停，其实就是拜Resonance的这位言总所赐。"

"原来你当年那个不靠谱的师兄是他啊……我说你怎么这么咬牙切齿的。"

作为悦享之音的骨灰级听众，老斑鸠自然很明白这件事在倪悦心中的分量，于是十分难得地没有再乱开玩笑，而是安静地沉默了下来。

许久之后，QQ的对话框里慢慢跳出了几行字：

"如果你现在想要吐槽两句的话，就把我当垃圾桶吧……虽然如今已经帮不上什么忙了，但至少在你扎小人的行动结束之前，我是不会下线的。"

/ Chapter 02 /

谎话情歌

知道言祈这个人的时候，倪悦尚处在大一的下半学期，基本上属于连自己本系的师兄，都还有半数以上不怎么认识的状态。

因为当时有位同系师姐正陷入对言祈的疯狂迷恋，在得知他已经与前任女友分手后，动用了身边的一切资源，兴师动众地准备筹划一场盛大的告白仪式，这让倪悦对言祈这个名字很快熟悉了起来。

从小到大第一次亲眼看见这么坦白无畏的倒追行为，倪悦在敬佩师姐勇气的同时，也对这位让对方如此疯狂的师兄产生了好奇。

略加打探之后，她才赫然惊觉，不仅是师姐，就连和她一起进校的同舍室友姚娜娜，也对这位师兄的种种信息如数家珍。

"言祈师兄是咱们学校电子信息工程学院的学霸，不仅成绩好，长得帅，而且体育文艺方面都是全才！这不马上要搞校园十大歌手比赛了吗？听说他因为大一大二接连两届夺冠，被校领导逼着去做表演嘉宾，现在全校的女生都在急着到处找关系，搞现场票呢！"

"这么夸张？这是传说中的Z大道明寺还是Z大花泽类啊？"

"哪有那么老土，《流星花园》已经过时了好吗？"姚娜娜被她笑着一调侃，有点急了，"言祈师兄不是霸道总裁，也不是忧郁文青啦，之前我在球场上见过他，性格看着挺阳光的。有师姐给他买水什么的，他都会特别礼貌地说谢谢，就算散场以后被人堵着搭讪，也笑眯眯地不怎么拒绝，感觉人真的挺好的。"

倪悦闻言做大惊状："有人买水送温暖，说谢谢难道不是应该的吗？这也能被你表扬一句'人挺好的'？我说你的标准是不是太低了点？"

"对普通人来说是这样没错啦，但是言师兄怎么说也是Z大男神嘛。每天围在他身边献殷勤的女孩有多少啊，这种情况下还能不骄不躁、保持温柔又礼貌的态度，可不是很难得？"

"哦……好的。你说的都对。"

在这个问题上，倪悦并没有想要和已经加入"言祈迷妹后援团"的姚娜娜多争辩的意思。

一方面，言祈已经大四即将毕业离开Z大，外加和自己又不在一个院系，两个人之间毫无半点交集。对她而言，这位声名在外的外系师兄在距离上，并不比一个出现在电视机里的娱乐圈偶像要亲近多少。

另一方面，除了学习之外，她的时间和心思几乎都被"悦享之音"的电台事务占满，并没有多余的精力，去对一个陌生人加以关注或评判。

但是很显然，姚娜娜一人花痴不够，还满怀热情地想要把她一起拉入追星大军中。

"对了，明天不是Z大足球比赛的决赛吗？据说比赛结束以后吴师姐就准备正式告白了！想想蛮激动的，不管成功与否，怎么说也会是一个难忘的回忆……悦悦，要不明天我们一起过去给师姐加加油呗？"

"行啊！"

这位迷恋言祈的吴姓师姐不仅作风耿直，而且为人热情，平素里对学弟学妹们都颇为照顾。

倪悦和她住在一个楼层，入学以来受过她不少恩惠。眼下到了对方需要加油鼓劲的重要关头，上阵打气这种事自然义不容辞。

更何况，当着众人公然示爱的浪漫事件也不是时时能见。

如果能有幸见证一场爱情的诞生，说不定还能专门策划一期与之有关的话题，在电台里和听众们分享讨论。

抱着这样的心情，次日下午的足球比赛刚开始没多久，倪悦就在姚娜娜的不断催促下早早赶到了现场。

因为这已经是言祈离校前为数不多的公开活动，现场早已被各个院系的迷妹围满。

人声鼎沸的加油声中，倪悦站在人圈外踮着脚尖看了半天，也只能从人群的缝隙中，偶尔看到几道飞奔而过的身影。

至于传说中那位人气高涨到让对手院系的女孩们都叛变倒戈、尖叫连连的男神，却是直到比赛结束，她也没能一窥真容。

许久之后，一声尖厉的哨响，Z大校园足球赛的决赛正式落下了帷幕。

最终以3：2拿下冠军的电子信息工程系的男孩们凑在球场中央，开始庆贺击掌。不远的地方，则是推推搡搡、准备上前和自己心目中的英雄合影留念的迷妹们。

"悦悦你看你看！师姐她过去了啊！"

如此疯狂而热闹的场面下，倪悦完全找不到目标所在。多亏姚娜娜自带GPS定位系统，很快抓着她的手指向了某个方向，声音激动得有些变形。

球场之上，某个身穿红裙、手捧大束玫瑰的女孩正神色坚定地，朝着人群最聚集的地方一步步走过去。

脚步踏过的地方，盈盈的绿色草坪仿佛因为她的裙衫和玫瑰，开始热烈燃烧。

似乎是被女孩一往无前的姿态震撼，又或许是事先已经听到了某种风声，原本拥簇在四周的男孩女孩们交头接耳之下，都不由自主地让出了一条道来。

"赶紧过去看看！"

倪悦还在踮着脚尖张望，手腕已经被姚娜娜狠狠拽紧。

紧接着，两个女孩子脚步匆匆地朝着球场之内飞奔而去。

"言祈，有人找你！"

这种带着绮丽色彩的表白事件，围观群众原本就是看热闹不嫌事大。

眼见女主角已经气势满满地登场，嬉笑着的队友之中，开始有人高声喧叫了起来。

紧接着，一个原本正一边喝着矿泉水，一边和周边队友轻声说着什么的青年，被嘻嘻哈哈地推出了人圈。

"你好，请问你找我有什么事吗？"

在经历了短暂的茫然之后，青年的目光从对方手里的玫瑰花上迅速掠过，继而调整好了脸上的表情，态度温和地轻声开口。

因为刚刚结束了一场激烈的比赛，言祈浑身上下看上去热气腾腾的。

被矿泉水浇湿的头发和脸上，都挂着亮晶晶的水珠。

春日温暖的太阳光下，晶莹透亮的水珠，顺着他线条柔和的脸颊和弧度美好的下巴一颗颗地向下滴落，浑身每一个毛孔都散发着张力十足的荷尔蒙。加上微微弯起的红润嘴角，和比赛之后略带喘息的温柔声音，实在是性感得足以让每一个正值青春年华的少女怦然心动。

倪悦的手不知什么时候已经和姚娜娜紧紧地抓在了一起。

即使只是一名普通的围观者，此情此景之下，她也觉得自己的心跳在飞快加速。

难怪会有那么多女孩抛下矜持，专程赶到这里为他摇旗呐喊。

所谓Z大男神，即使抛除一切才华和成绩带来的光环，单单凭这么一张脸，也是妥妥的毫无水分，让人心悦诚服。

原本自以为已经做好一切准备的女孩，在与他目光交汇的那一瞬，像是被电流击中一般迅速低下头去，眼睛紧盯着自己的脚尖。

许久之后，才声音嗫嚅着不知道轻声说了句什么。

言祈脸上的表情先是有些愕然。

很快地，在周遭一片疯狂的起哄声中，他十分绅士地接过了女孩手里的玫瑰，跟在她的身后隔空伸出手掌，以一种保护者的姿势，护送着女孩从人群中走过，直至球场旁的某个角落。

球场旁边某棵花开正盛的凤凰树下，已经被成片的玫瑰花瓣围出了一个巨大的心形。红心的正中央，是几十个随风悠悠摇晃着的氢气球。

除了用荧光笔涂满了爱意浓浓的"I LOVE YOU"之外，每一个氢气球的线绳上，还挂着写满了字迹的千纸鹤。

"这些……都是给我的吗？"

"是的，这些都是我想对你说的话。"在他的温柔态度下，女孩终于镇定了些，"虽然有些冒昧，但是我想师兄如果毕业了，这些话可能就再也没有机会对你说了。"

言祈看上去有些震惊，一直温柔得当的笑容里多了几分显而易见的感动。

紧接着，他小心翼翼地摘下了其中一只纸鹤，拆开以后很是认真地看了起来。

女孩紧咬着嘴唇，忐忑不安地注视着他脸上每一丝最轻微的表情变化。

微微发抖的模样，像是一个陷入爱情的囚徒耗尽了所有的决心和勇气，在等待对方给出一个最后的审判结果。

一片安静到诡异的气氛里，言祈一直没有说话。

连倪悦这个纯粹看热闹的局外人，都能感受到笼罩在他身上的巨大压力。

事情发展到这一步，他已经因为对方大张旗鼓的热烈行径，被逼到了一个毫无缓冲、必须有所表态的境地。

如果这是一个两情相悦的开始，自然是万事大吉。

可如果落花有意流水无情，他无意接受这份表白，那无论对师姐，还是自己，众目睽睽之下的尴尬局面，只怕很难顺利平和地化解。

表白是两情相悦后胜利的凯歌，而不是一厢情愿下冲锋的号角。

无谓的执着往往只会换来两败俱伤的结果。

像是终于意识到了自己的鲁莽，呆站了几分钟之后，女孩的眼睛里逐渐被泪水盈满，似乎宣判的结果还没出现，她就先一步陷入了后悔和绝望之中。

言祈的声音却在这个时候重新响了起来。

"谢谢你的礼物，玫瑰花和这些纸鹤都非常漂亮，你一定花了不少时间。"他的脸上挂着笑，口气里充满了温柔又贴心的味道，"不过时间好像有点太晚了，这么多信我一时半会儿看不完。不知道你介不介意我把它们带回宿舍，然后晚上慢慢看？"

"好的……"

女孩没有迎来料想中的"对不起"和好人卡，一时间有些手足无措。

于是只能眼睁睁地看着他姿态小心地把一个个纸鹤摘下来放进口袋里，然后重新走到自己身前。

"对了，为了表示感谢，不知道能不能邀请你和我们球队的队员一起吃个晚饭？有这么漂亮的女孩子加入庆功宴，我想他们一定会很开心的。"

"这个……可以吗？"

"当然！为什么不可以。"言祈微笑着说，"队友们都很随意的，很多人一会儿都会带上自己的女朋友，所以自然不会介意我多邀请一个可爱的嘉宾。"

"这样啊……"

女孩赶紧擦了擦眼睛里的泪水，然后有些羞怯地点了点头。

接下来的事情，倪悦没有亲眼看见。

但是根据在场人士爆料，言祈把这位行为热烈的告白者邀请进了球队的庆功宴，一晚上都陪在她身边，帮着她添菜斟酒，甚是照拂。

晚餐结束后，他还和队友们一起把她送到了宿舍楼的门口，才微笑着挥手告别。

此后两人在校园里偶有相遇，言祈都会主动点头示意，态度亲切地和对方打招呼，姿态自然，犹如相识已久的老友一般。

甚至有人言辞凿凿地表示，曾经在公共楼的自习教室里，见到过他们同进同出，疑似约会的画面。

最终，这场令人瞩目的告白事件，既没有衍生出恋爱小说中惯有的有情人终成眷属的圆满桥段，也没有制造出追求方被拒绝后的惨烈新闻。

在言祈举重若轻的处理方式下，两人之间的关系变成了一个让人浮想联翩的省略号，似乎怎么解读都有可能。

对这件事，Z大的校园论坛里有过不少讨论。

就言祈的表现，评价呈现出了大相径庭的两个极端。

在一部分人眼里，面对让自己几乎下不来台的追求者，言祈进退得当的态度既保存了对方的颜面，不至于让一个满怀痴心的女孩子在众目睽睽下泪洒当场，又让自己安然脱身，并给双方都保留了一个舒适相处的余地。

而在另一部分人看来，这种不主动不拒绝，却又散发着种种暗示的暧昧姿态，是一个情场老手的惯用手腕。可怜的追求者会因为这温柔的体贴而始终心怀幻想，甚至在未来很长一段时间里，都会陷入患得患失的心情中。

林林总总的讨论声中，甚至还有疑似言祈前女友的神秘人士，专门现身说法，以一副满是遗憾又略带抱怨的口吻表示："他这人从来都是这样，永远态度暧昧，根本不会让对方知道自己真正想的是什么。"

倪悦并没有太多的恋爱经验，逛论坛时刷到这些争论不休的评价，一时间也难以判别哪种说法才是真相。

只是几个星期之后，当她以"爱情的姿态"作为选题，开始录制最新一期悦享之音的电台节目时，还是在节目快结束时，表达了属于自己的态度。

"在爱情的战场上，无论是态度积极的进攻者，还是婉言谢绝的防守者，寻求真爱的权利对他们而言，都是无可指摘的。但在双方的位置并不对等的情况下，占据优势的一方如果能够设身处地地为对方着想，坚守立场的同时做到对示爱者善意而尊重，那无论结果如何，这段感情都会因为他的温柔而变得熠熠生辉，成为生命中值得纪念的珍藏。"

这段结束语语焉不详,在没有明确指向的情况下,并没有引发听众们太多的关注。

但是倪悦知道,至少那个时候,她愿意相信言祈的做法是出于温柔和善意。

而对方在她的心里,也的确是值得被很多女孩子去怀念、去憧憬,甚至是深深去爱的一个人。

第二次正式见到言祈,是在一个月之后,Z大校园十大歌手比赛的决赛现场。

作为Z大最受关注的校园活动,十大歌手决赛的入场门票向来一票难求。原本倪悦这种毫无背景关系的大一新人,是根本没机会捞到票的,然而架不住她长了一张清纯甜美的小脸蛋,性格又活泼开朗,因为积极参与了几次系内活动,早已经成为好几个系学生会师兄献殷勤的目标。

因此,十大歌手赛的宣传海报刚在学校公示栏贴出来没多久,立马就有热情的师兄塞了两张票到她手中。

倪悦不愿意错过这次机会,却又不想让对方心生误会。一番考量之下,她干脆借着悦享之音的节目时间,从自己的粉丝群里高价求取了一张门票,最终约着姚娜娜一起,把有些暧昧的双人约会变成了正大光明的系友三人行。

"哎哟妈呀,我本来还想着在网上看直播的,没想到居然能有机会去现场当观众,简直像在做梦一样!"

意外拿到门票的姚娜娜十分兴奋,提前一周就开始准备应援牌。

"悦悦你不知道,本来言祈师兄毕业季比较忙,已经表示不再参加比赛了。但今年刚好有知名校友回校参观,校学生会那边又拉了一笔赞助,舞台和设备都搞得特别专业。为了拉升水准,校领导特别要求言祈师兄一定要来露个脸……本来我都以为师兄的现场表演只是个传说了，没想到居然还能赶上这么个福利，简直不能再期待！"

"收收你的口水，都快要滴到胸口上了！"倪悦实在受不了她满脸花痴的劲儿，忍不住调侃，"我们系也有师姐进决赛，没见你这么上心。看看你……从手灯到应援牌都是黑体加粗的'言祈加油'，跟个叛徒似的，要不干脆申请转系？"

"现在申请转系来不及了啊！"姚娜娜苦着一张脸，像是真的已经思考过这个问题，"师兄他就要毕业了，而且听说连工作都不用找，已经被一家特别牛的大公司拉去实习了。我就算现在过去，最多只能遥望一下他远去的背影，那又有什么劲儿？"

"你情报还挺多的啊！"倪悦"扑哧"一笑。

作为一个电台播主，她倒是有其他问题比较关心："对了，你热爱的言师兄唱歌是啥风格？晚上的曲目定了吗？"

"这个还真不清楚，咱们学校十大歌手比赛的歌单从来都是保密的，你不知道？"姚娜娜依旧满脸神往，"不过参考之前的视频，师兄唱歌的风格基本什么类型都有，从民谣到流行再到R&B……对了，大二那次复赛，他直接拉个小乐队过来唱了一次重金属摇滚，你都不知道有多酷炫！"

"够浮夸的啊！"

对方声情并茂地这么一介绍，的确引发了倪悦的好奇心。对即将到来的这场比赛，越发期待起来。

周末晚上，倪悦和姚娜娜早早吃了晚饭，就和系里的师兄师姐们一起赶到了Z大大礼堂。随着人流涌动，可以容纳四千多人的大礼堂逐渐被塞满。伴随着不时晃动着的应援牌和激动的议论声，气氛完全不亚于一场明星演唱会。

"悦悦，你的那位追求者实在太靠谱了，居然拿到了第三排的VIP票啊！"

"是哦……可惜因为要和你换，人家现在只能坐去四十七排。到时候比赛结束了，你是不是该请人吃顿好点的夜宵？"

"那是……我不仅抢了他的位置，还搅黄了他的约会，他现在指不定在心里怎么咒骂我呢！"姚娜娜哈哈笑着，"不过为了近距离欣赏言祈师兄的美颜，被骂上两句又算什么？大不了以后我帮他多约你几次，给你们创造创造机会。"

"作为一个肤浅的'颜控'你已经很堕落了，现在居然无耻到要出卖朋友？"倪悦伸手在她肉乎乎的脸上掐了一下，"再这样不讲义气，小心你男神一会儿唱歌跑调！"

"呸呸呸！"

姚娜娜瞪着眼睛正准备还击，头顶上的灯光一暗，身着礼服的主持人已经身姿优雅地走上了舞台。

作为一所全国闻名的综合性大学，Z大向来推崇德智体全面发展，各类文艺体育类的活动因为多年经验积累，已经颇具水准。外加这次比赛资金充足，操办精心，最后能站上决赛舞台的选手都是经由海选、初赛、复赛等环节，从一关关激烈的竞争里杀出，实力相当令人信服。

倪悦原本就热衷音乐，开创悦享之音这个电台，也是想要创造一个交流的平台，把音乐和人生感悟与他人做分享。此刻眼看选手们一个个陆续登场，她的情绪很快激动起来，拿着姚娜娜提前准备好的荧光棒，左右挥动着一边哼唱，一边给台上的表演者卖力鼓劲。

随着比赛的推进，台下的观众越发躁动起来。

每次主持人登台宣布下一名参赛者的名字之前，都会听到"言祈"这个名字被热切呼唤。

时至比赛尾声，在主持人故作神秘地一再铺垫下，备受期待的Z大男神终于压轴登场。伴随着全场疯狂的尖叫，和无处不在的闪耀着他名字的灯牌，简直像是某个高人气明星的一次校园个唱。

比起上一次在足球场，倪悦见到的阳光灿烂的模样，登上表演舞台的言祈简直像是变了一个人。

耀眼的聚光灯下，他的轮廓看上去更加线条分明，因为妆容的修饰，带上了一点高不可攀的矜持与尊贵。掐腰的蓝色西装和胸前别着的紫色鸢尾花，让他宛若从童话故事中跃然而出的潇洒骑士，举手投足都是恰到好处的优雅，帅气得让人完全挪不开眼睛。

在吉他简单干净的伴奏声中，他的歌声娓娓响起，其间并没有刻意使用太多复杂的技巧，但如红酒般醇厚的嗓音，足以让现场的歌迷们久久沉醉。

倪悦目不转睛地注视着舞台，注视着他专注歌唱时每一个漫不经心的小动作。

甚至在表演结束时，都忘记了要鼓掌。

那一刻，她终于明白了《大明宫词》里，小小的太平公主在取下薛绍脸上面具时的心情。

那种惊心动魄的震撼，真是可以让人心中别无他想，茫茫然一片寸草不生。

"言祈师兄实在是太棒了！今天晚上往台上一站，足够秒杀之前所有参赛选手！可惜今年他只是嘉宾不参与竞赛，要不然第一名铁定还是他的！"

表演散场后回宿舍的路上，姚娜娜依旧沉浸在亢奋的情绪中，一边拿着手机里的录制片段反复回味，一边拉着倪悦的手喋喋不休。

"那也未必吧……"倪悦好不容易从如梦似幻的气氛里回归现

实，此刻被她吵得头昏脑涨，只能有一说一地泼冷水，"今晚这首歌他其实唱得一般，要我打分最多是前五的水准，这还是仗着造型和声音条件加的分。"

"哪里一般了？"

姚娜娜不允许自己心中的完美男神被亲友毫不留情地打差评，立马放下手机，不依不饶地拉着倪悦非要问个究竟。

倪悦拗不过她，只能认真解说。

"今晚他唱的这首《谎话情歌》，原唱是一对双人男子组合。歌词在设计上其实很特别。第一段说的是恨不得爱对方爱到骨子里，眼里除了对方什么都装不进去，接下来的第二段说的却是其实我已经厌倦了你，想抛弃你或者被你抛弃。副歌的部分，相互矛盾的歌词同时从左右声道响起，左耳是甜言蜜语，右耳是残酷现实，让听众根本不知道究竟哪句是真哪句是假，还是这首歌从头到尾全都是一个谎言……"

"那又怎么样？"

姚娜娜平日里是什么流行追什么，耳机里的音乐大多时候只用来当背单词时的BGM（背景音乐），根本没有认真追溯过一首歌创作过程中的背后故事。

面对倪悦的侃侃而谈，她缺乏干货之下无从反驳，于是只能继续追问："师兄是哪里唱错了吗？"

"歌词是没唱错啦，只是我感觉写这首歌的人，对爱情甚至对人生的态度其实有点丧，可能经历过不太圆满的爱情，所以歌声里有深情、有期待，也有失望、有无奈。可是你那位言师兄嘛……甜言蜜语的部分倒是唱得挺深情，情话技能满分。可是残酷现实的部分我没听出绝望难过，倒是听出了一点没心没肺的态度。感情诠释严重不到位，所以必须扣分。"

姚娜娜目瞪口呆，半天之后才重重一哼："我看你是平时做电台做得疯魔了，什么都能过度解读。反正我觉得师兄唱得挺好的！"

"好好好……你言师兄是Z大陈奕迅，只要往那儿一站，不用开口都满分！"

两个女孩子一路斗着嘴，终于赶在熄灯之前回了宿舍。

倪悦简单收拾了一下正准备去洗澡，忽然又被姚娜娜神神秘秘地拉了出去。

"悦悦，我想拜托你一件事。"

"什么事啊？"

"是这样的……"姚娜娜显然已经做好了计划，眼睛里满是兴奋的光芒，"你搞的那个电台，不是经常会请一些嘉宾连线做节目吗？刚好歌手赛结束了，大家应该都还蛮希望讨论讨论的，你既然在音乐方面这么有见解，要不邀请言祈师兄来上一期节目？一方面可以问问他比赛时候的想法，另一方面，也可以帮你的电台增加人气不是？"

这个提议听上去倒是很不错，毕竟在倪悦看来，参考言祈之前的比赛视频，他这次舞台上的表现，其实是有点刻意低调放水让贤的意思。

而且会选《谎话情歌》这么一首算不上太大众的歌曲参赛，最终又诠释成这样，应该不会是对歌词的理解出了差错，这背后的故事说不定真适合认真聊一聊。

只是……

"我和言祈完全不认识啊，您这是准备亲自出马帮我去约吗？"

"我哪行啊！你知道我的，一和帅哥面对面就立马尿。"姚娜娜连连摆手，面对倪悦一脸鄙视的笑容，干脆直接招供，"师兄这种男神我不敢有什么太多想法啦，就希望如果他做嘉宾的话，你能开个后门给我连个线，有个机会和他说说话。当然，如果节目顺利，他愿意和我们交个朋友，以后可以一起吃个夜宵什么的，那就是额外惊喜啦。"

"看看这长远规划……我平时真是小看你了，没想到娜娜宝贝你居然是这么个心机girl。"

"那这个忙你帮不帮嘛？"

"帮帮帮！"

好友难得开口相求，倪悦自然义不容辞。何况内心深处，她自己也蛮期待言祈能够出现在自己的电台中。

只是面对姚娜娜的一脸神往，她谨慎之下还是迅速地打了个预防针："不过你可别高兴得太早，你言师兄可是Z大人气一哥，眼下正当红，愿不愿意屈尊来我这个十八线的小电台做嘉宾，现在可不一定。"

"没事！"姚娜娜开开心心地朝她肩上一揽，"虽然你那电台是十八线，胸也确实是平了点，但脸这么可爱，想来师兄他是一定不会拒绝的！"

既然答应了帮助姚娜娜完成心愿，倪悦就正儿八经地把邀请言祈上电台的事拉上了日程。

只是对如何联系上对方，并正式发出这次邀请，让她很是头疼了一阵。

按照姚娜娜的建议，她先是摸到对方的微博，发了长长的一段私信邀约。

然而不知是对方对未关注人私信一概屏蔽，还是压根儿对这事不感兴趣，那段充满了真情实感的私信一直未能得到任何回应。

首战不利的情况下，姚娜娜不知从哪里搞来了言祈的微信，一个劲儿地怂恿她添加，方便以后一对一地卖"安利"。

有了之前的经验，倪悦对用这种方式与对方取得联系没抱太大希望。不出所料，申请好友的信息发送之后犹如石沉大海，大概是每天找各种借口意图搭讪的迷妹实在太多，对方对陌生来者早已不再放行。

如此这般徒劳无功地过了两个多星期，随着姚娜娜犹如魔音穿脑般的催促声不断在耳边响起，倪悦终于决定亲身上阵，去对方的宿舍门口堵人。

对她这个大无畏的勇猛行径，姚娜娜在撒花欢庆的同时，却依旧怂怂地表示，自己只敢缩在宿舍里做祈祷，从精神上给予她鼓励。

Z大电子信息工程学院与市场营销系的男生宿舍楼在隔壁，倪悦找了个本系师兄稍加询问后，很快锁定了言祈所在的房间。

虽说平日里种种原因，她出入男生宿舍楼的时候并不少，一度撞见过不拘小节的师兄裸着上身穿着一条大裤衩，满走廊晃悠的尴尬场面，但没有哪一次登门，会让她感觉如此心律不齐。

上门堵人这种事，怎么看都带着一点意图不轨的暧昧味道。

虽然倪悦一直做着心理建设，反复提醒自己，这次行动是为了帮助姚娜娜完成心愿，事情本身有着充分且正直的理由。但内心深处，她知道自己其实并没有那么理直气壮，对能有这么一个机会和言祈名正言顺地打交道，她其实也是抱着很大的期待的。

在经历了好几个男生投来的注目礼之后，倪悦终于在403的房间门口站定。

面对虚掩着的房门，她做了个深呼吸正准备抬手敲门，一个身穿机器猫图案T恤的男生已经抱着篮球哼着歌，蹦蹦跳跳地走了出来。

倪悦赶紧堆起了一个甜甜的笑脸："师兄你好，我想找一下……"

"找言祈是吧？"

对方看上去一副毫不意外的模样，歪着脑袋朝她打量了两眼，随即一个扭头，用一种整个楼道都能听到的巨大声量，拿腔拿调地呼唤着："言祈宝宝，又有妹子来找你啰！"

倪悦无语。

这个"又"字听上去实在是太一言难尽了，想来自己已然被见怪不怪的室友们自动划进了"言祈迷妹团"的范围中。

倪悦头皮一麻，正在尴尬，一道人影已经悠悠然地落在了她的眼前。

"你好，请问找我有事吗？"

眼前的青年身材挺拔，四肢修长，虽然只穿着简单的T恤牛仔裤，却依旧像极了校园偶像剧里干净青葱的男主角。

面对她时的笑容带着一点了然于心的公式化，显然类似的场面已经不知道经历过多少次了。

倪悦不想他有所误会，赶紧自报家门和来意："师兄你好，我是市场营销系的倪悦，冒昧过来找你，是想问问师兄你有没有时间，来我的电台做一次嘉宾。因为之前刚刚结束的校园十大歌手赛，你的表现大家都还蛮关注的，而且你很快要毕业了，所以我想……"

"谢谢你啊。"言祈轻声打断了她的话，表情看上去有点遗憾，口气却依旧体恤而温柔，"虽然我很想去，但是时间的确比较紧张。一方面是因为要准备毕业的事，另一方面也考虑到要实习。而且比赛那天我其实唱得不太好，所以……"

"就是因为不太好，才想邀请你聊一聊啊！"

倪悦话才出口，立刻觉得要糟。

这种自谦的评价言祈大概只是随口说说，被自己这么不知好歹地特意强调，实在是太失礼了。

"哎？你也这么觉得啊？"

言祈眼睛一亮，看着她的目光里笑意更深了一些，周身上下那种虽然客套却漫不经心的气场也收敛了起来，表情还是笑眯眯地说："那能不能提前剧透一下，你大概想要聊些什么？"

如此近距离的电流攻击，倪悦一时之间承受不住，镇定了许久才勉强收敛心神："我是那个原唱组合的粉丝，之前经常收听他们的电台节目。从他们的对谈里，我知道主创在写这首歌的时候，掺杂了很多自己的故事。某种意义上，是把真实的自己剖开，放进了歌里。可是师兄你那天表演的时候，虽然声音技巧都很好，但总觉得有些部分遮遮掩掩的，还是有所保留，所以……"

她说到这里，大着胆子开了个玩笑："我想借着做电台的机会，替师兄的粉丝们做一个偶像的八卦绯闻大起底。"

"所以是Z大版的《康熙来了》吗？听起来挺有挑战的啊！"言祈哈哈笑了起来，亲切爽朗的模样简直让人如沐春风，"对了，Z大的各种私人电台我偶尔也会听一下，你的电台名字能告诉我吗？"

"是……悦享之音。"

"哎？"言祈看上去有些意外，"原来你就是悦享之音的播主啊？真巧，你的电台我收听过好几期，推荐的音乐我都很喜欢，而且还留过蛮多评论的。"

"真的？"这个消息简直太令人意外了，倪悦瞬间雀跃了起来，"师兄你的留言ID是什么？我一会儿就去看看！"

"这种黑历史怎么能告诉你？里面可是有很多'播主求嫁''求上照'这种类似留言哎！"言祈抬手做了一个"嘘"的手势，声音压得低了点，"我记得你电台的更新时间，是每周五晚上八点整吧？这个周五晚上我会把时间空出来，方便的话你可以加一下我微信，到时候我开个小号登录以后告诉你ID，你开放权限以后和我连线就行。"

"呃……其实我之前加过你微信的，不过你一直没通过……"

"是吗？"言祈把手机拿出来，对着她出示的二维码扫了扫，"不好意思啊，我因为比较忙，所以一些信息不小心忽略了。作为礼尚往来，你也可以把我先冷处理一下，隔个十天半个月再通过我的好友申请。"

"那怎么行，十天半个月以后申请早就过期了好吗？"倪悦开开心心地赶紧摁下了"同意"，然后再次确认，"这么说，你是答应了？"

"答应了啊。"言祈微微俯下身，表情十分温柔，"怎么说我也是悦享之音的粉丝，能被播主亲自邀请做嘉宾，感觉十分荣幸。"

言祈答应做嘉宾的消息刚被倪悦带回寝室，立马引发了姚娜娜的一阵尖叫。在她不留余力地大肆传播之下，很快在整栋女生宿舍楼里引起了阵阵沸腾。

倪悦原本不想在节目开播前，就把事情搞得这么高调。

毕竟从过往的传闻和仅有的短暂接触中，她已经很敏锐地感知到，言祈虽说看上去开朗平和，周全礼貌，对旁人的起哄玩笑也乐于配合，但自身性格甚是低调，并不热衷在公众场合夸夸其谈。

这次能答应上电台，大概是因为平日里那些隔空的音乐交流刚好对了他的胃口，从而引发了知音之感，才会一口应承下来。

如果太过张扬，只怕会引来对方的反感和不满。

只是消息已经散播了出去，再怎么遮掩也已经无济于事。

在经历了无数同学找各种借口上门探究，以及电台评论区里的刷屏询问之后，倪悦干脆直接发出了一张预告海报，以一个所谓的"官方信息"试图挡住各方骚扰。

然而事与愿违，预告海报刚刚一贴出去，从Z大学生论坛到悦享之音的留言区，群众再次炸锅。

"我天，播主大神啊，我听说言祈大二拿十大歌手冠军那次，Z大校报想给他做个专访，最后都被他忽悠着给拒了，这次怎么忽然想到要上电台？"

"保守估计，播主颜值起码八分以上，才能请到师兄。"

"别瞎扯了，据小道消息透露，周五那天是言祈前女友的生日，她去约过言祈参加生日派对的。言祈倒是提前送了个生日礼物，但是明确说了周五那天晚上有安排，不能参加派对。"

"哇，这么说播主这个预告一贴出来，不是打了前女友的脸？"

"楼上别'尬黑'啊，说不定师兄说的安排，就是上电台这事呢？而且电台访谈嘛……对地点又没限制，有台电脑有个网络有个麦，在哪儿不行？"

面对各式各样的讨论，原本满心亢奋的姚娜娜也有点不淡定了。

"悦悦，你确定上电台这事，是言祈师兄亲口答应的？"

"是啊，怎么了？"

"呃……可能是幸福来得太突然，总觉得不太真实。"姚娜娜干脆截了一些留言发在了她手机上，"且不说师兄上了大四之后，除了重要的院系比赛，就没怎么参加过公开活动，而且从很多人的留言来看，在你去找他之前，周五那天他好像已经安排了自己的私事。你说是不是你领会错意思了，还是他只是那么随口一说啊？"

"不会啦！"倪悦抬起眼睛，朝那些留言扫了一眼，"师兄他听过我的节目，也很清楚这种电台直播节目的安排和流程。他当时答应得挺爽快的，应该不是瞎忽悠。至于私事嘛……访谈的时间也就半个小时左右，我想他自己会把时间安排好的吧。"

"好吧。"面对她笃定的态度，姚娜娜终于安静了下来，双手合十做祈祷状，"那就希望一切顺利。等这次电台做完了，我请你去吃水煮鱼！"

周五那天晚上，倪悦早早地就把设备调试好，坐在了电脑面前。

为了保证连线的质量，整个宿舍的室友们都十分配合地停止了打游戏、看电影的行为，美其名曰要开启专门的绿色通道，把所有的网络带宽都贡献出来倾听男神的声音。

七点还没到，悦享之音电台直播间里，蹲守着的在线人数已经打破了历史最高纪录。

而且这个纪录，还在以肉眼可见的速度一个劲儿地向上飙升。

"这也太可怕了吧……周五晚上大家都不用去约会的吗？怎么感觉整个Z大的人都来了，咱们的网络还撑不撑得住啊？"

同宿舍的妹子们都凑在电脑前，对着不断催促着的留言，惊声讨论着。

"应该不只是Z大的人吧，之前言祈师兄的表演视频被人传到过校外的视频网站，其他地方也有很多师兄的粉丝呢。"

"悦悦你别紧张啊，要不要我先去给你拿瓶水镇定镇定？"

"你别担心，一会儿节目开始的时候，我们保证全体安静如鸡，就在旁边乖乖听着，谁也不说话！"

"谢谢你们啊。"

虽说悦享之音从成立到现在，已经做过几十期节目，面对上千号人侃侃而谈、交流互动这种事，倪悦早已经是熟极而流，不再怯场，但是面对眼前这种阵仗，她多少还是有点紧张。

更何况……

"悦悦，现在已经七点半了啊，师兄他上线了吗？"

"好像还没有……"

倪悦一边回答，一边低头看向了微信。

和言祈的那个对话框里，至今还是一片空空荡荡。

虽然加了对方微信到现在已经有好几天了，但倪悦不想给对方造成自己过度热情、逮到机会就搭讪的错觉，所以并没有主动发过任何信息。

而言祈作为Z大红人，又临近毕业，想来诸事繁忙，自然不会特别留意她这个不起眼的小虾米。

只是时间不等人，眼下已经到了她无法再矜持的时候。

节目正式开播之前，主播和嘉宾之间简单地交流一下选题方向，测试一下连线直播时的网络流畅度都是很有必要的。

几分钟之后，倪悦咬了咬牙，终于还是主动给对方发了个信息："师兄，请问你准备好了吗？能不能把你的ID告诉我一下，我给你设置一个嘉宾权限？"

对话框里死水一般沉寂着。

等了好一阵，只有她的那条留言孤零零地躺在那里。

"该不会是出了什么事吧？"一直紧盯着事态发展的姚娜娜，早已经坐不住了，"可是就算有什么事，怎么着也该说一声啊？"

倪悦想了想，翻开了对方的微信朋友圈。

三个小时之前，言祈才发了一组更新。

最新发出的照片里，出镜的是一只漂亮的金毛，正懒洋洋地趴在窗台下正对着镜头打哈欠。

姚娜娜把头凑了过来："这是师兄家养的狗，看样子今天下午他是回家了？那应该不至于被什么事情耽搁吧？"

"你怎么会知道？"

"师兄是Z城本地人，家里条件挺好的，尤其是他妈，好像是在政府工作，还经常上电视来着。这只狗名叫Lucas，师兄很喜欢它的，之前很多妹子为了和他拉近关系，给Lucas买过不少礼物，学校里很多人都知道……"姚娜娜急匆匆地说到这里，忽然意识到了重点，"既然他在家，应该不会出现什么没网络没设备之类的问题啊！你赶紧再问问，他究竟还来不来啊？"

事到如今，倪悦也觉得有点郁闷了。

在对方的催促下，她忍气吞声地又发了几条信息——

"师兄，你如果看到信息能回复我一下吗？"

"如果临时有变，你能不能和我说一下，我好通知听众们不用再等。"

"师兄，如果你不方便打字的话，回复我一个表情也OK的。"

"师兄？"

……

信息一条条发送，时间很快跳向了晚间八点。

然而对话框里始终没有任何解释与回复。

作为嘉宾的言祈，也最终没有在悦享之音的电台中现身。

/ Chapter 03 /

来之安之

这场备受瞩目的电台直播，最终因为嘉宾的缺席，变成了一场令人尴尬的冷笑话。满怀期待的听众们在意识到自己白白浪费了一晚上的等待之后，带着满腹的抱怨和不爽，再次攻陷了Z大的学生论坛和悦享之音的留言区。

"搞什么啊？之前把阵仗搞得那么大，又是发帖子又是发海报的，结果最后居然放了四十分钟的歌，就这么把人忽悠过去了。我们的时间这么不值钱吗？"

"本来晚上要去看电影的，结果白白在电脑面前等了一个小时……我也是无语！"

"言祈这人太不靠谱了吧，哪有这么临时放人鸽子的？"

"楼上的别乱喷，这事从头到尾都是悦享之音的播主在自说自话，我可没听言祈身边的亲友说过，他会去参加这档子电台节目。"

"就是就是，我可以做证！言祈师兄当天下午就回家了，说是家里有事，根本没听说他要上电台什么的。"

"所以楼上的意思是，悦享之音的主播放假消息给自己的电台炒人气啰？"

"这可不好说！之前不是有个财经系妹子自导自演，到处散播消息说自己和言祈关系暧昧，在谈恋爱？最后不是被啪啪打脸。现在有臆想症的人可不少。"

"别吵了，到底谁是渣，让播主上个证据不就完了？"

留言到了后期，已然完全变了风向。

原本被听众们重点关注着的"嘉宾究竟是因为什么事没出现"，到最后居然变成了"言祈和播主到底是谁的人品有问题"。

倪悦自然清楚留言的听众中有很大一部分是言祈的迷妹，为了保障自家偶像的完美形象在拼命带节奏，但是看到那一阵阵坚持要她拿出"证据"的叫嚣，还是郁闷得一口老血塞在胸口。

更让人生气的是，关键时候连舍友们也纷纷变节，挖空心思给言祈的不靠谱找原因。

"悦悦，那天你究竟把事情说清楚了没有啊？会不会是师兄把时间搞错了？"

"他的体检报告上应该没有耳鸣或者智力障碍这种问题吧？"

"又或者说……人家其实当时只是客气一下，然后你当真了？"

"客气一下加我微信干吗？还自称我电台的粉丝……他是戏精吗？"

"你别这么说师兄嘛，说不定……"

"没什么说不定的！"倪悦原本就不是包子的性格，遇到这么大的委屈，早已经坐不住了。此刻面对不断找理由的舍友们，更是下定了决心，"首先，事情是他自己答应下来的，无论如何都应该有个交代。其次，就算临时发生了什么意外，导致约定不能履行，他也应该通知我一声。最后，事情发生到现在已经三天了，这三天里我被喷成了什么样，他怎么着都应该知道了。所以无论是道歉还是解释，他都必须给我一个，不然这件事都不算完！"

"悦悦，你这是准备干吗啊？"

室友们被她满脸愤慨的壮烈气势吓到了。

"干吗？"倪悦桌子一拍，"我得去找他面对面问个清楚！要么他给我一个合理的解释，要么就在Z大论坛里公开给我道歉！"

这一场气势汹汹的声讨最终并没有换来倪悦想要的结果。

准确地说，她根本连言祈的面都没见着。

"小师妹，又是你啊？还是来找言祈的？"

在403宿舍门口撞见的，依旧是上次那个男生，连身上的机器猫T恤都没换过："言祈他最近都不在宿舍，你找他估计要等上一阵了。"

"不在？他去哪儿了？"

"实习啊……大四毕业前大家都会找公司实习，不在学校待着是经常的事。师妹你不知道吗？"

"哦……"

倪悦原本带着满腔的怨气而来，却最终扑了一个空，始终有点不甘心："那他是什么时候走的？"

"上周五吧……"机器猫男孩挠了挠头，仔细回忆着，"本来他没准备那么快去实习的，不知道为什么突然改了主意，周五那天回家以后直接去公司了，一直没再回来，中途就打了个电话过来，说他临时参与了一个项目忙着干活，系里如果有什么安排的话帮他处理一下……我听他的声音还挺疲惫的，应该是被实习公司蹂躏得挺惨。"

"那……他没有交代什么其他的事情吗？"

"其他的事情？什么事情？"对方一脸茫然地瞪了她一阵，终于有点回过味来，"他是答应了你什么事吗？哎呀，找言祈的小姑娘太多了，他又不好意思让你们这些小学妹没面子，随口答应下来，后面一忙就忘了干也是经常的事。如果你是要找他约会啊、看电影啊、喝下午茶啊这些不太重要的事情，等他回来再说吧！"

他说到这里，看着倪悦越来越青的脸色，似乎发现了什么不对劲，于是赶紧补充："当然，要是重要的话……我把他手机号给你？"

"不用了！"

倪悦只觉得自己的肺都要气炸了。

她实在没想到，那个看上去什么时候都客客气气、彬彬有礼的师兄，实质上居然会是这么一个满嘴跑火车，毫无责任感，把说过的话当空气的烂人。

所谓的解释和道歉一时半会儿是要不到了。

而且光凭那个只有她在单方面表热情的微信对话框截图，也够不上什么有说服力的证据。

随着言祈的消失，悦享之音的嘉宾跳票事件很快被听众们盖棺定论，"播主炒作论"一时间喧嚣尘上，把整个评论区刷了个乌烟瘴气。

只有口头约定的情况下，倪悦无法为自己申辩。

作为同校的师妹，她又实在不方便在公开场合对言祈的人品做出评价和声讨。

无奈之下，她只能将事情冷处理，没再多说什么。

万万没想到的是，两个星期之后，新一期悦享之音的节目下，依旧是粉丝们不依不饶的咒骂声。

面对这样的无妄之灾，倪悦只觉得心灰意冷。

这档原本是以爱发电的栏目，如今被各种指摘和负面评论充满，显然已经有违她放松心情、交朋友找乐子的初衷。

几经考虑之下，她毅然决然地贴出了一个停播公告，此后一心扑在学业上，就连公告发出后的留言评论都没有再看一眼。

而同舍的室友们，也默契般没有在她面前提起这件事。

这样过了好几个月，忙碌而丰富的校园生活逐渐将言祈爽约带来的糟糕情绪冲淡，一切似乎又回到了正轨。

某个夜晚，倪悦坐在自修室里背完单词，听着耳机里传来的悠扬音乐，忽然想起了自己的电台，终于忍不住重新登录上去看了看。

许久未曾更新的电台主页里，多出了不少评论，许多老听众的询问和催促声，早已把当初那些恶劣的吐槽和谩骂冲刷得不见踪影。

倪悦仔仔细细地逐一浏览着，只觉得心情有些复杂。

然后很快地，某个名为"印第安老斑鸠"的家伙，接连发来的几十条私信引起了她的注意。

"播主消失的第一个月，想她。两个月前的今天，播主推荐了一支叫Within Temptation的荷兰金属乐队。今天重温了一下他们的*Paradize*的MV，依旧觉得蛮赞的。播主当时留了个话题，Sharon和Tarja Turunen的这次合作，谁的声音更有表现力。现在已经准备好了小论文一篇，播主真的不准备回来品鉴品鉴吗？"

"播主消失的第一个月零三天，想她。今天在B站上偶然看到了一个叫作'日本女歌手现场唱功个人排名'的视频，忽然想起播主之前在电台里似乎也讨论过这个话题。很巧的是，大家似乎和UP主的审美一致，都是Misia姐姐的粉丝。播主如果哪天你回来了，看到了这条消息，赶紧去B站投个币呗？"

"播主消失的第一个月零十五天，想她。今天播主喜欢的一个民谣组合在S城开小型演唱会，刚好朋友和主办方比较熟，所以拿到了现场签名。如果播主哪天回归了，看看要不要给个机会，让你的忠实粉丝献献爱心？"

……

一条条的私信看下去，除了规格统一的打卡记录之外，这位骨灰级的老粉丝像是把她的私人信箱当成了日记本，坚持不懈地写着生活记录。

但每一篇的记录里，又都明明白白地表示着他热切期盼电台回归的心情。

第一次收到如此情真意切又形式有趣的催更私信，同时感动于对方的执着与长情，倪悦一个冲动之下，按照对方留下的QQ信息，很快发了个好友申请过去。

半个小时以后，"对方已通过你的好友申请"的提示响起。

紧接着，一个顶着秃尾斑鸠形象的QQ头像，在她的好友列表里摇头晃脑地跳动起来。

"精诚所至金石为开啊！我这些情书声情并茂地连载了好几个月，所有形容词都快被榨干了，终于把播主你给盼来了。"

"扑哧……"

对方一副自来熟的模样，倪悦自然不再讲究什么虚礼，很快道了声谢："谢谢你啊，给我留了那么多言。我很久没上电台主页了，所以今天才看见，不好意思。"

"没事没事，看见了就好。"老斑鸠一直保持着"正在输入"的状态，像是怕她没聊两句又忽然消失了一样，"之前你忽然把电台关了，我还以为是出了什么事呢。现在回来了，是打算近期重新开始吗？"

"呃……应该不会吧。"虽说已经有了重新打开电台主页的勇气，但遭遇了那么一场变故之后，她还是有些意兴阑珊，"我现在学习挺忙的，而且……"

"别啊！"老斑鸠的信息迅速跳了出来，"有很多人都和我一样，很喜欢你的电台，每天都盼着它继续更新呢，你消失的这几个月，大家都跟失恋了一样。你不能这么狠心抛下我们这群嗷嗷待哺的小可怜啊！"

"要不要那么夸张啊！"倪悦"咻咻"笑着，"这种音乐推荐类的电台现在到处都是，你随便换一家听就好了嘛。我也可以给你推荐一些。"

"那怎么能一样，人家很专情的！"老斑鸠十分认真，"你的电台做得很用心，感情又真挚。即使只是通过电波交流，也用声音和音乐治愈了很多人。比如说我吧……前段时间因为生病，躺在床上哪儿都不能去，心情糟糕得很，就是靠着复习你之前的电台节目，才熬过那段日子的。对我来说，它真的有着很特别的意义，所以我才会一直给你发私信，希望它能够重新回来。"

像是为了佐证自己的发言一样，消息刚刚发完没多久，紧接着一张照片被推了过来。

倪悦凝神看了看。

照片上是一条搭在轮椅上的小腿特写，上面打满石膏，硬邦邦的惨烈模样把"哪儿都不能去"几个字演绎得淋漓尽致。

"啊……你是遇到什么事了吗？弄得这么惨……话说你是哪个系的？要我过来看望一下你吗？"

"呃……我不在Z大，会摸到你的电台纯属偶然啦。"QQ那头似乎稍微犹豫了一下，才继续说道，"腿上的伤是因为之前遇到了一点小意外，不过现在已经差不多没事了，你不用担心。"

"没事就好。"倪悦松了一口气，"不过你能从外面摸到Z大学校里面的电台，也是挺不容易的啊。"

"所以说是缘分嘛。"老斑鸠顺势跳开了关于他自身的话题，"怎么样，就冲着这个缘分，电台重开的事你考虑考虑呗？如果还在顾忌之前那些负面留言，你可以把悦享之音到校园外的有声平台上去啊。要是担心早期人气不够的话，我可以负责帮你买水军……"

"去去去！我靠实力取胜，谁要买水军？"

"哦，好的。你说得都对，是小的失言了。"

在老斑鸠的一再建议下，原本就对自家电台颇为不舍的倪悦，很快将它搬上了著名的有声平台Apollo。

因为良好的音乐品位和热情互动，悦享之音很快成了Apollo上的人气栏目，倪悦作为播主，甚至还收到了Apollo年度明星大会的线下活动邀请。

除了电台复播之外，随着聊天的展开，倪悦和这个叫老斑鸠的网友日渐熟悉了起来。话题也从最初只针对电台和音乐之间的交流，逐步深入到了生活中的方方面面。

老斑鸠见多识广，又幽默风趣，无论聊到什么话题都能随机展开，接梗更是接得行云流水，仿佛自带热点搜索功能。倪悦因为好奇，中途数次试着揣测他的身份，却总会被对方浑水摸鱼地糊弄过去。

时间久了，倪悦觉察到了对方不欲暴露的想法，也就放下执念，不再刨根问底。

反正在她的眼里，朋友的形式可以有很多种，像老斑鸠这么一个机智有趣又善解人意的家伙，即使隔着网络，甚至永远不见面，也比现实生活中很多面目可憎又傲慢虚伪的人可爱得多。

当然，在她心里，所谓面目可憎的虚伪家伙，是有固定形象的。

在Z大那届大四生即将毕业前的一两个月，倪悦在通往学校图书馆的绿荫小道上再次遇见了言祈。

很长一段时间不见，言祈看上去瘦了一些，眉目之间少了最初在球场上见到他时的那种意气风发的灿烂，柔和沉静的样子颇为内敛，多了几分属于社会人的稳重成熟。

因为早已经删掉了对方的微信，倪悦并不清楚这段时间在他身上究竟发生了什么。眼见对方目光无意中落向自己后，似乎有些惊讶，她迅速把头一低，当作没看见一样，扭身就走。

隐约之中，言祈似乎是扬声叫了她一下。

然而倪悦并不想和此人再有纠葛，马尾一甩，加快了脚步。

从那以后，她再也没有和言祈见过面。

有关这个人的一切，也因为她的刻意屏蔽，在生命中彻底消失得无影无踪。

这段往事追忆起来甚是漫长，结束之时，倪悦眼前已经成功地多出了两个空的可乐易拉罐。

然而当她低头看向手机上的QQ对话框时，原本拍着胸脯表示全程作陪的老斑鸠，却像是已经石化了一样，除了中途态度敷衍地以两次"哦""嗯"作为点评之外，全程没有给出任何互动。

"喂！斑鸠兄你到底还在不在听啊？！"

倪悦感觉自己一派真情实感的回忆，在对方的无视下受到了非常严重的打击，不由得有点气恼，连声音都拔高了几分。

"小的在，小的在！"老斑鸠赶紧回复二连击，"我不是看你说得那么投入，不忍心打断你酝酿已久的情绪吗？现在怎么样了，说出来后是不是开心了点？"

"其实早就没什么不开心啦。"倪悦叹了口气，"我给你说这些呢，只是想说言祈这人实在不靠谱，我要是跟在他手下干活，说不定没两个月就领不到工资了。"

"那倒不至于啦……"向来热衷吐槽的老斑鸠，这次居然很神奇地没有和她同仇敌忾，一起把故事中不靠谱的男主角羞辱一番，反而认认真真地分析起来，"你这位言师兄靠不靠谱咱们先不说吧，广恩集团和Resonance的招牌毕竟是挂在那里的，工资和福利想必都有保障。而且你不是说，你上面还有一个经理吗？有她在中间做桥梁，想来你和你师兄直接打交道的时间也有限。你工作也找了快一个月了，这次的机会的确不错，如果只是因为之前的不愉快就放弃的话，我觉得不太划算啊。"

"嗯？斑鸠兄你今天是接了个正剧剧本吗？"倪悦大惊，"忽然这么一本正经，感觉很不习惯啊……我本来还以为，你会帮我一起数落数落那个不靠谱的家伙，没想到居然这么客气？"

"不对长相没有我帅的同性做任何负面评价，这是我保持人格善良的基本准则。"老斑鸠一本正经。

"呸！又来！"

虽然早已经在言祈的人品上面画了大红叉，但倪悦毕竟还是一个实事求是的人："言祈这人吧……其实光说长相的话，算是挺好看的啦，而且今天面试的时候，我发现他好像比念书时还要更帅了一点。"

"有多帅？你的意思是我战不过他？"

老斑鸠字里行间都是不服气。

百分之九十九有可能是……

这种心理活动自然不可能直说，倪悦只能找准了方向打击："不过光帅有什么用？人品那么差，再帅也是烂人。"

"你对他的怨念真是很深啊。"老斑鸠有些无语了，"这么多年了，你后来都没了解一下，当初他是为了什么放你鸽子吗？他也没有主动找你解释过？"

"没有！"提到这事倪悦就来气，"事情发生好几个月以后，他加过我的微信，不过我没搭理。事情都这么久了，我也被人喷够了，他要是有心解释或者道歉，早该来了。等所有风波都平息了再跳出来找我，算怎么回事？"

"说不定他当时真的有什么不太方便解释的苦衷呢？"

"怎么可能？"

倪悦想起面试时候，对方满脸笑容地刻意问出"悦享之音"几个字时的情形，哪里像是有什么苦衷需要解释的样子。

"好好好，那我们别再为烂人生气了。"老斑鸠眼看在扭转言祈形象这件事上无力回天，只能重新把规劝落在了工作上，"这样吧，我再给你交个底。我呢，有几个关系不错的朋友在广恩集团工作，如果言祈在工作中真的还是那么不靠谱，或者说有意为难你，我让他们帮你把这些事直接捅到他们董事长那里去。"

"真的？"

"那是！"即使隔着网络，似乎也能看到老斑鸠在电脑那边指天发誓拍胸脯的模样，"我这种黑白两道通吃的霸道总裁，处理这些小问题还不是分分钟的事？"

"哦……今天又换剧本了？"

"不好意思，最近活太多，临时轧戏。"

虽然对言祈依旧心存怨念，但老斑鸠的悉心劝说还是让倪悦动了心。

毕竟有比言祈表现得更渣的陈嘉杰从中搅局，眼下的就业形势对她而言实在有些困难，而且就公司本身而言，Resonance的确值得她去争取。

在经历了一个晚上的认真考虑后，倪悦最终给Tina发出了一封愿意接受录用offer的回信。

报道入职的第一天，倪悦在楚纤的带领下，在Resonance的各个部门里走了一圈，算是对公司结构有了个最基本的认识。

Resonance的办公室占了写字楼的两层，因为是科技公司，技术人员大多集中在二十三层，占了公司人数的一半左右。其他的运营和支持部门则分布在二十四层，和高管们的办公室放在了一起。

面对如此多的新面孔，倪悦一时半会儿也认不全，勉强把几个特征明显的部门leader记下以后，就跟着楚纤回到了自己的工位。

品牌部因为刚刚成立不久，团队人员还在陆续增加中，眼下除了她和楚纤之外，只有两个负责新媒体和文案策划的小伙子。

对倪悦的到来，两个小青年表示出了极大的热情，一边展开自我介绍，一边跑前跑后地主动帮她置办了不少办公用品。

眼见这两人正事结束之后，依旧围在倪悦的办公位前问东问西，楚纤伸手朝前方的独立办公室指了指，悄声警告着："你们别太闹腾了，一会儿领导听到了不好，要交流感情，咱们以后有的是时间慢慢聊。"

"纤姐你别那么紧张嘛……言总又不太管这种事，而且今天早上他好像没来啊。"

"言总是不在，但是吴总还没到上班时间就已经在办公室里坐着了，你不知道吗？"

楚纤轻轻瞪了瞪眼，两个小伙子立马收声了。

中午快下班的时候，前方某个挂着"CEO办公室"牌子的房间门被拉开，倪悦终于见到了Resonance的当家人——广恩集团董事长吴继恩的亲生儿子吴寅峰。

和言祈随和跳脱的模样完全不同，吴寅峰看上去十分老成持重。瘦削的脸上架着一副黑框眼镜，目光冷静深沉，似乎时时刻刻都在保持着思考。

虽然看上去三十出头的年纪，长相也算英俊，但那副生人勿扰的大家长气派，看上去的确像是一个时常和政府方面打交道的企业当家人。

从办公区路过时，吴寅峰中途停下了脚步，对正在低头忙碌的楚纤低声问了一句："Jessica，今天品牌部有新员工入职是吧？"

"啊……是的。"楚纤赶紧抬起头，朝着倪悦指了指，"这位是我们的新同事倪悦，之前在Blue Rays工作，在品牌建设和公关传播方面有着丰富的经验。我和言总看完以后都觉得不错，就正式邀请她加入公司了。"

"吴总您好。"

倪悦赶紧站起身来，毕恭毕敬地和对方打了个招呼。

"嗯，你好。"

吴寅峰的眼神在她的脸上迅速一晃，微微点了点头，没再多说话。

倒是品牌部的两个小青年见他离开，立马嘀嘀咕咕地议论了起来。

"悦悦你厉害了，上班第一天就和老板说话了。估计到现在为止，吴总都还不知道我俩叫啥呢，看来美女果然不一样。"

"别瞎说！"楚纤赶紧安抚她，"这几天各部门入职的人比较多，还有几个是重要岗位，所以HR把所有名单都在吴总那里过了一遍。你和言总是校友，品牌部又是言总很看重的部门，吴总会多留点心，也是自然的。"

"哦，是这样……"倪悦之前遭遇过的领导都比较亲民，上班这么久，也是第一次遇到这么有压迫感的上司，心里的确有点紧张，"吴总他……看上去挺严肃的。"

"毕竟是大集团里训练出来的嘛，平时打交道的不是政府官员就是行业大佬，气场自然不一般。"楚纤拍了拍她的肩膀，"不过你别怕，品牌部的工作他基本不怎么过问，以后我们还是和言总打交道的时间比较多。言总性子随和，经常和大家开玩笑，你应该会挺喜欢他的。"

"喜欢"两个字听到耳朵里，倪悦只感觉虎躯一震。

幸亏言祈早上没到公司，免去了她入职第一天要去向这位副总"问安"的尴尬。

上午工作结束，楚纤十分热情地表示为了欢迎她入职，中午准备请她吃个饭。

倪悦知道这是职场上的迎新规矩，也不推脱，神情乖巧地跟在她的身后，走进了附近一家装修雅致的日料店。

因为价格不菲，这家日料店除了企业高管和商务宴请之外，不太会有普通打工族跑到这里来吃工作餐，因此环境相对没那么喧杂。

倪悦感动于楚纤的热情，在对方的一再相邀下，酌情点了几个价格适中的菜，两个人正边吃边聊，隔壁的卡座里，忽然有阵阵抱怨声传来。

"老程，言总那边过段时间就要拉着各部门开会，给云响项目正式立项了，你有没有考虑好究竟怎么办啊？"

"还能怎么办啊？找理由躲呗！"被称作"老程"的男人，声音听起来一片丧气，"云响项目吴总根本就不看好，也就是言祈年纪轻，满脑子都是些不切实际的怪主意，才非要立项执行。你说我们Resonance吧，从长青科技去美国以后，在国内市场基本没什么竞争对手了。老老实实地做好手里的业务，把相关的语音解决方案打包卖出去不就行了？干吗非要跑去和电商合作，劳神劳力地搞一些所谓的垂直性产品？"

"话也不能这么说，其实言祈的想法是好的，毕竟现在行业和产品细分化是市场大趋势，很多有实力的互联网企业，都在推出适合自己需求的智能语音产品，如果不在垂直领域加以深耕，只靠粗泛的解决方案，未来的竞争力只怕会大打折扣。"另一个男人算是客观中立地评价了一下言祈的想法，紧接着重重叹了一口气，"只是吴总求稳，在很多事情上和言祈又矛盾颇深，我们要是跟着他干，等于是在大老板面前找不痛快。更何况，如果换作其他人带队做项目，还能忽悠一下，拖拖时间。可言祈自己懂技术，要求又高，云响项目难度还大，要是真进了项目组，只怕不死也得脱层皮……"

倪悦没想到刚来公司第一天，就无意中撞破了公司同事在背后吐槽高管，吐槽的对象还是她唯一认识的人，一时间有点尴尬，本能地抬头朝楚纤看了一眼，又赶紧埋头假装专心地喝起了汤。

楚纤看她一脸手足无措，轻轻笑了一下，赶紧安慰道："你别紧张，工作之外同事偶尔讨论一下项目也是难免的，只是你听到就听到了，别四下去传就好。"

"不会的不会的，我嘴巴可严了。"倪悦赶紧摆手，眼见楚纤态度自然，忍不住大着胆子追问了一句，"听起来，公司的同事们好像对言总挺怨念的啊？"

"看人吧。"对这个问题，楚纤也不避讳，"Resonance因为入行早，靠着早期的积累，目前在市场上颇有优势，很多员工面对这种情况，少了点前进的动力，变得故步自封起来。言总年纪轻，有想法，又有卓越的执行能力，一旦进了项目就是不死不休的死磕架势，自然会得罪不少人，不过嘛……"

她轻轻笑了笑："我倒是觉得在他手下干活挺愉快的，不仅高效，而且能接触到很多新的知识和想法，受益总是很多。"

看样子，眼前这位品牌经理对言祈倒是死心塌地。

也不知道是真的拜服对方出色的业务能力，还是在颜值的诱惑下，早已经加入了迷妹党。

倪悦眼见如此，不敢再多说什么，赶紧"哦"了几声之后，重新低下头去，专注于消灭眼前的美食。

下午上班没多久，言祈终于出现在了公司。

比起大多数着装考究的高层，他的着装显得十分随意，简简单单的黑色T恤配着一条蓝色牛仔裤，沿路和各部门的小美女们不断嘻嘻哈哈地打招呼，看上去跟刚刚进社会，还不知道职场险恶的幼稚小青年似的。

回想起午饭之前，才领教过吴寅峰身上那股稳重又精英的风采，倪悦忍不住悄然翻了个白眼。

刚准备低头干事，对方似乎已经发现了她，笑眯眯地踱步走了过来。

"不好意思啊，师妹第一天入职，按惯例原本应该好好请你吃个饭，接风洗尘的，只是早上临时有点事耽误了。不然你看晚上有没有时间，公司附近一家泰国菜好像还不错……"

"多谢言总好意。"倪悦赶紧出声拒绝，"纤姐已经请我吃过饭了，就不麻烦你了。"

"这样啊……"言祈看上去似乎有点遗憾，"那公司的工作节奏你还适应吗？有没有遇到什么问题需要帮忙？"

"暂时没有，一切都好。"

倪悦眼看周边的同事都在往这边偷瞄，恨不得立刻结束这场尬聊，赶紧指了指眼前的电脑："按照纤姐的吩咐，我现在正在熟悉公司的资料。"

"怎么熟悉？看PPT？"言祈嗤笑一声，"这效率太低了吧？赶紧进个项目和周边的同事打交道，该用的资源用起来，就什么都清楚了。"

言祈抬眼看了看楚纤："Jessica，倪悦这边你暂时还没安排什么事吧？"

"暂时还没有。"

"行！"言祈微笑着一勾手，"倪悦，带上你的电脑，来我办公室一趟。"

"好……"

虽然越过部门经理，直接给她一个基层员工派活的做法实在有些不合规矩，但对方毕竟是副总，这点权利总归是有的。

倪悦再不想和他打交道，最终只能屁颠颠地抱上电脑，在部门同事的注目礼下，紧跟着言祈进了他的办公室。

"这个移动硬盘里有些东西，你先拷贝一下，这两天花点时间尽快熟悉。"

进到办公室，言祈先扔了个硬盘过来，然后在沙发上坐下，对她仔细打量了好一阵："你身上这件裙子挺漂亮的，在哪儿买的？"

听这不着调的问题，要不是清楚对方凭这张脸能引得无数少女前赴后继，用不着专门把她抓到办公室里来调戏，倪悦都要以为自己是遇到第二个陈嘉杰了。

"淘宝。"

她言简意赅地应了一句，专心致志地开始拷文件。

"除了淘宝之外，平时你还上哪些电商网站买东西？"

"京东、唯品会、小红书、聚美优品，还有轻云易购……"

"不错！挺全的。"言祈像是听到了自己想要的答案，开开心心地拿起了手机，"这样吧，既然错过了请你吃饭的机会，不如师兄送你条裙子当欢迎礼。来……说说看，你喜欢什么颜色什么款式穿什么码？我看轻云易购现在好像刚好有活动。"

啊？

倪悦一口老血差点没喷出来，回视对方的眼神里除了一堆问号之外，满满都是"你是不是有病"。

脑子进水了才会告诉你自己的三围尺码呢！

"别客气嘛，一条裙子而已……如果你不喜欢裙子，或者其他东西也行？"

言祈还是笑眯眯的，一脸热情。

"言总既然这么客气，那帮忙买个笔记本吧。"

倪悦跟着笑了起来。心里想着既然你要装阔炫富，那就让你放血放到底。

"笔记本？"言祈热情依旧，"有喜欢的品牌吗？配置上有什么要求？"

不知道这人是被她架在了台面上下不来，索性一路硬撑，还是装大佬炫富装上了瘾……

倪悦懒得再去分析他出乎常理的热情，究竟是出于什么心理，顺着对方的问题有一搭没有搭地回答着。

很快地，资料拷贝完毕，言祈也结束了手下戳戳点点的动作："OK，按照你的要求买完了。最晚后天会邮到公司前台，到时候你记得去签收。"

"多少钱？我支付宝转给你。"

倪悦满脸严肃地瞪着他——这种无功不受禄的东西她才不会要。

"咱们之间说钱多伤感情啊。"

言祈似乎还想贫两句，在她越发严肃的注视下，才轻轻"咳"了一声："Resonance各部门都有升级办公用品的预算，你有需要的话，换一台配置高一点的笔记本是很正常的事，我去行政那边打个招呼就行。不过嘛，简单采访一下，刚才的购物体验和你平时比起来，有没有感到什么不同？"

"嗯？"

眼见倪悦一时间没反应过来，言祈耐心解释道："刚才你手里有事在做，所以同一时间很难解放手指，通过键盘输入的方式，对需要购买的物品进行关键词输入以及筛选、问询、下单等行为。如果在这样的情况下，通过语音交互，就能够与电商平台进行相关互动，会不会感觉更便利一些？"

"啊……没错！"从对方的解释中，倪悦很快意识到，这场看似轻佻的赠礼行为实则是一次消费者体验测试，当即迅速地加以反馈，"用语音交互的方式进行网购，感觉的确更加便捷。除了能解放双手，同步进行其他活动之外，如果中间加入导购和客服系统，想来应该比冷冰冰的文字回馈更让人觉得亲切。"

"OK，这个想法我们也考虑进去了。"言祈冲她微微一笑，"看上去我们之间的效率和契合度都不错，短短几分钟，不仅给你买完了欢迎礼，还把云响项目的大概框架，做了一个简单的沟通。你刚刚拷贝的资料是云响项目的一些基本介绍，更多的信息，你可以向相关部门做了解。在项目正式启动之前，我需要一份公关推广方案和轻云易购那边进行沟通，你这边……没什么问题吧？"

"没问题！"

倪悦没想到言祈在嬉笑之间，已经动作飞快地把她带进了项目，不仅效率极高，而且形式生动。

这让她在敬佩之余，也为自己不久前消极生硬的抵触态度微微有些歉疚。

"行，那开始干活吧。"言祈回到了自己的办公位上，打开电脑，"你刚来公司，业务不熟悉很正常，如果遇到难题，可以随时过来找我，不用有所顾忌。另外就是……"

他说到这里，声音变得更郑重了一些，眼睛里却是温暖又柔软。

"悦悦，你能决定来Resonance工作，我真的很高兴。"

回到自己的卡座上，倪悦的心情还是有些波澜起伏。

于是在正式开始看资料之前，她忍不住先敲了一下老斑鸠："斑鸠兄，我今天来Resonance正式报到了。还去了一趟言祈的办公室，现在刚刚重新坐下来。"

"哟，还能坐在这儿打字，证明你俩没打起来。可喜可贺……"隔了几分钟，老斑鸠的回复传来，一副等着看好戏的样子，"本来说等你下班以后再进行慰问的，现在看来，你好像迫不及待有槽点要倾吐。怎么着？新公司感觉怎么样，你那位不靠谱的师兄刁难你了吗？"

"没有啦，他今天表现挺正常的，还给我买了个最新款的苹果笔记本。"

"啧啧，看看你，因为一台笔记本就被收买了，真让人鄙视！"

"什么啊……"

倪悦被他一嘲讽，也觉得自己的立场有点不坚定，于是赶紧补充，"不是啦，笔记本是公司福利，他帮着申请而已。而且就是通过这件事让我了解一下项目，没有什么其他意思。"

"那可不一定哦。"老斑鸠一副经验丰富的样子，"就算Resonance再有钱，这种福利肯定也是优先老员工。你才进去半天，他就这么积极地帮你申请，一看就是无事献殷勤，非奸即盗。所以说你们这些小姑娘啊，一看帅哥就被迷昏了眼，当年多大的仇啊，今天人家玉树临风地往你面前一站，再给你申请个笔记本，你立马春心荡漾找不到北了！"

"呸！你才春心荡漾找不到北！"

倪悦为表态度，只能尽量找言祈不顺眼的地方意思性地吐个槽："他今天也没怎么认真打扮啦，穿得特别随便，往那儿一站和我隔壁部门的IT小哥似的，看上去一点都不像个副总，画风和公司CEO大大地不同，一点都没有人家看上去气派稳重。"

"可人家长得帅啊！再怎么穿着随便，也是玉树临风的，对吧？"

"呃……"

老斑鸠表现得英明睿智，每一句评价都是准确无误。

倪悦虽然不想承认，但无从反驳，只能悻悻地敲了个省略号，随即表示："我还有资料要看，先不和你聊了，等晚上下班回家，再来总体汇报。"

"行行行，赶紧工作吧。第一天上班悠着点，小心被同事们逮着你偷闲摸鱼的小辫子，那就不好了。"

老斑鸠十分体贴地提醒了一句，原本"滴滴"跳着的头像很快变成了灰色。

简单聊完这几句，倪悦赶紧把刚刚拷贝的资料打开。认真研究了一阵之后，对言祈交给她的工作，有了一个更完整的了解。

云响项目是Resonance针对电商平台"轻云易购"推出的一套智能语音服务系统。在这个系统下，用户可以通过语音交互的模式，完成商品的导购、下单、支付、评价、投诉等一系列环节，让购买的体验变得更加简便亲切。

此外，基于大数据的分析，这套系统还能根据用户曾经的行为模式，提取出信息关键词，对其感兴趣的商品进行推荐，或者主动发起用户感兴趣的话题，扯扯八卦聊聊天。

这个项目看上去十分酷炫，对热爱网购又脑洞巨大的倪悦而言充满了吸引力，眼下光是看着由文字描述的产品构想和简单的图示demo，她已经浑身热血沸腾。

考虑到整个公关推广计划的制定包括新闻稿的撰写，都需要对合作双方的战略信息和产品的技术优势有更具体的了解，倪悦当即抱着笔记本走到了楚纤的座位前，悉心向她请教起来。

楚纤显然对这个项目并不陌生，面对倪悦的求助，当即开始介绍："因为公司之前没有品牌部，所以和对方品牌层面的对接工作都是我在跟进，相关的资料我可以给你。但是战略计划和产品技术相关的部分，一直是战略部的丘总和技术部的程总在对接，所以你可能需要和他们沟通一下。"

"丘总，还有……程总？"倪悦稍微回忆了一下，口气变得有些犹豫，"是不是今天中午，我们在日料店里遇到的……那两位？"

"嗯。"

楚纤自然明白她的犹豫是为了什么。

午饭时间听在耳朵里的那场对谈，已经很明确地泄漏了两位总监在云响项目上的抵触态度，倪悦作为一个新人要去与之交涉，此中的难度自然可想而知。

只是术业有专攻，制定公关策略这种事，楚纤作为一个半路出家的非专业性人士，的确给不了什么太具体的支持，于是只能安慰性地冲着倪悦笑了笑："悦悦，你别紧张，程总和丘总那边虽然对项目有些自己的看法，但有言总牵头，沟通起来应该还是OK的。如果遇到什么难事，你可以反馈给我，我再去请言总那边帮忙解决。"

这些话虽说是安慰，但显然连楚纤自己，对这次内部沟通是否能通顺利进行也没有什么太大的把握。

倪悦暗中评估了一下，心想自己当年在Blue Rays对付各种挑剔难缠的甲方，也算是积累了丰富的经验，于是决定先去尽力搏一把。

反正任务已经交在了手里，不能还没开干就先打退堂鼓。

更何况有言祈这个副总镇在那儿，再怎么说也是车到山前必有路，背靠大树好乘凉。

/ Chapter 04 /

冤家路窄

倪悦花了三天时间，将言祈拷贝过来的所有文件，外加楚纤给的信息完全消化了一遍，粗粗拟出了一个宣传大纲。

紧接着，开始赔着笑脸去两个平行部门的总监那里讨要资料。

战略部的总监丘启明四十出头，却已经算是公司元老，之前一直待在广恩集团总部，后续因为Resonance的快速发展，才被吴寅峰亲自要了过来，并委以重任。

虽说此人看上去脾气甚好，在公司里口碑也不错，但倪悦刚和他说了两句话，立马意识到这个满脸堆笑的家伙是个擅打太极的老油条。

"倪悦是吧，之前Jessica带你过来做介绍的时候，我们部门好多小伙子都注意到你了，说品牌部来了个漂亮的小美女，他们每天上班都更有动力了呢！"

男人先是笑呵呵地做亲切状，然后开始有意无意地探问起了她和言祈之间的关系："对了，我听说你是言总的学妹啊，想来之前读书的时候关系就很不错吧？"

"不是的，丘总你误会了。"倪悦才不愿和言祈扯上关系，立马撇清，"言总毕业的时候我才刚进Z大，而且又不在一个系，所以基本上不怎么认识。"

"这样啊……"在确认了她并非言祈的心腹之后，丘启明终于打着官腔切入了正题，"悦悦你刚到公司来，对情况不太了解。公司的发展战略往大了说呢，是一个公司的最高机密，往小了说呢，涉及未来的盈利模式和发展前景。我们和轻云易购进行战略合作这事吧，其实能公开的部分都已经公开了，其他没能公开的部分，就涉及一个尺度的问题。具体哪些部分可以透露，我还得和吴总、言总那边再斟酌讨论。不然你看这样，我找个时间和他们两位讨论一下，然后再把信息反馈给你，如何？"

这种答案虽然听上去合情合理，滴水不漏，但实质上无干货，无时限，等于什么都没说。

倪悦初来乍到，面对一个如此圆滑的总监又实在没法逼得太紧，于是只能乖巧地道了几句谢，神色怅然地转向了下一个目标。

比起丘启明还算亲切的态度，技术部的总监程响，反应就没那么客气了。

"云响的事你要宣传就宣传，相关的资料官网上都有，再不济去找你老大Jessica，技术方面的问题都属于商业机密，你问那么多干什么？"

倪悦被他满是不耐烦地一顿教训，赶紧夹起尾巴赔笑脸："程总您别误会，我并不需要太具体的部分。只是宣传稿里需要有一些值得媒体报道的新闻点，所以您是否能简单和我介绍一下云响项目里，我们大概会遇到的技术难点和解决方向？"

"技术难点？全都是难点！这么短的时间要搞一套从来没搞过的系统，还要解决方案？你当技术部的人都是神仙吗？"

程响显然对这个项目积怨已久，在不敢直接怼言祈的情况下，直接把撞上枪口的倪悦当了出气筒，继续骂骂咧咧："再说了，智能语音技术相关的内容这么复杂，我怎么给你简单地介绍一下？和你说ASR（Automatic Speech Recognition，语音识别引擎）、NLU（Natural Language Understanding，自然语言理解）、NLG（Natural Language Generating，自然语言生成）、TTS（Text to Speech，文字转语音）……你一时半会儿能明白吗？"

"呃……"

对方连珠炮一样爆了一堆专业名词，瞬间把倪悦噎在了那里。

虽然事先做好了一定的心理准备，但她实在没有想到，公司内部跨部门的沟通而已，居然比她做乙方时伺候甲方还要为难得多。

出师不利的情况下，倪悦只能十分苦闷地回了座位。

正咬着签字笔，想着用个什么方法才能从两位总监嘴里套点话，一个苹果已经递到了眼前。

"怎么着，被老丘和老程挡回来了吧？本来我们还在打赌，美女过去沟通的话情况会不会好一点，现在来看，结果是一样的哦！"

倪悦接过苹果，一脸苦兮兮地看着眼前负责新媒体的部门同事："宸宸，看样子你之前没少在两位大佬那儿碰钉子啊？"

"那是……"这个叫乔宸的小青年左右看了看，干脆拉了张椅子在她身边坐了下来，"不过你别沮丧，不是你的原因。只要是言总牵头的项目，在跨部门沟通上都挺不顺利的。"

"为什么？"

倪悦有点吃惊："因为他做事比较严格？"

"不全是啦。"乔宸凑过身子，声音跟着压低了一点，"偷偷告诉你，你心里清楚就行。在我们公司吧，虽说很多重要的业务都是言总在牵头，但怎么说大老板还是姓吴的。但是吴总看上去不太喜欢言总，两人之间关系一直挺紧张的。老丘呢，本身是吴总从集团那边带过来的，关系自然好。老程虽说不算他的亲信，但总归也知道自己的工资是谁在发。外加之前好几个项目都因为效率太低被言总狠批过，所以再遇到言总手里的活，要么能拖就拖，要么阳奉阴违。"

"啊？还有这种事？"倪悦不是没见过公司内部明争暗斗的事，但多是平级之间为了抢夺话语权，像言祈这样直接敢和CEO叫板的，倒是第一次见，不禁好奇起来，"那吴总为什么不喜欢言祈啊？而且他是CEO，如果不喜欢的话，干吗要把言祈招进来，还坐在副总的位置上给自己添堵？直接开了不就行了吗？"

"这哪是说开就开的事啊？"乔宸看她言语幼稚，很快从八卦者的角色切换成了职场导师，"言总是吴总他爸，也就是集团董事长介绍进来的，一路保驾护航从一个产品经理做到了副总。不过言总自己也厉害，现在基本是公司的业务核心，很多合作方都只认他，在公司内部其实很有威信。而且之前他和吴总闹过好几次矛盾，最后基本上都证明他的判断是对的。在这样的情况下，吴总就算再不爽，也得顾及他爸的面子还有公司的发展不是？"

"原来如此。"

倪悦低头咬了一口苹果，正琢磨着耳中的小道消息，乔宸已经深深叹了出来："不过我也能理解吴总，当领导吧，最怕这种有能力有影响力，却总是不服管又爱和自己唱反调的下属。现在看他俩，好像是互相退让着，井水不犯河水地各自管各的事，但我总感觉这是火山爆发前的短暂平静，说不定你手里的云响项目，就是最后点燃炸药包的药引子呢！”

“你赶紧干活吧！”倪悦看他越说越不像话，笑着朝他肩膀上推了一把，“今天的微信推送再不出，我是不是药引子不说，纤姐那边得先把你炸了！”

“啊，你不提醒我都给忘了！那我去忙了啊！”

乔宸回到了自己的座位上，倪悦也很快啃完了手里的苹果。

眼前的事情却让她感觉越发烦忧。

如果沟通不畅的问题并不是因为自己，那么就算拉着言祈出面强行镇压，怕是只会换来一个双方都糟心的结果。

虽说她想要了解的这些问题，言祈或许也能给她讲解，但作为一个新人，她原本就因为出自Z大而身份微妙，如今刚接手第一个项目就频繁越级去麻烦公司副总，实在不符合职场规则。

更何况，她不希望自己连这么点事也办不好，被言祈看轻。

只是Resonance的情况就是这样，她一时半会儿想不出什么理想的解决方式。对着电脑发了一会儿愣，倪悦干脆把轻云易购的微信公众号翻了出来，想看看其中能不能摸到什么有用消息。

很快地，她的注意力被对方不久之前推送的一条信息吸引——本周五下午，轻云易购将会在香格里拉酒店召开一次重要的新闻发布会，公布接下来的发展战略，以及整个电商平台的技术升级。

这个消息无疑是一场及时雨，对她直观深刻地了解合作方在产品和战略上的规划，是一个十分完美的契机。

想到这里，她赶紧打开QQ，找出了其中一个ID名为“乔小安”的头像，迅速呼唤起来。

“小安小安，你在线吗？赶紧冒泡，我有事找你。”

“哎呀，是悦悦宝贝啊！你最近怎么样，去了哪里啊？”

“我挺好的，刚进了一家新公司工作，不过这些事晚点再和你聊。我找你是想问问，Blue Rays和轻云易购的公关合作还在继续吗？"

"还在啊！"QQ那头的女孩回复了一个泪流满面的表情，"说起这事真是痛苦，轻云易购周五要搞个新闻发布会，结果陈嘉杰那边沟通不畅，跟个傻瓜似的，信息总是变来变去。搞得我一直在改方案，忙活了快一个月了，还没完。这几天怕是得通宵呢……"

"他们的新闻发布会交给你们了啊，那实在是太好了！"倪悦没想到一切如她所愿，赶紧打了个电话过去，"小安，我想麻烦你件事，周五那天轻云易购的发布会现场，你方不方便带我进去？我手里有个活，需要了解一下他们公司最新的信息。"

"嗨！这多大点事啊！"乔小安满口应承着，"到时候我给你一个工作证，你就当Blue Rays的员工和我一起进去呗。说起来，你走了以后又有好几个同事离职了，都是被陈嘉杰那个垃圾恶心的。现在虽说招了一批新人，但大多经验不足，你来了顺便帮忙搭把手，盯盯流程催催场什么的。"

"这些绝对没问题！"这种活倪悦之前做多了，早已经是轻车熟路，当即满口答应了下来，"多谢你啦小安，等活动结束了，我请你去吃顿好吃的！"

周五当天，倪悦提前三个小时赶到了酒店门口，从乔小安手里拿到工作证后，跟着Blue Rays的大部队一起进了会议现场。

近千平方米的大宴会厅里已经搭建完毕，工作人员在对视频和演说文件做最后的调试。

倪悦跟在乔小安背后忙了一阵，眼看Blue Rays的员工虽多，但其中的确颇多新手，干起活来十分被动，于是干脆卷起袖子，亲身上阵，带着一群刚刚毕业的小菜鸟查漏补缺。

几个小时以后，会议厅里陆续有人入场，环境很快变得喧嚷起来。乔小安作为整个活动的主控，顿时开始脚不沾地地四处跑。

繁忙之间，倪悦忽然被她匆匆逮住："悦悦，轻云易购那边临时多来了几位嘉宾，现场流程也有调整，我已经安排同事去和主持人沟通了，你看你是不是方便帮忙找地方把流程单重新打印一下？"

"OK，没问题！"

五星酒店里面的商务打印价格惊人，之前遇到类似的情况，要么是公关公司自带打印机，要么就近找一家便宜的小打印店救急。

倪悦来之前出于职业习惯，已经简单地在周边堪了一下场，知道酒店附近不到四百米的地方就有一家打印店，于是赶紧拿了文件匆匆而去。

再次回归时，离活动正式开始的时间已经不到十五分钟，倪悦把文件交给乔小安，正准备找个合适的位置坐下来，忽然听到背后传来了阴阳怪气的一声叫："哟，这不是倪悦吗？你怎么会在这儿？"

倪悦闻声一惊，赶紧回头。

陈嘉杰穿着一身正装，不知道什么时候已经人模狗样地站在了那儿，身旁还陪着好几个貌似甲方领导的中年男人。

通常活动开场之前最繁忙的时候，这家伙要么蹲在嘉宾室里和领导们拉关系，要么优哉游哉地在咖啡厅里喝咖啡，根本不会过来盯场。不知道今天吹哪门子歪风，居然在这时候把他给吹来了。

倪悦咬了咬牙，勉强挤了个声音出来："陈总好。"

"叫什么陈总啊，大家现在都不在一个公司了，哪用那么客气？"陈嘉杰眼睛骨碌碌地在她身上一转，随即拿腔拿调地哼笑了出来，"倪悦啊，离开Blue Rays以后去哪儿高就了啊？今天怎么会专程过来帮忙啊？"

眼见倪悦不说话，他故意朝身旁的男人笑了笑："郑总，她该不会是你们轻云易购的员工吧？"

"不是。"姓郑的男人看上去也有点疑惑，"今天这场活动是我亲自盯的，有多少员工过来我心里有数，这个小姑娘……不是我们公司的人。"

"哦……这样啊？"陈嘉杰越发得意，"既然不是轻云易购的员工，又不是我们Blue Rays的人，倒不知道倪小姐今天是以什么身份进来活动现场的？难道离开Blue Rays以后，去了媒体高就？不知道究竟去的是哪家媒体，有没有在我们的邀请名单中？"

眼下这种情况，以陈嘉杰那小肚鸡肠又睚眦必报的性格，乔小安这层关系是万万不能暴露的。可如果要认真解释，只怕有陈嘉杰在那儿煽风点火，还会坏了Resonance的名声。

倪悦紧咬着牙，正在寻思着找个什么理由，才能把眼前的情形给糊弄过去，忽然感觉自己的肩膀被人轻轻拍了拍，紧接着一个带笑的声音响了起来："活动都快开场了，怎么还不回去坐好？见到郑总也不知道好好打个招呼？"

倪悦有些慌乱地扭了扭头。

身后的青年长身玉立地站在那里，穿着一套修身的黑色西装，跟马上要接受群访的流量明星似的，颜值简直是碾压式英俊夺目。

"言总，这位小美女原来是你们Resonance的人啊？"

原本满脸疑惑的男人立马笑了起来。

"是啊，这是我们品牌部的同事倪悦。"言祈客客气气地说，"怪我，今天临时做的决定，所以一起过来的同事没和你这边报备一下，结果闹了这么个乌龙，真是不好意思。"

"怎么会？"姓郑的男人赶紧躬身做了个"请"的姿势，"Resonance的同事们能专门过来参加新闻发布会，我们已经觉得很荣幸了。嘉宾席在那边，两位请入座。"

"走吧。"眼见倪悦还呆立当场，言祈对她眨了眨眼，趁人不备之际微微躬身凑在她耳朵边，"这位朋友，你现在多少也是要坐嘉宾席的人了，脖子上的工作证能不能先摘下来？"

"哦哦……"

倪悦经他提醒，手忙脚乱地把挂在脖子上的工作证塞进口袋里。

再抬头时，眼看着言祈已经风度翩翩地和郑总并肩走向了嘉宾席，赶紧脚步匆匆地跟了上去。

轻云易购的战略新闻发布会前后进行了足足两个小时，其间有好几位高层专门用内容丰富的PPT，从不同角度详细介绍了云响计划。

倪悦随身带了录音笔，一边录音，一边拿着笔记本记重点，全程忙了个不亦乐乎。

待到活动结束，她感觉收获颇丰，高兴之余正准备长长地松一口气，忽然意识到言祈歪着头，正专心致志地看着她，一脸兴味盎然。

"言总，您那边还有什么安排吗？"

作为Resonance的员工，冒充工作人员混进现场这种事，实在是有点给公司丢人，何况还被合作方的领导抓了个正着，要不是言祈从中解围，只怕一时半会儿还真难解决。

倪悦心虚之下，态度带上了几分讨好，满脸堆笑的样子，把狗腿着拍领导马屁的小员工演了个十足十。

"安排倒是没有，就是现在也到饭点了，一起吃个饭吧。"

言祈看上去没什么要追究的意思，率然站了起来，正准备离开活动现场，一直等在一旁的陈嘉杰忽然堵了过来。

"言总你好，我是Blue Rays在S城的负责人陈嘉杰，刚才和您见过的。"

"哦……你好啊。"言祈看上去有些漫不经心，"陈总找我有事吗？"

"是这样的，我们呢，是一家公关公司，在国内也有一定的规模，专门为像轻云易购这样比较看中品牌和声誉的大企业提供公关服务。今天您看到的这场活动，就是我们策划执行的。不知道言总您觉得怎么样？"

"还不错吧。"言祈抬着眼睛左右看了看，"礼仪小姐都挺漂亮的。"

这种扭曲重点、轻佻且不严肃的回答，倪悦觉得自己都快听不下去了。

这做派，哪里像是个知名高科技企业的副总！

陈嘉杰眼睛一亮，仿佛遇到了知音一般："那是那是！服务大企业嘛，我们找的小姐……咳，礼仪小姐，向来都是质量最好的。既然言总觉得还不错，我想冒昧和您约个时间，详细给您介绍一下我们的服务和项目，看看大家是否有合作的可能。"

原来这人是来拉业务的啊……

倪悦只觉得心下一紧。

要是这两人真的合作上了，一个轻佻一个不着调，不知道自己在背后要被损成什么样子呢。

"这个嘛……"言祈的表情变得严肃了一些，像是认真地想了想，"Blue Rays我之前倒是听说过，服务一直挺好的。这样吧，反正我们的公关负责人也在，要不你给她名片，再把资料发她一下，让她先评估评估？"

"言总！"陈嘉杰不知道他是有意轻慢，还是真的不懂行，一时间有点急了，"这位倪小姐……之前就是从我们Blue Rays出去的，对公司的实力很清楚。只是业务合作这种事，之前我这边一般都是和公司高管直接沟通。毕竟涉及服务范围嘛，很多方向性的东西还是能现场有个决策比较好，而且关于报价方面……"他左右看了看，"可能也需要您这边给个预算建议才比较好操作。"

"不用不用！"言祈随手一挥，一脸正直，看上去既没有把对方的大佬身份放在心上，也没有领会话语中的回扣暗示，"既然倪悦是从Blue Rays出来的，对情况又清楚，这件事就交给她负责拍板了。合作内容你具体和她谈吧，反正这些事我不懂。倪悦，到时候你评估完了告诉我一声就行，没问题吧？"

　　"没问题！"

　　倪悦心下大爽，赶紧字正腔圆地应了一声。

　　"行，那我们先走一步了，陈总这边……就等您的资料啦！"

　　言祈挥了挥手，没再朝陈嘉杰气得发白的脸看上半眼，优哉游哉地几步迈出了酒店大门。

　　走出香格里拉大酒店，附近刚好有家西餐厅，言祈领着倪悦进屋坐下，眼看她眉目弯弯像是在憋笑，顺口吐了个槽："看你这高兴样，想笑就笑呗，憋得跟个仓鼠一样，难不难受？"

　　"言总你真厉害！很少看到陈嘉杰那家伙这么吃瘪啊。他在公关圈里是大红人，平时把自己包装得跟上流人士似的，开口闭口就是甲方领导都得给他几分面子，结果你今天把他当个普通AE（客户主管）打发了，估计他心里已经把你骂了八百回！"

　　倪悦大仇得报，秉承仇人的仇人就是朋友的原则，对言祈的态度也亲近了些，主动帮他倒了杯茶："不过你和他第一次见面，怎么就这么不给他面子啊？人家多少和你一样，也是个副总来着。"

　　"副总怎么了？我一定要理他吗？你既然那么讨厌他，我当然得帮你报仇啦！"言祈慢悠悠地喝了一口茶，"而且这种人品低劣的家伙，谁要考虑和他合作啊？"

　　"啊？你怎么知道我讨厌他？还有……他人品低劣的事已经传出圈了吗？"

"呃……"言祈眼睛转了转，"不是面试的时候你自己说的吗？因为上司太讨厌，你才会离开公司的。既然你这么正直，被你讨厌的家伙人品一定有问题……"

这两句解释听起来在情在理，顺便还小小地拍了一下她的马屁，倪悦心情大好之下不再追问，专心致志地拿起餐单准备点菜。

"对了，你今天怎么想到跑到这儿来？"

"哦……之前你交给我的任务，我大框架已经拟定得差不多了，就是有些具体信息得深入了解一下。想着发布会上应该会有所涉及，就请前同事帮忙混进来了。"

"嗯？了解信息要用这种方式……程总和丘总那边很难沟通吗？"言祈似乎相当敏锐，三言两语之间已经觉察到了问题所在，"对不起，战略部和技术部是比较难沟通，这件事上是我考虑不周，不该招呼也没和他们打一个就把你扔下去。作为道歉，今天这顿饭我请。"

虽说沟通上的阻碍的确是源于高层之间的关系问题，但如何有效解决毕竟是执行员工分内的事。

言祈这么一自责，倪悦顿时有些不好意思："没有啦，工作上大家都有自己的责任和难处，你是副总，要管的事那么多，哪里会照顾到这么多细节。反正现在事情也解决了不是？不过我还没拿薪水，就不和你客气了，等工资发下来，我可以请你撸串。"

"啊？你这算是礼尚往来呢，还是提前对我发出约会邀请？如果是后者，我可要提前安排时间表了哦。"

倪悦无语。

这人果然是正经没两分钟，就立刻原形毕露。

倪悦懒得理他，轻声一哼之后赶紧埋头喝汤。

但言祈显然没准备放过她："对了，我还想问问，你沟通受阻，怎么没想过来找我？虽然我和老程他们关系是不怎么样，但是过去说句话，让他们把资料share一下，应该还是没什么问题的。"

"哪能遇到个小事就跑去找你啊，你那么日理万机。"

"不仅仅是这个原因吧？"言祈轻声笑，"不向讨厌的人求助，是你保持尊严的方式对吗？"

知道你还问……

倪悦讪讪地笑了笑，闭口不答当默认了。

周末的时候，轻云易购战略发布会的消息在Blue Rays的专业运作下，迅速占据了各大媒体的头条。"云响计划"也经由各种深度报道，正式进入了公众视野，引发了一波热议。

上班之后没两天，倪悦交出了一份完整的项目传播推广方案。

言祈略加调整，修改了一些有关技术方面的措辞，在递交轻云易购方进行讨论后，云响项目在Resonance内部的立项会议也正式启动。

不知是因为言祈对项目格外重视，还是轻云易购战略发布会的新闻报道对高层产生了一定影响，立项会议当天，除了相关部门的员工全体出席之外，连一直态度冷淡的CEO吴寅峰也在会议刚开始没多久，破天荒地推门走了进来——不知道是来旁听，还是准备找言祈麻烦。

言祈见他出现，简单打了个招呼，随即开了PPT，把整个项目的规划分工整体介绍了一番。

倪悦和他认识以来，第一次见到他在工作中的模样，虽然衣着打扮依旧休闲随意，却自带领导者气场。

整个项目介绍期间，全场除了敲击键盘做记录的声响之外，没有任何人嬉笑聊天，或是低头玩手机。就连吴寅峰，也全程保持着凝神瞩目的姿势，手机上接连推送进来的好几条短信，都没分神看上一眼。

半个小时以后，言祈结束了自己的发言，随手把笔记本一扣，眉目带笑地把目光落到了台下："以上就是关于云响项目的所有介绍和相应分工，各位有什么问题的话，可以现在提出来。如果没有问题，那接下来我们就按照项目表上规定的时间推进执行，在此期间，我希望大家严格遵守项目节点，不要有延迟的情况出现。"

想来在会议召开之前，言祈已经做过了充分的准备工作，自有大局在心中。因此每一个板块的工作，无论是在质量要求还是时间规划上，都非常清晰。

倪悦虽说之前已经从同事的议论中，得知了言祈高标准严要求、雷厉风行的做事风格，但如今作为项目组的一员，还是感觉到了无形的压力，于是赶紧低头，把刚才记下的属于自己的工作内容仔细核查了一遍，暗中评估进度时间。

一阵窃窃私语的讨论后，终于还是有人站了起来。

"言总，关于这个项目，技术部这边怕是有点困难。你也知道，公司这次和电商做深度合作，很多问题都是之前没有遇到过的，技术部门虽然人数不少，但是项目也多，眼下整个团队已经在超负荷运作，如果要按照你的时间要求推进，大概是完成不了。"

"哦？"对程响的反应，言祈似乎并不意外，很快态度平和地分析了起来，"关于云响项目，早在两个月之前我就和程总您沟通过，希望您能够提前协调。而且据我所知，技术部目前最重要的几个项目都已经处于收尾阶段，相关团队应该可以把人抽调出来，在这种情况下，应该不至于人手紧张。"

"话是这么说没错，可是您可能不知道，吴总今天早上已经给技术部门另外安排了一些工作，所以……"

程响说到这里，眼睛瞥了瞥一旁的吴寅峰，没再吭声。

那意思倒是明白得很——挡箭牌反正已经找好了，反正我部门的人力就这么多，你言祈要向技术部施压的话，先和CEO撕上一场再说。

言祈抿了抿嘴角，没再说话。

云响系统作为他最看重的项目，所需要的人员配备和技术支持，吴寅峰不会不清楚。对方偏偏在这个节点上横插一脚，用一些优先级并不太高的活把技术力量调配开，究竟是出于什么目的，他自然心里有数。

这次的项目是他花了近半年的时间一点点谈下来的，过程十分辛苦。

此中不仅要面对来自公司内部的阻力，还要花费大量的时间和精力，赢得合作方高层的信任及支持。

为此在这半年里，他一直亲自充当着产品经理和商务BD的角色，忙得脚不沾地，连觉都没好好睡过几次。

但他觉得这一切都是值得的。

因为在他看来，随着产业的细分化，粗放型的智能语音解决方案已经不再能够满足市场需要。与轻云易购的合作，是Resonance切入电商行业的重要契机，如果成功的话，是公司业务战略性转型的开始，所以即使面对重重困难，也值得放手一搏。

只是在吴寅峰眼里，这么一个耗时耗力又前景不明的项目犹如鸡肋，并不值得他们投入那么多。

历经几轮不欢而散的争论后，言祈原本以为他们之间已经达成了某种默契，双方互不干涉，在保持公司其他业务正常运营的情况下，自行协调资源做项目推进。

没料到的是，事情到了最重要的立项阶段，吴寅峰却忽然悄无声息地在自己面前架起了路障。

而这种无谓的内耗，实在不太像一个成熟企业家应有的举动。

紧张沉默的气氛里，吴寅峰轻咳了一声站了起来，总算是表了个态度。

"老程，你的难处我们都清楚，但言总那边的需求，你也要尽力配合。既然你是技术部的负责人，一切你说了算，把人员协调好，做好优先级的安排，不能因为我这边给你安排了工作，就顾此失彼，知道了吗？"

"是……"

眼见皮球被吴寅峰话中有话地踢了回来，程响也是噎了一阵，半晌没出声。

吴寅峰敲打完他，看向了言祈："言总，你的心情我理解，也很感谢你一直以来的付出，但毕竟公司资源有限，凡事要有个轻重缓急。对老程那边，你也要多谅解。有困难的话，自己尽量克服一下。毕竟Resonance刚成立那几年，要人没人，要钱没钱，大家也是咬着牙过来的。"

说话之间，程响已经缓过来了，迅速接过了吴寅峰的话头："言总，我刚才想了一下，要不你看这样吧，杜云和周涛这两位同事最近手里的活应该能结，我安排他们进云响的项目组，我自己这里也会随时盯着，后续要是还有同事空出来，我立马给你补进去，你看怎么样？"

"呵！程总也太欺负人了。"

言祈还没来得及表态，倪悦身边的乔宸先低低地骂了一声。

"怎么了？"

"怎么了？程总摆明了在阴言总啊！杜云和周涛两个新人菜鸟，一个刚进来三个月，另一个还是实习生，估计连招呼都没和言总打过，他把这两个家伙塞过来算怎么回事？虽然言总自己技术很牛，但管着这么大一个项目，要分神的地方多了去了，难道还要他亲自带技术人员不成？"

这……

倪悦抬起眼睛，神情紧张地看着站在会议室前方的言祈。

满满一屋子都是人，空气甚至有点发热，而他那么笔挺地站在那里，看着下面的人你一句我一句轮番刷着红白脸，唱着不配合，心里估计早就凉透了。

虽然对这个人旧怨还在，但眼看他在CEO的默许下被人不阴不阳地欺负着，倪悦不禁有点难过。

"好。"片刻之后，言祈嘴角微微一挑，依旧是从容微笑的模样，"既然如此，我就自己想想办法。无论如何，多谢吴总和程总支持了。"

立项会议结束没多久，言祈把自己办公室前的区域划了一片出来，让行政部重新调整了工位，继而将项目组的重要成员都聚集在了一起，连技术部那两个小菜鸟——杜云和周涛，也紧跟着从二十三楼搬了上来。

不知是第一次直接面对副总工作过于紧张，还是深知手下项目的重要性，又或者从同事们的八卦议论中，已然知道了自己在部门老大和言祈的战役中充当了炮灰，两个小青年搬至二十四楼以后，一直表现得战战兢兢，不仅和周边同事交流甚少，平日里连大气也不敢多喘一声。

倪悦本是新人，和他们的工位只隔了一条走道，抬头不见低头见，很快觉察到了他们的忐忑，于是主动充当起了调和剂，遇到吃中饭喝下午茶什么的，会主动招呼一声。

时间一长，杜云和周涛把她当成了人际关系上的救命稻草，相互之间逐渐亲近了起来。

"悦悦，听我们老大说，言总这人特别难对付，到底是不是这样啊？"

"呃……其实还好啦。"

虽然自己心里也没谱，但总不能动摇军心。

倪悦面对一脸紧张的两个人，只能一边掐手心，一边违心地帮着言祈说好话："言总虽然工作上比较严格，但和同事们的关系还是不错的，对新人也很照顾。就算有问题，也是就事论事，不会把私人情绪带到工作里面来，你们放心好了。"

"真的吗？"

"当然啦！不然你们看我，刚来不久，工作也没太熟，但和言总相处得不是挺好的吗？"

"那倒是哦。"

有了美女做担保，两个新人菜鸟似乎安心了些，接下来的时间没再胡思乱想，而是收敛心神，对自己手里的项目开始做功课。

一个星期之后，从立项会议结束至今一直频频外出，而把两个小菜鸟冷落在旁没多搭理的言祈，忽然心血来潮一样，抽了个午饭前的时间，坐到了他们的工位里，专心致志地检查起了项目进度。

杜云和周涛浑身僵硬地站在他身后，眼看着一个个bug（错漏）在言祈手下被飞速挑出，脸上跟刷了几层糨糊似的，一阵比一阵白。

这样高错误率的东西如果落在程响手里，整个二十三楼都会被训斥的声音震得漫天响。他们是第一次直接给言祈交活，虽然存在背景不清晰、项目没吃透、缺乏有经验的leader统一规划管理等客观因素，然而以对方的身份，被狠批一顿用以敲山震虎，想来是免不了的。

如果还要试图解释，让他们立马卷铺盖走人也不是没可能。

一想到这里，两个菜鸟不管言祈正聚精会神地对着电脑，根本看不见他们的动作，立马开始频频点头认错。

四周坐着的同事十分默契地保持安静。

平日里每到午饭时间就相互吆喝的声音也懂事地收敛起来。

没人敢离开办公桌，也没人敢说话。

随着键盘的敲击声，每个人都像是在火山爆发前的短暂平静里暗自煎熬。

"这些就是你们一个星期以来的工作成果？"

程序跑完了一遍，言祈椅子一转扭过身来，脸上看不出太多喜怒。

"是……"

短短一阵沉默之后，年纪稍长的周涛勉强哼了个声音出来："对不起，言总，我们……"

"看样子还行！"言祈挥了挥手，把他的自我检讨打断在半空中，"基本功都还不错，也挺有想法。不过为了赶进度，东西做得有点糙。更重要的是，缺乏统一的目标和构架思想，对项目本身也没太清楚，导致缺乏完整性，可扩展性也不够好。"

他一边说着话，一边低头看了看表："时间不早了，你们先去吃饭吧。我把程序再跑一边，顺便做一下debug（排错），下午具体和你们沟通。"

"那哪行啊？"

周涛没有迎来料想中的训斥，反而被他口气轻松地给了个通行证，一时间也是急了："言总，您刚才说的问题我们大概明白了，debug的工作可以交给我们，您晚点过来检查就行，不用您亲自动手的。"

"没事。"言祈稍微活动了一下手指，对着满屏的代码，神色里流露出了几分孩子气的兴奋，"我也好久没自己写代码了，就当复习一下。不过嘛……之前的工作主要是对你们的能力有一个大概了解，接下来就不会那么轻松了。辛苦的事还在后面，不用急于一时，你们赶紧去吃饭，下午有神秘大礼奉上。"

"哦哦，好的。"

两个愣头青被他一交代，都意识到了后续工作的艰巨性，没敢再客气，赶紧点了点头，急匆匆地走出了办公室的大门。

言祈手指刚落在键盘上，忽然又把头拧了回来，看着不远处正探头探脑看着他、一脸欲言又止的倪悦，轻声笑着："你都看了大半天了，有什么事直接说。"

倪悦对自己突如其来的多事想法原本就纠结，被他单刀直入地这么一问，顿时结结巴巴："那个……也没啥事。我就是想问问你点餐了吗？如果没有，要不要我给你带个外卖回来？"

"哎？我倒是忘了。"言祈经她提醒，像是意识到了什么，"那麻烦你帮我带个外卖吧。楼下那家pizza店，一个九寸的榴梿拼夏威夷pizza加双倍芝士，两对奥尔良烤翅，一份蛋挞，一份意面，外加两杯石榴特饮和两杯杧果茶，多谢。"

倪悦听他菜名报得一串串都不带喘气，心里也是无语，只觉得自己的一片好心在被对方恶意找碴："言总，这么多东西你吃得完吗？浪费可耻啊！"

"你不能因为我身材好就怀疑我的食量。"

"喂……"

"而且为了感谢你这么惦记我，顺便也帮你点了一份。"言祈把头扭了回去，开始认真地敲键盘，"我现在忙，钱你先帮着垫付一下，晚点来找我报销。记得开发票，不然你就得自掏腰包了。"

"你……"

这个杀千刀的，早知道让他在这里自生自灭好了。

自己也是脑残，才会去瞎操心。

倪悦恨恨地朝他背影瞪了一眼，拿着钱包"噔噔噔"而去。

言祈点名的那家pizza店因为近期推出了几款针对普通白领的特惠套餐，生意火爆得不得了。外加双拼款又特别耗时间，倪悦在来往不断的用餐人群中等了快四十分钟，才算把所有东西都拿齐。

然而面对眼前硕大一个打包袋，她最终只能毫无形象地咬牙捧在胸前，一步步挪回了自家写字楼。

刚挪进电梯，费力地摁下关门键，随着一阵嘻嘻哈哈的声音，又有两个小青年硬挤了进来。

倪悦勉强把自己移到角落里，正准备喘口气，两人之中剃着小平头的家伙似乎是被巨大的打包袋吸引，目光落在她身上仔细一通打量后，忽然很是惊喜地招呼了起来："哎哟……师妹，是你啊？"

"你是……"

眼前的人有几分面熟，就是一时半会儿没想起在哪儿见过。

"我是陆余，是你Z大的师兄啊！"

小平头见她依旧茫然，迅速补充："之前你不是老去我们宿舍找言祈吗？咱俩撞到过好几次呢！你不记得啦？"

啊？

被对方这么一提醒，倪悦记起来了。

眼前这个家伙，就是当年那个机器猫T恤常年不换的言祈室友。

几年不见，当年瘦得晃晃荡荡的青年结实了不少，难怪没第一时间认出来。

但问题的重点是，她当年也就找过言祈两次，怎么变成老去了？

他城遇旧识的陆余显然很兴奋，一边把倪悦抱着的打包袋接到了自己手里，一边热情地介绍起了身边的青年："来来来，大家互相认识一下。这位呢，也是你Z大电子信息工程学院的师兄，谢雨晨。至于这位小师妹嘛……"

他声音顿了顿，自己也有点疑惑的样子："对了，你叫什么来着？"

"倪悦……"

"对对对，倪悦！"

因为昔日里那点稀薄的交情，陆余已经迅速把倪悦划在了老熟人的行列里。见她和谢雨晨简单地打过招呼后，一脸心照不宣地挤了挤眼睛："师妹你可以啊，一路追着言祈到S城来了？可别告诉我你现在也在Resonance啊。"

虽然很不想承认，但好像偏被他说中了……

还没来得及接话，"叮"一声响，电梯已经在二十四层稳稳停住。

陆余见她打包袋也不要了，脚步匆匆地直接出了电梯门，"嗷"一下叫出声："不是吧？师妹你真的在Resonance工作啊？那可巧了，快快快，赶紧把言祈那小子给我们叫出来！"

在前台一脸好奇的注视下，倪悦简直恨不得拿块胶布封上他的嘴。

然而受限于客观条件，她只能言简意赅地向前台示意"这两位先生找言总"，然后赶紧鸵鸟一样藏进了茶水间。

十几分钟后，倪悦做足了心理建设，回到了自己的座位。

陆余和谢雨晨已经被言祈带进了自己的办公室，正嘻嘻哈哈地聊着什么。

门缝里不时溜出点欢声笑语，外加空气里悠悠飘着的炸鸡味，简直像是一场愉快的校友茶话会。

同为Z大校友，倪悦的心情却没有那么欢乐。

想着电梯里陆余那几句不清不楚的玩笑，不知道这个口无遮拦的家伙还会产生什么更过分的联想。

倪悦心有余悸之下全程竖着耳朵,想要听听他们具体都在聊些什么。

只可惜小青年们语速飞快,声音又是时高时低,努力听了老半天,也没听出个所以然。

"喂,你们俩嘀嘀咕咕聊什么呢?"

言祈办公室里的谈话内容她听不到,隔壁工位里技术部那俩菜鸟之间的窃窃私语却没逃过她的耳朵。

倪悦生怕陆余之前的那阵叫唤引起什么误会,赶紧犹如惊弓之鸟一般促声追问起来。

"悦悦,刚才进言总办公室的那两个人你认识吗?"

"认识矮一点的那个,他是言总Z大的同学,怎么啦?"

"另外那个你不认得啊……难怪了。"

向来谨小慎微的杜云难得主动开了次口,眼睛紧盯着言祈的办公室,神色里却都是兴奋:"高一点的那个帅哥,是我们圈子里有名的技术大牛!之前因为一个线下交流活动,我见过他一面,可惜没说上话,没想到今天居然会来公司!不知道一会儿有没有机会向他请教请教!"

"没想到小杜你居然也追星啊!"

倪悦惊叹之余,目光落在了他的电脑上:"他现在不是在言总办公室吗?你借口要汇报工作,拿你的东西找他讨论讨论呗。"

"我写的这些东西连言总那边都过不了,哪好意思给大神看啊……"

杜云吐了吐舌头,脖子缩回去了。

半个小时之后,言祈终于结束了校友茶话会,优哉游哉地走出了办公室。

陆余和谢雨晨跟在他的身后,脸上的表情都有点亢奋。

"各位，麻烦暂停一下手里的工作。"言祈拍了拍手，面对眼前所有人注视的目光，微微侧了侧身，把身后的两位青年让到了台前，"给大家介绍一下，陆余和谢雨晨。从今天开始，他们将会进入云响项目组，和杜云、周涛两位同事一起，负责项目的技术部分。"

一片惊愕的眼神之中，言祈笑了笑："你们什么反应？是见到帅哥傻眼了吗？"

"哗啦啦"的掌声立马十分应景地响了起来。

"行啦行啦，咱们东西也吃了，该聊的也聊了，现在不耽搁时间了。我和雨晨先去两个小朋友那儿熟悉一下情况，你该干吗干吗去，有事我找师妹问。"

陆余进入状态的速度极快，完全没把自己当外人，刚把招呼打完，就扯着谢雨晨直奔两个小菜鸟而去。

周涛和杜云呆呆地站在那儿，脸上的表情跟看着天上砸了块大饼下来似的，基本已经石化了。

听到风声的人力资源总监匆匆赶了过来，看向言祈的表情有点为难。

"言总，虽说您这边有直接用人权，公司上下都无权干涉，但技术部只设了一个总监岗。现在程总他干得好好的，您的两位朋友进来……具体该怎么定岗，给个什么头衔，您是不是给我个意见？"

定岗？头衔？

言祈闻言笑了起来。

以陆余和谢雨晨的经验资历，要不是他一再刷脸，两人又对这个项目真的抱有极大兴趣，只怕是给个CTO，人家都得考虑考虑。

云响项目在公司内部百般受阻，CEO和技术总监两厢刁难的情况下，他不得不动用一些自己的资源来解决问题。过程虽然曲折了点，当下能给出的回报也不算高，但他坚信，对一些人来说，比起利益或者金钱，新兴的科技产品本身就是最大的吸引力。

只是这些话一旦说出口，怎么着也不会太好听。

何况对公司里兢兢业业的同事们，言祈一般不会让他们太为难。

"这事你看着办吧，有个称呼就行。"

他笑眯眯的，一脸善解人意的模样："关于头衔这种事，我想他们是不会介意的。"

/ Chapter 05 /

暧昧丛生

陆余和谢雨晨的加入，给云响的技术团队带来了坚实又牢靠的力量。

因为同是Z大校友，技术能力和做事风格又彼此熟悉，沟通起来甚是高效。不过短短一周时间，整个项目的推进速度就因为他们的介入被飞快拉动了起来。

技术方面没了后顾之忧，言祈立马把精力放在了其他模块的工作配合上。原本还偶尔优哉游哉地刷刷微博、聊聊热点八卦的品牌部，顿时也加入了和大部队一起点加班餐的队伍。

倪悦初涉新行业，对诸多专业名词尚且一派懵懂，眼下除了本职工作要完成之外，还得花大量的时间了解技术和产品，一时间忙得脚不沾地，连和老斑鸠的日常唠嗑都变得有一搭没一搭。

幸好陆余性格活泼，对她这个小师妹又颇为照顾，谢雨晨虽说看上去沉默高冷，自带大神气场，但相处下来也是耐心温和的。

但凡遇到需要答疑的部分，这两人都会连画图带比喻地进行悉心讲解。倪悦感激涕零，再回忆起当初和程响打交道时的场面，只觉两位同校师兄简直是小天使的化身。

时间一久，在两人深入浅出的讲解之下，倪悦对技术和产品迅速熟悉了起来。遇到相关媒体抛来的诸多专业性问题，很多时候能够在不麻烦他人的情况下，游刃有余地给予解答。

对云响项目困境之下峰回路转的局面，和那两个最终被人力资源部挂以"特邀专家"的外挂人士，公司上下都保持着极大的关注。

碍于言祈的身份，员工们虽说鲜少公然议论，但私下都在悄然揣测小言总是不是在用这种形式与CEO公然叫板。

一片观望之中，吴寅峰的态度却依旧淡定而沉默。

即使每天去往办公室的途中都会路过云响项目组，却连余光都懒得瞟上一瞟。

那情形仿佛是大家虽然同处一个办公室，却早已划清了楚河汉界，独立山头，各自为政。

在这看似和平共处、实则关系诡异的氛围里，广恩集团董事长吴继恩，却在某天不声不响地出现在了Resonance的办公室。

吴继恩已然年近六十，但平日里保养得当又勤于锻炼，看上去依旧身材挺拔且风度翩翩。因此自五年前丧妻之后，吴继恩的感情生活一直为公众所瞩目，近些年里，不时会有诸多条件优越的单身女性主动向其示好的绯闻传出。

只是这位被公司内部的女同胞笑称为"终极男神"的董事长，在生意场上却是个不折不扣的铁腕派，即使如今已经鲜少涉入具体业务，但整个集团依旧在他的精神领导下，被管理得井井有条。

如今董事长突然大驾光临，事先又没收到任何通知，Resonance上上下下顿时忙作一团，生怕被大老板揪出什么纰漏。

　　行政部向来训练有素，第一时间发了邮件通知，将员工们需要注意的言行纪律做了重点提示，同时又安排了保洁阿姨，迅速清理了一下平日里的卫生死角。

　　吴继恩在自家儿子和公司高管的陪同下上上下下走了一圈，面对紧张有序的办公气氛和干净整洁的环境，倒没挑什么毛病，这让众人紧张之余，狠狠地松了一口气。

　　视察结束之后，吴继恩没着急走，左顾右盼了一阵后，很快走到了云响项目组的办公区域内，顺手找了个熟面孔问话："对了，你们言总呢，怎么走了一圈都没看到人？"

　　"言总去轻云易购那边开会了，应该晚点才能回来。"

　　"这小子……"吴继恩的口气听上去有些无奈，却带着显而易见的亲切，"做项目对接找个下面的总监去开会不就行了吗？怎么总喜欢自己到处跑……"

　　吴寅峰垂着眼睛站在一旁，看样子并不准备接腔。

　　吴继恩等了一阵，扭头看向他："小祈这段时间是不是特别忙啊？我给他打过好几次电话，每次都是没说两句就急匆匆地挂了。他妈也和我说，给他打电话总找不到人。"

　　"大概吧。"

　　吴寅峰神色平静，口气里却是显而易见的冷淡。

　　"大概？"吴继恩皱眉，"寅峰啊，不是我说你，之前我和你交代过多少次，小祈他家不在这边，平时就自己一个人，怎么说你也得帮忙多照顾着点。前几天我听他妈说，看他朋友圈里的照片，整个人都瘦了一圈，精神也不怎么好。你说你这个当哥的，是怎么照顾他的？"

"爸！"

吴寅峰像是极力忍耐着，面对依旧围站在四周的高层，口气努力保持着理性："这是在公司，他是公司副总，自然有他的工作和职责。Resonance总监级以上高管近十几号人，哪个不辛苦？而且，我也不是他哥……"

"怎么不是了？"吴继恩看上去有点生气了，"我和你韩阿姨是什么关系？她既然把小祈交给我，我就得照顾好！小祈不愿意待在集团，非要来Resonance工作，那把他照看好就是你的责任！"

眼见吴寅峰嘴唇紧抿着不说话，吴继恩声音扬高了一点："去！给小祈打个电话，就说开会结束以后别回公司了，直接去金享楼，大家一起好好吃个饭。顺便我还给他带了点东西，让他到时候一起拿回家！"

"好。"半晌之后，吴寅峰轻轻闭了闭眼，神情里透出了一丝疲惫，"电话我去打。不过晚上我还有点事，饭就不陪你们吃了。您和言祈……好好聊吧。"

倪悦没想到第一次见到集团董事长，没听到什么高瞻远瞩的战略性发言，却接收到了这么一堆家长里短的琐事。而且看上去在CEO面前极不受待见的言祈，在CEO他爸面前却是人气颇高，实在令她不由得暗自称奇。

只是这些疑惑她虽能忍得住不八卦，却阻止不了其他同事的好奇精神。

到了下午茶时间，她刚进茶水间冲了杯咖啡，就听到一门之隔的小露台上，有人正对吴氏父子与言祈之间的关系展开着热烈的讨论。

"今早的事你听到了吧？我怎么觉得董事长对言总比对吴总还上心啊？这又叫吃饭又送东西的，好像连吴总都没这待遇……不知道的还以为言总才是董事长的亲儿子呢！"

"这你就不知道了吧？吴总之所以一直没怎么动言祈，就是因为他爹这层关系！我听说言祈他妈和董事长之前是同学，所以关系特别好，言祈刚毕业就被直接塞到广恩集团来了。董事长虽说作风严厉，对这位老朋友的儿子却宝贝得跟什么似的，一直保驾护航给予各种提携。不然你以为，言祈年纪轻轻是怎么混到公司副总的？"

"难怪了……我就说他和公司里的其他高层看上去完全不同，而且又不受吴总待见，怎么还能一直屹立不倒，原来是有这么个背景。虽说言祈的确挺能干的，不过要在Resonance这种公司里做到副总，怎么说也得熬资历熬到三十以上吧？"

"嘘……别说了，公司里人多嘴杂，再聊下去传到大佬们耳朵里就不好了。"

议论的声音很快低了下去。

紧接着，房门外的人把话题转向了娱乐圈，嘻嘻哈哈地笑闹了起来。

倪悦一时半会儿不好出去，只能呆站在原地，抬起杯子抿了一口。

咖啡里虽然加了不少奶和糖精，但喝在嘴里的感觉，还是有些酸涩。

听在耳中的这些议论或许本无恶意。

但经历了这段时间的合作，并且亲眼看见了言祈出色的管理能力和亲力亲为的工作态度后，对加诸对方身上的这种"靠着关系上位"的传闻，倪悦还是有些为他愤愤不平。

云响项目组的各位本以为，自家老大被董事长约去吃饭作陪，铁定是要长聊一番，于是大部分人同步给自己放了个假，下班以后没留太晚。

没想到晚上九点刚过，言祈居然又神出鬼没地在办公室里出现了。

"咦！你不是'三陪'董事长去了吗，怎么又回来了？不过赶得早不如赶得巧，老谢今天走得早，我刚好约了小师妹单独去撸串，现在便宜你了……怎么样，要不要一起去喝一杯啊？"陆余见他出现，满脸都是喜色，"不过既然你在，那晚上的夜宵你买单！"

"事到临头才通知我，你也好意思让我买单？"言祈一脸不屑。

"这不是临时决定的吗？"陆余朝桌子上一坐，嘀嘀咕咕解释着，"前段时间每天都忙得狗一样，哪有时间撸串？今天好不容易有点空，得和师妹好好交流一下感情。怎么着？你到底去不去？"

"单我可以买，不过人就不去了，手里有点急事，得蹲在这里加加班。"

言祈抬眼看了看已经没几个人的办公室，朝倪悦一挤眼："本来呢，我是准备打电话给Jessica让她过来帮忙的，不过既然你在，应该也能应付。怎么样，交流感情之前方便先加个班吗？"

"没问题。"

副总都亲自过来加班了，自己这么一个小虾米自然是责无旁贷。

倪悦冲着陆余耸了耸肩，赶紧把已经背上的笔记本电脑放了下来："言总，有什么活你尽管吩咐。"

"其实不复杂，就是费点时间。"

言祈在她身旁坐下，拿起纸笔迅速写下了几个要点："今天去轻云易购那边开会，对方基于业务需要对云响系统提出了一些新的想法。因为他们着急向董事会汇报，所以我们今晚要尽快把方案demo修改完毕。产品规划上的修改我来做，你那边调整一下整体项目介绍的PPT。修改要点我写在这儿了，具体细节有什么不明白的随时沟通。"

"OK！明白。"

言祈的需求很明确，修改要点罗列得十分清晰。

倪悦当即打开电脑，专心致志地干起了活。

眼看交流感情的对象已经态度积极地投入了工作，陆余独自一人也没了什么撸串的兴致。几分钟后，他哀声一叹，干脆钻进言祈的办公室，主动从他手里讨了一点活。

一时间，偌大的办公室里，只剩下键盘清脆的敲击声。

两个小时之后，陆余先一步完成了手里的工作，百无聊赖之下，干脆优哉游哉地踱步到了倪悦身边。

倪悦这边的活也已经到了收尾阶段，眼见陆余坐在一旁眼冒青光的模样，赶紧从抽屉里拿了包薯片塞到他手里："师兄，你饿了的话先拿这个顶一下，等一会儿收工了，咱就去吃夜宵。"

"现在都快十一点了，撸串的地方早关门了，还夜个鬼的宵啊！再说了，言祈那边几点能完事还说不定呢！"

陆余把薯片咬得咯吱作响，消灭了大半包之后，忽然八卦心大起，神神秘秘地凑到倪悦耳边："对了，小师妹，来和师兄说说，你和言祈的关系现在进展到哪一步了啊？"

倪悦被噎了一下，瞪眼看着他："进展到他现在让我加班，已经可以光明正大地不用给加班费的地步了！"

"这么惨啊！"陆余显然领会错了意思，表情里流露出了几分同情，"唉……言祈这小子啊，也是身在福中不知福。虽说之前追他的姑娘一车接一车的，但是能像师妹你这样，从Z城追到S城，再从S城追到公司的，也就这么一个，怎么说也该好好珍惜啊！而且师妹你还这么可爱……他怎么一点不懂得怜香惜玉呢？"

反正对方先入为主，已经认定了自己是个"恋爱脑"，无论是换城市还是找工作，都是冲着言祈这一个目标。

倪悦懒得和他解释，仔细把手里的工作检查完毕，迅速发了邮件，关电脑准备起身回家。

"哎哎哎！师妹你别生气嘛！"

陆余见她半天不吭声，赶紧嘿嘿嘿笑："师兄和你相处了一段时间，偷偷给你透个底。言祈这小子呢，你别看他对谁都嘻嘻哈哈的，其实心里挺有谱的。大学时候虽然绯闻一茬又一茬，但就正儿八经地交过一个女朋友，而且啊……两个人只偶尔牵牵手亲亲嘴，连床都没上过几次……"

这都是些什么师兄啊？

倪悦觉得自己快要绝望了。

要么信口开河不靠谱，要么满脑子废料。

好像只有谢雨晨看上去正常点，可惜今天走得早，没办法救她于水火。

可陆余话都说到这份儿上了，她再一声不吭地继续装死，好像也不太合适。

"师兄你真行，连人家牵过几次手，有没有亲热过你都知道。"

"毕竟是兄弟嘛……一起吃饭喝酒的时候那么多，趁着酒后吐真言，套套话什么的是很容易的。"

陆余沉浸在对小师妹的关爱里，没能领会到倪悦言辞间的嘲讽味道，继续热情满满地给她鼓劲："所以你别着急，言祈这小子看着浪，但是脑子拎得清，尤其是公事私事分得很清楚。他肯让你来Resonance上班，在他眼皮子底下进进出出，想来对你挺认可。你再好好加把劲，师兄们也帮着给你创造创造机会，相信前途是很光明的。"

"哦……"

倪悦已经不想再和他瞎扯下去了，拿起包正准备挥手说再见，言祈办公室的门忽然"吱"的一声被拉开。

"看样子大家都收工了？夜宵还要继续吗？"

"不了，时间太晚了，我先回家了。"

陆余表态之前，倪悦赶紧先摆了摆手。

"好像是不早了。"言祈低头看了看表，"那夜宵先记账上，改天我再请。对了，倪悦你住哪儿？"

"福田区的幸福家园。"

说起这个，倪悦低头盘算了一下。

这个时间点，地铁和公交应该都收班了，大概只有打车一条途径。

"言总，请问现在打车的话，可以报销吗？"

"今天加班是临时性行为，你之前没有提OA申请，可能会比较麻烦。"

果然……

倪悦十分肉疼地摸了摸自己的钱包。

本来重新坐下来加班之前她记着要提OA，结果被陆余乱七八糟地一打岔，彻底给忘了。

见她一脸凄苦，言祈嘴角一扬，抛了抛手里的车钥匙："不过考虑到责任在我，可以给你提供专车一辆，限时免费，送你回家。"

言祈口中的专车是一辆进口的白色英菲尼迪。车体设计前卫，线条流畅而优雅，和他这个人一样带着一点不羁的性感，却又英气勃勃。

上车之前，倪悦对自己究竟应该坐在哪个位置很是犹豫了一阵。

按照她了解的乘车礼仪，副驾驶位一般只供亲友或者女朋友专享。

但言祈是她上级，自己要是无所顾忌地直接坐向后排，似乎又有缺乏尊重之嫌。

正在犯难，言祈已经主动拉开了副驾驶位的门，绅士十足地做了一个"请上车"的姿势。

倪悦赶紧跳上车，系好安全带后规规矩矩地挺腰坐着，目不斜视地直视前方。

S城靠海，从Resonance的办公室到倪悦的住所，如果不介意多跑几公里的话，可以选择风景优美的滨海大道。

此刻已是午夜时分，笔直宽敞的公路上车辆稀少。

灯柱上的盏盏霓虹一路由远及近，错身而过后又很快被抛远，光影交错之间，景色忽明忽暗不断变化着，伴随扑面而来的阵阵海风，让人宛若置身于一场格调文艺的公路电影。

连车辆加速时轻微的轰鸣，都带着蠢蠢欲动的浪漫味道。

倪悦第一次和言祈这么近距离地独自相处。被困坐在小小的车厢内，周边的每一寸空气都被对方的气息充斥着，这让她不由得有些紧张。

塞上耳机听歌或是闭眼装睡，大概是摆脱尴尬的好方法，但对方毕竟不是真的专车司机，身为一个副总，关爱下属专程绕路送她回家，这么操作实在太不礼貌。思前想后了一阵，她只能捏着耳机正襟危坐，全神贯注地数着车道旁一棵棵飞速倒退的棕榈树。

刚数到五十棵，言祈忽然开口了："你是不是很困？平时几点睡？"

倪悦一惊："没有啊。我是夜猫子，平时差不多一点才睡。"

"那怎么一直不说话？刚才见你和陆余不是聊得挺开心的吗？"

"没有啦……"倪悦干笑着，"其实刚才也是陆师兄说得比较多。"

"那他和你说了些什么来着？"

言祈斜着眼睛看了她一眼，表情似笑非笑的："说来听听，不然你这么一直闷着不说话，我都怀疑自己是不是服务太差要被打差评了。"

"呃……其实没聊什么。"倪悦犹豫了一下，斟字酌句，"陆师兄刚才就是介绍了一下你大学时候的感情史。"

"这家伙……"言祈看上去满是无奈，"都毕业这么多年了，他怎么翻来覆去说的还是这些事？"

"因为这些事在言总你的大学生涯里占比最大嘛。"

"哦？"言祈有点意外了，"听起来你那里好像也有不少八卦嘛。"

"也不算八卦啊，我自己亲眼见到的都有好多个。另外还有Z大论坛里面的爆料帖，那可都是有图有真相的。"

"爆料帖又是什么东西？"言祈看上去兴致勃勃，"我怎么不知道？我们念的真是同一个Z大吗？"

"言总向来日理万机，那种'高楼'自然是没空去看的啦！"

倪悦和他贫了两句，逐渐放松了下来，略加回忆之后开始认真地掰手指："你的那些绯闻对象里面，被大家热烈讨论过的，有我们系的吴师姐、中文系的系花、校合唱队的领唱，还有文艺部的那个女神，拉小提琴拉得很好的那个……这些都是有被拍到和言总你公然出双入对的Z大名人，至于那些没拍到的，就暂时不提了……"

"说起来数量还真不少啊。"言祈哈哈笑了起来，"你读书的时候不是忙着搞电台吗？怎么还有心思关注这些事？"

提起电台，倪悦不说话了。

言祈像是意识到了什么，轻声咳了咳，有点生硬地把话题转开："其实这些所谓的绯闻对象，很多只是普通朋友，偶尔一起参加活动或者吃个饭什么的，没你们想象的那么夸张。"

他顿了顿，继续做补充说明："在Z大的时候，我其实只交过一个女朋友。"

"哦，这个我知道。"倪悦也不想气氛继续尴尬下去，赶紧接了他的话题，"我看很多人讨论过。大家都说你女朋友是妥妥的白富美，什么都好，和你绝配，最后没吵没闹没人劈腿却忽然分手了，挺莫名的。说起来，这算是Z大当年的几大谜团之一吧。"

"嗯……"言祈的眸色变得深了些，不知道是在追忆往事，还是在刻意解释给她听，"我前女友的妈妈和我妈是朋友，我们从小就认识。长大以后被长辈们怂恿着，一来二去就稀里糊涂地谈起了恋爱。不过后来她说觉得我不够爱她，所以很快分手了。"

"你没有挽回吗？"

"没有，虽然这事惹得我妈很不高兴。"言祈微微笑着，"但分手以后我仔细想过，我和她谈恋爱有点像是在做任务，更多是因为长辈的希望，或者说是青春期的好奇和虚荣。至于恋爱中应该有的奋不顾身的热情和一往无前的执着，似乎都没有经历过，就连分手也没觉得多难过。所以大概像她说的，我是个没心没肺的人，对她……的确是不够喜欢吧。"

"矫情……"

在倪悦眼里，言祈在情场上的表现一直都是左右逢源，从容淡定。

然而他越是举重若轻岿然不动，越是让喜欢他的姑娘们百般纠结又挑不出毛病。

如今这略带自嘲的一番自我剖白，让她很是不屑："难怪当年那首《谎话情歌》被你唱得那么差劲。本来我还以为你要么是对歌词的理解有误，要么是在故意放水，现在才知道，你完全没把别人的心意放在心上，根本没有打算去好好爱一个人！"

"其实是有的啦……"言祈被她语气生硬地一教训，似乎认真了起来，"不过对方对我有点误会，好像暂时没打算接受我，所以还得努力努力。"

"哦？那言总你加油！"

虽然能有这么一个人让这个自我感觉良好，又满是不着调的家伙吃瘪，倪悦只觉得大快人心，但毕竟眼下还坐在对方车上。

吃人嘴软拿人手短的情况下，她只能意思性地给予鼓励了。

"谢谢。"言祈居然正儿八经地微笑致谢，"那么你呢？倪悦你有喜欢的人吗？"

"没有……"

"没有的意思是……从大学到现在，你一直都没有谈恋爱吗？"

"喂……"

这个问题正中痛点，外加午夜电台像在特意捣乱一样，十分应景地开始播放"这是一个恋爱的季节，空气里都是情侣的味道，孤独的人是可耻的……"，简直是在"啪啪"打她的脸。

可是这能怪她吗？

读书的时候，父母在耳边叮嘱着的是"念书的时候不要乱交男朋友，会耽误学习"，她作为一个性情耿直又相对晚熟的girl，居然这么信了，并且十分严格地加以执行。

结果刚毕业没多久，亲戚们的唠叨忽然变成了"悦悦你怎么还没交男朋友"，她这才赫然惊觉，自己好像陷入了大人们那种自以为是的"毕业以后男朋友会从天而降、自动生成"的奇怪套路。

更何况，离开校园以后，社会是如此复杂。在听闻了诸多渣男轶事和经历了陈嘉杰那种前车之鉴后，但凡无事献殷勤的异性，她都会浑身警觉地保持着十二分小心。

缺乏互动和回应的情况下，那些若有若无的桃花运未开先败，再加上后期所有精力都放在了工作上，哪还有时间在找男朋友谈恋爱这种事情上分心？

虽然看上去她和言祈都是孤家寡人，但对方备选多多，只要钩钩手指头就可以随时保持高姿态地挑三拣四。

自己却是个加班到凌晨也没人问候，还得忍辱负重地蹭一个旧怨者车的单身狗。

光想到这个，倪悦就觉得悲从中来。

"怎么又不说话了？"

言祈像是觉察到了她过山车一般的心理活动，赶紧从他自带的套路大百科里贡献出了两段鸡汤："好的恋爱对象不怕等，你要相信，你值得最好的。"

话听起来倒是很正能量。

但从这个四处招蜂引蝶、情债不断的家伙嘴里说出来，总觉得有毒。

说话之间，目的地已经到了。

倪悦示意言祈把车停在小区附近，一边拉车门，一边迅速道了声谢："麻烦你了言总，小区里不好停车，你送到这儿就行了，明天我会准时上班的。"

言祈抬眼看了看眼前晦暗一片的小区："里面看着挺大的，怎么路灯都没几盏是亮的？"

"这个小区有点年份了，户主和物业之间闹了点矛盾，好多人都拖欠着物业费，所以一些基础设施坏了，修起来也不及时。"

倪悦正解释着，眼见言祈熄火之后跟着下了车，只觉一惊："言总，你干吗呀？"

"我送你到家门口，这大晚上的看着挺不安全的。"

"不用了，真的不用了。这小区的路我走得挺熟的，闭着眼睛都能到！"

像是生怕言祈真的跟上来，倪悦赶紧往前小跑了几步，昏暗之中没注意路面上的几个小坑，脚踝一扭当即趔趔趄趄地向后倒去。

"这就是你闭着眼睛走夜路的结果？"

一双坚实有力的手很快稳住了她的身体，倪悦被人揽着肩膀，整个后背都贴在了对方怀里，姿势暧昧得跟小情侣在亲热相拥似的。

这是什么现世报啊？

实在……太丢脸了！

倪悦涨红着脸，没来得及挣扎，言祈已经开口了。

"脚没扭到吧？还能走路吗？"

"没有没有！我哪有那么娇弱？"

要不是环境太暗视野的确不太好，她都要决定现场来一段"海草舞"以表平安了。

"那就好……"言祈松了一口气，"不然我还真没想好，按照正常套路，我是应该把你背上去呢，还是抱上去。"

"不用麻烦，真到了那个时候我可以单脚跳上去！"

倪悦简直要被他的轻佻态度气死了。

"别啊，大晚上你这么跳上去，是要演'植物大战僵尸'吗？"

言祈哈哈笑着，慢慢放开了她的肩膀，转而将她的手紧紧握住："走吧……我送你回家。"

所有的尴尬和怒气在一瞬间消失得干干净净，眼前隐约浮现着轮廓的楼房花树，也消失得无影无踪。

除了紧握着的那只干燥有力的手掌外，全世界只能听到一阵阵几乎要蹦出胸口的心跳。

这种一言不合就牵手的"送人"方式已经这么理所当然了吗？

究竟是自己太老土，还是时代变化太快啊？！

倪悦微微挣了两下没挣开，想要严肃呵斥又觉得是不是太小题大做。

面对陈嘉杰的壁咚强吻，她能甩出一耳光。

可来自言祈的牵手行为，让她一时间没能界定好这究竟是属于逾礼的冒犯，还是温柔的呵护。

内心还在天人交战，两人已经双手紧握地朝前走了几百米。

言祈抬头看了看眼前的楼房，轻笑着问她："哪一栋？几楼？"

倪悦觉得自己的声音听上去荒腔走板的："就……右手边这个，三楼。"

"好。"

言祈点了点头，一路将她送到了家门口，才慢慢松开了手。

昏暗中，谁也没有说话。

许久之后，言祈才轻轻咳了一声："钥匙带了吗？"

"带了……"

"那要我帮忙开门吗？"

"啊？"

"感觉你手里都是汗，怕你连钥匙也捏不住。"

怎么可能？

对方话音没落，她匆忙从包里摸出来的钥匙真"咣当"一声掉在了地上。

倪悦面红耳赤，赶紧蹲下身去摸。一片混乱中，又和言祈的手碰了碰。

"时间太晚了，我不进去坐了，你早点休息，明天见。"

眼见她好不容易摸到钥匙把门打开，言祈站在门口挥了挥手。

然而自己并没有要邀请他进门坐坐的意思吧……

"言总再见。"

倪悦迅速把门掩到一半。在听到对方下楼的脚步声时，才长吁一口气，彻底关了门。

言祈刚走没多久，大雨忽然下了起来。

铺天盖地的架势，像是要将整个天池掀翻。

倪悦收完东西洗完澡，躺上床时已经接近凌晨一点，虽然身体满是疲惫，却始终睡不着。

翻来覆去瞪了半天眼，她干脆拿起手机把QQ打开。

列表上，大多数人已经处于下线状态，倒是老斑鸠的头像依旧精神抖擞地亮在那儿。

"斑鸠兄，你睡了吗？"

"还没到家，刚准备进电梯。你明天不用上班吗？怎么这么晚还没睡？"

老斑鸠的作息时间实属神出鬼没，不知道大半夜的到底在干吗。

"我刚加完班，想着好久没和你聊天了，就上来碰碰运气，看能不能抓到你。"

"我说嘛……看你这么长时间都没来临幸我了，还以为新人换旧人，你往那不靠谱的师兄公司一跑，就把我彻底抛弃了呢。"

"闭嘴！"

倪悦原本心烦意乱，听他提起言祈，更是又躁又急："大晚上的你不能好好说话啊？再这么不着调，小心我永远把你打入冷宫！"

"哦哦哦，小的知错了。"

老斑鸠意识到她真的急了，立马见好就收："小仙女晚上想聊点啥啊？要听点不可描述的睡前故事吗？"

"网警怎么还没把你抓走啊？"

倪悦被他弄得哭笑不得，老半天才犹豫着打了几句话："斑鸠兄，今晚我加班以后，是师兄送我回家的。我之前听同事说过，他家其实和我是两个方向，为了送我特地绕这么一大圈路，我觉得挺过意不去的。"

"哎哟！我怎么听出了一点郎情妾意、春心萌动的意思啊？"老斑鸠听闻八卦，立马来了精神，"怎么了？和你师兄花前月下地共处了一阵，忽然认清自己的内心了？"

"认清你个鬼！"倪悦抱着手机翻了个身，赶紧解释，"我就是觉得他虽然言而无信，但也不是彻底渣，光是对员工还算关心这一条，人品应该还有的救。所以我决定大人不记小人过，在没有发现他有更恶劣的行为之前，以后尽量减少对他的吐槽。"

"啧啧啧……"老斑鸠态度暧昧地哼哼着，"所以你大半夜找我，就是来下特别通知，表明自己要和敌方化干戈为玉帛，开始建立邦交了？好好好，知道你的立场转变了，我以后也不帮你诅咒他了。"

他顿了顿，继续说："不过现在时间不早了，雨又下得这么大，你把门窗关好早点睡，我们明天有空了再聊。"

"等一下！"倪悦赫然一惊，"你怎么知道我这边在下雨？你现在也在S城吗？"

"想什么呢？"

几秒钟后，对话框里扔过来了一张截图："这种推送天气信息的App一抓一大把，我手机里装了好几个呢，刚顺眼看到的。"

"可你不是在Z城吗？为什么会关注S城的天气情况？你最近会过来出差？"

"那不是因为你在S城吗？怎么说我们也是多年的革命战友啊！日常充当一下护花使者，提醒你收个床单加个衣服什么的，不是我的职责吗？"

"哦……"刚刚燃起来的希望被泼了一盆冷水，倪悦显然有点失望，"我还以为你来S城了，想请你吃个饭呢。"

"小仙女，我不见面的，你难道忘了？"

"记是记得啦……"倪悦悻悻地说，"不过我们认识这么多年了，我的生辰八字身高体重学校工作地点你全都知道，和三次元的亲友没什么差别！其实我一直搞不懂，现在网友见面很正常啊，我和很多的电台粉丝都见过面，有的还成了朋友，怎么就你偏偏不肯见？"

"因为长得丑嘛……还能为什么。"

"长得丑？见面和长相有什么关系？"

"怎么能没关系？关系可大了好吗？"老斑鸠似乎很严肃的样子，"很多年前我在网上喜欢过一个妹子，大家一直聊得挺好的，最后决定见面。结果见了面，我鼓起勇气向她告白，回家以后再想联系，却发现她已经把我拉黑了。后来我给她打过一次电话追问原因，她说很抱歉，我不符合她心目中的模样……从那以后，我算是对自己的长相有了一个深刻的认知，而且决定从此以后再也不面见了。"

"真的假的啊？你没骗我吧？"

老斑鸠胡扯惯了，平日里一直喜欢把自己吹得天上有地下无的。

虽说倪悦对他自诩为"Z城吴彦祖"从来嗤之以鼻，但从日常的谈吐气质上看，潜意识里觉得对方应该是个长相周正的小帅哥。

如今听他苦哈哈地说起这段悲伤的往事，总觉得有点魔幻。

"你看看，你看看！就算隔着网络，你都不愿意接受我长得丑这个事实，真的见面了，还不撒腿就跑？"老斑鸠满是悲愤。

倪悦见他似乎真的受刺激了，吃惊之余赶紧安慰："斑鸠兄你别瞎想，无论你长什么样，我绝对不会跑。"

"话可别说满……"老斑鸠像是糟蹋自己上了瘾，"那是你没见过一个身高一米六，体重两百斤的人出现在眼前。见到了你就不会这么说了。"

"你……"

这个数据实在是惊人了点，倪悦表示自己并没有那么容易上当：

"你糊弄谁呢？以为自己是机器猫吗？而且我又不是没见过你之前出车祸时的照片，就算打了石膏也能看出腿很长，身高最少一米八，除非你截肢了，不然鬼才相信你一米六。"

"我截肢了你也知道？不愧是神探倪仁杰！"

"懒得和你瞎扯了，不见就不见嘛，干吗这么扯东扯西的。"

倪悦和他聊了一阵，困意逐渐袭来，于是含糊不清地最后发了个语音："斑鸠兄，我明天还要早起，先睡了。以后如果你愿意见面，记得来找我。大家做了这么久的朋友，无论如何，我都绝对不会嫌弃你的！"

"谢谢啊。"

许久之后，老斑鸠的头像晃了晃，一个红心闪闪的表情包跳了出来："既然如此，咱们先在梦里见个面好了。小仙女晚安，好梦。"

当天夜里，倪悦做了一个梦。

只是梦里见面的对象并不是身份神秘的老斑鸠，而是言祈。

梦里的自己因为某项要紧工作，和言祈定下了一个约会。

然而当她抱着厚厚一沓文件匆匆赶到约会地点时，言祈早已经被莺莺燕燕的一群女孩子围在了人圈当中。

远远站着的青年又英俊，又耀眼，和女孩子们说话时眉目飞扬，不时发出轻快的笑声，却从头到尾没朝她斜上一眼。

倪悦扬着手里的文件一直卖力挥舞，甚至还试着朝里挤，可终究没能成功靠近他。

梦里加班就算了，最可恶的是言祈这家伙，居然在梦里也这么不靠谱。

导致倪悦第二天醒来的时候不仅手脚发软，而且满肚子郁闷。

好不容易收拾完毕赶到公司，前脚刚进电梯，后脚陆余挤进来了。

"小师妹，昨天晚上几点睡的啊？看你这眼睛青得……"

"一点左右吧。"

"一点左右？不是吧？"陆余飞快算了算时间，满脸不可思议，"昨天你直接让言祈送你回家了？大好的机会，你没找个地方和他再喝个东西聊个天什么的？"

"师兄，那么晚了谁有精神聊天啊！我又不像你，弹性工作时间，我每天是要准时打卡上班的好吗？"

"唉，你让师兄说你什么好啊……"

陆余一脸的恨铁不成钢，深深地叹了口气后，没再说话了。

现代企业的办公效率快得犹如闪电，言祈带过去的修改方案仅仅一天之后，就得到了轻云易购董事会的反馈。

因为需要调整的部分繁杂而琐碎，项目组的成员跟着愈加忙碌了起来，不仅谢雨晨的大神模式正式开启，几乎每天都会抓着周涛、杜云两个小菜鸟进行工作指导，连平日里一脸嬉笑、时不时跑到各个同事的工位上讨零食聊天的陆余，也像屁股长在了椅子上一样，对着手里的活半天不挪窝。

全员卖力赶工了小半个月，阶段性任务基本告一段落。刚好某天又赶上了楚纤的生日，在同事的提议下，众人决定在公司附近的某家KTV定个包房，借着给楚纤过生日的机会好好放松放松。

当天下班之后，很长一段时间都没有准点打卡下班的倪悦，跟着大部队一起开开心心地赶到了聚会地点。

可以容纳几十号人的VIP包间已经被人悉心布置过，鲜花、气球和各种水果餐点琳琅满目地摆了一屋子，看上去生日气氛十足。

一群人抢着话筒热热闹闹地唱了一阵歌之后，一个巨大的生日蛋糕，被工作人员笑容满面地推了进来。

"哇！这可是翻糖蛋糕啊！普通的蛋糕店可做不了，S城只有两家连锁店能做。因为工艺特别复杂，用材也好，所以最基本的款都要上千块，我只在我表妹结婚的时候看过一次！纤姐你哪个朋友这么大手笔啊？"

同事里面有懂行的很快惊呼出声，紧接着，所有人陆续围了过来。

"是纤姐男朋友订的吧！你们异地了这么多年还这么恩爱，真是太让人羡慕了！"

"纤姐的男朋友早上才让人送了花，结果晚上又送蛋糕，这狗粮一波接一波，真是停不下来！"

"不是啦……"楚纤惊喜之余，赶紧澄清，"我家那个不懂这些的。送花都是被他小表妹教育了好几年才懂得浪漫一下，之前过年过节都只会傻乎乎地发红包，怎么可能去特意订一个翻糖蛋糕啊！"

"那是谁送的？啊……蛋糕旁边有卡片，赶紧看看！"

同事之中有人眼尖，赶紧把附在蛋糕旁的一张小卡片塞到了楚纤手里。倪悦站在她的身后，羡慕之余跟着把头凑了过去。

"Dear Jessica，很高兴和你共事这么久，谢谢你一直以来的支持。祝你未来一切顺利，事业圆满，爱情幸福。"

落款的地方是潇洒飞扬的两个字"言祈"，外加一个比着"V"字手势的卡通小人。

"哇！原来是言总送的啊。"

"言总可不只是送了蛋糕，今天的包房也是他订的，你们不知道吗？"

"对了，言总他人呢，怎么还没到？"

"哦……之前他说手里有点急事，让我们先玩，不用等他。"

"说起来言总对同事真是挺好的，纤姐这种跟了他挺久的老员工就不说了，上次有个新同事家里是农村的，条件不太好，爸妈来S城看他，言总知道后专门派了车送他们去各个景点参观呢。"

七嘴八舌的讨论声中，有人已经点起了生日蜡烛。

楚纤吹了蜡烛许了愿，把蛋糕意思性地分了一下，任由大家你争我夺地开始抢食，自己则坐到了沙发的角落里，神色看上去有些怅然。

"纤姐，你怎么了？"

倪悦敏锐地觉察到了她情绪上的低落，跟着坐了过去，递了杯水在她手里。

"没什么，就是在Resonance工作了这么久，决定要走了，心里实在舍不得。"

"走了？"倪悦大惊，"纤姐你要去哪儿啊？"

"去G城，我男朋友在那儿。"楚纤朝她笑了笑，"我和男朋友是大学同学，毕业以后因为工作一直都是异地恋的状态。虽然我很喜欢Resonance，但也三十出头了，总得考虑一下家庭的事。本来言总这边的项目正需要人，我这个时候走是不合适的，但我男朋友在G城买了房子，家里也催着赶紧结婚，所以我找言总谈了谈。没想到他二话没说就放人了，还特地给我写了个推荐信。本来我已经觉得够惭愧了，没想到我都快走了，他还特地给我办了生日派对……"

"这样啊……"

虽然和楚纤的共事时间并不太长，倪悦却十分喜欢这位性格温柔又作风职业的上司，此刻听到离别的消息未免有些难过："虽然很舍不得，但家庭也很重要。不过纤姐，你去了G城记得要和大家保持联系，可别忘了我们哦。"

"那是当然。"楚纤轻轻拍了拍她的手，"悦悦，虽然你来的时间不算长，但我能感觉到你是一个认真负责的好姑娘。言总虽然年轻，但真的是个很不错的上司，我走了以后，你要尽量多帮帮他。"

"嗯，我知道！纤姐你放心吧。"

倪悦重重地点了点头。

生日派对热闹到了晚上十一点，大家虽说意犹未尽，但考虑到第二天还要上班，都自觉地散了场。

倪悦走出KTV包间没多久，正准备打车，突然想起家里的钥匙连同U盘一起被扔在了办公室。

反正KTV距离Resonance不远，倪悦拒绝了同事们陪同的好意，独自一人走了回去。

大办公室里空荡荡的，早已经没了人。

借着玻璃窗透过来的霓虹光亮，倪悦很快走到自己的工位前找到了钥匙。

抬头正准备走，忽然发现言祈办公室的门缝里，隐隐透出些许光亮。

这是忘了关灯，还是办公室里进了贼？

倪悦蹑手蹑脚地走了过去，将房门轻轻推开一条缝。

紧接着，一阵类似撒娇的声音从房间里飘了出来。

"好了嘛……我知道了。我知道你想我，我也很想你啊。要不是最近太忙，我现在就飞到你身边啦！现在这么晚了，你赶紧乖乖去睡觉，女人要保证充足的睡眠，才能保持年轻美貌……我忙完手里的工作就回去啦，咱们晚点梦里见啰……啾！"

无意中撞见顶头上司摇着尾巴满嘴甜言蜜语装小狼狗的一面，倪悦觉得自己受到了严重惊吓。

然而现在想要脚底抹油偷偷溜走，好像来不及了。

坐在办公桌后结束视频电话的青年显然发现了她的存在，耳机线一摘，直接站了起来。

"这么晚了还过来啊？你这敬业爱岗的精神真让我感动。"

"言总……不，不好意思，我东西忘办公室了，所以回来拿一下，不是故意打扰您的。"

倪悦声音都结巴了，赶紧没话找话："您还没走啊？"

"加班啊！"言祈稍微拧了拧脖子，似笑非笑地看了她一眼，"顺便给我妈打个电话，报个平安。"

原来刚才那肉麻兮兮的场景是在叙母子情。

倪悦心里的一块石头总算落地了。

言祈看她的脸色红一阵白一阵，像是觉得有点好笑："你们的派对结束了？"

"嗯……"

倪悦看他虽然神态轻松，一双眼睛却是红红的，显然忙到现在已经很是疲倦，心里有些同情："你的礼物纤姐收到了，大家玩得挺开心的，纤姐也很感动，就是你一直没来，她挺遗憾的。"

"虽然很想去，不过实在是顾不上了……"言祈指了指眼前满铺着的一堆资料，"项目时间太紧，对方又很重视，所以每个阶段该出的成果，都不能耽误，这些东西今晚得整理完，明天过去沟通。"

倪悦走了过去，朝眼前同时亮着的两台电脑屏幕看了看："技术的事情我们插不上手，但是沟通文件的准备是品牌部的事啊，你怎么自己在做？"

"事情来得挺急的，而且今天不是Jessica生日吗？她都快走了，难得和大家聚一下，不管谁被临时抓回来，不得在心里扎我小人啊？反正我坐这儿，一边跑跑程序，一边写两笔，也不麻烦。"

"还是我来吧。"倪悦拉了张椅子在他对面坐下，"看你的PPT，做得一点美感都没有。"

"我们是科技公司，靠实力和干货说话，沟通文件能把事情说清楚就行，要那么漂亮干什么，你以为我是乙方公司过去竞标吗？"

"最讨厌你们这种目中无人的甲方了，PPT做得漂亮与否不仅仅是配图配色的问题，还包括怎么梳理逻辑，怎么让信息一目了然好吗？而且一个条理清晰的PPT，至少能反映出沟通者认真严谨的态度，这和甲方乙方有什么关系？"

"哦……好的。"

言祈看她气哼哼的，不再故意和她斗嘴，去茶水间拿了两罐咖啡放在她眼前，随即坐回了自己的位置。

两个人面对面坐着，各自忙着手里的工作，除了偶尔遇到问题沟通两句之外，没人多说什么。

时间一分一秒过去，言祈像是有些顶不住了，揉了揉眼睛之后探了个头出来："对了，最近有什么新歌推荐，放两首来听一下，不然我真的要睡着了。"

倪悦一时半会儿没空给他拉歌单，略加考虑之后，干脆登录了悦享之音的主页，把最近的两期节目调了出来。

随着鼠标点击的声音，悦耳的歌声开始在房间里流淌，原本略显沉闷的工作氛围随之生动了起来。

"对了，之前问过你，但你一直没和我说，你现在把悦享之音放在哪里了啊？"

对方再次旧事重提，像是根本没有心理负担似的。

倪悦搞不懂他为什么在诸多事情上知情识趣，偏偏对这根扎在她心里的刺不依不饶，最后只能恨恨地咬着牙，言简意赅地哼了一句：

"Apollo。"

"挺有战略眼光的啊，Apollo现在发展不错，在国内的有声平台里面算是最有竞争力的……哎，看你的粉丝数不少啊，这么说现在是个网红主播啰？"

倪悦没想到他困乏中还有兴致跑到自己的主页上去观光，一时间悔得肠子都青了，藏在心里的怨恨终于没能憋住，恶狠狠地表示："还不是拜你所赐。"

"就……也不用这么客气嘛，其实没帮上什么忙。"

言祈打了个哈哈，像是没听懂她的嘲讽似的："哎？你参加了他们的年度庆典活动啊？听说Apollo的CEO长得挺漂亮的，你见到了吗？"

"人家漂不漂亮你也知道？"

"毕竟是老吴的女神嘛，这点八卦我还是清楚的。"

"老吴？"

倪悦一时之间没反应过来。

"咳……就是吴总。算了算了，forget it，当我没说，你赶紧忘了。"

"呃……"

看他满心的八卦架势，对当年的往事丝毫没有半点愧疚或是想要解释的意思。

倪悦怨恨之下不再接话，连敲击键盘的力量也跟着重了几分。

办公室里再次恢复了缄默，随机播放着的电台节目不知道究竟循环了多少期。等到倪悦终于把手里的PPT存档，并发到言祈的邮箱时，时间已经接近凌晨三点，眼前的咖啡罐多出了三四个。

"言总，如果没有其他什么事的话，我就先走了。"

"嗯？等一等！"

言祈手里的工作尚未结束，见她要走，抬手看了看表："这么晚了，你一个人怎么回家啊？"

"打车啊！"

虽然过了十二点的出租车起步价十分可怕，但能回家眯一会儿，总比坐在办公室里要强吧。

"这么晚了打车不太安全，这几天好几起新闻都是关于出租车套牌犯罪的，而且你家那黑乎乎的小区……"

　　言祈说到这里，似笑非笑地看了她一眼。

　　倪悦瞬间想起两人在小区里的那次牵手，心里"咯噔"地跳了一下。

　　"本来把你耽误到现在，是应该送你回去的。不过我手里的东西还没做完，一来一去有点耽误时间。"

　　缄默间，言祈像是已经拿定了主意，合上了笔记本朝她点了点头："跟我来吧，我找个地方让你先睡一会儿，天亮了你再回去。"

　　"去哪儿啊？"

　　倪悦一时间没想明白公司里还有什么地方能让她"先睡一会儿"。

　　"隔壁的Ritz Carlton……"言祈一脸暧昧地朝她眨了眨眼睛，"不介意的话，咱们过去开个房。"

/ Chapter 06 /

夜月至美

Resonance的办公楼地处S城的CBD，周边配套的酒店大多是供商务人士使用的五星品牌，价格和环境一样美丽。

虽说倪悦并不想浪费钱住酒店，但家离公司实在有些远。

时间这么晚了，言祈提到的那几则关于出租车犯罪的社会新闻，也的确令她心存顾忌。

在对方的一再坚持下，她最终犹犹豫豫地迈进了酒店大堂。

然而仅仅一分钟后，前台小姐报出的价格立马让她打起了退堂鼓。

"先生您好，你要的行政套间价格是五千五，您是刷卡还是付现金？"

"刷卡吧。"

言祈抽出信用卡准备往前递，倪悦赶紧扯了扯他的胳膊。

"言总，这个太贵了。我记得再往前面走几百米有一家如家，挺干净的，我去那儿住一晚就行。"

"你这是在替我省钱吗？"言祈轻声笑，"没关系，我这边业务招待，加班差旅什么的都是有补助预算的，今晚不算超标，你不用放在心上。"

"哦……"

身为高管真是好，大手大脚地花钱也不心疼。

倪悦虽说在默默吐槽，但内心也很清楚，以言祈的业务能力以及给公司带来的利润，这些所谓的特权和福利，几乎不值一提。

办完入住手续，两个人刷卡进了房间。

作为国际五星，Ritz Carlton的房间环境原本就十分舒适，言祈订的又是行政套房，比之普通房型更是奢华了不止一星半点。

身为一个勤俭持家的基层小员工，倪悦之前无论是私人旅游还是商务差旅，大多只享受过快捷酒店的标准。

如今面对这么一间可以用来开派对的宽敞套房，一时间倒抽了一口凉气。

刚里里外外走了一圈把房间打量完，没来得及道谢，言祈已经弯起嘴角，冲她笑了笑："和你商量一下，你介不介意把外面这间房借给我办公？现在这个时间点，写字楼里的中央空调都停了，待在办公室里实在有点闷。当然，如果你介意的话，我可以去隔壁再开一间。"

虽然孤男寡女大半夜地共处一室是有点一言难尽，但考虑到这足以抵她半个月薪水的房费，倪悦实在有些心疼。

更何况以言祈的姿色，在公众眼里他们俩究竟谁占谁便宜还说不定……

"哦，好的。"她指了指卧室的房门，"你待在外面吧，我可以锁门的。"

"谢谢收留。"

言祈见她同意，不再多说什么，倒了一杯咖啡后很快坐在了沙发上，再次打开了电脑。

倪悦不知道他究竟要工作到什么时候，反正自己帮不上忙，于是赶紧锁死了卧室的房门，匆匆洗了个澡，然后一头栽倒在了床上。

习惯了自家小窝，在陌生的地方过夜始终有点不安，虽然酒店里一米八的豪华大床舒适松软，但倪悦迷迷糊糊睡了一阵后，还是早早地醒了过来。

窗外曙光微现，不知道究竟是什么时候。

她挣扎着把手机抓在手里看了看，时间已经接近清晨六点钟。

一墙之外的房间里静悄悄的，没什么动静，连睡前偶尔听到的鼠标点击声也不再响起。

倪悦起身穿好衣服，轻轻把门拉开，探头看了出去。

外间的茶几上，笔记本电脑依旧保持着打开的状态，屏幕上光芒微闪。

言祈和衣靠在沙发的扶手上，似乎已经睡了一段时间。

中央空调虽说保持着二十五度的恒温，但没有被褥的情况下，房间里依旧还是有些冷。

看言祈肩膀紧缩、眉头微蹙的模样，显然睡得并不舒适。

倪悦在卧房里找了一圈，一时半会儿没找到轻便的薄毯，于是只能轻手轻脚地走过去，推了推对方的肩膀："言总，太凉了，你别在这儿睡。"

神色疲惫的青年慢慢睁开了眼睛，怔怔地看着她，像是一时半会儿还没完全清醒。

电脑显示屏泛出的微光细细地铺陈在脸上，让他英俊的五官看上去格外柔和。

这人长得……还真是好看啊。

难怪当年在Z大，一个个少女捧着满满的爱心，在他那里被不痛不痒地对待之后，大多只有遗憾，却从未有过怨恨。

被这么一个颜值惊人的家伙温柔以待，再说上两句好听的话，即使知道是在客套敷衍，大概也会有很多人甘之如饴地沉溺其中吧。

长得好看果然可以为所欲为——倪悦有些悲哀地想着。

连她这个被对方摆过一道，明明应该心怀怨恨的人，在经过这段时间的相处后，原本满是抵触的心情，似乎也已经逐渐消融了。

"你醒了？"

片刻之后，言祈终于扯了扯衬衫领口，慢慢坐直了身体。

初醒时的声音带着一点黏腻而暧昧的沙哑，配合着领口扯开后锁骨微露的颈部线条，简直性感得惊心动魄。

倪悦实在承受不住突如其来的神秘氛围，不由自主地赶紧后退了一步："言总，你睡这儿不舒服的，而且容易感冒，要不你去床上躺一会儿？"

"现在几点了啊，你还邀请我上床？"言祈笑眯眯地说。

"喂……"

意识恢复以后的第一句话就这么不正经，早知道还不如让他继续睡在这儿吹风！

倪悦瞪了他一眼，迅速背上了自己的小包，指了指窗外："快六点了，我先回家了。言总你自便。"

"快六点了？"

言祈顺手掀开了窗帘，抬头看向天空，声音变得越发温柔："悦悦你看，这个时候的月色可真美。"

"哎？"

倪悦顺着他的视线朝外瞥了瞥。

白色的月亮影影绰绰地挂在半空中，和即将升起的朝阳遥遥相望。

随着天光逐渐亮起，月亮的轮廓逐渐被淹没，像是抹上天际的一块淡色奶油，很快就要消融不见了。

这样的月色美不美她不做评判。

不过这家伙一大早文艺病泛滥的腔调，真是挺让人牙酸的。

没来得及敷衍上两句，对方已经结束了抒情的部分，把目光收了回来，换上了颇为正经的语调："对了，我已经和行政那边留言了，你今天早上可以不用去上班，好好在家休息一下。"

"哦，谢谢言总。"

倪悦听着他略带鼻音的声音，临走之前忍不住多了句嘴："你好像有点感冒了，睡觉之前最好洗个热水澡，起来以后去买个感冒灵什么的。"

"热水澡可以洗一个，不过药应该没时间买了。"言祈低头看了看表，"和轻云易购那边约了早上九点开会，从这边出发赶过去的话，怕是大多数药店还没开门呢。"

"九点开会？这么说你没多少时间能睡了啊？"

"差不多吧，不过四点半睡到现在，也算是休息了一阵。"

言祈冲她挥了挥手："打个车回去吧，别挤地铁了，OA我已经帮你提了，交通费可以报销。"

"你怎么连这种事都管啊？"

想着他大晚上一边干着活，一边分神操心自己这些鸡毛蒜皮的小事，倪悦实在是有些感动了。

虽说她向来坚信天道酬勤，也知道言祈这个在很多人眼里满是光

125

环的"男神"身上，除了颜值受之父母，旁人羡慕不来之外，其他种种让人瞩目的技能点，背后必定付出了诸多心血。

作为同事站在他的身边，亲眼看见了他所有的认真和努力之后，又是另一番不一样的感受。

"因为你是我的小师妹啊。"言祈走到门边，微微弯下腰，眼带宠溺地轻轻揉了揉她的头，"别担心，乖乖回去休息，下午来公司，你就能看到我了。"

倪悦回到家后，简单吃了个早餐，抓着手机坐在了沙发上。

昨夜虽说睡眠质量不高，但大清早坐着出租车折腾了这么久，眼下还算精神。

不知道言祈现在怎么样了。

自己离开以后他是会上床继续睡一会儿，还是干脆起来洗澡，然后进行会议之前的准备工作？

如果一直不吃药的话，这家伙究竟能不能顺利坚持到会议结束啊……

坐着发了好一阵呆，她才因为电台新的回复提醒转移了注意力。

自从云响项目正式启动以后，因为工作繁忙，悦享之音已经好久没更新了。

眼下她点开电台主页随手刷了刷，意外发现昨天夜里，她加班加得最不亦乐乎的时候，老斑鸠居然在评论区扔了个意味不明的留言。

"愿这一刻，时光和你，都永远停留。"

看样子，这家伙是悄无声息地有情况了？

只是这种酸不啦叽的画风……怎么和言祈一个腔调？

倪悦"唰"一下坐直了身体，顾不上正值上班族出行的时间，赶紧打开QQ点了老斑鸠的头像："斑鸠兄，你啥情况？赶紧老实交代！"

等了十几分钟，QQ对话框里一片缄默。

不知道那个向来作息诡异的家伙究竟是还没起呢，还是已经投入到了他神秘的事业中。

倪悦的八卦之魂没得到满足，也不想浪费时间，干脆开了电脑，临时性地开始更新最新一期的电台节目。

虽然没有事先预告，但关注悦享之音电台的粉丝并不少，更新消息一经推送，立马陆陆续续地涌来了上千号人。

因为距离上一次的更新已经过了近半个月，粉丝们都表现得相当热情，即使很多人可能正坐在上班的地铁上，或是刚刚进到自习室打开书本，但留言区评论依旧在不断更新着。

"播主小姐姐终于出现了，这么久没来更新是工作太忙还是谈恋爱啊？"

"小姐姐这么可爱的一个人，想来男友应该也很帅吧！"

"上次推荐的歌我有推荐给我男朋友呢，他也超喜欢的，已经加了播主关注。"

"今天更新时间这么早，又没做预告，是因为有什么特别的话题要聊吗？"

悦享之音风格亲民，倪悦本身的脾气又比较软糯，熟悉的听众们有不少和她在线下见过面，因此开起玩笑来常常涉足私人话题。

倪悦原本没做什么准备，只是心情不错想要单纯地放放歌，看到留言区的群众意见，再联想到老斑鸠那条语焉不详的暧昧信息，当即决定了本期的讨论主题——"大家亲历过的最难忘的告白方式是什么？"

与爱情有关的话题向来容易引发热议，更何况现代都市人心里都藏着一些难以忘怀的感情故事。

因此话题才一宣布，大段大段的留言陆续贴出，悦享之音的评论区内顿时变成了一个短篇爱情小说征文现场。

倪悦一边放着歌，一边饶有兴致地和大家讨论着。在那些或温馨、或浪漫、或悲壮、或搞笑的故事里时而感觉惆怅，时而心生羡慕。

一个小时以后，倪悦结束了电台直播，正在随机听音乐，老斑鸠的信息忽然弹了出来："小仙女，什么叫有啥情况？你一大早的又是呼唤我，又是更新电台……是不用上班的吗？"

"我昨晚加班熬夜，今早调休啦。"倪悦好不容易逮到他，自然不会轻易放过，"我看到你昨天晚上在我评论区留言了，啥事让你这么兴致大发啊？看那甜腻腻的腔调，是和你之前喜欢的妹子又联系上了吗？"

"哎……我当什么事呢，看你这八卦样。"老斑鸠像是松了一口气，"没有啦，我这种土肥圆就算和喜欢的妹子联系上了，又能怎么样？昨天是临睡前看了几本言情小说，一时间有点感慨，又没人分享，就跑到你电台来冒个泡啰。"

"你还看言情小说啊？"倪悦咯咯笑，"你们男生不是应该去起点看男频文才对吗？"

"看你这话说得……我这种没人要的家伙，哪有资格看男频文？最现实的是在言情小说里翻翻攻略，看看现在的姑娘们都喜欢什么类型的男生。不过可惜啊，所有的言情小说男主都是天赋异禀、颜值超高，外加……呃，最后那条忽略，总之和我距离十万八千里，看了也白看。"

对方火车一跑起来，一时半会儿怕是收不住。

倪悦不知他现实生活中是不是真的那么不受欢迎，生怕打击到他的自尊心，于是赶紧换了个话题："对了，我刚才更新电台了，你有空的话去听听呗。"

"哦，我已经看到了。话说你今天怎么会忽然发起这么一个话题啊？"

"随便想的嘛。"

倪悦说到这里，忽然起了好奇心："对了，斑鸠兄，你之前和你喜欢的那个妹子，是怎么告白的啊？说来听听呗。"

"哎……那事说起来就郁闷了。"

老斑鸠"正在输入"的状态维持了好一阵，像是在深刻地回忆那段痛苦的往事："那天我和妹子见面以后一起吃了个晚饭，后来在公园里走了走。当时气氛实在太好了，我想有些话如果不说以后可能真没勇气了，于是借着夏日漱石的告白方式，和她说了一句'今晚的月色真美啊'，结果这个傻丫头不知道是真傻还是假傻，抬头看了看天，面无表情地对我说'还好吧'，然后我就知道自己没戏了……"

"哈哈哈……"

虽然故事的结果很是悲剧，被老斑鸠这么一描述却自带喜感，倪悦笑了一阵才回复道："你这么曲折的告白方式人家未必会懂啊，直接说'我爱你'不是很好吗？"

"你们这些年轻人啊，整天爱来爱去的，怎么会懂我们这些老年人面对喜欢的人时，那种小心翼翼又战战兢兢的心情啊？"老斑鸠似乎惆怅之下，难得带上了几分正经，"小仙女，爱这个字的分量很重的。如果在不确定对方心意的情况下鲁莽告白，其实会给对方带来很大的压力，所以我才希望委婉一点，给彼此留下一个温和的空间，虽然结局还是一样坑爹……不过经过我这么一科普，你现在能懂了吗？"

"知道啦！"

这三个字刚刚用回车键敲出去，倪悦忽然僵住了。

就在这一刻，她忽然想起了今日清晨，在那轮即将消融的浅白月亮之下，言祈看向她时，那包含着千言万语的温柔眼神。

而耳机里的音乐，也十分应景地开始在她耳边深情吟唱："是你难以抗拒，还是我想太多，你说今晚月光那么美，我说是的。"

用泡面解决了午饭之后，倪悦奔向了办公室。

刚出电梯门，一阵嘻嘻哈哈的笑声已经从前台传来。

"言总，你太费心了吧？前几天你送我的费列罗都还没吃完呢，怎么今天又送我好吃的呀？再这么吃下去我要变胖啦！"

"怎么可能？"言祈靠在前台的地方，满脸笑容地和眼前的漂亮女孩说着话，看上去心情很好的样子，"你身材这么好，偶尔吃一点甜食不用担心会发胖的啦。"

"你老哄我，我最近没怎么运动，真胖了好几斤呢！"

前台妹子显然和他关系甚好，娇嗔之后随口开起了玩笑："言总这段时间一直这么贿赂我，是不是有什么事要我帮忙啊？"

"没事就不能送东西给你了啊？"言祈把头凑近了些，漂亮的桃花眼一弯，不知不觉带上了一点深情的味道，"而且以我们的关系，真有事要麻烦你，用得着绕这么大一弯子吗？别把我想得那么动机不纯嘛。"

"知道啦，言总你最好了！"

对他的示好，前台妹子甚是受用。

抬眼见到倪悦，她赶紧招了招手："悦悦你来啦？赶紧来尝尝，言总带回来的小零食，可好吃了！"

倪悦凑近一看，"白色恋人"四个大字耀武扬威地躺在包装盒上。

"你来啦？"见她出现，言祈原本懒洋洋靠在那儿的身体站直了些，声音也温柔了起来，"我怎么看你早上没休息啊，还更新了电台？"

"哦，昨天睡得挺好的，所以不困，谢谢言总关心。"

倪悦心想，你一大早也没补眠，先去开了大半天会，又无缝衔接地赶来上班，居然还能关注到她的电台有没有更新，也是挺拼的。

"看来年轻就是好啊。"言祈长叹一声，指了指桌上的零食盒，"对了，今早过去开会，轻云易购的海外事业部刚巧从日本采购了一些爆品回来，顺便扔了两箱给我。这些巧克力饼干什么的我不怎么爱吃，就带公司来了，你桌上也放了一些，有空尝尝。"

"谢谢言总。"

倪悦客客气气地道了个谢，很快走到了自己的工位上。

办公桌上果然已经堆了好几盒包装精美的零食礼包，前台妹子推荐的那款"白色恋人"赫然在列。

倪悦拿在手里看了看，有些自嘲地笑了起来。

看来有些事，是自己想太多了。

言祈这种性格的人，在不触及根本原则的情况下，是喜欢与人为善的。

无论是对待普通员工，还是相熟的女孩子，都习惯保持温柔体贴。

至于那种体贴究竟该归类于绅士的品格，还是暧昧的挑逗，在女孩子心里会引发怎样的化学反应，他大概并不在意。

只有自己这种恋爱经验匮乏、头脑又一根筋的人，才会被他那些早已不知道对多少人施展过的温柔套路，搞得情绪纠结。

说不上是庆幸还是失望，倪悦原本在老斑鸠的解读下有些小鹿乱撞的心情，总算是平复了下来。

接下来的几个星期，云响项目一路顺利推进。

对品牌部而言，除了对言祈手下项目进行配合之外，也开始对公司层面的公关宣传事物进行了承接。

因为楚纤的离职，品牌经理这个岗位又一直没有招到合适的人选，倪悦作为团队成员中实操经验相对丰富的那一个，向高层直接汇报的频次逐渐多了起来。

时间一久，不知是对她高效专业的工作表现颇为满意，还是习惯和她直接沟通，在人力资源部门总监向公司高管汇报工作时，吴寅峰直接表示暂停对经理岗位的招聘，一切管理工作暂由倪悦代管。

对这个决定，言祈没有发表任何反对性意见。

虽说工作都是为了Resonance，但言祈和吴寅峰两个人的领导风格大相径庭，倪悦出身乙方，又在言祈面前放松惯了，面对吴寅峰时，总有点战战兢兢。

这位公司大老板不仅性格严肃，而且惜字如金，给反馈意见时，通常是指着自己不大满意的地方表示"这里不好，请修改"，具体哪里不合格，却很少给出意见。

倪悦和他打交道的时间尚短，一时半会儿摸不准他的喜好风格，于是经常一个文件改了三四次依旧不能满足对方的要求，只能对着电脑干瞪眼。

经历了好几次的搏命加班之后，时常下班比她还晚的言祈似乎发现了她的苦恼，几天之后，不知道从哪里找来了一沓厚厚的文件，扔在了她眼前。

"吴总和我的做事风格不同，很多时候他更多的是代表Resonance的形象，所以以他为核心的对外稿件都需要正式严谨一些。另外，他对公司的一些战略定位和发展方向你也需要多加熟悉。这里是各家媒体之前对他的一些报道，还有历年来他在一些重要活动上的演讲材料，你可以做做功课，以后就不会那么手忙脚乱了。"

"谢谢言总！"

虽然类似的东西她自己通过搜索找过不少，但一来不成体系，二来没有这么详细周全。

如今这么一摞东西摆在眼前，想来言祈费了不少工夫，倪悦心中十分感激，忍不住询问："言总，这种资料一般是品牌部存档，只是我们公司部门成立时间不久，所以比较欠缺。你又是从哪儿找来的？"

"我给Jessica打了个电话，请她帮忙整理了一下。而且之前这方面的工作我参与过一些，多少算是有点经验。"

言祈意味深长地看着她："职场经验之一，技多不压身。就算你做的是某一个专业岗位，对其他职能部门有所熟悉，怎么说对自身的工作都是有帮助的。另外，学会适当地向他人求助，很大程度上能提高自己的工作效率。所以就算你再讨厌我，对能减轻自己负担的事，偶尔还是可以低低头的。"

"我也没有讨厌你啦……"

如今回应起这个话题，倪悦不算太别扭了。

毕竟这么一段时间相处下来，言祈总体来说是个不错的领导。所以过去的那些不愉快，她不准备再揪着不放了。

"怪不得这段时间我觉得神清气爽，原来已经被你从黑名单里解禁出来了，真是谢天谢地。"言祈闻言笑了起来，"行！为了庆祝这件事，等你这段时间把吴总要参加的那个峰会项目忙完了，一起吃个饭。"

"好呀！刚好我也拿薪水了，到时候叫上陆师兄和谢师兄一起，我请客！"

倪悦开开心心地满口答应着，在言祈离开后，赶紧看起了手里的资料。

S城政府近期准备搞一个"高科技企业发展峰会"，Resonance作为智能语音方面的代表企业很早就收到了邀请。

作为品牌部的主力干将，倪悦自然明白这种高规格的政府峰会对企业来说具有特别的意义，因此对吴寅峰的参会发言稿、活动的新闻宣传稿以及企业的形象展示片，都打着十二分的精神在亲自跟进。

吴寅峰对这次峰会格外重视，宣传视频的demo出来之后，十分难得地给出了很多详细的修改意见，对倪悦准备的各种文字资料也是一审再审。

受到这种严肃谨慎的态度感染，倪悦更是不敢掉以轻心，每份对外的资料都反反复复核对着，生怕出一丁点问题。

结果天不遂人愿，倪悦仿佛受到了墨菲定律的诅咒。

活动即将开始的前一天，快要下班的时候，组织方的电话打了过来。

"倪小姐是吗？前几天你们提供过来的关于Resonance和吴总的那份宣传视频，好像出了点状况，可能需要马上调整一下。"

"啊，怎么了？"

其他文字类的文件要修改还好，但视频文件一旦定稿输出，修改起来就是大工程。眼看着逐渐转黑的天色，倪悦只觉得欲哭无泪："能告诉我是什么问题吗？"

"我不太清楚，刚才彩排走场的时候我们试播了一下，不知道是不是输出格式有问题，影音不同步的状况很严重。另外，因为这次的活动临时增加了一些国外嘉宾，如果方便的话，建议你们另外增加一个英文解说版，这样对有合作意向的国外企业来说，可能会更高效。"

"好……我知道了。麻烦你把活动现场视频播放设备的型号和播放器版本给我一下，我现在就去和影视公司沟通。"

事到如今，再去争论"你们怎么不早点试播""我们这边检查过没有任何问题"这类东西已经没意义了，倪悦简单地和同事们交代了两句，眼见吴寅峰不在公司，干脆直接敲响了言祈办公室的门。

"言总，我要请半个小时的假，吴总明天参会的视频出了点问题，我得去趟影视公司。另外，明天我会在活动现场做媒体接待，可能不能来公司了。您那边交代的工作我已经安排给了乔宸，他晚一点会向你汇报。"

"现在过去啊？"言祈抬头看了看乌沉沉的天，"看样子好像快下雨了，要不要我安排公司的车送你？"

"不用不用！"

这种待遇是高层特享，她不想破了规矩："我下楼打车很方便的。"

"好吧。"言祈不再坚持，"那你先去忙，有什么需要帮忙的，随时打我电话。"

倪悦收拾好东西刚跑下楼没多久，大雨"哗哗"地下了起来，原本随手可叫的出租车立马成了抢手货。

她站在大楼的顶棚下等了十几分钟，眼看着一辆辆出租车还没停稳就被人抢走，再想着马上就要进入下班高峰期，就算打到车也不知道会在路上堵到什么时候，干脆牙一咬，把包顶在头上，直接冒雨向着地铁站冲去。

雨势来得太过凶猛，地铁站距离公司又有一段不短的路。倪悦好不容易进了站，在空调的吹拂下立马感觉到了一阵浸人的寒意。

等到下车时，大雨依旧没有要停的意思。

反正身上已经淋湿了，倪悦干脆继续冒雨冲了一阵，才赶到了合作的影视公司。

影视方的几个小青年见她浑身湿透地出现，赶紧找了块毛巾让她把头发擦了擦。

倪悦喝了杯热水，感觉到身体暖和一些了，顾不上一身的湿衣服紧贴在身上，赶紧坐下来把会议方反馈过来的问题陈述了一遍。

众人研究了一阵，讨论出了好几个解决方案，然而在无法立刻调试的情况下，不知道究竟哪一种才奏效。

倪悦拨打了组织方的电话，却被告知已经下班。无奈之下，她只能将各个解决方案下的视频文件通通输出，第二天早上过去提前做测试。

方案讨论完毕，小青年们立马工作起来。

倪悦要盯着英文配音部分，还要保证各个版本修改后的细节无误，自然只能守在那儿陪着他们一起加班。

时至凌晨五点，所有的工作结束，倪悦拿着硬盘先打车回了一趟家，换了身衣服，紧接着，马不停蹄地奔向了峰会现场。

幸好一个晚上的辛苦没有白费，再次调试后的视频文件终于一切正常。

想着离活动正式开始还有一个小时，倪悦决定先出去吃个早餐，刚走了两步，她脑子一晕，赶紧扶着椅子坐了下来。

"悦悦你怎么了？是不是生病了？我看你脸色不太好。"

活动方的对接人眼看情形不对，伸手在她额头上探了一下："哎呀，你好像发烧了。反正东西都送到了，要不赶紧回去休息吧！"

"我现在不能走，一会儿有几家媒体会过来给吴总做专访，我得全程陪着，而且活动结束了得发新闻稿。"

事到如今倪悦也知道情况有点不妙了。

　　情绪紧绷的时候没觉察，如今心情一放松，才发现浑身又烫又软。

　　自己现在这晕乎乎的样子，到时候接待媒体不知道会不会出错。想到这里，倪悦赶紧挣扎着给部门同事打了个电话："宸宸，你能不能去言总那里说一声，到峰会现场来帮帮忙。我好像有点发烧了，现在脑子有点晕，怕一会儿耽误事。"

　　"哦哦，好的，我看到言总已经来了，现在就去和他说！"大概她的口气听起来实在太没精神，电话那头的乔宸跟着紧张了起来，"你别急啊，我马上打车过来，你再撑一会儿就好！"

　　半个小时以后，眼见乔宸出现，倪悦终于松了一口气。

　　对方见她满脸通红，一个劲儿在吸鼻涕的模样，赶紧推了她一把："悦悦，要不你先回家吧，这儿有我在就行。"

　　"等媒体到了再说吧。"倪悦还是有点不放心，"你写稿子什么的是长项，但是没做过媒体接待的工作。这些记者朋友之前都是我在联系，不同的媒体又有不同的选题风格，我怕你一个人应付不来。"

　　"那……行吧。"乔宸看她坚持，递了份麦当劳的早餐在她手里，"你是不是还没吃东西？言总买了让我带给你的。"

　　"啊？他怎么知道我没吃东西？"

　　"他怎么会不知道？我和他说你生病了，言总打电话去影视公司那边问了问，你昨天一身湿淋淋地在那边熬夜的事他都知道了……对了，除了给你买了早餐之外，他还叮嘱我买点药给你带过来呢。不过我来的路上药店都还没开门，所以……"

　　"行了行了，哪有那么娇弱啊！小感冒，回家睡一觉就好了！"

　　倪悦拿起袋子里的牛肉汉堡狠狠咬了一口，原本十分疲倦的身体似乎因为言祈的关心，重新充满了力量和斗志："有媒体进场了，我们准备开工！"

原本计划在十一点半结束的科技峰会，因为现场热烈的反应，临时增加了半个小时的媒体群访。

待到群访结束之后，好几个相熟的记者又神色热切地把倪悦拦了下来。

"倪小姐，刚才你们吴总的发言我们都很感兴趣，对智能语音科技的一些新兴业务模式，尤其是和轻云易购的合作，我们想做进一步了解。不知道你是不是方便安排一下，让我们和吴总再聊聊？"

这几个记者都来自科技圈的核心媒体，平日里只跟大牌企业的前沿新闻。普通一点的公司连请都很难请到，倪悦自然不敢得罪，立马跑去向吴寅峰做请示。

吴寅峰看上去心情甚好，不仅很快点头同意，为表亲切，还让倪悦在附近的酒店里安排一场宴请，说是和媒体朋友们一起边吃边聊。

这种饭桌上的随机访谈充满了不确定性，最后出来的稿件究竟会怎么写，在没见到定稿内容之前谁也不知道。

倪悦不敢掉以轻心，生怕记者们不清楚自己老板的禁忌，在最后成稿里会出现什么让他不高兴的内容，只能撑着发软的身体全程作陪。

等到饭局结束，已经到了下午三点。

倪悦将人一一送走，站在饭店门口正准备抬手打车，吴寅峰的车已经在她面前停了下来。

"倪悦，你现在手里有急事吗？"

"暂时没有，就是晚一点媒体的稿子出来以后需要审核一下。"

"那你上车吧，陪我去买点东西。"

"哦……好的。"

虽说眼下她很想赶紧回家洗个热水澡，再狠狠睡上一觉，但大老板亲自开口安排任务，她自然不敢多加拒绝。

半个小时后，车子开进了一家高级商场。

倪悦晕晕乎乎地跟在吴寅峰身后，在一家家奢侈品专卖店里逛了起来。

"这条项链好看吗？"

"好看……"

"那对耳环呢？"

"也好看……"

店里的珠宝基本都在六位数以上，万般精贵地被摆放在橱柜里。

每一款产品都由设计师妙手雕琢，显得精美绝伦。

虽然无论哪一件，她掏空了存折也买不起，但对美的欣赏，还是让她真心实意地不时发出各种赞美。

但吴寅峰显然对她一概点赞的答案不太满意。

"这些牌子你都不太喜欢吗？感觉好像没太大兴趣。"

"不是啦……"倪悦强撑着精神，"吴总，您来逛这些，是要买礼物送朋友吗？那我的审美未必能代表对方啊。不然您和我说说对方的特征喜好什么的，我帮你参谋参谋？"

对这个问题，吴寅峰沉默了许久没吭声。

就在倪悦考虑着要不要为自己的唐突道个歉时，他才轻轻咳了咳："对方是我大学时候的学妹，也是……很重要的朋友。前几天因为发生了一些争执惹得她不太高兴，所以想送个礼物表示歉意。"

他顿了顿，继续补充："我们之间聊工作的时候比较多，而且她不缺什么，所以我摸不准她具体的喜好。不过看公司的女员工都挺喜欢讨论珠宝首饰什么的，就过来瞧瞧。"

这番解释颇有点欲盖弥彰的意思，再结合对方略显局促的神情，倪悦秒懂。

"吴总，如果是向关系亲密的朋友表示道歉的话，可能诚心比这些贵重的礼物更能得到对方的谅解。你不介意的话，我帮你推荐一个礼物？"

"嗯？什么？"

虽然一脸疑惑，吴寅峰还是跟着她下到了商场负一层的位置，走进了一家手工DIY精品店。

在店员的引导下，倪悦帮他挑选了一个森林主题的木质音乐盒盘，外加一只憨态可掬的棕色小熊和一只神情可爱的兔子做装饰。

经过十几分钟的DIY，一个精巧可爱的音乐房子已经搭建成形了。

"是不是很可爱？"

"嗯……还蛮特别的。"

这种少女心泛滥的小东西显然不太适合吴寅峰的审美，不到一千块的价格让它看上去没什么太大的价值感。

倪悦见他神情犹豫，继续热情地推荐着："对了吴总，这种音乐房子是有录音功能的，如果有什么想对你朋友说的话不方便当面说，你可以提前录在里面，这样对方就能听到了。"

"这样吗？"

这个功能倒是引起了吴寅峰的兴趣，于是又花了一点时间，向店员咨询录音相关的功能说明。

走出店门后，吴寅峰顺手从隔壁的Godiva专卖店里买了一盒巧克力，递到她手里："谢谢你今天花时间陪我，这个算是谢礼。"

这么一个巧克力礼盒的标价在五百元以上，虽然对吴寅峰完全不值一提，但倪悦无功不受禄，连连摆手拒绝。

"你不喜欢吃巧克力？"

"不是啦……"倪悦怕他误会之下又跑去买其他谢礼，赶紧解释，"吴总你太客气了，能帮到你我挺高兴的，真的不用再送东西给我……"

"那为什么不收？"吴寅峰看着她，表情有些意味深长，"前几天我看到你桌上放着一些零食，听说是言总送的……他送的那些东西比我送的要好？"

"当然不是……"

问题一旦上纲上线，最明智的做法只能是闭嘴了。

倪悦不敢再多说什么，道谢之后赶紧从他手里接过了礼盒。

好不容易完成了陪大老板逛街的任务，倪悦打车回了家

刚进门没多久，记者们的稿件已经陆陆续续地发过来了。

倪悦蜷在沙发上，水都没来得及喝一口，捧着手机对着稿件一篇篇地做着预览。

不知不觉间，眼前的那些字变成了一只只细小的黑虫，在她眼前晃晃悠悠地飞舞着。

看样子，情况实在不怎么乐观啊……

到了晚上七点，所有的稿件总算预览完毕。

倪悦重重地松了一口气，正想去冲个热水澡，言祈的电话忽然打了进来。

"你现在怎么样了？听同事说你下午没回公司，是不是发烧严重了？"

"谢谢言总关心，我没事。"

倪悦没想到对方忙碌之中，还能记得给自己这么一个小员工发来慰问，不由得十分感激："对了言总，我记得你今天下午要去隔壁D城出差，之前给你准备的资料没出什么岔子吧？"

"没有问题，挺好的。"电话里除了言祈的声音之外，还夹杂着一些刺耳的喇叭声，"会议很顺利，我现在已经在回S城的路上了，就是前面好像出了点交通意外，路况有点塞。"

"下班高峰期本来交通状况就不好，你干吗那么着急赶回来？在D城吃了晚饭再走不迟啊……"

倪悦勉强和他聊了一阵，只觉头越来越痛，最后只能很抱歉地做了结束陈词："言总不好意思，我实在是不太舒服，想先睡会儿……工作上的事明天再和你汇报可以吗？"

"行，那你赶紧睡。"

言祈显然觉察到了她的不适，简单交代两句之后，很快把电话挂了。

倪悦上了床，闭着眼睛躺了好一阵，只觉得身体时冷时热，像是在冰火两重天里来回折腾。

勉强合了一阵眼，胃部开始阵阵绞痛，她这才意识到自己一整天除了早上言祈让人带过来的那个汉堡之外，其他什么东西都没吃。

高烧之余又遭遇饥饿感，对一个病人而言无疑是雪上加霜。

倪悦不忍心惊扰父母，勉强下床给自己泡了个面。刚吃了两口，只觉得胃部一阵翻腾，防腐剂的味道刺激得她冲进洗手间哇哇吐了起来。

好不容易吐干净，身上的最后一点体力也被清空了。

倪悦重新躺回了大床上，瞪着窗外黑乎乎的天色，觉得人生没有一刻犹如现在这么凄凉。

"小仙女，你现在睡了吗？"

像是心有灵犀一般，老斑鸠的问候声给凄凄切切的房间带来了一点鲜活劲。

倪悦不习惯在三次元的亲友面前装娇弱，面对一个远隔山海的网友却不再故作坚强，抽了抽鼻子，满是凄苦地发了个语音："斑鸠兄，我生病了，好难受啊……"

"哎呀，你怎么了？怎么听声音都有气无力的，是感冒了吗？"

"是……而且好像发烧了。"

这种隔着显示器的关怀虽然解决不了什么实质性问题，但可以有个对象让她撒撒娇："我现在正躺在床上呢，感觉像被人打了一顿，骨头都快散架了。"

"那你吃药了吗？怎么不去医院啊？"

"我家里没备药，现在懒得动……而且我才吐了一阵，胃都给吐出来了，哪有力气下楼去医院啊？"

"啊？你怎么还吐了？"

按照老斑鸠的画风，倪悦本以为他后面会紧接一句"你是不是有了"，然而对方像是焦急了起来，措辞看上去颇为紧张："你吃了什么？是东西不干净吗？"

"不是不是，我吃了个泡面，大概是防腐剂的味道太重，被恶心到了。"

"你家里还有其他吃的吗？"

"还有两盒饼干……"倪悦看了看堆在桌上的小零食，不自觉地强调了一下，"是之前师兄给的。"

"饼干哪行啊？"

老斑鸠没有和她就"师兄送的"这个话题继续展开讨论的意思，匆匆回了个句子："那你先躺着，我有点事，一会儿回来啊！"

"喂！你别走啊！"

这种正需要安慰互动送温暖的时候，对方忽然离线的做法实在太没义气了，倪悦"喂"了几声，没见对方再有回复，失望之余只觉得自己在饱受病痛折磨的同时，精神上也受到了非常严重的打击。

老斑鸠一去就是半个多小时，不知道究竟是什么天大的事让他走得如此仓促。

倪悦缩在被子里，正在犹豫是硬撑着到天亮，还是干脆起身跑一趟医院，房门外忽然传来了"咚咚"的敲门声。

"你好，请问有人在家吗？"

"谁啊？"

听声音是个陌生人，倪悦顿时浑身警惕地翻身坐起。

大晚上的，已经接近十点。

除了父母之外，她实在想不到有什么人会突然登门。

"您好，我是送外卖的，您的外卖到了，麻烦收一下。"

啊？可是自己没点外卖啊……

疑惑之中，倪悦再次确认："你确定是送到这里的吗？"

"您是倪悦小姐吧？"

对方显然意识到了她的顾虑，赶紧详细地介绍信息："您的电话是137×××××××没错吧？单据显示您的餐点是一位姓斑的先生点的。"

姓斑的先生……

倪悦哑然失笑，赶紧下床把门打开。

等在门外的外送员笑容满面，把一个装满食物的袋子递在了她手里："斑先生叫了跑腿外送服务，除了这些粥点之外，还托我们买了点药，麻烦您核对一下。"

倪悦拿着清单迅速浏览了一下。

长长的单据上，写着皮蛋瘦肉粥、鸡蛋羹、红枣乌鸡汤、小米糕等清淡暖胃的食物。食物的出品餐厅是S城最知名的一家粤式餐馆，卖相看上去颇为精致。

除此之外，袋子里还装着一些治疗感冒发烧的药品，冲剂和胶囊都有，看分量足够她吃小半年。

"谢谢你啊，原来你跑去给我点外卖啦？"雪中送炭般的关怀让倪悦倍觉暖心，赶紧重新拿起手机对老斑鸠道了一声谢，"我就之前刚租房的时候和你说过一次我家地址，你居然一直保存着？"

"那是。再怎么说我也是混FBI的，这种重要情报一旦到手，自然是要拿小本子记起来的！"老斑鸠一顿瞎扯之后，再次叮嘱，"你赶紧吃点东西，然后把药吃了去睡觉，如果还有什么问题就Q我，我随时在线的。"

"已经很麻烦你啦，你也早点休息吧。何况我们隔得那么远，就算真有什么事Q你也没用啊。"

"那倒也是……"老斑鸠回了个笑脸，"既然这样，那我先下了，希望明天你能恢复精神。"

"好的，晚安。"

倪悦把老斑鸠送来的食物消灭了一半，再按照说明书吃了几颗药，胃部的压力终于缓解不少。

只是药物的效果不是那么立竿见影，就今天晚上这种情况，不知道明天能不能准时起床上班。

她正犹豫着要不要给言祈发个短信请假，对方的微信却先一步推送了进来。

"你好点没有？睡了吗？如果已经睡了，起床的时候看到这条消息，别着急上班，身体恢复了再来公司。"

"谢谢言总，我好多了。"

倪悦原本是打算请假的，被对方这么一照顾，反而有点不好意思。正准备立志表决心，说自己按时上班绝对没问题，对方的微信再次推送了过来："你还没睡？那两分钟以后起来开门。"

哈？

倪悦傻眼了："开门？开什么门？你现在在哪儿啊？"

"你家楼下。"

"啊？"

这个消息实在太突然了。

倪悦赶紧爬起来，先把一屋子的狼藉飞速收拾了一下，然后冲到卫生间里照了照镜子。

镜子里的她头发蓬乱，因为出了太多汗，刘海一根根地贴在额角。

皮肤在灯光下呈现出一种憔悴的蜡黄色，眼睛下面的黑眼圈不用化妆就可以去扮演国宝，连睡衣也因为在床上辗转反侧地翻滚了太久，显得皱巴巴的。

最关键的是，那皱巴巴的睡衣上面还印着一堆幼稚的小熊。

然而等不及她再加整理，房间的门已经被敲响了。

"言总，你怎么这么晚了还过来啊？"

看着门前站着的衣冠楚楚的青年，倪悦觉得自己想死的心都有了。

为什么每次自己最丢脸的时候，总能被对方看到？

"过来看看你好点没有，有什么地方能帮忙的。"言祈的目光在她的脸上转了一圈，"我可以进去坐坐吗？"

"哦哦……好的。"

倪悦赶紧把身体侧开，放他走了进来。

没茶又没水的情况下，她左右看了一圈，最终只能把对方送的那两盒饼干递了过去："那个……我家没什么东西招待，你要不吃点这个？"

"我吃过了，你别忙活了，去躺着吧。"

言祈看上去没把自己当客人，进屋之后没多久，先把那些没来得及扔的外卖盒扔到垃圾桶里，然后烧了点热水，顺带给她拧了一条热毛巾。

"身体太虚弱不方便洗澡的话，就简单擦一下，浑身是汗的话睡着不舒服。"

"哦……"

用热气腾腾的毛巾擦了一把脸，的确舒服了不少。

倪悦擦完脸后在被子里坐了一阵，眼看他没有要走的意思，忍不住轻声提醒："言总，我真没什么事了，你不用一直守在这儿的。"

言祈看着她，慢慢走到床前，忽然间弯腰俯下身体，手撑在了她肩膀的两侧。

那一瞬，随着他身体压下时的阴影，铺天盖地的荷尔蒙气息扑面而来。

如此近距离的接触，几乎像是一个吻即将到来的先兆。

这样的念头让倪悦不自觉地紧抓着被子，有些慌乱地闭上了眼睛。

很快地，额头的地方微微凉了凉，似乎是对方用自己的额头和她轻轻碰了一下。

紧接着，温柔的声音响了起来："烧还没退，温度不知道什么时候能降下来，看样子你也没准备去医院，这样还挺危险的。"

试完温度后，言祈很快挺直了身体，拉了张椅子在床边坐下："这样吧，你先睡，我在这儿守着。过一会儿确认你没事了，我再走。"

"可是……这不太好吧。"倪悦哪里受过这种待遇，整个人都吓精神了，"你在这儿，我……我睡不着的。"

"睡不着的话，需要我给你讲个睡前故事吗？"言祈笑眯眯。

"什么……"

这话听起来好像有点耳熟，但慌乱之下倪悦无暇深究。

对方态度看上去甚是坚持，倪悦劝不动了，只能闭着眼睛假寐。

然而翻来覆去了好一阵，小腹的地方传来一阵阵钝痛。

"你怎么了？还是不舒服吗？"

言祈十分敏锐地觉察到了她的异常："我带你去医院吧，开车去，挺方便的。"

"不……不是……"

倪悦已经意识到这一阵比一阵难忍的痛楚是因为什么了。

因为爱吃冰饮，外加作息不规律，她的生理期一直不算太准。如今想来是因为身体虚弱，例假竟比平日早来了好几天。

眼下无论如何得去卫生间处理一下。可是言祈戳在那儿，一脸关切地看着她，这让她简直不知道该怎么开口。

磨蹭了好一阵，双腿间的湿意渐重，已经到了没法再拖的地步。

倪悦苦着一张脸："言总，你能稍微回避一下吗？"

"嗯？有什么需要吗？我帮你啊。"

向来英明神武善解人意的小言总一时间也有点拎不清了。

"那个……你帮不上忙。我身体不舒服，得去卫生间处理一下。"

"啊……"

随着她下床翻找卫生巾的动作，言祈终于觉悟了过来，赶紧后退几步站到了窗户下，背对着她开始假装望天数星星。

慌乱中，倪悦无意中朝他的后背瞥了一眼，发现对方的耳根不知什么时候有点红了。

好不容易清理干净，倪悦咬牙走出了卫生间。

还没来得及说点什么冲淡一下尴尬的气氛，言祈像是已经恢复了镇定一样，十分从容地开口："你家里有红糖吗？"

"啊？"

"喝点红糖水对你现在的情况比较好。"

"哦……有的，在冰箱里。"

反正事已至此，早点止痛才是正事。

倪悦也不矫情了，颤悠悠地爬到了床上，看他里里外外地忙活着。

十分钟之后，暖融融的红糖水被端到了眼前。言祈坐在床沿边，捧着杯子一口口地喂她喝了半杯，才像是松了一口气一样，重新笑了起来。

"舒服点了吗？"

"好多了……没想到言总你居然会弄这个。"

"跟我爸学的。"

"你爸？"

"是啊。我妈之前经常这样，我爸每次都会给她煮红糖水。看的次数多了，自然就会了。"

"叔叔对阿姨可真好啊……"倪悦一脸神往，"阿姨真幸福。"

"别瞎羡慕了，赶紧睡。"言祈轻笑着掖了掖她的被子，"晚安。"

"晚安……"

一片寂静的黑暗中，言祈微微的呼吸声变成了一味最有效的抚慰剂。

倪悦的意识逐渐模糊起来，很快满是疲惫地跌进了梦里。

神志再次恢复的时候，窗外已经隐隐亮起了天光。

倪悦一扭头，发现言祈趴在床沿的地方，不知什么时候已经睡着了。

他居然就这样坐在自己的房间里守了整整一夜，哪儿都没有去。

像是怕她半夜临时会有什么动静一样，一只手还紧紧地和她握在一起。

"啊……早啊。"

随着她翻身的动作，言祈很快惊醒了过来，握着她的手慢慢放开，在她额头的地方碰了碰："挺好，烧已经退了。看来高质量的睡眠果然是最好的治病良药。"

看她不说话，言祈柔声询问："怎么了，还有哪里不舒服吗？"

"没有。"倪悦抽着鼻子，"言总，我觉得我这么麻烦你，真的特别特别不好意思。"

"那还叫我言总啊？"言祈伸手在她的鼻子上轻轻刮了一下，语调里带着几分调侃，"我可不是对每个员工都这样的。"

倪悦微微一怔，随即反应过来："哦，谢谢你啊，师兄。"

听她改口，言祈很快笑着站了起来："不错，陪了你一晚上，终于肯认我这个师兄了。既然你没事了，我也得回家洗个澡换身衣服去公司了。早餐我一会儿叫人送上来，你吃了以后如果还想休息，就再请一天假。"

"你一晚上没怎么休息，现在又要去上班吗？"

"是啊。"言祈拧了拧有点发僵的脖子，"昨天在D城的那个会，带回了一堆工作需要赶，时间可是很紧的。"

"师兄！"

眼见房门已经被拉开，倪悦忽然情不自禁地叫了他一下。

"嗯？"

"我……一会儿会按时去上班的！"

"怎么这么拼啊？"言祈依旧还是微笑着的模样，"不用勉强，身体要紧。你这种因公负伤的行为，吴总和行政那边不会扣你工资的。"

不……不是因为这个。

倪悦注视着他的背影，默默地抓紧了被角。

不是因为担心缺勤会在领导那边留下不好的印象。

也不是担心会被行政那边扣全勤奖金。

会那么积极地想去办公室，只是因为可以在那里见到你。

/ Chapter 07 /

暗度陈仓

病愈之后，重返工作岗位的倪悦依旧活力满满，即使面对各种繁复的工作，也总是一副干劲十足的模样。

像是被她积极的态度感染，原本在高强度的工作节奏中，略显疲态的项目组成员也很快打起了精神，工作氛围一派热火朝天。

对她这种犹如打了鸡血一般的状态，旁人没觉察到太多异常，陆余却很快嗅到了某些不同寻常的味道，某天中午吃饭的时候专门挤到了她身边，贼兮兮地八卦着："我怎么感觉你和言祈那小子最近有点不太对劲啊？好像私下里称呼都改了。之前一口一个言总的，现在开口闭口变师兄了……说来听听，是啥情况？"

"能有啥情况？"倪悦眼都不抬地扒拉着眼前的饭盒，"我不也一直叫你师兄吗？"

"就因为这样才有问题嘛。"陆余显然已经认真盘算过，"我一直是师兄不奇怪，他一直是言总也不奇怪，但他忽然从言总变成了师兄，那就有问题了。来来来，说说看嘛，你们之间到底是发生了什么，让你忽然改口了？"

"师兄你真的太八卦了，看来是工作量严重不饱和！"

倪悦实在有点招架不住了，干脆把饭盒一扣，赶紧从他的追问中逃回了自己的工位。

面对陆余，类似的问题她可以装傻敷衍。

但面对自己，有些呼之欲出的心事，可就没那么好糊弄了。

而这种时候，最适合谈天解惑的对象，自然还是永远只存在于二次元网络、不会嘲笑她少女心的老斑鸠。

"斑鸠兄，我想问你个问题。你和之前喜欢的那个女孩一开始是普通网友，后来是怎么发现自己对她有好感的啊？"

"你怎么想到问这个？"

似乎是触碰到了对方心里最柔软的禁地，向来脸皮厚的老斑鸠难得扭捏了起来，东拉西扯地忽悠了半天，才在倪悦的逼问下说起了往事："之前我不是告诉过你我有一阵子生病嘛，腿又打了石膏，于是只能蹲在家里，哪儿都去不了。那段时间呢，我心情特别低落，每天除了听你的电台，就只有和她聊聊天。然后我慢慢发现，她是一个特别善解人意又元气满满的姑娘，像个小太阳一样……因为她的陪伴和鼓励，我度过了人生中最艰难的时光。大概从那个时候起，我对她从好奇、依赖，再到感激……最后就喜欢上了。"

"那这些事情你告诉过她吗？最后她拉黑了你……你不生气啊？"

"有什么好生气的，她有权利选择自己喜欢的人嘛。而且没做好身材管理又长得丑原本就是我的错，所以现在努力减肥加整容，把自己变得更好一点，希望下次如果还有机会重新认识，她可以不再那么嫌弃我。"

"书里都说，喜欢一个人就会低到尘埃里，这活生生就是你的写照啊。"倪悦还是有点愤愤不平，"而且因为你长得不符合她心里想象的样子，就断绝了这么久的交情，怎么说也谈不上善解人意吧？毕竟你们相处了那么久，这些感情可不是假的吧，就算不能成为恋人，也不至于拉黑啊！"

"话不能这么说，毕竟是我先不坦诚的嘛。"老斑鸠看上去还在对那个女孩念念不忘，字里行间都是护短的意思，"是我一直冒充高帅富，又没对她说实话，所以才让她有了期待。一旦看到真相有了落差，自然会受不了。算了算了……不说这个了，话说小仙女你居然有精神在这儿八卦那些陈年旧事，是病已经彻底好了吗？"

"好了好了！"说起这个，倪悦自然要把他夸上一夸，"多亏了你的药，效果可好了。我才吃了一次就退烧了，后面按照说明书又坚持吃了三天，现在可精神了。还有啊……你给我叫的那些外卖是不是点都德的？看不出你对粤式茶点蛮有研究的嘛。"

"你喜欢就好啦……"老斑鸠似乎心有余悸，"你呀……既然是一个人住，以后家里还是要备一些常用药，饺子汤圆之类吃的东西也要屯一点。那天你家附近那家点都德刚好在装修，营业时间比之前结束得早，要不是跑腿送外卖的小哥刚好赶在打烊前到，你怕是连这些东西都吃不上！"

"啊？你怎么知道我家附近的点都德在装修？"倪悦赫然一惊，原本那个模模糊糊的念头再次冒了出来，"斑鸠兄，你说实话，你是不是就在S城？"

"没有啦。是跑腿小哥希望五星好评，所以特地打电话过来邀功我才知道的。"

"你糊弄谁呢？"这次倪悦不准备轻易放过他，略加考虑之后，决定诈他一诈，"告诉你个事，Apollo那边为了杜绝粉丝披马甲在各个电台留言板下面恶意掐架，已经对VIP级别的播主开放了查留言者IP的功能。你不是才在我的电台下面冒泡吗？再不说实话我就去查你IP啰！"

"喂！你不至于吧，要不要把问题搞得那么尖锐啊？"

"那看你表现啦！"

啊？

老斑鸠显然是慌神了，一直装神弄鬼的劲儿终于消停了下来："好啦好啦，我招啦，我是在S城没错。"

"啊！真的吗？你之前不是在Z城吗？什么时候过来的？"

"前几年啦……"老斑鸠满是沮丧的模样，"真是见了鬼，学雷锋做好事结果居然把自己暴露了，不开心……"

"哈哈哈！"倪悦逼问成功，心情大好，也不计较他长时间以来一直遮遮掩掩的举动，"别不开心嘛，既然你在S城，过两天等我没那么忙了，请你吃个饭！这些年你帮了我那么多，这次我生病又救我于水火，总得给我个机会对你表示感谢啊。"

"别……我就怕这个……"老斑鸠有气无力的，"小仙女，为了我们的友情，在这件事情上你给我留点空间好吗？我这人你别看在网上嘴挺贱的，其实三次元就是个loser，真的没勇气和你见面，不然也不会瞒你这么久，你说是吧？"

倪悦不确定他说的是真是假，一时不好意思再紧逼，于是打了个迂回战："既然你这么坚持，那这事以后再议。"

"这才乖嘛……"

老斑鸠像是终于松了一口气。

倪悦兴奋之下继续畅想："不过斑鸠兄，虽然你说不愿意见面，但S城就这么大，我们上下班、逛超市、坐地铁的时候有遇到过也说不定！"

"哦……那下次如果你在路上遇到一个身高一米六，体重两百斤，走路还带喘的矮胖子，打个暗号呗，说不定我就上前和你认亲了。"

"你少来，既然截肢了不是应该坐轮椅吗？哪有机会走路带喘？"

"哎呀，我后面装了假肢难道没告诉过你吗？"

"滚开！"

虽说老斑鸠插科打诨之间，始终是不愿意见面的态度，但双方"同城"这个事实，让一直藏身在网络背后的神秘家伙，终于不再只属于二次元。

这个长久以来的朋友，实实在在地和她生活在同一片天空之下，感受着同一个城市的日升日落，甚至有可能逛过同一家超市，搭乘过同一班地铁……

光想到这些，倪悦就觉得两个人之间的关系比之单纯的"网友"，更多了几分亲切。

内心深处，也对未来能和这个神秘又有趣的朋友相见，越发期待起来。

"我说小师妹，你最近是遇到什么好事了吗？经常看你捧着个手机在那儿傻笑个不停……该不会是网恋了吧？"

某天加班结束后，陆余拉着Z大四人组去公司附近的烧烤摊上撸串。闲聊之间，忽然把话题落到了她身上。

如果是平时听到这种调侃，倪悦笑笑也就过去了。

可眼下有言祈在场，她不由得想把事情赶紧澄清："网恋是什么鬼，别胡说好吗？我有个认识多年的网友，最近知道了他就在S城，所以在想办法把他骗出来和我见面。不过他总是见招拆招不上当，还总发些段子把我弄得哭笑不得。"

"网友？"陆余一脸警惕，"男的女的？"

"应该是男的吧。"

"应该？"陆余牙疼一样，"我的天，你的意思是，你连对方的照片没见过，声音没听过，就想和人在三次元见面？你不怕见面之后他把你给拐了？"

"才不会！"倪悦生怕他们对老斑鸠有所误会，赶紧摆事实讲道理，"我们认识又不是一天两天了，我所有的事情他都知道，如果要害我早害了，用等到现在？我知道现在网上很多事不能当真，但是怎么说我进社会也这么久了，一个人是好是坏总是能分辨的，你们别老把人想得那么不堪。"

"小师妹你还真是too young too naive！"陆余哈哈笑着，朝言祈挤了挤眼睛，"师兄我给你说个事吧，之前我和言祈还在Z大念书的时候，有个妹子不知从哪儿搞来了他的QQ号，独辟蹊径地装了两年多的男人，和他聊足球，聊时政，聊天文地理，让你言师兄在毫无警觉的情况下把对方引为知己，就差没烧香磕头拜兄弟了。结果后来见面了，大家才发现对方是来给你言师兄告白的……哈哈哈哈哈哈，言祈当时那脸色，我现在还记得！"

啊？

这个故事听起来是如此玄幻，不过倪悦更关心的是结果："那后来呢？"

"后来当然是靠你言师兄机智的发挥，才让大家没那么尴尬，继续以朋友的身份相处啊！"陆余拿着啤酒朝言祈隔空扬了扬，"反正处理这种事，你言师兄经验丰富。只是话说回来，这种目的不纯、带有欺骗性质的相处模式总会让人心里有疙瘩，虽然言祈不说，但我知道他其实也蛮郁闷的，是吧？”

“还好啦……没那么严重。”

言祈听了半天，依旧一脸的淡定，像是故事里的男主角根本不是自己似的，只是微笑看着倪悦：“你干吗总想着和对方见面啊？既然一直以来都是网友，那么继续网友这个身份不是很好吗？”

“我也不知道，可能觉得他这个人有趣又亲切，所以总想更多地了解他一点吧……”倪悦咬着吸管，仔细考虑着，“虽然这位斑鸠兄总说自己土肥圆，三次元见不得光，但是从他的见识啊、谈吐啊，还有对事情的各种见解上来看，我觉得他应该是个非常优秀的人。”

“是吗？”言祈想了想，“虽然你没见过他的照片，但是他见过你的，对吧？”

“对啊！怎么了？”

“男人呢，对女孩子的请求通常是不会拒绝的，如果足够优秀，又相处了这么久，即使是出于礼貌，也会乐于见面。如果对方一直不泄漏自己的三次元信息，又不肯露面的话，一定是有什么难言之隐。既然他这么坚持，我觉得你们还是不见为妙。”

“难言之隐？什么难言之隐？”

“呃……我的意思是，说不定对方真的长得很抱歉，只能在网上活跃，又或者……干脆是有什么缺陷，所以根本不能露脸？”

“才不会！”倪悦简直愤怒了，“你凭什么这么说他？”

“哎？不好意思啊！”言祈没想到自己随口开个玩笑，会让她反应这么大，有些抱歉地抿了抿嘴角，“我随口胡说的。”

他顿了顿，声音放得更温柔了一点：“你该不会为了个网友，和师兄生气吧？”

眼看气氛有些尴尬，一直没出声的谢雨晨忍不住开口了："悦悦，虽然你可能会不高兴，但言祈说的不是没有道理。正常男性被女孩子要求见面通常不会拒绝，如果一直推三阻四，可能真的是有什么问题，总之你小心为妙。"

"嗯……"

倪悦不准备再争辩了，心里却是涩涩的。

来自陆余的抨击和谢雨晨的劝告她可以不放在心上，言祈轻描淡写的一通吐槽，却让她感觉很糟糕。

原本经过这么一段时间的相处，她对言祈的印象已经大大改观。

尤其是在那次高烧之后，她越发觉得对方虽然说话不怎么正经，但骨子里是一个温柔又体贴的人。

连当年的失约，即使对方从无解释，她也会想其中或许真的是有什么不便细说的难言之隐。

如今，这个印象再次被扭转了。

从他对老斑鸠的随口判断来看，这个大部分时候看上去态度随和、为人体贴的师兄其实在内心深处，还是带着高高在上的傲慢与偏见。

虽然他不会像陆余那样心直口快、色彩分明地表达自己的好恶，但那些藏在平和姿态下的不屑和冷嘲，更加让人不堪。

或许当年，对满腔热情找上门去邀请他做嘉宾的自己，他的内心深处，也是这么轻慢着。

所以才会像没事人一样，时至今日，都不曾有过半点解释和道歉。

"嗯？小师妹你怎么不吃了？"陆余伸手在她面前晃了晃，"不是真生气了吧？"

"没有。"

倪悦勉强笑了笑，刻意避开了言祈探究的眼神，闷闷地低下了头。

虽说倪悦对言祈的印象犹如坐过山车一般，从面试至今一变再变，但无论是最开始带着愤懑和委屈，看见他就想翻白眼，还是某段时间心怀憧憬，不自觉地期待着与他见面，再到眼下面对他那张不知真情假意的笑脸，总有点一言难尽。两个人之间的工作配合，却因为不断磨合而越发默契起来。

无论印象如何，不可否认的是，言祈是一个头脑清晰、执行力卓越，而且非常具有领袖气质的管理者。

在他的带领下，云响项目作为一块十分难啃的硬骨头，一直坚定而高效地被推进着。

历经了几个月全员冲刺的搏命期，云响项目逐渐接近尾声。

为了协助产品进行更好的优化，倪悦带领品牌部的小伙伴强化了对行业动态和竞品信息的监测，每周以newsletter的形式向项目组进行推送，以保证内部的信息通达。

然而某天，在她整理新一期的newsletter时，好几则新闻很快引起了她的注意。

等言祈开会结束回了公司，她第一时间抱着电脑敲响了对方办公室的门。

"悦悦，这么着急找我什么事啊？"

"师兄，我今天做行业监测发现了一点问题。"倪悦把电脑推到他眼前，语速飞快地说着重点，"之前我们和轻云易购那边达成的新闻口径是，云响将会是国内电商平台首个搭建的智能语音服务系统。可是从最近的新闻报道上看，其他电商平台似乎也引入了类似的系统，而且近期将会正式上线。如果是这样的话，我们是不是还要抢这个所谓的'首家'？云响系统原计划的上线时间需不需要提前？"

"嗯……这个情况今天的会议上我们重点讨论了。"言祈显然比她更早一点得到这个消息，"回来的路上吴总已经给我打了电话，像是也要讨论这件事。我先和他聊聊，晚一点再和项目组的同事沟通吧。"

吴寅峰会对云响项目感兴趣，倪悦倒是不意外，毕竟在之前的科技峰会上，云响项目已经是政府、媒体和诸多企业关注的重点。

而且随着相关新闻不断报道，许多嗅觉敏锐的电商企业也主动找上门来，意图展开合作。

这一切，让这个原本被公司高层视为鸡肋的项目，很快被重视了起来。

因为时间紧迫，关于云响系统的报道和各家媒体又要提前沟通，倪悦一直急切地等待着高层之间的讨论结果。

言祈所谓的"晚一点和项目组的同事沟通"，却意外地跳了票。取而代之的，是他进入吴寅峰的办公室之后没多久，隔着房门却依旧不时传入耳朵的一阵阵激烈的争执声。

"我的妈呀，之前听说小言总和吴总不太对盘，因为一些意见不合曾经撕过好几次，只是没亲眼见过现场……没想到今天居然赶上了！"

"他们都和平共处好一阵了，我以为双方达成停战协议了呢。吴总很久没过问言总的事了，怎么好端端又撕起来了？"

"我的梦想就是能混成言总这种大牛啊！遇到问题敢直接在老板面前跳脚，反正咱们拿业务实绩说话，老板就算再看我不顺眼也不能随意开除。"

"言总不会怕的，反正有董事长给他保驾护航不是？"

"赶紧闭嘴吧！高层们争执可不是小事，到时候一边一个意见下来，你听谁的？"

随着争吵声愈演愈烈，坐在大办公室里听现场的员工们不禁窃窃私语起来。

倪悦从来没见过言祈和人红脸的模样，虽说不清楚他们之间具体是为了什么争吵，然而听到他不时扬起的声音，不禁有些担忧。

勉强等了一阵，她干脆把陆余拉到了外面的走廊上，神色焦急地探问："师兄，言总究竟是为了什么和吴总起争执啊？早上的会是你和他一起去开的，具体什么情况你知道吗？"

"知道啊。"陆余有些无奈地朝她摊了摊手，"云响项目被媒体狠炒了一阵，前段时间又跑来了好些电商企业想要开展类似的合作，在你们吴总眼里就从鸡肋变宝贝了嘛。现在听说有竞争公司也做了类似的动作，所以催着言祈早点把系统交到轻云易购手里，争取那个'首发'的名声啊！"

"言总他不同意吗？"

"他怎么同意啊？这事你以为是说快就能快的吗？"陆余一副看外行人的鄙视眼神，"虽然云响的demo是差不多了，但是要测试，要优化，哪是一时半会儿能搞完的？而且以言祈的判断，外面那些放风要上线的同类项目启动时间和我们差不多，以那些公司的实力，这么短时间做出来的产品绝对不会成熟。就算为了抢夺所谓的市场第一勉强上线，坑的也是合作方，用户体验绝对存在诸多纰漏。所以他并不想为了一个'首发'的虚名，就把东西这么仓促地交出去。"

"原来如此。"倪悦算是听明白了，但是最担心的问题没解决，"那你能不能劝劝言总，别和吴总起冲突。吴总怎么说也是老板，他们两个高层在办公室里闹成这样，真的挺不好看的。"

"该说的话，在他接完吴寅峰电话的时候我就说了，不过言祈这个人吧，看着嘻嘻哈哈挺好说话的，其实性子特别倔，遇到原则性问题我没见他退让过。看他们吵成这样，估计是吴寅峰坚持想把东西提早交出去，所以把他逼急了。不过现在是Resonance两个高层在撕，我一个正式员工都算不上的编外人员能劝个什么劲儿？你呢，也别操心了，学学你谢师兄的佛系观望态度。"

"好吧……"

陆余说的话的确有道理，看眼下这个情形，哪有普通小员工说话的份儿。倪悦再是忧心忡忡，也只能回到座位上。

十几分钟后，争执声终于停了下来。

没过多久，言祈冷着一张脸回了自己办公室，倪悦终于松了一口气。

高层之间的争执结果究竟如何，项目组那边一直没收到最终答案。

云响的demo倒是一直在反复修改测试，看上去暂时没有交出去的意思。

面对言祈身上难得一见的低气压，倪悦不敢多说什么，只能尽力做好自己手里的事，力保品宣这块的工作不出任何纰漏。

这样又过了一个多星期，许久没来向她问安的老斑鸠在某个晚上忽然跳了出来："小仙女，你的生日好像快到了，想要什么礼物啊？"

认识这些年，生日是他们之间互表心意的大日子。

一般来说，倪悦会诚意十足地给对方送上一个大红包。

但老斑鸠送来的那些稀奇古怪的小礼物，倪悦拆开之前，都要担心着究竟是惊喜还是惊吓。

时间一久，在倪悦的强烈抗议之下，两人逐渐形成了"你提需求我买单"的模式，从根本上杜绝了金钱的浪费。

"你终于出现啦！我还以为上次被我抓包以后，你打算就此神匿，不再出现了呢。"

"不是啦，我最近工作上出了点小状况，心里比较烦，所以没按时过来打卡，你别介意。"

"嗯？原来你真的有在上班吗？"倪悦想起对方之前自我介绍时说过的"卖酸辣粉""面膜微商""电影票黄牛""金牌传销"之类的一系列工作，哈哈笑了起来，"我以为你是自由职业，靠捯饬八卦小道讨生活呢。"

"这两年搞八卦也不好赚啊，你没看我们行业老大都被封号了吗？"

老斑鸠和她贫了两句，重新回归重点："你还没说想要什么呢！赶紧说来听听。"

"什么都可以吗？"倪悦心里忽然冒了个念头出来。

"当然……"

老斑鸠大概真的被工作折磨得有点过分了，没有提防她问题背后呼之欲出的小心机："只要不是把吴彦祖绑来给你做男朋友，其他要求我这种高帅富基本是能满足的。"

"那你出来陪我浪一浪吧！"倪悦接连发了好几个卖萌的表情，"我请你吃蛋糕！"

老斑鸠没想到她居然还没放弃见面的念头，一脸苦相地甩了个省略号："不是……你怎么对见面这件事这么执着啊？"

"因为我真的很喜欢你这个朋友啊！"倪悦很认真地敲着字，"首先，如果你之前说的那个故事是真的话，我觉得你现在对自己的认知实在太丧了，所以我想用实际行动告诉你，无论你长什么样，是否真的是一个两百斤的大胖子，我都会继续和你做朋友！其次，我不想我三次元的朋友用不好的想法揣度你，想用事实告诉他们，你是一个很好的人。"

"三次元的朋友？谁啊？"

"呃……"倪悦一时说漏了嘴，只能继续打补丁，"就是我师兄他们了。他们总觉得一个人如果不肯见面，一定是有什么问题。"

"哈哈哈……"老斑鸠居然很神奇地没有反驳，"其实我觉得他们说得有道理，你真的不考虑考虑？"

"考虑个鬼啊！"倪悦只差指天起誓了，"你信我一次嘛！我难得过个生日啊，这么简单的要求，你真的忍心拒绝吗？"

"好吧……"老斑鸠像是被她磨得没脾气了，"那你生日那天，我们见个面。不过说好了，不管我长什么样，你都不能和我绝交！"

"那是当然！"倪悦没想到自己软磨硬泡之下对方终于松了口，一时间开心得差点没跳起来，"那你不许反悔，我们就这么愉快地决定了！"

见面许可证一拿到，倪悦就把心思花在了生日当天的活动安排上，一旦冒出一个主意，就拉着老斑鸠在线上讨论一番。

不知道这位仁兄对三次元的社交活动是真的不太在行，还是对见面这个冲动决定至今有所犹豫，对她的热情，回复起来总是有一搭没一搭的。

只是倪悦万般珍惜这次线下相见的机会，对他心不在焉的态度并不介怀。即使对方时不时突然离线，隔了几个小时才补充"工作太忙，刚打电话去了"之类的借口，也都欣然收下，绝无追究。

在她生日的头一夜，倪悦特意将次日约见的时间地点和活动内容整理成了word文档，正准备给老斑鸠传过去，一个来自吴寅峰的电话，忽然响了起来。

"吴总您好，请问有什么事吗？"

电话接起来时，倪悦只觉得精神紧张。

通常情况下，吴寅峰是很少直接给她打电话的，之前极偶尔的一两次，也是在上班时间。

眼下已经接近夜间十点，如果不是对方误拨了号码，必定是有特殊的突发事件。

电话里吴寅峰的声音并无异常，只是依旧带着不容置疑的压迫感："倪悦，麻烦你晚上准备一下云响系统正式上线的新闻稿，明早做全网推送。"

"什么？"这个需求来得如此猝不及防，倪悦一时之间没反应过来，"可是吴总，云响系统最近不是还在测试吗？按照计划，离上线应该还有一段时间啊！"

"时间提前了。"吴寅峰显然并不想和她过多解释，"今晚你辛苦一下，明天上班以后，我希望能看到新闻。"

"可是……"

话没说完，对方已经挂线了。

这是什么情况啊……倪悦只觉得自己彻底蒙了。

今天下班之前，言祈还拉着技术部的相关人员在办公室里开会，根本没有人和她提及系统要提前上线的消息。

这才几个小时而已，居然就收到了大老板亲自发来的通知。

倪悦不敢怠慢，很快拨打了言祈的电话，却始终没人接听。

强烈的不安让她的心跳渐次加快，略加斟酌之后，她开始尝试联系陆余。

"喂！陆师兄吗？我是倪悦，刚才收到了吴总的电话，让我准备推送云响系统正式上线的新闻稿。所以我想问问你，这个时间已经确定了吗？怎么事先没人通知我啊？

"何止没人通知你，这件事从言祈到项目组的员工根本没人知道！"电话那头的陆余咬牙切齿，"前几天项目组还在忙着做测试的时候，吴寅峰那个混账东西就瞒着我们把云响系统交到轻云易购手里了！"

虽说对吴寅峰瞒着项目组暗度陈仓的做法满是震惊，倪悦还是连夜整理好了新闻稿。

只是推送之前，面对着联系人列表里十余家相熟的记者编辑，她扒拉着头犹犹豫豫地考虑了很久，最终一个消息都没发出去。

新闻推送这事是Resonance的大老板亲自下的指令，即使后续出了什么问题也归责不到她身上。

但作为项目负责人的言祈没有明确表态的情况下，她不想这么轻率地执行。

两位顶头上司的目标方向不一致，痛苦的终究是下面做事的小虾米。

挣扎了许久之后，倪悦把准备好的稿子压在了邮箱，继而点开了老斑鸠的QQ，希望能从这位社会经验丰富的老友身上得到些许建议。

偏偏在这种关键时候，老斑鸠像是人间蒸发了一般，自她接到电话开始，整整一个晚上没有冒过头。

怀着一肚子的忐忑，倪悦迷迷糊糊地熬过了一晚，好不容易撑到天亮，赶紧起身洗漱，抱着笔记本电脑匆匆奔向了公司。

Resonance的办公室和往日一样，保持着一片平和的景象，进办公室前，前台妹子甚至笑嘻嘻地主动塞了罐酸奶给她。

倪悦匆匆打完招呼后，迅速在自己工位坐下，继而不时抬头偷瞄着不远处的几个独立办公室，不知是该盼着吴寅峰和言祈谁先出现。

时至九点半，周遭的同事们早已进入了办公状态，倪悦对着眼前已经检查了上百遍的新闻稿正在头疼，随着由远及近的一阵脚步声，吴寅峰的身影终于出现在了公司。

见他出现，倪悦的心"嗖"一下提了起来。

按照惯例，除非在外开会，吴寅峰通常比普通员工还要提早十分钟左右到公司。今天迟来了半个小时，已是不太寻常。

而且这位平日里向来稳重的CEO看上去神情严肃，自进公司起全程都在低头刷手机，对周边的招呼声一派视若无睹。

想起他昨天夜里那句"明天上班以后，我希望看到新闻"的交代，倪悦狠狠地闭了闭眼睛，把心一横，正准备起身接受对方的训斥，吴寅峰却像根本没有留意到她的存在一样，一言不发地从她身边走过，直接进了办公室。

料想之中的斥责没有来，但倪悦并没有因此感觉轻松多少。

眼前的一切像是暴风雨来临之前的平静，虽然尚未爆发，却压抑得让人喘不过气来。

"我的天！悦悦你赶紧过来看！"

"什么？"

"我们的官微……还有轻云易购的讨论区！"

一个小时之后，尚在微信上尝试联系陆余和谢雨晨的倪悦忽然听到了乔宸的一声惊呼，赶紧起身凑到了对方的工位前。

云响系统自今日凌晨五点正式上线以后，已经迎来了首批的用户反馈。

然而放眼望去，一片片的留言几乎都是差评。

"一直在关注云响系统，本来想着Resonance和轻云易购强强联手能够搞出个什么划时代的产品，结果今天试用了一下，整个产品简直烂得要命！"

"Resonance不是号称国内做智能语音系统的一哥吗？就这水平？只要开个风扇，或是稍微站远一点，整个系统就表现得像个智障似的。最基本的混响对语音识别引擎的影响都解决不了，这算哪门子智能科技？"

"这傻瓜玩意儿简直承包了我一天的笑点。和它说我要一条沙滩裙，红色，L码，它勉强能听懂，把以上信息合并成一个完整的句子，说我要一条红色L码的沙滩裙，它就整个傻了，最后居然给我推送了一家卖窗帘的页面？这是搞笑呢？"

"估计是Resonance着急要上市，就搞了这么个东西出来圈钱。新闻稿里吹得那么凶，结果东西一出来被现场打脸，赌三毛钱，轻云易购一周之内会把这套垃圾系统下线。"

"轻云易购的营销部门估计要哭了……之前花了多少钱做用户引流啊，结果销售转化被这么个废柴玩意儿彻底毁了。"

面对一条接一条的抱怨和吐槽，倪悦惊惶之余觉得内心绞痛。

作为云响项目的一分子，她虽然并非中坚力量，但清楚整个团队为了这个项目究竟付出了多少心血。

而眼前的情形，好像一个母亲辛辛苦苦地怀胎数月，却在腹中的宝宝还未完全成形之前遭遇了强行催产，导致最终的孩子发育畸形而被众人无情嘲弄。

情急之下，她只能反复确认："宸宸，关于云响系统上线的新闻，你那边没有在官微上面做推送吧？除了轻云易购的老用户，目前知道的人应该不多吧？"

乔宸的表情很难看："我是没有推送，可是轻云易购那边自己出稿子了。本来按照计划，我们两边应该是确定了项目的上线时间以后一起出新闻的。可是好像是吴总临时和对方达成了什么协议，又没有知会我们，所以系统仓促上线以后，对方按照自己的节奏先一步做了公关推广。"

什么？

难怪吴寅峰今天到公司以后并没有找她麻烦。

即使自己没做反应，也挡不住轻云易购主动推送的新闻在各大科技媒体上登录。

面对铺天盖地的恶评，倪悦只觉得浑身无力。正坐在位子上发愁，言祈沉着一张脸，脚步匆匆地走进了办公室。

跟在他身后的，是同样面色严肃的陆余和谢雨晨。

"言总好……"

周边似乎有人小声地冲他打了个招呼，又很快怯怯地闭了嘴。

在他满是凝重的气场下，原本尚且有人轻声议论着的办公室里，瞬间安静得只剩下键盘的敲击声。

倪悦紧张地抬着眼睛，目光一路追随着他的背影进了吴寅峰的办公室。

透明的玻璃墙后，百叶窗很快被放了下来。

有关两位公司高层之间的一切互动和对话，就此被隔绝了。

面对眼下一触即发的紧张气氛，员工们虽然保持着表面的平静，QQ和微信上的各种揣测却是一片热火朝天。

倪悦顾不上各种工作群里不断冒出的信息，赶紧敲开了陆余的微信："师兄，能告诉我现在情况怎么样了吗？你们还好吗？"

"怎么好得起来啊？"许久之后，陆余的回复才有气无力地传来，"吴寅峰那个混账东西动作太快了，之前所有的事又都瞒着言祈，等他昨天晚上收到消息时，轻云易购那边已经把云响系统上线的所有准备工作做完了。"

"那……师兄没和对方解释一下，争取把项目上线的时间延后吗？"

"怎么解释？同一个公司的副总去拆CEO的台，让所有人都知道Resonance的高层之间在搞内讧？"陆余发了一串问号，像是用这样的方式在发泄心中的不满，"言祈倒是很委婉地表示了系统还不成熟，需要更多一点时间做测试，但不知道吴寅峰给他们灌了什么迷魂汤，让他们坚信新系统有一些小问题是很正常的，到时候发现bug及时修补就好，眼下最重要的是抢占所谓的市场第一的位置……结果好嘛，现在差评一片，也不是一时半会儿能补救的事，他们扛不住了，电话直接冲言祈来了。"

互联网产品全新上线，存在这样那样的问题的确难以规避，但如何在时间和完成度之间取得平衡，则需要依仗项目负责人的专业和经验进行把控。

如今吴寅峰强行插手，在言祈全不知情的情况下让整个项目组陷入被动，倪悦自然清楚后果的严重性，不由得更加焦急起来："那师兄现在打算怎么办？"

"你说他能怎么办？"

陆余的字刚敲到这里，"啪"的一声重响，CEO办公室的门被人拉开了。

紧接着是吴寅峰一声冷冰冰的呵斥："出去！"

言祈站在办公室的正中央，胸口重重地起伏着，面对拉开房门开始亲自逐人的吴寅峰，他眉头紧蹙着似乎还想说点什么。

留意到办公区里投来的一道道探究目光，吴寅峰神色微变，声音再次扬高了几分，带着一股杀鸡儆猴的味道："我现在很忙，没空听你在这儿表示不满。如果对我的决策有异议，你可以去找董事长！"

话说到这里，他的声音带上了几分嘲讽："反正言总你总是很有道理，想来董事长是愿意花时间陪你慢慢聊的。"

虽然两位高层之间意见时常相左，关系不睦也是公开的秘密，但因为吴寅峰喜怒不形于色的个性，诸多尴尬不至于闹到台面上来。

如今他这副模样不仅公然让言祈难堪，更是让员工们噤若寒蝉。

一时间，大家纷纷将头埋下，假装充耳不闻般忙着自己手里的活，没有人再敢朝事发者身上多看一眼，连呼吸都小心翼翼。

几秒钟后，言祈轻轻吁了一口气，像是把所有尚待争辩的话强行咽了下去。

紧接着，他走出了吴寅峰的办公室，回到了自己房间，紧闭房门，再没有露过面。

好不容易熬到下午下班，倪悦匆匆收拾完了东西，却始终犹豫着要不要就这么走掉。

按照计划，今天下班以后，她应该立马出门，奔赴和老斑鸠约定的见面地点，见见这位素未谋面的朋友，然后一起愉快地庆祝自己的生日。

但在项目组突遭变故的情况下，言祈又被吴寅峰公然斥责，如今依旧把自己关在房间里，心情想必十分糟糕。

作为项目组的一员，自己这么没心没肺地独自跑去happy，好像实在太不够义气了。

思前想后了好一阵，她实在不放心，干脆飞速下楼买了一份外卖，然后鼓起勇气，轻轻敲响了言祈办公室的门。

"言总，我是倪悦，请问现在可以进来吗？"

"嗯……请进。"

门后的回答听起来有些虚弱，倪悦心里一沉，赶紧小心翼翼地把门推开。

偌大的办公室里，温度比外面的公共办公区要低了好几度。

言祈面色苍白地坐在沙发上，正戴着耳机，对着眼前的笔记本电脑轻声说着什么，显然正在进行视频通话。

眼前这个情形，想来不便打扰。

倪悦把手里的外卖放下，冲他笑了笑，正准备悄无声息地退出去，手腕忽然被人抓住了。

言祈扭头看着她："悦悦，你稍等我一下。"

"啊？"

没来得及反应，言祈已经把头重新扭了回去，对着电脑轻声开口："妈，我还有点事，先不和你聊了。有什么话，我们晚点再说行吗？"

"行，时间不早了，你先吃饭吧。"

顺着声音方向，倪悦抬眼看了看。

电脑屏幕上的女人大约五十出头的模样，神色虽然严肃，但妆容精致，容颜依旧保养得很好。

看着疲惫的言祈，她殷殷嘱托着："小祈，妈知道你有很多自己的想法，但是Resonance毕竟是你吴叔叔的公司，真正做决定的也是寅峰。为了你们两人之间的事，吴叔叔之前操了不少心，今天听说你们又闹矛盾了，特意给我打了电话表示歉意。吴叔叔对你一直跟对自己的亲儿子一样，所以你不要让他太为难，好吗？"

"好的，妈……我知道了。"

随着一声道别，言祈合上了电脑。

紧接着，他放开了倪悦的手，仰头靠在沙发上，眼睛微合着。

倪悦站在那里，一时间不知道该做何反应。

言祈所谓的"等我一下"，等到现在却没了下文，和老斑鸠约定的时间却在一分一秒地逼近。

又过了几分钟，倪悦实在忍不住了，轻声咳了咳："师兄，我看你一天都没吃东西，给你叫了个外卖，你有空赶紧吃了吧。如果没什么事，我先走了。"

言祈把眼睛睁开，仰头望着她。

许久之后，他低声开口："悦悦，能陪我吃个晚饭吗？"

这个要求对倪悦来说，实在是有些太为难了。

毕竟今天是她生日，又和老斑鸠有约在先，而且对方是她要求再三，才终于答应出来见面的朋友。

如果错过了这个机会，不知道对方下次松口会是什么时候。

可这也是她第一次见到言祈这么疲惫又无助的模样，对方目光里流露出来的哀求和期盼，让她根本没有办法拒绝。

"你……是有什么事吗？"

大概是她的沉默让对方意识到了什么，言祈做了个深呼吸，很快笑了起来："抱歉啊，下班时间本不该耽误你的，我随口说说而已。你要有事就先走吧……还有，谢谢你的晚餐。"

他说完话，随手将外卖打开，捞起一片青菜塞进嘴里，眼神却有点发怔，一副食不知味的模样。

冷意十足的房间里，倪悦第一次意识到，什么时候都过得花团锦簇，身边永远不缺追捧和热闹的言祈，其实也有满是寂寞和无奈的时候。

"你……不准备走吗？"

"应该没那么快。云响上线后的反馈你看到了，虽然很像亡羊补牢，但我还是想看看该怎么尽快补救。对了……"他像是想到了什么一样，放下筷子冲倪悦笑了笑，"悦悦，生日快乐。"

"啊？你怎么知道今天是我生日？"

"呃……我有你的QQ啊，QQ上不是有生日提醒吗？"言祈有些抱歉地解释着，"对不起，本来应该给你准备个生日礼物的，但最近突发事件太多，一时半会儿没顾得上，只能口头祝福了。"

"哪那么容易放过你！"短短几分钟的时间里，倪悦已经下定了决心，"既然知道是我生日，那你怎么着得放点血。你别忙了，今天晚上我请你吃生日蛋糕，你请我撸串，怎么样？不过你得稍等我几分钟，我晚上本来约了个朋友的，得先给他发个信息解释解释……"

"好啊。不着急，你慢慢发。"

　　看着她手忙脚乱急着发微信的模样，言祈原本紧锁着的眉头逐渐舒展开来，露出了一个满是温柔的笑容。

/ Chapter 08 /

渔舟唱晚

　　因为临时改变了计划，倪悦一时半会儿没想好该如何安排晚上的庆生活动。

　　虽然之前设计了多款庆生方案，但节目中的另一个主角是老斑鸠。如今临时放对方鸽子已经让她满是愧疚，如果再把这些专属方案和他人分享，那实在太过分了。

　　思来想去，倪悦最后决定找家蛋糕店买个六寸的小蛋糕，再随便往哪个大排档边一坐，陪言祈散心的同时，就当给自己庆生了。

　　只是言祈并不想随意应付掉这个特殊的日子，虽然嘴里说着撸串，却开车带着她一路向西跑了二十多公里，最后在一片幽静的海滩边停了下来。

　　S城靠海，倪悦平时节假日也没少去海边度假，但作为一个平凡的工薪阶层，往往是随大流地挤在人堆里，在开发成熟的景区下饺子般跳进海里凑凑热闹。

眼前的这片海滩，尚未过多开发，因此人迹罕至，环境看上去格外清幽，被徐徐的海浪反复摩挲着的细腻沙滩，在清浅的月光下显得格外温柔。

不远的地方，一处隐隐透着光的白色小房子伫立在海天之间，美得像画一样。

"师兄，这是哪儿啊？"

"你不是想撸串吗？刚好这里有个小餐厅，叫作渔舟唱晚，平时人也不多，带你过来坐坐。"

两个人进了屋子，言祈和服务生简单地打过招呼，驾轻就熟地带着她穿过一截长长的走廊，走向了屋子的最深处。

临海的方向，是高出海面的一块平台。平台的四周被巨大的落地玻璃窗包围，抬头可以看见墨蓝色的天幕和不断闪耀着的点点星光。

平台的尽头，是一张已经精心摆台后的双人餐桌，精致的烛台和银色餐具，加上装点其间的红色蔷薇，看上去一派赏心悦目。

在服务生的热情招呼下，倪悦战战兢兢地坐了下来，没来得及打开菜单，先在心里默默地把服务费盘算了一遍。

"这地方……真的是用来撸串的？"

"这里平时主要提供一些海鲜类的私房菜，不过你想撸串的话，老板也是可以满足的。"

言祈显然是这里的常客，对着餐牌没怎么看，直接递到了她的手里："你看看想吃点什么？如果菜单上没有的话，可以直接提要求。"

"就……你看着办吧……"

倪悦随手翻了两页，已然被那惊人的价格晃晕了眼。一道蔬菜沙拉的价格够她吃小半个月的中午饭，肉痛之余不禁悲从心来。

像是觉察到了她的窘态，言祈没再为难她，低声和服务生交代了几句。

十几分钟后，几道卖相精美的餐点被陆续摆上了桌，连倪悦心心念念着的烤串在考究的摆盘之下，也多出了几分高大上的味道。

东西既然已经到了，倪悦不再客气，陆续尝了几筷子之后，只觉得食材新鲜，滋味甘美，十分对得起那些砸下去的人民币，惊喜之余难免好奇心起："师兄，你是怎么发现这地方的啊？这里的东西虽然很好吃，可感觉地方不是太好找，如果不是有人带，怕是很难发现。"

言祈轻声笑着："这是我一个朋友的私人别墅，平时很少对外开放，主要是用作朋友聚会，偶尔给熟人做做活动什么的。今天因为提前打了招呼，他们才特意做了些准备，如果你喜欢的话，那再好不过了。"

"提前打了招呼？"倪悦骤然一愣，"你原本是约了其他人准备来这儿吗？"

"咳……"言祈没想到自己随口一句话，让她突生警觉，于是赶紧解释道，"没约什么人，只是平时我自己心情不好的时候偶尔会过来喝两杯。"

"是吗？"倪悦撇了撇嘴，表示并不相信，"这里环境这么好，我猜师兄应该带不少漂亮女孩来过。"

"怎么会？"言祈轻轻晃着手里的红酒杯，"我带过来的朋友里面，同时满足漂亮和女孩两个条件的，好像只有你一个。"

"喂……"

这句话听起来实在太让人浮想联翩了，倪悦微窘之下赶紧假装什么都没听到一样，埋头猛吃菜。

然而言祈似乎并不准备放过她，忽然间将头凑近，声音放得更轻了些："我说，你没怎么喝酒，耳朵怎么都红了？"

"就……有点热……"

"哦……"言祈慢悠悠地把身体靠了回去，声音终于正经了些，"如果觉得热的话，吃完饭我们可以去海边走走，吹吹海风，应该会凉快些。"

四十分钟后，两人用餐结束，言祈起身推开了用餐平台侧面的一个小玻璃门。

玻璃门外是个螺旋形的楼梯，直接通向临海的区域。

眼下已经过了退潮期，被海浪冲刷过的沙滩格外细软。倪悦跟在言祈的身侧，一步步向前走着，耳边是潮水起落时的沙沙声响，偶尔伴随着海鸟的啼鸣。

平日里所有的嘈杂疲惫，仿佛都被隔绝在了很远的地方，这一刻心里充斥着的，只有温柔的宁静。

不知走了多久，两人慢慢停下了脚步，找了块干燥的地方坐了下来。

言祈远眺着眼前的大海，沉默了许久之后，忽然扭头冲她笑了笑："谢谢你啊……"

"谢我什么？"倪悦有些不解，"刚才的饭可是你请的，应该我谢你才对吧。"

"谢谢你今晚愿意花时间陪我啊。"言祈声音悠悠，"今天是你的生日，如果不是被我拉过来的话，应该是和家人朋友一起过吧。"

"家里人还好啦，我和爸妈约好了周末聚的。不过今天倒是真的约了一个朋友……只是公司这几天发生了这么严重的事，你心情又不好，我陪你散散心也是应该的。而且老斑鸠那么善解人意，只要我好好道歉，想来不会太计较。"

"老斑鸠？"言祈一脸若有所思的模样，"就是你上次说的那个网友？怎么……他终于同意和你见面了？"

"是啊！精诚所至，金石为开嘛。"说起这个，倪悦乐滋滋的，"到时候我们三次元混熟了，我可以介绍你们认识一下。老斑鸠那么有趣的人，你们会很聊得来的。"

"这个……有机会再说吧……"

言祈不置可否地哼了个声音，态度并不积极。

片刻之后，他微微叹了口气："悦悦，有时候我觉得你真的蛮有勇气的。只要是自己认定的人和事，都一定会去争取，即使面对的可能是拒绝甚至欺骗，都没想过要放弃。"

"人生苦短嘛……如果有什么想要见的人，想要做的事，只要不是真的会让对方产生困扰，干吗要藏着掖着呢？"

倪悦把他的评价当表扬，豪气干云地表达了一下立场后，忽然意识到了什么，声音变得有些小心翼翼："师兄是有什么为难的事没办法对人说吗？"

"有啊……而且不止一件。"言祈轻声笑着，仰头看向天空，"比如说，其实我一点都不想在Resonance工作，对吴总的很多想法也并不认同，可是因为我妈……我好像没有办法拒绝。"

"啊？为什么？"

很难想象，什么时候都洒脱不羁的言祈居然有这样的苦恼，这让倪悦不禁有些好奇。

这一次，言祈沉默了很久，就在倪悦以为他要将这个问题忽略掉的时候，他才哑着嗓子重新开口："我妈之前……和我爸的关系一直不太好，虽然在外人眼里，他们一个是政界女强人，一个是声名卓越的历史学家，无论声望、学识、社会地位都很般配，但事实上，这几十年来，他们之间一直貌合神离。"

他说到这里，扭头看着倪悦，神情有些歉疚："悦悦，你还记得念大学的时候，我答应上你的电台节目却忽然失约的事吗？"

"嗯？你怎么忽然说起这个？"

这件事情一直让她耿耿于怀，她自然不会轻易忘记。但是她不明白言祈在选择性失忆了这么久后，为什么会忽然在这个时候提起。

"那天我本来是回家看望我爸，顺便准备上你那期节目的。结果节目开播前，却意外知道了我爸妈准备去办离婚的消息。虽然我一直知道他们之间关系冷淡，但从没有想过会走到离婚这一步，所以惊慌失措之下准备阻止，结果半路上遇到了车祸，不得已在医院里躺了好几个星期……"

"啊？怎么会这样？"

故事背后的真相实在太令人意外了，倪悦一时间满是震惊："那你之前为什么没有说呢？"

"因为觉得丢脸，或者说是……奇怪的自尊心？"言祈有些自嘲地笑了笑，"从小到大，我都是所谓的别人家的孩子，所以把完美和优秀当作理所当然的事，不希望出现任何纰漏，这里自然也包括我的家庭……因为那场车祸，我爸妈最终没有离婚，但关系依旧岌岌可危。其实我知道，我爸一直很爱我妈妈，但是对我妈来说，好像只是因为我，她才会勉强维持着这段关系。"

"所以你的很多决定才会因为你妈妈而改变是吗？"

"是啊……在我意识到自己是父母之间唯一的纽带时，我所有的选择和决定都变得小心翼翼，就怕我妈失望之下，这个家庭会彻底分崩离析。虽然后来我爸去世了，家庭的原因似乎不再那么重要，这种不愿让她失望的心情却有增无减，反而更加强烈起来。"

"所以说，你会到Resonance工作，也是阿姨的意思吗？"

"没错。其实从我大学时代的女朋友开始，只是因为我妈喜欢，我就努力尝试着和她交往，虽然最后还是分了手。毕业之前我有自己想去的公司，但是因为妈妈希望我去Resonance，我只能放弃掉自己喜欢的offer，顺从她的意见来了S城。到了现在……其实我和吴总之间矛盾重重，已经不太适合一起工作，可是她希望我看在吴叔叔的面子上，能和他和平共处，我只能一直忍耐着……"

如果不是这一段长长的自我剖白，只从表面上看，大概没有人会相信随性跳脱、风光无限的言祈会因为家庭，一直委曲求全地做着许多人生中重要的选择，甚至包括那段让倪悦记恨很久的往事，也藏着这么多不得已。

看着对方在月光之下满是无奈和落寞的一张脸，倪悦只觉得有些酸涩，忍不住拍了拍他的手背："师兄，那经历了云响这事，你和吴总之间的关系要怎么处理啊？今天看你们闹得那么不愉快，以后再打交道大概会很尴尬，可大家毕竟又同在一个公司，也不能一直这么僵着啊。"

感觉到了她安抚性的动作，言祈侧过脸，轻轻握住了她的手："其实不仅仅是云响这一件事……从我进Resonance工作开始，吴寅峰对我一直都带着情绪和偏见，很少能平心静气地坐下来和我沟通，随着后面各种争端的出现，相互之间的矛盾更加尖锐起来。虽然吴叔叔对我的确很照顾，但工作毕竟是工作，核心团队之间拥有一致的理念和目标是很重要的事。我和吴寅峰这样的关系，无论是对个人，还是对公司的发展其实都很不好。可是我很奇怪，他为什么这么讨厌我，还一直忍耐着……"

"因为你做的每一件事出发点都是为了公司，而且你真的很厉害啊……"

像是要表明自己的诚恳一般，倪悦情不自禁地用力握紧了他的手："虽然我只是一个普通的小员工，不知道在战略层面上你和吴总的决策到底谁对谁错，但至少我知道，无论什么时候，处在怎样的位置，能够坚持自己的想法，并认真地表达都是很了不起的事。和你合作的时间虽然不长，但我知道做任何事情，你都有着清晰的理由和目标，也有足够和想法匹配的能力。既然这样，你干吗要委屈自己呢？就算是你妈妈，也一定希望你能够开开心心地做自己喜欢的事，不是吗？"

"不愧是当红流量主播，说起心灵鸡汤来一套一套的，我都忍不住要给你投币送花了。"听完她这番长篇大论，言祈像是真的被开解了一样哈哈笑了起来，"对了，有一件事我想问问你。我听说云响上线的头一天，吴总找过你，让你全网通发新闻稿进行宣传。可是今天我看了看，这件事你好像一直没办。能不能告诉我是什么原因？"

倪悦觉得有些羞赧："虽说吴总是大老板，但毕竟你才是这个项目的负责人。在没有收到确认信息的情况下，我想谨慎一点比较好。所以打算等今天上班后找你问问，不过一直没逮到机会就是了。"

"原来如此。"言祈的口气听上去有点失望，"我还以为……"

"以为什么？"

"我还以为是因为我比较帅，所以两难的情况下，你最终选择向颜值低头。"

"我呸！"

这人果然正经不到三秒钟，刚刚还沉浸在低落的情绪里，这会儿立马又嘚瑟上了。

倪悦愤愤之下准备为自己的职业操守证言，下一秒，忽然被拥进了一个温暖的怀抱。

"师、师兄……"

突如其来的拥抱实在暧昧得太过凶残，倪悦浑身僵硬地陷落在对方的怀里，只觉得心几乎要跳出胸口，慌乱之下只能语无伦次地自己

183

打了个圆场："没想到到了晚上，海边还挺冷的啊……"

"是啊。"

耳边传来了轻轻一声笑。

紧接着，一个羽毛一般模糊而轻柔的吻落在了她的头顶："所以谢谢你今天特地给我送温暖，还有……生日快乐。"

和言祈的这场夜谈结束后，倪悦到家时已经接近凌晨两点。

虽然满是疲惫，但临时放了老斑鸠鸽子这件事让她始终有些愧疚，因此上床休息之前，她查看了一下QQ。

之前匆匆发出去的那条解释下，老斑鸠在很久之后才言简意赅地回复了一个"好"，既没有因为临时性的爽约行为有任何抱怨，也没有带着宽慰性质地开两句玩笑。

看不出任何情绪色彩的回复让倪悦禁不住越发忐忑，连睡梦里的情节也是老斑鸠拉黑了自己的QQ，闹着要绝交。

这样心神不宁地过了一夜，第二天起床后，倪悦依旧精神恍惚。

幸亏当天是周六，不用强撑着昏昏欲睡的精神跑去赶地铁。

倪悦下楼跑了四十分钟步，又去了一趟超市，买了些新鲜食材给自己准备了一份丰盛的早餐。

等到早餐吃完，她的精神恢复了些，正准备筹划新一期悦享之音的节目选题时，房门外忽然传来了一阵敲门声。

"请问倪悦小姐在家吗？有您的快递。"

"在在在！"

倪悦赶紧应声。刚把门拉开一半，一束巨大的向日葵已经堵在了眼前。

"这是一位姓斑的先生送给您的鲜花和蛋糕，请您签收一下。"

"扑哧……"

倪悦再次被对方口中正儿八经的"斑先生"三个字戳中了笑点，咧着嘴角龙飞凤舞地签上了自己的名字，紧接着，把大包小包的一堆东西抱进了房间。

除了那束灿烂耀眼的向日葵之外，老斑鸠还附送了一个可爱的翻糖蛋糕。

蛋糕上一只和他头像同款的秃尾老斑鸠叼着一根狗尾巴草，正满脸谄媚地朝身旁一身白纱的小仙女献殷勤。

此外还有歪歪扭扭的一行祝福语："祝小仙女福如东海，寿与天齐！"

什么乱七八糟的鬼成语啊！

倪悦只觉得哭笑不得，赶紧开了电脑捞出对方的头像，小心翼翼地问了一句："斑鸠兄，你在不在啊？"

"不、在！"

几分钟后，老斑鸠的头像左右晃动了起来，态度看上去一派傲娇。

"你生气了啊？"

对方既然愿意和自己说话，大概不是真生气。倪悦自知理亏，赶紧伏低做小狗腿状："别生气嘛，昨天真的是有特殊情况才会临时放你鸽子的，今天我一天都空出来了，要不你给我个机会向你赔礼道歉？想吃什么随便点！"

"晚了……"老斑鸠口气里充满了绝望，"本人已死，有事烧纸。"

"呸呸呸，一大早怎么就死啊活啊的。"

"我的心已经死了啊！"

老斑鸠接连发出好几个哀伤欲绝的表情，才继续声讨："我知道，昨天你一定是赶到了约会地点，远远看到了一个身高一米六、体重两百斤的丑胖子，心生失望，才临时编了个理由说有事的！"

"绝对不是！"倪悦只差指天发誓了，"我昨天六点二十才出公司门，六点十五就给你发了信息，怎么可能是见了你之后临时编理由嘛，不信……你可以去问我公司的同事！"

"同事？哪个同事啊？"老斑鸠似乎受伤之下格外敏感，"能让你朝三暮四、狠下心把我抛弃的同事，想来不是什么正经人！亏人家早早地给你订了花和蛋糕呢，真是一片真心错付，所托非人……"

朝三暮四是什么鬼？倪悦青筋一阵暴跳。

只是自己理亏在先，哪怕对方越说越离谱，她只能好声好气地哄劝着："好了嘛……你的心意我已经收到了，真的特别谢谢你。昨天的事呢，的确是我不对。你给我个机会让我请你吃饭赔罪嘛。你放心，今天就是下刀子我都会准时出现的！"

"算啦，我大人不记小人过，这次原谅你了……"老斑鸠哼哼唧唧地说，"不过鉴于人家好不容易鼓起来的勇气被你打击了，短时间内咱们别提见面的事了。"

"啊？"

"啊什么啊？"老斑鸠并不准备给她软磨硬泡的机会，迅速将话锋一转，"对了，和我说说，昨天让你临时放我鸽子的同事究竟是什么人啊？你们最后干吗去了？"

"呃……是我师兄啦。"

倪悦被他一带，没在见面的事情上再加纠结。爽约的理由虽然算充分，但眼下回答起来，还是一阵阵地莫名心虚："他昨天工作上遇到了一些不愉快，心情不太好，所以我陪他去海边散了散心。"

"海边？挺浪漫的啊……然后呢？"

"什么然后？"

"就是……算了算了，没什么。"

老斑鸠"正在输入"的状态来来回回地折腾了好一阵，最终敲出来的字看上去有些别别扭扭的："不过小仙女，我得问问你，如果昨天心情不好的不是你师兄，而是其他朋友或同事，你也会放我鸽子吗？"

这个问题有点为难了，倪悦歪着脑袋认真考虑了一下："那要看是谁啦。"

"如果……是我呢？"

"那我自然会陪啦！"

"真的吗？"

"废话！"

倪悦为了安抚他，赶紧表决心："约会吃饭反正什么时候都可以，如果是我们这样的交情，遇到了什么不开心的事需要安慰，自然是义不容辞啦！"

"哦……"

不知道为什么，这番言之凿凿的表态不仅没有安慰到老斑鸠，反而让他真的沮丧了起来，不咸不淡地又聊了几句后，就匆匆下线而去。

倪悦不知道对方是因为自己临时爽约的事在心里藏了个疙瘩，还是真的忙于工作无暇多聊，为表歉意，她特地为最新一期的电台节目设计了一个"my dear friend"的主题，用了长长的一段时间，表达了对老斑鸠这位老友这些年来一路陪伴的感激之意。

直到当天下午，评论区里终于刷到了老斑鸠接连十几朵鲜花外加一个大笑表情的回复，她才像是终于收到了对方愿意讲和的信号一样，重重地松了一口气。

到了周日，倪悦和父母一起开开心心又过了一次生日。其间虽说一片其乐融融，但来自两位老人家"悦悦你们单位有没有看着顺眼的男孩子""如果遇到合适的对象要积极一点"之类的叮嘱，还是让她有些头疼。

公司里"看着顺眼的男孩子"并不是没有。

可是从对方受欢迎的程度，和一直以来"万花丛中过，片叶不沾身"的姿态来看，就算自己有什么更积极一点的态度，也是自取其辱。

那个人像是出现在电视机里的偶像明星，身边簇拥着太多的爱慕者，远远地看着，当成心里一个仰视的目标自然很好，如果枉生他念，有什么更过分的想法，就实在是太可笑了。

短短的两天周末一晃而过。

周一重新回到办公室时，全体员工似乎因为两位高层之间的公然争执，依旧陷在一片小心翼翼的低气压中。

倪悦原本料想着云响事件闹出了这么大的动静，品牌部无论如何应该有些应对动作，于是一大早拉着同部门的小伙伴们开了个会，初步拟定了几套公关方案，就等着高层召唤时向上呈报。

没料到一直快等到下午下班，无论是作为公司大老板的吴寅峰，还是项目负责人的言祈，都没有在公司现身。

危机公关讲究时效性，云响系统上线后反馈又是如此恶劣，无论是要暂停下线，还是计划迅速迭代，都该给公众一个交代。然而两位高层默契般一起闹失踪，具体的公示口径没人拍板，倪悦对各路媒体发来的询问和声势不减的差评，一时之间只能干着急。

焦灼的等待中，时间不知不觉过了下午六点。倪悦踌躇下把心一横，分别给言祈和吴寅峰发了一条微信，询问公关稿的口径建议。

信息发出去没几分钟，言祈始终没有动静，吴寅峰的电话先一步拨了进来。

"倪悦吗？我是吴寅峰，你现在下班了吗？"

"吴总你好，我还在公司呢！"

"那你现在下楼吧，来公司附近的那家星巴克一趟，我有事情找你聊聊。"

"啊……好的。"

需要大老板亲自面谈的事，必定十分重要。倪悦不敢耽误，迅速把笔记本一背，脚步匆匆地下了楼。

吴寅峰坐在星巴克外摆的角落位置，身前的烟灰缸里已经堆了好几个烟头，看上去在这里坐了不止一时半会儿。

倪悦面对他始终有些紧张，又惦记着之前对方交代的任务一直没执行，因此打完招呼之后，拉了张椅子小心翼翼地坐下，满脸乖巧地等着对方出声。

"吃晚饭了吗？"

"还没有……不过没关系的，您有什么事尽管吩咐。"

"没那么着急，要不你先去点个蛋糕什么的吧，咱们边吃边聊。"

吴寅峰的口气听上去很平静，像是在唠家常的样子，说到最后甚至冲她笑了笑，整个人看上去和平日里冷淡严肃、充满距离感的行事风格大相径庭。

这反常的态度让倪悦心中警铃大作，却不敢多言，当即顺着他的意思买了个巧克力蛋糕回来，意思性地挖了一勺塞进嘴里，这才小心翼翼地重新开口："吴总，您特地把我叫过来，是有什么事情要交代吗？"

"没有什么重要的事，就是想对你表示一下感谢。"

"啊？"

"你之前不是帮我挑了个音乐盒给朋友吗？对方很喜欢。"

"哦哦，喜欢就好……"

没话找话的开场白并没有减轻倪悦的紧张情绪，反而让她更加局促起来，总觉得有点山雨欲来风满楼的味道。

大概是觉察到了她的紧张，吴寅峰抬起眼睛，仔仔细细地将她打量了好一阵，才慢悠悠地稍微调整了一下坐姿："说完私事，咱们聊聊工作吧。倪悦，你进Resonance也快半年了，我想了解一下，你对公司，还有这份工作的感受如何？"

"都还挺好的。"

"具体说说看，什么叫都还挺好的？"

"就是……同事们之间的关系不错，相互之间的协作效率很高。领导们也亲切随和，不仅对下属的工作能够给出很明确的指示和帮助，而且能够给予足够的空间，让大家学习到不一样的东西。虽然我在公司工作的时间不算长，但很有归属感，除了有不错的福利待遇之外，更重要的是，感觉大家都在斗志满满地为了同一个目标而积极努力着。"

"嗯……"吴寅峰重新点了一支烟，捏在手里沉吟了片刻，像是在细细解读着她的答案，"这么看起来，无论是对言总的管理风格、做事方法，还是他这个人本身，你其实都是很认同的？"

什么？

倪悦没想到他轻描淡写之间给自己刨了个坑，一时之间张口结舌愣在了那里。

品牌部属于言祈直管，她刚才那一番回答，显然是本能地就直管领导和参与最多的云响项目组有感而发做出的评述。

不然类似"亲切""随和"这样的形容词，无论如何，与气场十足又满是距离感的吴寅峰是沾不上关系的。

"不过也可以理解……"见她神色发窘，吴寅峰宽慰性地笑了笑，"毕竟你和言祈是校友，关系本就亲切。之前也是他把你的简历递到人力资源部，做了特别推荐，才让大家有机会在一起共事。他既然对你这么照顾，你在工作中站在他的立场，为他多考虑一点，也是人之常情。"

"什么？"倪悦没想到自己入职Resonance背后居然是言祈在帮忙，舌头跟着有点打结，"您刚才说……我的简历是言总推荐进来的？"

"你不知道吗？"吴寅峰瞥了她一眼，回答得很是婉转，"以Resonance的实力和薪酬水平，要招一个更有经验的品牌类员工，不是什么难事。你来之前，HR给我看过其他几份简历，条件都挺不错的。"

这个真相实在是太令人意外了。

倪悦只觉得心中五味杂陈，沉默之间，吴寅峰已经把话题继续了下去："不过我得承认，在招你进来这件事上，言祈的眼光挺不错的。虽然我和你们部门直接打交道的时候并不多，但工作成绩是看得到的。尤其是在Jessica走了以后，你迅速承接了她之前的工作，某种程度上，甚至做得比她在的时候还要好。"

"多谢吴总。"

能够从大老板那里听到对自己工作的认可和肯定，无论如何是一件值得高兴的事。

倪悦勉强压下满心纷乱的情绪，十分谦虚地表示："这些都是我分内的事，其实有很多地方做得不太好，希望以后能更好地完成公司领导的任务和要求。"

"你能有这个态度，我很高兴。"吴寅峰慢慢灭掉了手里的烟，脸上的神色看上去更加郑重了一点，"悦悦，我找你过来说这些，其实是想告诉你，私人情分或许是帮你踏入职场的一块敲门砖，但真正能发展成什么样，更多的是靠自己的实力说话。对你的工作能力，我很认可，也很期待，所以希望以后我们之间能够积极沟通，更加高效推进Resonance的品牌工作。"

这一席话很明显是意有所指，对她之前收到指示却压着新闻稿没发的工作失职，轻轻敲了个警钟。

倪悦仔细咀嚼了一下，从对方的言辞里嗅出了一点异样的味道："吴总，您的意思是……以后品牌部的工作会由您亲自管理吗？"

吴寅峰点了点头："虽然我和言祈的做事风格不同，对你们工作的具体细则不算太了解，但以后会多花点时间和你们做沟通。另外，基于你半年来的工作表现，我会安排HR部门将你的职位做一个调整，以品牌经理的角色正式开展工作。"

"不是，吴总您稍等……"突如其来的升职大饼并没有让倪悦感到太多喜悦，她的心里已被另外一个疑虑充满，"那以后我们的工作，是向您和言总做双线汇报吗？"

"不是。"吴寅峰微微皱了皱眉，"上周六言祈已经正式提了离职报告，所以从今天开始，他不再是Resonance的员工了。"

/ Chapter 09 /
滚烫之吻

　　言祈离职的消息没有第一时间在Resonance内部公布，大部分员工只是因为久不见他在办公室出现，才逐渐意识到了些许端倪。

　　直到一个星期后的高层例会上，吴寅峰才以"个人发展"为由，态度暧昧地宣布了这一消息。至会议结束后，HR部门按照同样的口径，对全体员工发出了邮件公示，在打消员工们林林总总的揣测的同时，也彻底斩断了言祈和Resonance之间的联系。

　　而这整整一个星期里，倪悦都在等，等着言祈主动和她交代一下事情的原委。

　　让人失望的是，除了周一那天针对她询问新闻稿口径的微信，言祈直至深夜才简单回复了一句"听从吴总安排"，自始至终，他没有再发过任何消息。

倪悦觉得很失望。

但认真想想，言祈的确没有一定要向她交代什么的必要。

毕竟他们之间的关系，无非曾经是"Z大校友"，以及某段时间里是"关系还算不错的上下级"。

可那又怎么样？

以言祈在Resonance的人气和影响力，平日里能够勾肩搭背、喝酒聊天的同事不在少数，有好几个年轻的小姑娘在知道他离职之后，甚至伤伤心心地抹过眼泪。

他俩之间半年左右的同事交情，在对方心里大概说不上有多特别。

言祈一走，靠他刷脸带进Resonance的两个"特别顾问"，自然没有要继续留下来的意思。

不知道是出于他的特别交代，还是良好的职业道德，陆余和谢雨晨在言祈的离职信息正式公布之后，在公司里多待了一个多星期，事无巨细地把云响系统的技术部分和程响那边做了交接。

时至交接的最后一天，趁着周涛和杜云拉着谢雨晨依依惜别之际，倪悦终于鼓起勇气，把一路哼着小曲、心情正好的陆余拽到了小会议室里。

陆余被她神秘兮兮的模样搞得有些惊恐："妈呀……师妹你又锁门又拉窗的，是要搞什么秘密刑讯啊？有话直接说嘛，搞这么一出师兄我看着怕怕的。"

倪悦顾不上和他贫了："你别演了，我简单问你个事。言祈师兄他……怎么忽然离职了啊？"

"算不上突然吧，言祈和老吴关系紧张成那样，也不是一天两天的事了，你知道的。"陆余一副见怪不怪的样子，"之前他碍着他妈和老吴他爹多，一直忍着没想过挪窝，但云响这事吧……老吴实在太过分了。虽然他有自己的战略考虑，我也不好说系统着急上线是错的，但从头到尾瞒着言祈一个招呼不打就把事私下办了，实在太不厚道了。就这种操作，言祈再待下去也没啥意思了不是？外加周五那天，他不知道和什么人聊了聊，把他妈的那块担子也放下了，所以立马决定辞职了。"

"啊……"倪悦没想到在言祈辞职这件事上，自己居然无意间推波助澜了一把，惊诧之下继续追问，"那他现在准备去哪家公司呢？"

"去啥公司啊，准备自己干呗……"

陆余笑嘻嘻地看着她："这事其实之前我们哥几个也聊过了，他有东西想做，也有这方面的才能，我和老谢挺有兴趣的，所以等把Resonance这边的事情彻底结了，就准备开始做自己的事了。"

"哦，这样啊……"

看上去言祈并不像她料想的那样，只是出于一时冲动才做出了辞职的决定，而是在早有目标的情况下，有计划有步骤地做了不少准备，甚至和周遭的亲友都有了不止一次的探讨和沟通。

很显然，虽然同出Z大，自己却并不属于那个团体中的一分子，更没有被言祈划进未来的计划之中。

"小师妹，你怎么了？"见她不吭声了，陆余挥手在她眼前晃了晃，"你是不是担心你师兄们走了没人罩你啊？没事的啦，和你一起工作了这么一段时间，师兄们都知道你很能干。而且言祈提离职的时候，特地和老吴那边交涉过了，老吴不会为难你的……"

"这么说起来，我还得多谢他了？"

"大家都是师兄妹嘛，有什么谢不谢的？不过小师妹，我怎么觉得你不太高兴？"

"没有……"倪悦咬着牙，努力挤了个笑脸，"既然如此，那祝各位师兄前程似锦，一切顺利。"

随着陆余和谢雨晨的离去，言祈离职引发的种种讨论逐渐平息了下来。

除了平日里和他关系比较亲近的几个妹子，偶尔会在闲聊时满是遗憾地抱怨着，再也收不到言总安排的下午茶之外，大部分人对这个突如其来的变动都选择了默不作声。

品牌部的工作看上去和言祈在时没有太大不同——除了倪悦晋升经理的文件下达之后，在部门内部引发了一阵小小的庆贺。吴寅峰对这个板块投入了比以往更多的关注，好几次的高层会议都特别安排了倪悦一起旁听参与，其重视程度之大，几乎是要将她捧成公司红人。

只是云响系统后续的迭代工作似乎并不顺利。

虽然言祈离职前给公司高管打包了非常详细的说明邮件，陆余和谢雨辰也专门用了一个星期时间，去和技术部门做交接，然而失去了这几位对产品最熟悉的主力军，外加初代版本仓促上线而留下诸多隐患，后续更新的几个版本依旧治标不治本地持续引发着各种差评。

产品问题最终解决之前，公关手段成了挽救企业声誉的主要措施，巨大的工作压力顿时压在了倪悦和她的小伙伴头上。

因为言祈无声无息的离去，倪悦本就心情不畅，眼下作为品牌部门的主力干将被推上风口浪尖，成天面对各家媒体的诸般质疑，更是情绪郁结，连和老斑鸠之间的日常互动，也不由自主地带上了几分火药味。

虽然之前的爽约事件让她和老斑鸠之间有了一段微妙的冷淡期，但对方毕竟是她最信赖的朋友，遇到了什么不爽的事，她终究只能厚着脸皮向对方抱怨诉苦。

幸亏老斑鸠性情豁达，在意识到她真的满身负能量后没再矫情，而是秉承着一个好朋友的自我修养，迅速回归到了温柔树洞的角色。

"小仙女，我怎么觉得你最近很不对劲呢？之前也不是没见过你加班熬夜，可再怎么着，都感觉挺有斗志的。这段时间却总是一副绑着炸弹要炸碉堡的样子……难道是你们那个吴总太厉害了？"

"其实也不是……"倪悦有气无力地说，"吴总虽然严格，但蛮体谅下属的。云响这事他也知道根本问题在于产品，这个问题不解决的话，公关稿就算吹得再天花乱坠，用户那边的恶评也不会平息，所以没太为难我。"

"既然不是因为工作，那你干吗一直闷闷不乐的啊？"

老斑鸠敲完字等了几秒钟，没见她有回应，试探性地继续发问："你该不是……因为你那个师兄走了，才这么生气吧？"

"其实不是生气。我就是有点郁闷，师兄他离职这事既然不是临时起意，怎么一直都不告诉我呢？如果之前不说是因为不方便的话，那做完决定怎么着也应该和我说一声吧？"

"告诉你干吗呀？"老斑鸠有点诧异的样子，"他离开Resonance又不是什么特别光彩的事，说白了就是在办公室斗争中没撑住，选择了主动出局，安安静静地走了对谁都好，难道还要公告天下让同事们给他开个欢送会吗？"

这个道理倪悦不是不懂，可她的潜意识里总期盼着在言祈心中，自己和普通的"同事们"有所不同。

只是这样的期盼究竟意味着什么，她不敢深想，也不好意思对老斑鸠做特别强调，于是只能辩解道："就算不开欢送会，他要创业的话，我怎么着也可以帮帮他呀！"

"帮他做什么呀？买咖啡、送盒饭，还是写方案、打白工啊？"老斑鸠满是无奈，"小仙女，你知道创业意味着什么吗？意味着你那个平时出差都住五星级酒店行政套房的师兄，如今要一穷二白从头开始，每一分钱都得想好花在哪儿，连下个月有没有饭吃都不知道。既然你是他的师妹，按照你的说法他又对你一直挺照顾的，那么自然不会希望你在这种根本看不到任何前景的时候，去看他各种狼狈的样子。留在Resonance对你来说，是最好的选择，虽然云响项目暂时算失败了，但公司总归还是盈利的，能有一份稳定的工作，拿着稳定的薪水，不是很好吗？"

"创业这件事……对他来说会那么困难吗？"工作这些年，倪悦不是没从书本和现实世界里见过诸多困境重重的创业者，但在她心里，言祈一直是无所不能的，"师兄他那么厉害，无论是技术还是管理能力都很强，而且他家里的条件好像也不错，应该不至于那么艰苦吧？"

"天真！"老斑鸠像是过来人一样，道理说出来一套一套的，"他再怎么厉害，之前也是因为有Resonance这个平台做支撑，现在自己创业，什么鸡毛蒜皮的事都得自己一手一脚亲自操办，内部要做产品，外部要拉客户，这些事哪那么简单？至于他家那边……说白了就是个普通的中产家庭，何况他这么一走，他妈不给他添乱算好的了，你还指望能给他什么支持？"

倪悦有些吃惊："斑鸠兄你怎么对师兄的事这么清楚啊？连他家庭情况也知道？"

老斑鸠顿了顿："你言师兄怎么说也是Z大名人嘛，之前又和你有过节，所谓朋友的敌人就是敌人，我稍微留下心，怎么着也能挖到一点消息。"

一番苦口婆心之后，老斑鸠最后总结陈词："总之呢，这件事他既然决定要做，吃点苦头是免不了的。至于你嘛……先别生气，好好地在公司里待着，别让他为了你的事再分神，那就最好了。"

倪悦被他一劝，心里的郁闷减轻了不少，却萌生了新的纠结：

"斑鸠兄，听你这么一说，我实在是有点担心。"

"担心什么？"

老斑鸠实在劝不动了，贼兮兮地开起了玩笑："我说你又是生气又是担心的，好像已经超过一个师妹对师兄的正常关心了啊？你该不是喜欢上他了吧？"

这一次，对话框那头沉默了很久。

久到老斑鸠几乎以为她已经下线的时候，一句回复忽然跳了出来。

"斑鸠兄……你之前喜欢那个女孩的时候，也是这样的心情吗？"

"哈？"老斑鸠傻眼了，"什么心情？"

"就是……经常会想起他，时时刻刻想知道他究竟在做什么。看到他高兴的时候自己会更高兴，知道他遭遇挫折的时候会很难过。很期待参与到他的世界里，如果对方有什么计划却把自己排除在外，就会很失落……"

"喂！你等等！"老斑鸠似乎慌乱起来，接连输入了好几个错别字，"我随口开玩笑而已，你别当真啊！"

"可是我没有开玩笑。"倪悦一字一顿地说，"斑鸠兄，虽然很不想承认，可是我发现，我好像真的喜欢上他了。"

最后这个句子敞敞亮亮地躺在对话框里，以句号收尾，看上去情绪十分平静，却像是扔下了一枚深水炸弹，炸得电脑那边的老斑鸠忽然没了声息。

"你是不是觉得我超蠢的啊？"等了好几分钟没见回应，倪悦觉得有点尴尬，仿佛电脑那头的人是言祈，把自己冲动之下的告白冷处理了一样，"我只是和你说说，没准备怎么样，你不要一副受到重大惊吓的样子，什么话都不说嘛。"

"没有啦……我刚才忽然接了个电话，没来得及回复。"不知道是为了配合她消解眼下的尴尬局面，还是真的有事耽搁了，老斑鸠头像微晃之下，终于又活了过来，"小仙女，我认真问问你，你究竟喜欢他什么呀？之前你不是挺讨厌他的吗？"

"之前的事是误会嘛，他当时受伤进医院了，顾不上我那点小事很正常。说起来，斑鸠兄你之前不是也有过类似的遭遇吗？想来应该能体会吧。"

"哦……"老斑鸠像是受惊过度，失去了平日里巧舌如簧舌灿莲花的技能，每一句对话都干巴巴的，"所以呢？"

"所以……我也不知道自己是从什么时候开始喜欢他的，可能像你之前喜欢那个女孩一样，和他相处久了，慢慢发现，他虽然看着总是胡言乱语不怎么正经，但其实是个温柔、体贴又有趣的人。"

"可是小仙女你要想清楚，你会觉得他温柔、有趣，那是建立在他是Resonance副总的基础上，有平台有资源有人追捧，才会看着人模狗样的像个精英。现在他什么都没了，在身上存着的那点钱花完之前，要是东西做不出来客户拉不到，说不定就得蹲在那儿抠脚，考虑下一份盒饭去哪儿领，你可别在他身上挂太多光环。"

"你才抠脚！"倪悦没想到老斑鸠这么随和的人，突然会对言祈萌发出这么大的敌意，用词简直一个比一个恶劣，立马驳斥道，"师兄他人就是很好，和他有没有钱，是不是副总，根本没有关系！"

"哦，那倒也是。"老斑鸠终于投降了，"至少他脸长在那里，就算创业失败了还可以去卖身。"

倪悦简直被他气得哭笑不得，恨声咒骂："你滚！"

"好的，那我滚了。小仙女你好好休息。"

倪悦没想到他真的从善如流，说走就走，说完告辞信息之后头像立马灰了下去，一时间怅然若失。

感情方面，她晚熟且迟钝，又向来是有些大大咧咧的性格，即使有了心事，也羞于与人倾吐，所以身边并没有什么可以畅谈少女秘密的细腻闺密。

更何况她对言祈的这份心情转化得如此幽微，如果不是了解他们日常相处的种种细节，大概很难理解体会。

所以从任何角度上看，善解人意又对她与言祈相识以来的点点滴滴颇为了解的老斑鸠，无疑是最好的倾诉对象。

但从对方的表现上看，似乎并不热衷和她深聊这个关于暗恋的话题。

十几分钟之后，倪悦悻悻地关了电脑，躺上了床，却一直睡不着。

辗转之间，她再一次点开了言祈的朋友圈。

对方的最后一条更新还是她生日那天，在那张星光满溢的墨蓝大海图片下，言祈言简意赅地留下了一句"New trip"。

大概从那个时候起，他就拿定了主意要离开Resonance，去开启一段新的旅程了吧。

然而也是从那个时候起，关于他的任何动向，彻彻底底地从倪悦的视野里消失了。

这样又过了一个多星期，一切似乎彻底归于平静。

"言祈"这个名字在Resonance已经鲜少有人再提起，要不是云响项目依旧在推进，大概没有人会记得在Resonance的办公室里，曾经有过一个性情随和，喜欢热闹，却在业务上寸步不让，时常和老板正面PK的小言总。

职场是个最现实的地方，共事的时候关系再亲近，一旦分道扬镳，结局大抵是人走茶凉。

况且不知是言祈开始忙于创业前的筹备工作，还是刻意切断了和Resonance的所有联系，昔日里关系再熟的同事那里，也没有传来有关他的半点消息。

倪悦的手机里依旧保存着他的各种联系方式，从电话到微信再到QQ，一切应有尽有。

有时候她想，要不要像正常同事那样发个消息，询问一下"师兄你现在怎么样，是否一切都好"。

可是内心深处，她又觉得这样剃头担子一头热，追在对方身后假装淡定地打探着消息的自己，是不是太糟糕了。

如果自己在对方的心里稍微有那么一点不同，那么这么久了，对方无论如何会主动给她发个信息吧？

像之前那样，即使面对那么多的求职者，言祈也能神通广大地把她的简历从茫茫人海中找出来，然后递到HR的手中。

如今所有的沉默，大概都只是不想联系的信号。

像是要保持最后的尊严一样，倪悦始终没有主动给言祈发过任何信息。

实在敌不过思念，就把曾经和对方有过的聊天记录翻找出来，从头到尾，再从尾到头地反复翻阅。

昔日里那些不经意发出去的字句，如今换了心情，似乎能咀嚼出不一样的味道。

只是对这样畏缩不前，却沉溺于做阅读理解的自己，倪悦有些鄙视。

某天，逮着下班之前的一点空闲时间，她随手刷着微信，一条来自陆余的朋友圈忽然引起了她的注意。

"求助一下朋友圈大佬，手臂被钉子刮破了要怎么处理？血流得太多，又暂时没空跑医院，求解决方案，在线等，急！"

文字下方是一张小臂的特写照片，鲜血淋漓的模样看着十分触目惊心。

这家伙真是个重度社交患者。

受伤了不赶紧处理，第一时间想的居然是发朋友圈？

倪悦惊叹之下帮着百度了一下，正按照网友的建议在认真回复，对方的信息下面忽然多出了一条谢雨晨的留言。

"这么严重怎么不去医院？你让他别忙了，先去医院把伤口处理一下，钉子上有锈，很容易感染发炎。我马上登机了，如果没意外的话，晚上办公室见。"

虽然留言里的"他"并未指名道姓，但倪悦的心在瞬间狂跳了起来。

紧盯着照片看了几秒钟之后，她迅速打开通讯录，拨通了谢雨晨的电话。

"喂，谢师兄吗？我是倪悦。"

"嗯，我知道，手机里存着你的号码。"

谢雨晨性格沉稳，不像陆余嘻嘻哈哈地喜欢和她逗乐子，两个人共事时除了必要的工作沟通外，几乎很少私下打交道。

眼下忽然接到她的电话，他却没有太多惊讶的意思，只是声音夹杂在一片中英文交替的登机提示中，听起来有点模糊："不好意思，我现在在机场，马上要登机了，可能不能聊太久。倪悦你找我有什么事吗？"

"就两个问题，不会耽误你太久。"倪悦匆匆地加快了语速，"刚才我看到了陆师兄的朋友圈还有你的留言，所以想问问……出事的是言祈师兄吗？"

"是……不过你别担心，不是什么严重的问题。最近我们在装修办公室，采购了一些桌椅柜子什么的，有些东西需要拼装一下，可能仓促之间刮伤了。"

"装修办公室？"倪悦愣了愣，"办公室里的桌椅柜子什么的，不都是配套出租的吗？"

"那种现成的太贵了。"谢雨晨轻声解释着，对她一副不知人间疾苦的模样也没见怪的意思，"我们公司初创，资金比较紧张，所以要么网购，要么找一些二手货，的确麻烦了点，不过能省不少钱。"

"我知道了……第二个问题，师兄你能告诉我你们现在在哪儿办公吗？"

"可以啊，这又不是什么秘密。"谢雨晨笑了起来，"不过我现在要登机了，等上了飞机给你发微信吧。"

"好的，谢谢师兄。"

倪悦紧紧抓着电话，一边等着对方的微信，一边计算着下班时间。

六点刚到，倪悦就抓着包匆匆跑出了办公室，先是赶往公司附近的药房，买了一堆纱布药膏消炎片之类的东西，又去超市采购了满满一包食物。

一切置办完毕后，她就近打了个车，按照谢雨晨发来的地址，赶向了位于S城城郊的智创孵化园。

智创孵化园原本是一处工业厂区，随着城市的发展，老旧的厂房被改建成了商用LOFT，专门租给那些处于创业期的小企业。

因为地势偏远，对这个园区，倪悦之前只是在新闻报道里听说过，并未亲临现场。如今在茫茫夜色下，奔向这么一处未知的地方，她的心情带上了一股破釜沉舟般的决绝与忐忑。

出租车最终停下时，计价器的金额已经跳上了三位数。倪悦匆匆付了钱，拎着两包沉甸甸的东西开始往里走。

整个智创孵化园占地面积极大，因为开发尚未成熟，相关的硬件配套显得十分简陋。不仅没有路牌标示，连路灯也亮得有气无力的。

眼下到了晚上八点，园区里已经见不到什么人，几扇破旧的窗户上灯影摇曳，看上去甚至有点鬼气森森的。

倪悦踩着自己的影子左右绕了快半个小时，才好不容易逮到了一个加班的大叔，问清了楼栋的具体方位。又走了近十分钟，才搭乘着吱呀作响的老旧电梯，赶到了传说中的C区B栋三层。

电梯门刚打开，一股浓浓的胶漆味扑面而来。

电梯正对着的方向，玻璃门半敞着，昏暗的灯光隐隐从室内透了出来。

倪悦双手紧握做了个深呼吸，小心翼翼地推门走了进去。

绕过前台位置的那扇隔断墙后，里间是一个不到一百平方米的开敞区域。因为还在装修阶段，整个区域看上去乱糟糟的。办公桌椅和大大小小的柜子七歪八扭地堆放在一起，大部分还缺胳膊少腿地处于尚未拼接完成的状态。

左边靠墙的地方，是十几个叠放在一起的纸箱，有些打开了一半，有些尚未拆封。

箱子的前方，有人盘腿坐在地上，正专心致志地注视着眼前的笔记本电脑。右手小臂因为缠了厚厚一层纱布，有些僵硬地垂放在身侧，所有的键盘操作都靠着左手在艰难地进行着。

大概是地面上大幅度晃动的光影，让他觉察到了有人出现，青年头也不抬地轻声哼笑了起来："陆余你速度挺快的啊。我还想着天马上要下雨了，你来不来得及赶回来。让你帮我带的咖啡带了没有？再不来一杯我要困死了……"

许久之后，眼见无人应答，青年有些诧异地抬起了眼睛，紧接着，他的眼瞳猛地一跳，声音也变得有些僵硬："悦悦……怎么是你？"

倪悦站在那里，没动也没说话，嘴唇咬得紧紧的。

好几个星期没见，言祈明显瘦了一大圈，原本流畅的脸颊线条看上去有些锋利。幽暗的灯光下，他的头发微微蓬乱，一圈青青的胡楂挂在下巴上，眼睛里布满了血丝，显得倦意浓浓。

见她不说话，言祈挪开了膝盖上的笔记本，很快站起身来，声音恢复了常见的轻快："这么晚过来，没吃饭吧？要不师兄先陪你吃点东西？"

倪悦还是不说话，只是摇了摇头。

目光落在他缠着纱布的右手上时，眼睛很快红了。

"摇头是什么意思？"言祈轻声笑着，"是不饿，还是嫌这周边的东西不好吃啊？要不这样吧，我陪你回市区吃日料，吃完了以后再送你回家？"

倪悦终于颤巍巍地挤了个声音出来："我不回家。"

言祈没想到她久不说话，一开口就带上了哭腔，一时间有点手足无措："你不想回家的话……想干吗啊？这么远特地跑过来，是工作上遇到了什么问题，想找师兄聊聊吗？"

倪悦的胸腔重重地起伏着，千言万语涌到嘴边却根本说不出话。

她知道自己态度生硬地戳在这儿，是特别失礼的一件事，也知道自己根本没有任何立场对对方做出声讨。

言祈从头到尾没有半点对不起她，连她不打招呼贸贸然到访，也没有什么要见怪的意思。

无论是作为师妹，还是前同事，她现在最应该做的，大概就是放下手里的东西，简单慰问一下对方的近况，然后礼貌告辞。

可是内心翻涌而上的难过、委屈、心疼，和对眼前人难以言说的情感，让她根本没有办法保持理智。

"我不回家……"她再次强调，"你也不用再替我安排任何事。"

"安排？"言祈看上去有些诧异，"我替你安排什么了？"

"你之前自作主张地把我的简历给了HR，把我招进Resonance，现在自己走了，又私底下和吴总达成协议，让我继续留在公司，升职加薪，你做的这些以为我都不知道？"

"你是为了这个在生气？"言祈简直啼笑皆非，"你说的这些事谈不上安排，我只是牵线搭桥而已，无论是你加入Resonance，通过试用期，还是现在能够继续留下来，甚至升职加薪，都是因为你自己的表现和能力，你要对自己有信心。"

"可是如果我不想这样留在Resonance呢？"

"嗯？那你想去哪里？可以和我说说吗？"

言祈满是好奇地看着她，似乎在等着她为自己突如其来的无理取闹给出一个合理的答案。

在他温柔的注视下，倪悦只觉得心跳越来越响，几乎要跳出胸口。

最后，她像是下定决心一样，松开了手里的袋子，迅速跨步上前，浑身颤抖地吻上了对方的嘴唇。

一系列动作来得如此猝不及防，言祈根本来不及做任何反应，整个人僵在了那里。

双唇相贴的那一瞬，时间静止，周遭的一切都变成虚空。

整个世界唯一能感知到的，只有对方柔软却略有些干燥的嘴唇。

好了……就这么着了。

倪悦有些恍惚地想着。

那些折磨得她夜不能寐的爱慕和思念，总算用这样的方式向对方表明了。

只是无论行动再怎么坚决洒脱，眼泪却止不住地涌了出来。一滴滴地向下滚落着，怎么忍也忍不住。

言祈浑身僵硬地站在原地，保持着被她亲吻的姿势愣了好几秒钟，才像是被烫到了一样，有些狼狈地后退了半步："悦悦……你干什么？"

声音嘶哑成那样，应该是被吓到了吧？

这匆忙躲避的姿势，说不定还带着几分厌弃和嫌恶。

倪悦慢慢把头仰起，挂满泪痕的脸颊上努力挤出了一个不着调的笑容。

我喜欢你，想要住到你的心里去。

但是很明显，你根本不会接受。

接下来的好几秒钟，漫长得像几个世纪。

言祈始终没做任何反应，像是那个早已应付各种告白者得心应手的情场老手，也被她坦荡得近乎耍赖的举动震慑得无所适从。

一切该结束了。

继续这么不依不饶地纠缠下去，只会给双方徒增烦恼。

倪悦闭了闭眼睛，正想从他的钳制里抽身退后，主动把这场狼狈的僵局终结，下一秒，她感觉身体被重重地推揉了一下，脊背狠狠地撞向了不远处的那堆纸箱。

紧接着，言祈的嘴唇压了上来，重新吻住了她。

和她不久之前主动发起的，那个浅尝辄止、触碰式的亲吻不同，言祈轻咬着她的嘴唇摩挲了一阵之后，很快将舌头探进了她的口腔。

从齿列到上颚，滚烫的舌尖一寸寸地舔舐而过，最终和她的舌头纠缠在一起，重重地吮吸着，一副要把她吞进去的狂热架势。

这似乎是对方被猝不及防地冒犯之后，身体力行地教她该怎么接吻。

而她，情不自禁地被他引导着，尽力配合。

巨大的眩晕中，倪悦的身体不自觉地开始发抖，如果不是背部有东西倚靠着，几乎要站不住。

像是感觉到她浑身发软，言祈更加用力地搂紧了她的腰，另一只手扶住她的后脑，不断地调整着亲吻的角度。

一片热烈的亲昵里，吻很快不再只是吻。

低沉的鼻息和黏腻的濡湿声落在耳朵里，慢慢变了味道。

言祈扣在她腰上的手不知道什么时候，已经从T恤下摆探了进去，微凉的手指在她的腰腹上不断抚摸着。

在他的手指逐渐上移，几乎要碰到她的内衣时，倪悦猛地一个激灵，用力推了他一把。言祈微微趔趄着后退了半步，两个人终于从过热的状态中冷静下来。

亲吻已经停止。

太过混乱的思绪下，倪悦无法确定那究竟意味着什么。

言祈站在距离她两步之遥的位置，两个人的眼神和呼吸依旧胶着着。

你用那样的眼神看着我，是因为有一点喜欢我吗？

还是这些亲昵，只是情不自禁下的一时冲动？

这个问题倪悦不敢深究。

此时此刻，她唯一能做的，大概只有赶紧逃走。

"哎？师妹你怎么来了？刚好刚好，师兄带了外卖回来，要不要一起吃一点？"

房门处忽然间有影子晃动了一下。

紧接着，陆余的声音犹如及时雨一般响了起来。

"不用了师兄，我已经吃过了。"

"嗨……吃过了可以再吃一点嘛！"

陆余显然没有留意到她声音中尚未完全退去的沙哑，大大咧咧地把好几个饭盒朝纸箱上一扔，紧接着抬眼看向了言祈。

"我晕！我才出去多久啊，你的伤口怎么搞成这样了？不是和你说了体力活等我回来再干吗？赶紧的，把纱布换了！"

顺着陆余的目光看过去，言祈右手臂上的纱布已经渗出了一片刺眼的血水，应该是刚才拥抱她的过程中太过用力，导致了伤口崩裂。

"不用了，晚一点再说吧。"言祈轻声喘了一口气，拿起扔在一旁的外套，"老谢应该快到了，等他到了你们就先吃点东西，然后在这儿等我。"

"啊？那你现在干吗？要出去吗？外面快下雨了啊！"

"嗯……"言祈冲他点了点头，"快九点了，这里位置太偏不太安全，你们等我一个小时，我先送倪悦回家。"

刚走出园区大门没多久，乌沉沉的天色里，雨已经渐渐沥沥地下了起来。

倪悦跟在言祈身后，犹豫了好一阵，才鼓起勇气哼了个声音："你别送了吧，我自己打车回去就行。"

"没关系。"言祈没回头，声音听上去却很平静，"我手上有伤，不太方便开车，时间不早了，这里又偏僻，你一个女孩子打车回去不安全。反正老谢没那么快到，我送你一趟再回来，也来得及。"

说话之间，一辆蓝色的比亚迪亮着双闪，已经驶向了园区大门。

言祈核对了一下手机上的租车信息，先一步上前拉开了后座的车门，等倪悦上车后，自己才坐到了副驾驶座的位置。

这种刻意拉开距离的举动像是一个明明白白的暗示，倒也符合言祈惯有的即使拒绝，也会体贴照顾对方心情的风格。

倪悦只觉得身心俱疲，软软地靠着车窗，看着道路两旁的树木，在狂风和雨水的冲打下一片歪七扭八的模样，心中乱糟糟的。

四十分钟后，出租车在幸福家园小区的门前停下，车外的雨势已格外惊人。

司机抬头看着雨刷飞闪中依旧模糊一片的窗外，有些抱歉地朝他们笑了笑："两位，这小区有点老，车子只能开到这儿了。我看你们也没带伞，要不我再往前开两步，找个能挡雨的地方你们稍微避一阵，等雨停了再说？"

倪悦惦记着言祈还得赶回去，这漫天的瓢泼大雨看上去一时半会儿没有要停的意思，当即把门一推，一边下车一边促声交代着："师傅，停这儿就行了，麻烦你把这位先生再送回去，我跑两步就到家了。"

噼里啪啦的暴雨中，车内似乎有人喊了句什么，倪悦来不及分辨，赶紧低头匆匆往前跑。

刚跑出十几米，头顶忽然一沉，一件外套已经罩在了她的头上。紧接着，是言祈带着怒气的声音："大雨天的你乱跑什么？小区里本来就暗，摔跤了怎么办？"

倪悦把头抬了起来，眼前的青年眉头紧拧着，浑身湿淋淋的，缠着纱布的手臂因为举着衣服帮她挡雨，看上去已经是一片狼藉。

面对对方的斥责，她一时间无力解释，只能咬着嘴唇不说话。

片刻之后，言祈伸手揽住了她的肩膀，把她往自己怀里带了带，声音也柔和了下来："你别跑了，下雨路滑，反正也淋湿了，那就小心点回家。"

在这样近乎拥抱着的姿势里，倪悦藏身在对方的外套中，一步步地走到了自家楼下。

虽然只是短短的几百米距离，但近在咫尺的有关言祈的一切——他的温度、气味、呼吸，连同那些影影绰绰的楼影轮廓，都变成了老旧黑白电影里的经典画面，让她拼命地想要记录下每一分细节，然后永远铭刻在记忆里。

终于，言祈的脚步停了下来，稍微拧了拧那件已经透湿的外套后，冲她温和地笑了笑："自己上楼害怕吗？"

"不会。"倪悦有些机械地回答着，"楼道里最近装了声控灯，而且就算摸黑，我也挺习惯的。"

"那行，我不送你上去了。你回家以后赶紧洗个澡，别感冒了。"

"师兄！"眼看对方做完交代后似乎又要冲进雨里，倪悦顾不上害羞，一把抓住了他的衣角，"现在雨这么大，外面一时半会儿也叫不到车，你要不先去我家把头发擦一下，等约到了车再走，好吗？"

从刚才司机一路唠唠叨叨的抱怨里，也知道这种暴雨天，很少出租车愿意接单跑城郊的生意。

"好。"言祈略加犹豫之后，点了点头，跟在她的身后上了楼。

进屋之后的温度稍微暖和了些，紧贴在身上的湿衣服却更加让人难受。

倪悦从浴室里拿了块大毛巾，让言祈擦了擦头发，随即翻箱倒柜地开始找药。

得益于老斑鸠之前的嘱咐，在经历了之前那次高烧后，她开始学着在自己的这间小出租屋里放上一个医疗急救箱，除了常用的治疗发烧感冒胃痛消炎之类的药物外，纱布棉签之类的东西也准备了一些。

言祈擦完头发后抓着毛巾坐在那里，看她前前后后地折腾了好一阵，终于捏着一把剪刀和一卷纱布站到了自己身前，于是微微笑着，把手伸了出去。

倪悦捧着他的手臂，小心翼翼地把已经透湿的纱布剪开，先用纱棉把伤口周围的脓血擦拭干净，再涂了一点消炎的药膏，最后把新的纱布一圈圈地缠好。

言祈全程静默地充当着小白鼠，一动不动地任由她折腾，直到纱布缠好，一切看上去大功告成之后，才重重地吐了一口气。

"怎么了……不舒服吗？"

"还好……"言祈有些夸张地叹了口气，"难怪医院里的护士大多数都是女孩子，当着她们的面，就算再疼也得忍着保持风度。不过下次遇到类似的事，你可能得多给我备块毛巾。"

"干吗？"

"咬着呀！"

"哦……"

言祈的主动打趣，在某种程度上总算打破了两个人之间尴尬的僵局，倾盆的暴雨中，两个人陆陆续续地又聊了一阵。

十几分钟过去，窗外的漫天大雨依旧没有要消停的意思，陆余的电话却先一步打了进来。

"言祈，你现在在哪儿啊？如果还没出市区就直接回家吧。老谢刚给我打电话，说是雨太大了，从机场出来一直堵车，城际高速那段还出了好几起车祸，他今天就不过来了。你也忙活了好几天了，好好休息休息，事情咱们明天再聊。"

"也行，那先这样吧。"

言祈挂了电话，开了约车软件，等了十几分钟，却没有一个接单的。

想来如此恶劣的天气，肯做生意的出租车司机早已被着急回家的各路人马争相约满，短时间内找不到合适的师傅接活。

尴尬的现状下，言祈有些焦灼地不时抬头看向窗外，似乎是在盼着大雨赶紧停下来。

倪悦烧完一壶开水后无事可做，眼看对方湿冷的身体微微发抖，不时冒出几个喷嚏，干脆把心一横："师兄，雨这么大，怕是短时间停不了。你老这样一身湿着也不行，要不先去洗个热水澡，把湿衣服换了？"

"啊？"言祈终于把头拧了过来，似笑非笑地看着她，"虽然我不是很介意偶尔充当一下女装大佬，但是你确定你的尺码我能穿吗？"

"呃……"

倪悦瞪了他一眼，稍微脑补了一下对方穿着小裙子的模样，忍不住有点想乐。

想了几秒钟，她卖力敲开了隔壁邻居家的门，杜撰了一个远房表哥前来探亲，突遭大雨没法回去的故事，最终从那对好心的夫妻手里借到了一套休闲款的男式居家服。

言祈早已经起身斜靠在了门后的走廊上，一直面带微笑地听她绘声绘色地编造故事。等邻居家女主人把衣服送出来后，甚至满脸真挚地和对方打了个招呼。

膝下已有一男一女两个孩子的邻居大姐，显然对这位长相英俊又彬彬有礼的"远房表哥"颇有兴趣，看他接过衣服进了浴室之后，开始悄声向倪悦打听起了与之有关的种种信息，一副想要给自家亲戚拉线做媒的积极模样。

倪悦不好意思刚麻烦完别人就态度冷淡，于是站在门口赔着笑脸，有一搭没一搭地接受着对方的盘问采访。

十分钟之后，邻居大姐心满意足地回了屋子，倪悦刚把门关上，随着"吱"的一声，言祈拉开浴室门，浑身热气地走了出来。

虽然只是最寻常的居家服，松松垮垮的款式还有点老土，但穿在言祈身上，莫名多出一股性感的味道。

樱花味道的沐浴液是她历年来的常用品，一季季地反复采买，除了包装更换之外，早已经感受不到太多特别。此刻混着对方身上强烈的荷尔蒙，气味幽微地飘浮在空气里，变成了最强烈的致幻剂，让人意乱情迷。

在她慌乱的眼神下，言祈的脸色微微红了起来："你……要不要也洗一下，水挺热的。"

"哦……好！"

这句对白，一瞬间勾起了无数大学时期挑灯夜读的小说里的片段，倪悦只觉得心如擂鼓，再不敢看他，抓起床上的睡衣匆匆进了浴室。

等她冲洗完毕，再把换洗下来的衣服收拾干净，时间已经接近夜间十一点。

漫天的大雨依旧知情识趣地挽留着客人的脚步。

这种时候，再把湿漉漉的衣服换回来打车回家，实在是没可能了。

虽然谁也没吭声，两人却像是达成了默契一般，相互帮衬着，在倪悦的单人床旁边铺了一个简单的地铺。

有些僵硬地互道晚安之后，两人很快钻进了被了。

大雨滂沱的夜晚通常很容易助人入眠，但倪悦缩在被子里，始终无法合眼。

短短一个晚上的时间，对她来说发生了太多刻骨铭心的事。

即使到了现在，她的嘴唇上似乎还留有言祈那个吻的余温。

他们不仅接吻了，还共处一室睡在了一起。

如果不是因为耳边传来的阵阵呼吸声，她简直无法相信这一切是真实发生的。

虽然言祈一直没说话，但她知道对方依旧清醒着。

这个雨夜，满腹心事无法入眠的，显然不止她一个。

今夜发生的一切，仔细想来，其实都是因为自己的冲动和执拗而一步步走到现在的。

言祈虽然从头到尾没有让她难堪，也一直温存体贴地照顾着她的情绪，可是对他而言，所有的配合和照顾之下，心里真正想着的又是什么呢？

黑暗中，言祈轻轻翻了个身："悦悦，你睡了吗？"

"还没有，师兄你有事吗？"

"嗯……"似乎有了黑暗做屏障，对方永远带着笑意的声音终于卸下了伪装，听起来严肃又宁静，"今天你和我说，你不想留在Resonance了，我想知道是什么原因。毕竟我走的时候，是和吴总特别谈过的，如果是因为之前我们走得比较近，或者是同校校友的身份，让你现在处境为难的话，我想……我是可以再和他沟通一下的。"

"不，不是。"倪悦吸了吸鼻子，把身体侧了过来，静静地看着他，"吴总对我挺照顾的，你走了以后，他对品牌部的工作很重视，连高层会议也会叫上我一起旁听。我没有什么觉得为难的地方。"

"那你干吗要想着离开呢？"

"因为……我想帮你。"像是为了让自己的态度看上去更郑重一点，倪悦干脆坐了起来，手指却因为紧张狠狠地抓着被角，"虽然我只是一个普通的小员工，但你既然开始创业了，总归是能帮上一点忙的。所以我想像陆余师兄还有雨晨师兄那样，去你的公司……和你一起工作。"

"这样啊……"对她这番挂羊头卖狗肉，热情得近乎告白的言论，言祈并未加以嘲笑，像是在认真考虑着，"既然你有这个意愿，那我们现在就当面试吧。你有想过，如果现在离开Resonance到我这边来工作，对你会有什么价值吗？"

"什么？"

对方公事公办的口吻让倪悦一时间有些蒙了。

"任何一家公司，在招募员工的时候，HR都会问以下两个问题——你为什么会从上一家公司离职，以及为什么会选择现在这家公

216

司。因为对一家公司而言，员工的职业技能和业务能力之外，其职业规划、工作目标也是需要认真考量的。尤其对创业公司而言，需要的是真正对这份事业有所热爱、目标一致，且能够全身心投入的伙伴，而不是出于私人原因一时冲动的盲从者。"

他等了几秒钟，没见倪悦有动静，于是继续补充道："就眼下的情况来看，Resonance是一家已经成熟且稳定盈利的公司，未来不管你是继续在那里发展，还是有了别的选择，它都能给你带来稳定的收入、不错的福利和漂亮的资历背景。但我们……眼下除了三个核心人员，一间简陋的办公室和两个正在洽谈的客户之外，一切都是未知数，甚至连最基本的生活保障都没有。所以无论是从前同事还是师兄的角度出发，我都不建议你做这样的选择。"

所以说，你是用这样的方式在拒绝我吗？

倪悦愣愣地想着。

这一番逻辑清晰、条理明确的言辞背后，她只听懂了一个意思——我不接受你用这样的理由靠近我。

偏偏这番话说得又是如此理智而贴心，完全站在她的立场上考虑，让她连想要厚着脸皮再说两句争取的话，也不可能。

所以最后，她只是轻轻地"哦"了一声。

"看样子你有点累，大晚上的，其实也不适合面试。"言祈把身体撑了起来，伸手在她的头上揉了揉，"这个话题到此为止，你先休息，有什么想聊的，我们以后再说。"

"好，师兄晚安。"

倪悦重新躺了下去，紧接着把身体侧向了墙面。

言祈已经把话说得很清楚了，而且还那么温柔地给她留了台阶，让她不至于被拒绝得太过难堪。

可是爱而不得的失望和酸楚，还是让她忍不住内心绞痛。

寂静中，感觉到言祈的呼吸声已趋于平稳，似乎陷入了梦境，倪悦偷偷钻进被子，拿起手机，浑身颤抖着打开了QQ。

"斑鸠兄，你在吗？"

"今天我见到师兄了，而且还向他告白了，你说我是不是很蠢？"

"我们接吻了，是我主动的。这是我第一次接吻，所以心到现在还在狂跳，可是我一点都不后悔。"

"你会和自己不喜欢的女孩接吻吗？"

"但是他好像拒绝我了……"

"斑鸠兄，可是我真的好喜欢他。"

"真的……好喜欢……"

对话框那一头，始终沉默着没有半点反应。

在对方那只秃了尾巴的斑鸠头像神情呆滞的凝视下，这一句句呓语般的留言，看上去像个笑话。

大概这样一厢情愿又不知进退的自己，实在是太让人尴尬了吧。

所以连老斑鸠这样的家伙也不知该如何回应了。

随着轻微的"咔嚓"一声响，手机的屏幕最终被锁定。

倪悦抬手擦了擦满脸的泪痕，满是绝望地把自己埋进了被子里。

眼睛再次睁开的时候，房间里只剩下了倪悦一个人。

紧靠着单人床的地铺已经被收拾好，邻居大姐家那套土气的家居服也放了椅子上，被叠得整整齐齐的。

靠窗的桌上放了一碗白粥，一个茶叶蛋，外加一笼小包子。

食物的下面压着一张小纸条："谢谢你昨晚收留我，公司还有事，我先走了。早餐是楼下便利店买的，味道不错，希望今天有个好心情。"

倪悦洗漱完毕，坐在餐桌前，慢慢地把早餐吃完，然后把那张纸条小心翼翼地放进了日记本里。

那一刻，她的心里充满了绝望的平静。

当天上班的过程中，她始终保持着沉默。

除了专心地推进自己手里的工作之外，还把同事的活主动揽了一些过来做。

似乎只有用这样繁忙的方式，才能暂时转移自己的注意力。

同部门的几个小青年只当她是升职成为部门经理以后压力大，不敢多说什么，只是到了下午茶时间，特地买了杯网红柠檬特饮送到她桌前，悄无声息地鼓励她。

工作上的成就感和同事们的宽慰，让倪悦的心情逐渐好了一点。

或许言祈说得对，在她没有足够的信念和资本之前，只凭着恋爱脑下的满腔冲动，是不适合过去给他添乱的。

加完班再次回到家，已经差不多到了晚上九点。

倪悦把用来打地铺的床单被褥收拾进柜子，接着准备把言祈穿过的那套居家服清洗干净后还给邻居大姐。

衣服上还留着淡淡的樱花沐浴液的香味，连着言祈身上的味道，仿佛还没散去。

下水之前，倪悦紧握着那套土气的老头衫摩挲了好一阵，仿佛清洗之后，言祈留下的最后一点痕迹，就会彻底消失似的。

光是这样想着，她的心不由自主地再次绞痛起来。

十几分钟后，衣服被清洗干净，晾晒到了阳台，小屋终于恢复了它惯有的平静模样。

倪悦拿了一听可乐，百无聊赖地坐在电脑前，正准备随便开个综艺节目切换一下心情，久未上线的老斑鸠终于晃晃悠悠地蹦了出来。

"小仙女，你还好吧？"

"我挺好的……斑鸠兄你终于出现了啊。"

"呃……其实你的消息我今天早上看到啦。只是一时之间不知道说什么好，然后想着工作时间不方便打扰你，就一直没吭声。"

"哦……"

过了昨日晚间情绪最动荡的时候，倪悦此刻平静了许多："没关系的，反正都是些乱七八糟的东西，你当没看到好了。"

这生无可恋的回复让老斑鸠误会了她意思，赶紧对她表示关切："别啊！我们家小仙女出了这么大的事，怎么可以当作没看见呢？只是你那些消息前言不搭后语的，我也不知道具体是什么情况。而且你们都……那样了，怎么突然又说他拒绝你了呢？"

"就……他可能不想我太难堪吧。"当时的场景现在想来，倪悦只觉得羞耻，敲字的手跟着抖了起来，"师兄他……一直都蛮给追求者留面子的。之前在学校的时候有师姐和他告白，他也不会当面说什么拒绝的话让对方下不了台。可是他不愿意我去他的公司，态度很明确，所以……我想自己大概是没戏了。"

"话可不能这么说。"老斑鸠摆出了一副严肃分析的模样，"男人给不喜欢的追求者留台阶是一回事，可是再怎么说不会随便亲对方呀。除非他是个渣男……话说，你那个师兄有那么渣吗？"

"呃……"

仔细想来，言祈大学时代虽说追求者甚众，各种绯闻满天飞，但除了他唯一盖章过的那个正牌女友之外，倒真的没有什么与人亲热的实锤。

但即使是这样，似乎算不上什么安慰。

老斑鸠的鸡汤看上去还没煲完："而且啊，对方不让你去他公司也不代表什么啊！谈恋爱未必要做同事嘛。他现在情况那么艰难，没有办法像之前一样罩着你，自然是希望你能够稳定一点，别跟着他一起吃苦受累啊。"

"真的吗？"

"那是自然啦，男人的心思嘛……我还是有发言权的。"

老斑鸠这么一劝说，倪悦的心里似乎又燃起了希望。

沉思片刻之后，她继续问："可是斑鸠兄，就算你说得有道理，可是……师兄真的有可能喜欢我吗？"

"为什么不？"

"因为我真的很普通啊……"

虽然从小到大，周边的叔叔阿姨都会夸她一句小美女，在朋友和同事那里人缘也算不错，可倪悦自己很清楚，比起之前那些对言祈示好过的"白富美"，自己实在是太不起眼了。

只能算得上清秀可爱的长相，不到一米六五的身高，普普通通的一个本科学历，上下班都得挤公交地铁，一个月的薪水也就一万块出头……

这样的条件，大概只有言祈瞎了眼，才会在大把追求者中对她青睐有加。

"你别这么妄自菲薄嘛，之前你不是说我把自己放得太低了吗？怎么到了自己身上，也这样啊？"老斑鸠对她的自我评价很是不满，"在我看来，你身上有很多很多优点，你师兄会喜欢你，也不奇怪。"

"啊？那你说说看，我有什么优点？"

"这个嘛……"老斑鸠一字一顿地说，"你努力、上进、富有同情心，无论是对朋友还是对生活都充满了热情。和你相处在一起，会觉得每一天都是新鲜又充满希望的。而且你那么勇敢，有什么想说想做的事情会第一时间去争取，从不怯于隐藏自己的内心，整个人坦坦荡荡，像是会发光的小太阳一样。光是这几点……就让人很心动啊。"

"请问你说的这个人是我吗？被你这么一夸，我都快爱上我自己了。"

"那可不是吗？"老斑鸠这一刻的表现宛若戏精，不知道从哪里搞了一个爱心四射的表情包，继而深情款款，"小仙女，网恋吗？我公子音。"

"你走！"倪悦被他哄得哈哈大笑，"你见鬼的公子音，就你这不着调的样子，铁定大叔音。"

"就知道要被你嫌弃……"

老斑鸠装模作样地一阵哀叹后，小心翼翼地回归了正题："所以说，你现在开心点了吗？相信我，别那么悲观，作为男人，我敢打包票你师兄是很喜欢你的。说不定渡过了眼前的难关后，他就会好好向你表明心意。"

"嗯！"

倪悦重重地点了点头。

老斑鸠的一番话，的确让她从自怨自怜的悲观情绪中解脱了出来。

而同时，她彻底做好了一个决定。

/ Chapter 10 /

向你向生

次日上班没多久，倪悦把手里的紧要工作处理完毕之后，走到了吴寅峰的办公室门口。

刚敲了两下门，吴寅峰身边的行政秘书赶紧起身走过来。

"悦悦，你找吴总啊……有什么要紧的事吗？"

"没什么特别要紧的事，就是一点私事，想找吴总聊聊。"

"如果不是什么太要紧的事，你稍微晚一点再来吧。吴总现在情绪不太好，可能需要安静一下。"

"啊？怎么了，是因为云响项目的事吗？"

"也不是……"

行政秘书平日里是个嘴很严的人，但倪悦向来安静低调，并不热衷搬弄是非，所以他犹豫了一下，低声解释了起来："言总离职的事，吴总虽然很快批了，但其实一直没让集团那边知道。前几天董事长不知道从哪里知道了这个消息，打电话过来把吴总狠批了一顿。昨天特地飞到S城和吴总见了面，一再要求他给自己一个解释。总之父子之间闹得蛮不愉快的。今天一大早，董事长又把电话打了过来，说是非要让吴总亲自去把人请回来，为了这事，吴总正气着呢……"

"啊……"

虽说吴继恩对言祈向来亲厚，公司上下都看在眼里，但为了他居然和自己儿子闹成这样，也是闻所未闻。

这种时候倪悦自然不敢上去堵炸药，正准备回座位，房间里的人似乎听到了动静："有什么事，进来说吧……"

在行政秘书满是忧虑的注视下，倪悦小心翼翼地进了CEO办公室。

吴寅峰坐在宽大的办公桌背后，脸色看不出太多喜怒，只能从一屋子未散的烟味中，觉察到他此刻心情正糟糕。

"倪悦，找我有什么事吗？"

"是……"

虽然接下来的话题并不适合这个时候谈，但人已经进来了，她决定一鼓作气把想说的话说完："吴总，我今天过来找你，是想和你说，谢谢这段时间你对我的照顾和帮助，也非常感谢Resonance给我一个能够发挥的平台……"

"你是要离职吗？"吴寅峰眼睛一眯，打断了她没说完的铺垫，"原因？"

"啊？"

倪悦没想到自己台词还没背完，对方居然这么快就直击要害，一时间愣住了。

"我的意思是，如果你对自己现在的薪资水平或者岗位不满意，我们可以再谈。"

"不是的，吴总您别误会……"

进门开口说这番话，她已经很为难了。

吴寅峰作为公司的大老板，对她的离职请求不仅没有冷淡无视或是大动肝火，反而耐着性子准备和她谈条件加以挽留，这让她感激之余不禁很是惶恐。

"薪水和职位我没什么不满意的，这次离职，纯属个人原因。"

"个人原因？"吴寅峰轻轻敲着桌子，像是把她的回答细细咀嚼了一下，继而一针见血，"你是准备过去言祈那边吗？"

"您……怎么会这么问？"

都说作为公司的老板一定是能洞察到每一处细节，可吴寅峰眼下的表现，也实在太英明神武了。

"杜云和周涛前几天去找程响提了离职，老程追问了一下，知道了他们是想去言祈那边。言祈做事动作一向很快我知道，但没想到除了技术人员之外，连你这边也已经谈过了。"吴寅峰说到这里，忽然轻声哼笑了起来，"言祈给你开了什么条件？说说看，如果不太过分，Resonance可以在这个基础上给你更好的待遇。"

"没有……"倪悦赶紧摆手，"事实上，我要过去的事，言总没答应。只是……我个人想着他那边刚刚起步，可能人手不够，所以想过去帮帮忙。"

"哦？"

吴寅峰站了起来，若有所思地看着她，像是在判断这番解释背后的真伪。

几秒钟后，他再次笑了起来，神情却有些复杂："明知道他那边刚刚起步，你还要选择离开Resonance过去帮忙……你就那么喜欢他？"

"什、什么……"

倪悦被这莫名其妙的一句话给吓傻了。

"你喜欢他很正常，毕竟无论在Resonance，还是我认识的人里面，喜欢他的人不在少数。"

吴寅峰口中的"喜欢"，似乎并不是她所想的那层意思。

倪悦不由得松了一口气，赶紧收敛心神，毕恭毕敬地站在那儿听他继续说。

"之前Jessica为了帮他，一直和男朋友异地恋，到了三十多岁才结婚。技术部的几个实习生跟他干了没多久，就敢大着胆子过去找老程提离职。他离职创业而已，就惹得董事长特地飞来S城找我兴师问罪，现在连你，在福利待遇没谈好的情况下，居然也义无反顾地要走了……这样看起来，我这个CEO真是挺失败的……"

入职这么久，倪悦第一次从吴寅峰的脸上看到这样失望而沮丧的表情，仿佛一个用尽力气要讨身边人欢心的小孩，却终究被无视了的模样。

那一刻，莫名的同情和负疚感让她忍不住想要出声安慰，可是想到两人之间身份上的差异，最终还是忍着没吭声。

"既然你来我办公室了，那应该是已经做好决定了。"片刻之后，吴寅峰像是收拾好了自己的情绪，很快恢复了平日里冷静肃穆的样子，"把交接工作做好，然后去HR那边办手续，最后的离职单拿来找我签名就行。"

"好的，谢谢吴总。"

倪悦冲他鞠了个躬，慢慢向着门外退去。

关门的那一刻，倪悦看见吴寅峰站在偌大的办公室里，安静地抬头注视着墙面上的一幅画框。

画框里是他和自己父母的一张全家福。

当年的吴寅峰应该刚入职场没多久，西装革履的装束下，嘴角微扬，眼睛里是藏不住的兴奋与飞扬。

站在他身后的吴继恩神色严肃，目视前方，一只手握着他的肩膀，像是对唯一的儿子充满期许，和身边那个笑容温婉、姿态有些怯弱的女人却没有太多互动。

不知道为什么，那一刻倪悦忽然觉得，这个平日里高高在上，充满了威仪和距离感的大老板，内心装着很多难以言说的惆怅和寂寞。

倪悦花了一周左右的时间，把手里所有工作一一整理完毕，和部门同事做了交接。

虽说按照合同，离职需要提前一个月申请，但大概是吴寅峰特别和HR那边打了招呼，真正到了办手续的时候，Tina只例行公事般表示了祝福而已，没有与她为难。

对倪悦的离去，Resonance内部有着诸多揣测。毕竟作为公司眼下的红人，她有着令人羡慕的发展空间。

对同事们旁敲侧击的探问，倪悦通通以一句简单的"个人原因"作为标准回复，并没有过多解释。

甚至包括老斑鸠那边，她也没有主动聊起相关话题。

一方面，言祈毕竟身份微妙，如果被昔日的同事知道他离职之后还从老东家把人带走，必定会引发诸多风言风语。

另一方面，她既然已经破釜沉舟下了决心，也不希望身边的同事亲友分析利弊再加劝慰，令她徒增烦恼。

拿到离职证明后，倪悦好好地休整了一个周末。

到了周一，她特地起了个大早，精神抖擞地把自己收拾好之后，背着自己的笔记本电脑，坐上了开往智创孵化园的公车。

因为距离遥远，公车在路上足足晃荡了快一个小时，才终于到达目的地。

　　倪悦眼看交通时间比她预计的还要多花费十五分钟，暗中掂量着以后可能要再早起半小时。

　　因为之前来过一趟，眼下又是大白天，她轻车熟路地摸到了C区B栋的那栋办公楼。

　　她一边等电梯，一边忐忑一会儿见到言祈后会是怎样一番局面，一辆黑色的奔驰慢慢在不远处停下。紧接着，一个熟悉的身影拿着好几个袋子，缓步走到了她身边。

　　"董事长？"

　　倪悦没料到会在这里撞见吴继恩，惊异之下本能性地冲对方打了个招呼。

　　吴继恩似乎对她没什么印象，冲她打量了一阵后，才有些抱歉地笑了笑："你是……"

　　"我是倪悦，之前在Resonance的品牌部工作，您来公司视察的时候我见过您。"

　　"哦，这样啊。"吴继恩若有思索地想了想，"那你今天不上班，跑到这里来，是有什么事吗？"

　　"我已经辞职了。今天……是随便过来看看。"

　　"看什么？言祈吗？"对她这个离职员工，吴继恩的态度看上去挺和善，"你之前是归小祈直接管的吧？离职了还专门过来看他，看样子你们关系应该挺不错？"

　　"也就……还好吧。"

　　说话之间，电梯门已经打开。倪悦看他拎着一堆袋子颇为费力的模样，赶紧帮忙接了过来，顺带朝里面瞄了瞧。

　　袋子里杂七杂八地装着一堆保健品，补铁的、补钙的、补血的，都是一些外国牌子，倪悦曾经见过其中一些的广告，每一款都价格惊人。

除了这些东西之外，另外则是人参、鹿茸、灵芝之类的东西，倒十分符合吴继恩这个年纪的长者的消费喜好。

沉默间，电梯到了三楼。倪悦抬眼看了看吴继恩，对方居然出了电梯门，轻车熟路地走向了正前方的那间办公室。

见此情景，倪悦赶紧脚步匆匆地跟了上去。绕过前台之后，几张熟悉的面孔出现在她眼前。

比起一个星期前杂乱不堪的模样，眼前的空间终于有了一点办公室的雏形。

几条开放式的长桌有模有样地摆在那里，角落里甚至摆上了一台饮水机。

然而不知道是为了节约电费，还是中央空调尚未开通，简陋的办公室里闷着一股蒸笼般的热气。

遮光百叶窗看上去没到位，炎热的阳光从通透的玻璃窗直射进来，亮晃晃刺得人几乎睁不开眼睛。

为了避免暴晒，几个小青年很自觉地集中在了靠墙的角落里，一边敲着键盘，一边拿着鼠标垫不时在扇风。

陆余甚至恢复了大学时代的模样，不管不顾地把T恤卷到了胸口，直到听见动静声，才忙不迭地把衣服放了下来。

"吴叔叔，还有悦悦？你们怎么来了？"

同时出现在眼前的一对组合让言祈很是意外，赶紧小跑着迎了过来。

"我和董事长是在楼下遇到的。"倪悦找了个地方把满袋子东西放下，冲同样满是好奇的陆余以及谢雨晨打了个招呼，"既然董事长有事，你们先聊吧，我有的是时间，可以晚点再说。"

言祈看了她一眼，神色有点复杂。只是吴继恩还戳在那儿，一时之间不好多问什么，于是只是点了点头："行，那你先自己找地方坐。陆余，帮忙倒杯水，我和吴叔叔聊一下再过来。"

对倪悦的到来，陆余满脸都是惊喜，倒完水以后，干脆在她身边坐了下来，暗地里朝她挤了挤眼睛："小师妹，你跑得够勤快的啊！之前买的那些零食我们刚吃完呢，今天又来送爱心啦？"

"这些东西不是我买的啦，是董事长带来的。"

"哦……"

陆余随手扒拉了一下，继而啧啧有声："你们这位董事长也太客气了，前几天刚快递过来一堆吃的，现在又搞这些玩意儿。不知道的还以为言祈不是在创业，是在搞微商代购呢！"

听对方的意思，吴继恩朝这儿送东西也不是一趟两趟了，难怪地方摸得这么熟。只是不知道他既然来了S城，不去Resonance见自己的儿子，跑到这个鸟不拉屎的破地方来干什么。

倪悦好奇之下，顾不上陆余的各种探究，嘴里"嗯嗯啊啊"地敷衍着，眼睛却一直朝着前台方向瞟。

大概不愿意上上下下地反复折腾，吴继恩叫过言祈之后，只是走向了前台的位置，在等候区的沙发上坐了下来，隐隐约约不知道在聊些什么。

大约过了十五分钟，言祈送走了吴继恩，重新进了办公室。

陆余见他出现，赶紧跳上前去凑了凑："怎么着，你那位董事长还没放弃叫你回去啊？他都游说多少次了……不知道的人以为Resonance没你明天就得倒闭呢。"

"闭起你的乌鸦嘴。"言祈的表情看上去有些复杂，不知道是惆怅还是感动，"吴叔叔倒是没再坚持让我回去，只是说如果我坚持自己干的话，广恩集团可以帮忙注资。"

陆余立马蹦了起来："老头儿够意思啊！那让他赶紧的……我们

多少可以换个地方，这几天我都快热成烤猪了！"

"如果广恩集团要注资的话，吴董那边有什么特别要求吗？"

谢雨晨听到这里站了起来，显然对这个问题很是重视。

"倒没什么要求，条件、回报之类一概没提，只是说希望帮我们渡过创业初期的困境而已。"言祈咬了咬嘴唇，"不过我拒绝了，所以大家短时间内只能继续在这儿待着了。"

"我就知道……"陆余耸了耸肩，没太意外的样子，"老头儿一直罩着你，Resonance内部早有风言风语，吴寅峰大概也是因为这个对你一直看不顺眼，才给了你那么多气受。现在既然决定出来了，你小子犯不着继续受委屈。不过嘛……"

他嘻嘻笑着，从袋子里掏出一盒鱼油在手里抛了抛："吴董对你可真是够意思的。又送补品又送钱，看着比你亲爹还亲。我要是吴寅峰，看自家老爹这么掏心掏肺地对一个外人，估计也得生气！"

"喂……"

这话听着实在有些刺耳，只是陆余信口开河惯了，言祈翻了翻眼睛，没怎么往心里去。

片刻之后，他将目光落向了倪悦，温声开口："悦悦你呢？你今天不去上班，跑来这边是有什么事吗？"

"嗯！"倪悦点了点头，迅速站起身来，神色严肃地看着他，"我已经从Resonance辞职了，今天是过来面试的。"

"哈？"陆余被她的回答惊到了，嘴巴变成了〇形，"面试？面什么试？你从Resonance辞职了？怎么事先一点动静都没有？老谢，你知道吗？"

谢雨晨摇了摇头，同样满脸问号。

"之前我和言祈师兄说过我想加入你们，当时师兄对我进行了初试，问了我一个问题，从Resonance跳槽到你们这边，对我来说有什么价值和意义。那个时候，答案我没有想好，所以表现可能不太好，可是后来我仔细考虑了很久，也想明白了，就决定过来复试。"

"好好好！"陆余没想到，眼下就他们三人蹲着的小破公司里，自己居然还能过一把面试官的瘾，当即笑嘻嘻地拍起了桌子，"那你说说看，除了因为你言祈师兄之外，你跳槽的意义和价值是什么？"

啊？

虽然对方揭露了她跳槽动机里最本质的部分，倪悦微窘之下，还是坦然地开始回答："Resonance是一个很好的公司，我在里面能够按部就班地做很多自己专业方向上的工作，可是师兄曾经和我说过，技多不压身，如果在一个创业公司里，可能会因为职能没有那么细分，而让我接触到更多的内容。同时，我可以借着这个机会试着从一个执行者变成操盘手，学着做更多策略性和规划性的工作。另外，创业型公司一旦成长起来，会让我更有成就感，因为它成长中的每一点变化，都有我参与其中……"

"就因为这些？"

听她长篇大论说到这里，向来沉默寡言的谢雨晨也忍不住笑了起来。

"当然，还有其他的……"倪悦的声音低了下来，"比起福利和薪水，我更希望能够和自己欣赏、崇拜的人在一起工作……"

勇气用到这里，已然存量告急。

倪悦羞赧之下此地无银三百两地最后补充了一句："几位师兄这么厉害，每个人……我都很崇拜的。"

"哈哈哈！"话没说完，陆余已经大笑了起来，"小师妹就是有眼光，这话我爱听。行了行了，别戳在那儿了，刚好过两天我们要去见个客户谈项目，一大堆文字资料等着整理呢，坐师兄旁边来，咱们赶紧开工。"

倪悦很是感激地朝他笑了笑，依旧站在原地没动，像是在等言祈的信号。

"你看我做什么？"面对言祈的目光，谢雨晨耸了耸肩，"我没意见啊，投一份赞成票。"

"形势看上去好像已经一边倒了啊……"

许久之后，言祈轻声吁了一口气，慢步到她身前，眼睛亮晶晶的带着笑意。

"既然这样，有几件事，可能要先和你说明一下。"

"嗯？师兄你说。"

"第一，我们这边刚刚起步，资金什么的比较紧张，所以薪水和福利方面，暂时达不到你在Resonance的水平。"

"这个我知道，也做好了准备。"

"第二，像你刚才说的，目前这个阶段，大家什么都得干，所以除了你之前熟悉的工作外，可能还会有一些新的内容需要快速学习，另外会有些频繁的差旅，你得做好相应的心理准备。"

"嗯，没问题。"

"第三，这里位置比较偏，离你家也远，为了保证人身安全，同时提高效率，以后早上上班我去接你，晚上如果要加班，根据具体情况我们几个师兄送你回去。没有特殊情况，不要自己乱跑。"

"呃……好的。"

倪悦神色紧张地听到这里，像是终于意识到了什么，眼见他没有继续补充的意思，赶紧确认着："所以你的意思是……我的面试通过了是吗？"

"应该是吧……"言祈和站在一旁的陆余、谢雨晨交换了一下眼色，终于笑了起来，继而十分认真地向她伸出了手，"欢迎小师妹正式加入我们。"

倪悦加入新公司的第三天，言祈和谢雨晨出差去了G城，据说是去接洽一个意向客户，整整两天没在公司露面。

空荡荡的办公室里就剩下陆余这个话痨，工作之余有一搭没一搭地闲扯，倒把他们现在的情况和倪悦大致交代了一番。

因为多年积累下来的资源和经验，现在新公司的业务依旧以提供智能语音解决方案为主。

只是虽然Resonance的许多老客户一直和言祈保持着良好的关系，甚至在听闻他出来单干之后主动表示了合作意向，但言祈坚守着"不从原公司手里抢单"的基本原则，至今没有和这帮老熟人发生任何业务往来。

幸亏谢雨晨作为业界大牛，一直被一些企业高管密切关注着。如今放出了创业的风声，很快引得不少慧眼识珠的公司主动找上门来。

几轮接洽之下，一家叫作光合教育，主营在线教育服务的机构表示出了相当大的诚意，由CEO亲自带领项目组，开始了与他们之间的沟通。

倪悦初初加入，不知道具体的谈判进度，除了合掌祈祷之外，只能跟着陆余蹲在办公室里做一些基础资料的整理。

这天，她正申请着新公司的微信公众号，久未出现的乔小安忽然敲响了她的QQ。

"悦悦你在吗？今天中午我会去你公司，等我一起吃饭哦！"

"你来我公司？"倪悦反应了两秒钟，"你说的是Resonance吧？"

"哎，听你这意思……你不是又跳槽了吧？"乔小安看上去满是惊讶，"你去Resonance才多久啊，怎么又跑了？是又碰到了陈嘉杰那种垃圾领导吗？"

"不是不是！"倪悦怕她脑补之下将消息乱发散，赶紧声明，"Resonance的公司领导挺好的，我离职纯属个人原因，具体情况有空再和你聊。不过你先说说看，去Resonance干吗呀？"

"那难怪了。"乔小安发了好几个捂脸的表情包，"陈嘉杰不知道怎么和Resonance的大老板勾搭上了，说是准备过去聊聊。我这种负责写方案的虾兵蟹将，自然要跟着去伺候喽。我本来还奇怪呢，Resonance的品牌公关有你把关，怎么会让陈嘉杰那种烂人有机会合作，搞了半天，你居然撤了？难怪他一脸有恃无恐的样子。"

"就算我不撤，大老板那边真有合作意向，我也只能配合啊。我在Resonance就是一个普通的基层员工，哪有那么大权力决定用不用他啊。"

对吴寅峰忽然开始和Blue Rays做接洽，倪悦倒是不意外。

在她还在做工作交接的时候，已经在高层会议上听到了公司要引入一些专业的第三方合作伙伴的风声。

外加云响项目带来的负面影响一直未曾平息，公司在品牌公关板块又一直没找到合适的大牛带队，这种非常时刻，以陈嘉杰见缝插针的个性，自然不会放过自荐的机会。

乔小安似乎有些遗憾："真郁闷，本来以为如果对接人是你的话，大家做事风格比较熟悉，以后合作起来应该会轻松一点。结果你居然无声无息地跑了，不知道以后的接口人会不会太难伺候。"

面对对方的沮丧，倪悦赶紧安慰："还好啦……Resonance品牌部虽然新人比较多，但挺专业的，而且性格都不错，不会让你为难的。如果到时候提案需要什么资料上的帮助，随时可以来问我。"

不知道是陈嘉杰的忽悠功夫太过深厚，还是倪悦之前的工作表现让公司高层对这家她曾经待过的公司颇有好感，Blue Rays和Resonance

之间的合作推进似乎颇为顺利，在历经为时一周的接洽后，框架服务合同被迅速敲定了下来。

从那笔数额不菲的服务费上看，吴寅峰对提升公司的声誉，优化口碑，加强其公众影响力等方面，显然颇为上心。

虽说乔小安一路积极地推送着双方合作的进度，以及陈嘉杰在双方会议上各种浮夸的表现，倪悦却没精力再去过问其中细节。

随着言祈和谢雨晨的回归，新公司与光合教育之间的合作即将提上正轨。

几个小青年拿着对方给出的Brief在办公室里争分夺秒，一边讨论着方案，一边准备着合同。

作为一群人当中性格最乐观的那个，陆余对眼前的结果十分满意，哪怕作为加班餐的盒饭看上去十分粗劣，却也吃得有滋有味："这么看来，创业其实也没那么难嘛，这个单子签下来，咱们就算开了个好头了！所以我说，有本事咱干点什么不行？而且哥几个是出了名的运气好。不过从咱们离开Resonance到今天，实在是过得够惨烈，饭都没好好吃上几回，要不咱们先想想，合同签完了去哪儿庆祝？"

言祈原本只是坐在那儿微笑旁听，听到最后似乎也有些心动，很快站起身来走到了倪悦身边，身体微微俯下，凑到她的耳边："悦悦，既然你陆师兄开口了，不如你想想，咱们去哪里庆祝？"

"我选吗？"对方的手臂撑在她的身侧，暖暖的呼吸直扑耳朵，让她一时间有些慌乱，"我刚来没多久，还没做啥贡献呢，这种事自然是听师兄们安排。"

"谁说你没贡献？"陆余笑嘻嘻地说，"且不说公司介绍啊、微信微博啊、项目资料啊，包括和外包法务的合同对接啊，这些琐碎又麻烦的事都是你在搞，单单你往这儿一坐，咱们几个师兄也觉得心情愉悦，办事效率不知道高了多少呢……是吧老谢？"

"嗯，没错。"

对这番评价，向来认真严肃的谢雨晨居然一脸认同的样子。

言祈满脸带笑地听到最后，轻轻揉了揉她的头发："既然大家都这么说了，你就别客气。签完合同去哪儿庆祝，你说了算。"

倪悦想了想："要不咱们去G城那边吃海鲜吧，我听说黄沙区有个海鲜一条街，里面的东西可新鲜了。刚好你们要过去签合同，弄完以后我们顺便在那边逛吃逛吃，也不耽误。"

"行啊！那就这么定了。"

对这个提议，大家都没什么意见，当即决定周五那天一起开车去G城，和光合教育签完合同后，去黄沙海鲜街好好庆祝一番。

然而天有不测风云，谁也没有料到，会议当天，原本只差一纸合同就能正式立项的合作突生变数。

原本主持大局的光合教育CEO没有出现在会议现场，取而代之的，是一位姓蒋的技术副总，满是歉疚地和他们做了一番解释。

"言总，实在是不好意思，本来这个项目我把你们推荐过来，CEO那边经过几轮接触后一直挺满意的。只是前段时间，公司负责营销的副总另外向他介绍了一家合作方的负责人，双方聊完之后觉得很投机。所以公司高层经过讨论，说签约的事暂缓，我们仔细比较一下，再做定论。"

两位副总之间的博弈让事情忽然有了变故，言祈失望之余表现得很镇定："蒋总，这个我能理解，市场上做智能语音服务的公司有很多，多比较是很正常的事。只是不知道对我们的前期方案，光合有没有什么特别的想法，我们好根据你们的意见进行方案和报价的调整。"

"方案倒是没什么太大问题了，价格方面我知道，也是非常合理的……"

姓蒋的副总看上去有些为难，犹豫了好一阵后，最终碍着谢雨晨的面子透露了一些内情："言总，我实话和您说了吧，我们现在接触的另外一家公司，就是你的老东家，所以情况变得有点尴尬。毕竟在老板看来，您既然是出自Resonance，那两边的技术理念同宗同源，想必差别不大。但从公司的品牌、规模和服务上说，Resonance有太多优势……"

Resonance之前的产品服务比较粗放，很少针对行业涉入细分领域，在陆余和谢雨辰离开之后，以程响领军的技术团队在这方面显得捉襟见肘，并不具有太大的竞争力。

只是这些情况，言祈不方便多说，于是笑了笑："您的意思我明白，我们新公司刚刚成立不久，老板会多加考量是很自然的。只是我冒昧多问一句，光合教育是已经基本定下了Resonance，还是我们还有机会再做争取？"

"定倒是没定，毕竟我们老板挺务实的，不会只因为公司的规模大小，就否定了你们的实力，何况几位在业界的知名度，老板是很清楚的。所以我们的意思是，你们两家再回去优化一下方案和报价，等到下个星期，我们两份方案一起比较后再做决定。"

"既然是这样，那谢谢您了。"

言祈十分有风度地和对方握了握手，继而领着大家出了门。

原本计划着要庆功的小青年们徒劳而归，一时间有些萎靡不振。

出门没多久，原本情绪最为高涨的陆余就满脸丧气地闹着要回S城。

言祈没理他，和谢雨晨简单商量过后，拉着大家开车到了G城海边租了个小民宿，啤酒烧烤海鲜一样没落点了一堆，看样子是抛下一切烦恼，铆足了劲儿要让一直连轴转的同伴们好好度个周末。

吃吃喝喝热闹了一阵之后，天色很快暗了下来。

陆余喝得有点醉了，拉着谢雨晨坐在民宿的院子里，嘀嘀咕咕不知道在说些什么。

倪悦眼看着言祈喝了几罐啤酒后，一步步地走向了海边，生怕他心情郁结出什么意外，于是默不作声地跟了过去。

两人沿着漫长的海滩一前一后不知走了多久，言祈忽然停住脚步扭过头，一脸兴味盎然地看着她。

"你怎么跟在我背后一直不说话啊？这是传说中的背后灵吗？"

"我怕你心情不好不想聊天嘛。而且你刚才又喝了那么多酒，我担心你一个想不开，栽海里了。"

"我在你眼里居然这么差劲？怎么说在Z大的时候，我也拿过自由泳冠军啊。"

言祈哈哈笑着，朝她招了招手，就地坐了下来："工作的事先别想了，今天放假，咱们好好休息。"

"好！"

倪悦坐在他身边，抱着膝盖远眺着大海。

墨蓝色的海面上浪花阵阵，随着潮汐的节奏不断起落着。

偶尔不知名的海鸟扑闪着翅膀盘旋而过，继而一声长啸冲向天空。

倪悦静静地坐了一会儿，忍不住扭头看向言祈。

身侧的青年似乎心有灵犀一般，同时把头拧了过来。

"看什么呢？"

"没什么……本来想要安慰安慰你，结果没想到你心理素质居然这么好，跟没事人一样，看着比陆师兄淡定多了。"

"谢谢夸奖。不过陆余这个参考标准太低，下次要比心理素质，至少要拿你谢师兄做标杆。"

"哦……"倪悦心里默默替陆余点了个蜡，继续问道，"你真不介意啊？"

"介意什么？"言祈微微笑着，"大家在同个行业里转，正面遇上是迟早的事，关于这一点，我早有心理准备。只是吴寅峰在经历了云响项目之后，能够迅速调整业务方向，开始重视细分市场，倒比他之前的动作要快很多。"

"那我们拿下这单生意的机会还有吗？"

"如果公平竞争的话，机会还是有的。"言祈显然已经权衡过其中的诸多利弊，态度看上去颇为自信，"Resonance的技术能力我了解，对这种垂直领域的业务调整可能还需要一段时间。而且公司那么一大摊子人，成本压在那里，报价上可供调整的空间不多。但我们不一样，之前的云响项目已经积累了一些经验，眼下除了人力成本之外，没有什么太多的负担。所以无论是产品方案，技术能力还是价格方面，我们都比较有优势。除非……有其他因素干扰。"

"其他因素是指什么？"

"谁知道呢？"言祈懒洋洋地向后仰了仰脖子，"可能吴总和光合教育高层的私交甚好，把他们介绍进去的营销副总在CEO面前更有话语权；可能Resonance近期找到了业界大牛，让他们的产品方案突飞猛进……总之各种可能都是有的。"

"那你不担心吗？"

"担心有什么用啊？"言祈笑盈盈地看着她，"商场如战场，本就各种埋伏防不胜防。我们这种初创公司现在能做的，是把能做的部分做好，尽人事，听天命。难不成你真指望师兄去卖身啊？"

"你这态度……还真是心大。"

倪悦被他满是调皮的模样逗笑了，准备再说点什么，言祈的手却慢慢覆上了她的手背，声音也低了下来："悦悦，遇到这样的事，你是不是挺失望的？如果你留在Resonance的话，大概不用为了这么个小项目担惊受怕吧……"

"事情还没定论呢，你也说了，我们未必会输啊。"倪悦反手握紧他，语调坚定，"退一万步说，就算输了也没关系，你们这么厉害，以后总有机会的。"

"啧啧，看你这浑身鸡血的样子……陆余说得没错，你真是师兄们的贴心小棉袄。"

"那……有奖励吗？"

"有啊！"

话音刚落，言祈把头凑了过来，紧贴着她脸颊，似乎是要接吻的姿势。

交织着的呼吸里，记忆中的画面汹涌而来。

倪悦不敢抬头看他，很快闭紧了眼睛。

等了好一阵，料想中的亲吻没来，悠悠的歌声却在耳边轻轻响起。

搞了半天，奖励是这个啊……

虽然对自己的自作多情有点羞愧，但很快地，倪悦被对方的歌声吸引，满心专注地听了起来。

这是当年的校园十大歌手赛过后，她再一次听到言祈唱歌。

好几年过去了，对方的声音比学生时代更醇厚了一些，飘落在徐徐的海风里，充满了温柔的味道。

即使不看脸，光凭这把声音，大概也能引得无数少女疯狂尖叫吧。

倪悦凝神听到最后，忽然想起老斑鸠不久之前那句臭屁满满的"我公子音"的自我介绍，忍不住低头闷笑。

"你这是什么反应？"言祈哼唱结束却迎来了这么个反馈，有点哭笑不得，"所以我刚才是说了段相声吗？"

"不是不是，师兄你唱得很好！是我忽然想到了另一件事。"

倪悦匆匆道完歉，忽然好奇心起："对了师兄，你有和没见过面的异性网友语音聊天的经历吗？"

"嗯？"言祈像是惊了一下，"怎么忽然这么问？"

"我有一个网友……就是之前和你提过的那个老斑鸠啦，他老说自己长得丑，但对自己的声音很自信，据说在YY做过直播，还蛮受欢迎的。师兄你唱歌这么好听，不知道有没有在没露面的情况下，靠声音杀伤过女孩子？"

"这个嘛……算是有吧。"言祈努力回忆了一下，"之前打游戏的时候和一个女性队友开麦聊过，大家挺投缘的，不过后来她说有朋友告诉她，声音有多好听，长相就有多抱歉。为了延续我们之间的友情，她决定还是不见面了。"

"我的天……"倪悦只觉得惋惜，"如果有一天她知道了真相，不是会觉得很遗憾？"

"遗憾什么呀？网友见面风险大，毕竟像我这么才貌双全又正直善良的帅哥是不多的，大部分是为了泡妹子，把自己特意美化过的危险分子。"言祈摆出一副十分严肃的姿态，若有所指地看着她，"所以你要学习一下这位谨慎的小姐姐，宁愿错过一个见帅哥的机会，也不头脑发热地去见那些不靠谱的网友，不然的话……"

话说到这里，他顿住了，眼睛里有星光在闪耀。

倪悦不明就里，继续追问着："不然的话，会怎么样？"

言祈一字一顿："不然的话，我可是会吃醋的哦……"

自从倪悦告白以来，言祈从未做过任何的正面回应，两个人之间的对话，也带上了某种微妙的克制和小心。

眼下这句带着暧昧色彩的回答一出口，倪悦先是一怔，然后很快浑身轻颤着，把满脸止不住的笑意埋头藏进了膝盖里。

"今天是相声专场吗？你这么开心啊？"

许久之后，言祈轻轻笑了笑，然后很是宠溺地伸手捏了捏她红扑扑的耳朵。

G城的这次民宿之旅，犹如一次充电，让大家有些低落的情绪迅速振作了起来。

回到S城后，三个小青年在原有方案的基础上进行了更深入细致的讨论，将一些原本计划在合同签署完毕后再进行的服务，提前放进了规划中。

考虑到距离光合教育最后的决策只有短短一周，为了节约时间，陆余不知道从哪里搬来了几张行军床，放在了公司里，困了就和衣躺着闭闭眼，一副要打驻地长久战的架势。

倪悦不忍心这个时候几个师兄还要因为照顾她的安全开车来回跑，态度坚决地制止了大家特意接送她上下班的行为。

眼下非常时期，言祈的确顾不上那么多，稍加考虑之后，花钱约了个相熟的司机，负担起了早晚接送倪悦的工作。

司机是个五十出头的大叔，做事十分靠谱，看样子和言祈打交道已经不是一次两次，每次接送倪悦的路上，都会忍不住夸赞两句"小姐你的男朋友对你真好"。

倪悦十分心疼这几个卖命搏斗的师兄，也顾不上被对方误会。除了把自己手里的活尽心尽力地完成之外，时常也会拉着大叔一起跑到超市，买一些泡面咖啡之类的东西，放在办公室里以备不时之需。

就这么过了大半个星期，办公室里因为长时间被外卖、泡面和咖啡之类的东西充斥着，弥漫起了一股让人不适的酸爽味。

几个小青年脸上无一幸免地挂上了黑眼圈，走起路来都跟怨灵似的，但一直紧绷着的表情，终于流露出了些许笑意来。

"行了，今天下班以后总算可以回家洗个澡换个衣服了，日夜连轴转地搞了这么几天，我都快臭了……"

陆余拉着自己的T恤下摆作势要闻，下一秒就是一副恶心得快要呕吐出来的样子，声音却是志得意满："咱们哥几个这次是下血本了，该给的不该给的东西全放上去了。光合那边看到这种方案要是还不签合同，老子非得上门去和他们拼命！"

"应该不至于。"谢雨晨从电脑背后探了个头出来，顺手推了推脸上那副如今看上去有些沉重的眼镜，"这段时间我一直和蒋总沟通，从他的反馈来看，Resonance那边方案调整不大，主要是在报价上做了一些让步。双方价格差距不大的情况下，我们无论是产品设计，还是后续的增值服务都很有优势，胜算应该是比较大的。"

"这样最好啦！不枉我们几个加班加点搞了这么久。"陆余狠狠地伸了个懒腰，"说起来大学毕业以后，我就没这么熬过夜了，搞个公司真是要人命哦！"

"之前不知道谁说的创业其实也没那么难啊？"言祈听他们聊了半晌，终于加入了进来，"而且上大学的时候，你熬夜是在打游戏吧，别装得自己多勤奋似的。"

"我呸！总比你大半夜不睡觉和妹子们聊电话要好！"陆余恶狠狠地报复完毕，眼看倪悦耳朵竖起、满脸专注的样子，赶紧挽救了一下，"小师妹你别紧张，之前也是妹子们主动打电话过来的时候比较多，你言师兄虽然到处惹风流债，节操还是有的。这点我和老谢可以做证！"

"我做什么证？"谢雨晨一脸茫然，"我和你们又不在一个宿舍。"

几秒钟后，在陆余拼命使眼色的暗示下，他终于反应了过来，赶紧补充了一句："不过言祈他……还是挺有节操的……"

言祈点头致谢。

倪悦彻底无语了。

好像从一开始，这两位师兄就认定了她和言祈在一起工作纯属动机不纯。

而自己，似乎也从一开始的懒于理会，变成了如今的无从解释。

反正她那点小心思，现在已经变成了一个公开的秘密，言祈给不出一个明确的态度，事情只能这么悬而未决地僵持着。

只是眼下尚在创业期，为了公司能够继续生存下去，所有人都在全以力赴无暇分神。那些儿女情长的事，自然只能当作工作之余的调剂辅料，一时半会儿难以较真。

所以对陆余的玩笑，倪悦虽然心塞，也只能当没听见，任由他们嘻嘻哈哈地闹腾，自己则对着电脑专心忙碌着。

几分钟后，"滴滴"声响起，乔小安的QQ跳了起来。

"悦悦，我问你个事。你新去的那家公司，是不是和你的老东家杠上了，现在为了个项目正在同时竞标？"

"你怎么会知道？"

虽说Blue Rays和Resonance的合作已经开始，但服务内容理应聚焦在品牌和公关板块，这种涉及具体业务的工作居然会传到乔小安的耳朵里，不由得让倪悦好奇。

"今天早上我们过去开会，开到一半不知道怎么聊起了这件事。好像Resonance的技术负责人对这次竞标不太有信心，找了一堆借口惹得吴总不太高兴。结果会议结束的时候，陈嘉杰单独进了吴总的办公室，嘀嘀咕咕不知道聊了些什么，回来以后就说有活要干，我估计和这事脱不了干系。"

项目竞标期间，公关能发挥的功效有限。按照倪悦的经验，无非是把Resonance之前获得过的奖项和做过的案例包装得漂亮点，在公司实力方面给予加分。

关于这方面，他们这个小创业公司能做的工作有限，倪悦只能一声哀叹："吴总既然对这个项目这么重视，那你们就好好干。这是Blue Rays和Resonance合作以来的第一个项目，陈嘉杰想来不会掉以轻心，估计你们不吹出朵花来不算完，你自求多福啰。"

乔小安依旧疑虑重重："不是啊，悦悦，如果是常规操作我也不会来找你。我是看着陈嘉杰在安排同事整理言祈的资料，所以觉得怪怪的……"

这个反馈的确不同寻常，但倪悦一时半会儿猜不到陈嘉杰这番操作究竟意欲何为。然而没有让她等待太长时间，临近下班时，乔小安将一篇文章推送到了她的微信上，十分神奇地没再吭声。

倪悦把文章点开，刚看了个开头，脑子里就"嗡"的一声响。

这篇文章以业界爆料的形式，公布了言祈从Resonance离开的消息，并将他离职的原因言辞凿凿地归结于"在与轻云易购的合作项目中处理失当，造成了两家公司的巨大损失，经Resonance高层决定，免去其运营VP的职务"。

除此之外，文章中还绘声绘色地杜撰了言祈在Resonance工作期间的诸多细节，包括为了争夺话语权与多位高管不睦，做事恣意妄为，缺乏职业操守，和女下属关系暧昧，甚至自大狂妄到对CEO的各项指示阳奉阴违等。

字里行间流露出的浓浓恶意，几乎抹杀掉了他作为企业高管和职业经理人在Resonance做出的所有贡献。

倪悦一目十行将文章浏览完，赶紧回头关注了一下推送这篇文章的公众号。

文章的推送方并不是什么名不见经传的八卦人士，而是一家名为"锋芒网"，在互联网和科技行业内极具影响力的媒体。眼下文章刚刚推送出来不到一个小时，阅读量已经达到十万多，评论区的留言看上去也是精彩纷呈。

"Resonance的那个云响系统名声搞得这么臭，我还以为会一直装死下去，现在终于有人出来背锅了。"

"一口气直接开了一个副总，Resonance挺有魄力的，给良心企业点赞。"

"这事闹得最厉害的时候没见Resonance有什么反应，怎么突然被翻出来了？难道是公司现在有什么大动作？"

"内部人士爆料一下，言祈早在一个月前就离职了，走得还挺仓促的，连招呼都没和同事打一个。公司内部也一直议论纷纷，没想到是因为云响的事被老大干掉了。"

"早就听说R场内部不太平，吴寅峰手底下的好几个副总蹦跶得都挺厉害的，如今看来，老吴是要杀鸡儆猴，把权力收一收。"

"我只想说，干得漂亮……"

事到如今，倪悦连打字的时间也不想耽搁了，赶紧翻出乔小安的电话，直接拨了过去："你给我看的那是啥？究竟谁写的文章？锋芒网怎么会招呼都不打一个，就无声无息地突然推了这么个东西？他们究竟有没有了解过真相？"

她几句话声音喊得一句比一句大，原本低头干活的小青年们不禁投来了探究的目光。

倪悦又气又急，顾不上和他们解释，继续催促着："小安你别不说话，知道什么赶紧告诉我呀！"

几秒钟后，乔小安的声音终于怯怯地传来了："悦悦你得做好心理准备，这篇文章是Blue Rays策划推送的。除了锋芒网之外，另外还有六七家科技类媒体我们也做了投放，晚一点可能还会在微博上买一波热搜……"

"为什么？"倪悦简直震惊了，"言祈哪里得罪你们了？你们这么黑他？"

话刚问完，她骤然醒悟："因为光合教育竞标的事？陈嘉杰就想了这么个下流主意来打击竞争对手？"

"悦悦你别冲我急啊！"电话那头的乔小安快哭出来了，"上面下了命令，我们也只能照办，就算我装死，Blue Rays还有那么多员工呢！我能帮你的就是偷偷先把这事告诉你，你看看能有什么补救的办法，早点拿主意啊！"

"好的，我知道了……谢谢你。"

眼下的情况，冲乔小安再多说什么也是于事无补了。

倪悦挂了电话，对着眼前几个等着她解释原委的小青年，咬了咬牙，把文章转发到了微信组群。

"我晕！这什么扯犊子的玩意儿！"几分钟后，众人先后浏览完毕，面面相觑之下，陆余忍不住先吼了起来，"现在媒体做新闻都是这种操作吗？事情没搞清楚就敢这么瞎扯淡，信不信我去爆料他？"

"人家自己就是一呼百应的大媒体，比爆料不比你有门路？"危机公关方面，谢雨晨显然更有经验一点，很快忽视了无效的抱怨，把目标转向了解决方案上，"悦悦，你刚才的电话我听到了，这些文章无非是想动摇光合教育对我们的信心。依照你的经验，现在该怎么处理比较好？距离竞标还有一天的时间，我们尽量争取看看。"

随着谢雨晨的发问，所有人把目光落在了倪悦的身上，满是信任地期待她能给出一个有效的解决方案。

可作为一个工作经验才两年，平日里连团队都没怎么带过的小员工，她哪里有那么神通广大，来填平一手一脚把自己教出来的老东家特意挖出来的坑呢？

"这种事，一般来说处理方式有几种。"倪悦的声音干巴巴的，自己都没有太多信心，"一是找到重量级的核心媒体沟通以后将问题澄清，请他们出相应的稿件帮忙做解释；二是在新闻没有大规模扩散之前，找到新闻源，把这些负面信息做撤稿处理……"

陆余闻言十分焦虑："沟通澄清就别想了，Resonance既然默许了Blue Rays做这样的操作，想来不会配合，光言祈自说自话做解释有屁用。"

谢雨晨反应极快："那删负面撤稿呢？这个具体怎么操作？"

"这个需要钱，还需要有足够资源的媒介进行专项沟通。"

倪悦没来得及反应，言祈先一步站了起来："公关操作上的这些潜规则，我大概了解一些。现在这事，费用的问题是一方面，而且文章已经满天飞了，我们的人手明显不够。"

"那……要不我们去找吴寅峰？云响项目究竟是怎么闹到那个地步，言祈究竟是被公司开的还是自己走的，他自己心里最清楚。这么颠倒是非任由公关公司信口雌黄到处黑你，他不觉得不好意思吗？"

陆余满心愤愤地跟着站了起来，拉着他就准备往外走。

"算了吧……"言祈被他拉扯了一阵，却站在原地没动，"我已经离职了，再跑回原公司为了这点事闹腾像什么样子。更何况……"

他的目光落向了桌子上那一堆大包小包的补品上，没再说话，但潜台词已然不言而喻——真去找了吴寅峰，这消息怕是得惊动吴继恩，让他们父子俩因为这事闹得不愉快，不是言祈希望看到的。

"那你就准备这么算了？"

"嗯……"言祈拍了拍陆余的肩膀，悉心宽慰着，"这种东西互联网上满天飞，光合教育未必会放在心上。而且我们靠实力说话，相信他们会认真考虑的。"

眼看着陆余满脸不甘，终于不情不愿地坐了下来，言祈走到倪悦身前，冲她笑了笑："你别有压力，资源和人手都短缺的情况下，这件事也不是你一个人处理得来的。你的表现已经很好了，以后继续保持。"

"可是……"

"没什么可是的。"言祈轻声打断了她，"下班时间到了，大家早点回家，明天还有最后一点收尾工作。等一切就绪了，我们精精神神地等结果。"

"好的，师兄。"

在他轻言细语的安抚下，倪悦低下头，默默地收拾起了眼前的东西，心里却十分不是滋味。

一直以来，她都觉得作为一个小员工，能够开开心心地和自己喜欢的人一起工作，做一些力所能及的事，就是最好的结果。

可是眼下，对自己没有办法力挽狂澜，在公司和言祈面临危机的时候，做出有效的补救措施，无力之余，她感到了深深的自责和难过。

【未完待续】

图书在版编目（CIP）数据

暗恋自救指南：全2册/拂衣著. — 南京：江苏
凤凰文艺出版社，2020.6（2022.4重印）
ISBN 978-7-5594-4738-8

Ⅰ.①暗… Ⅱ.①拂… Ⅲ.①长篇小说－中国－当代
Ⅳ.① I247.5

中国版本图书馆 CIP 数据核字 (2020) 第 054947 号

暗恋自救指南(全2册)

拂衣 著

选题策划	北京记忆坊文化
特约策划	朱　雀
特约编辑	朱　雀
营销编辑	杨　迎
责任编辑	刘洲原　白　涵
封面绘图	三　乖
封面设计	80 零·小贾
版式设计	天　缈
出版发行	江苏凤凰文艺出版社
	南京市中央路 165 号，邮编：210009
网　　址	http://www.jswenyi.com
印　　刷	环球东方（北京）印务有限公司
开　　本	880 毫米 × 1230 毫米 1/32
字　　数	387 千字
印　　张	15
版　　次	2020 年 6 月第 1 版　2022 年 4 月第 2 次印刷
书　　号	ISBN 978-7-5594-4738-8
定　　价	56.00 元（全二册）

MEMORY
HOUSE

MEMORY HOUSE

记忆坊文化

拂衣 著

暗恋自救

指南

MELODY
OF
SECRET
LOVE

SOS

（全二册）下

江苏凤凰文艺出版社
JIANGSU PHOENIX LITERATURE AND
ART PUBLISHING, LTD

目录
CONTENES

/ Chapter 11 /
峰回路转

  这篇文章究竟会在光合教育内部引发怎样的波澜，结果并没有让大家等太久。第二天下班之前，几个小青年在做着次日竞标提案时的文件检查工作，姓蒋的副总打来了电话，态度客气地表示经过多方面考虑，公司高层决定双方的接洽暂时终止，希望未来有机会能够合作。

  在谢雨晨的一再追问下，对方十分含蓄地透露，会做这样的决定，和公司CEO近期了解到的有关言祈的种种传闻有关。

  对这个结果，虽然大家事先有了一定的心理准备，但真正等到尘埃落定的一刻，每个人心里都是空落落的。

  加班加点做出来的方案最终没来得及递出去，变成了一堆废弃文件扔在了电脑里，这样的结果难免让人觉得沮丧。

然而让人失落的事远不止这些。

在经历了几天的低潮期后，众人好不容易打起了精神，准备重头再战，却发现事情的发展远比他们预料的要糟糕得多。

在那篇将言祈极尽诋毁的文章被锋芒网推送之后，紧接着又有好几家颇具影响力的业内媒体针对本事件进行了翻炒。虽说角度各有差异，但无一例外地对言祈的业务能力和职业操守进行了含沙射影的抨击。

几乎同时，国内最为热门的几大行业论坛内，也出现了有关Resonance高层变动的八卦帖，各路人马真真假假的爆料中，甚至有人匿名挂出了言祈是因为自己母亲和吴继恩关系非比寻常，才会一路高升、借势上位的信息。

一波接一波、丝毫不见消停的负面传闻影响巨大，不仅让光合教育在竞标的最后一步关上了大门，甚至好几家原本对他们颇有兴趣的潜在合作伙伴，也不约而同地表现出了消极的态度。

一场波及全行业的封杀行动就此上演。

虽不见硝烟，却杀伤力惊人。

倪悦原本以为这场舆论战的目的，只是为了光合教育这一个项目，眼下形式却逼得言祈在业界无法立足。气急败坏之下，她找到乔小安再次打探，才知其中居然还有陈嘉杰这个睚眦必报的小人在推波助澜。

"悦悦啊，关于这件事吧……其实Resonance在签完光合的合同以后就没再提了。但是陈嘉杰这个烂人在会议上一直给客户洗脑，反复强调必须趁热打铁、乘胜追击，才能彻底把你们踩在脚下。吴总听完没怎么表态，只是让Blue Rays把后续的公关工作做好。可那个烂人拿着鸡毛当令箭，抓着我们到处挖言祈的小道消息，捕风捉影地加工之后就往上推，正规的媒体不接就直接花钱找水军和营销号，我干这事干得真是挺烦的。"

倪悦简直要气死了："你说他这么干是图什么啊？言祈是挖了他的祖坟，还是抢了他的女朋友？"

"我听说言总之前还在Resonance的时候，陈嘉杰去找他谈过合作，结果不仅被无视，还被调戏了一顿。你也知道，他这人向来小肚鸡肠，因为这事就觉得言祈看不起他，私底下没少骂娘，一直记恨着呢……这不刚好逮到机会了吗？手里又握着Resonance给的预算，借机公报私仇呗！"

"这也行？他还有没有点职业道德？"倪悦再次震惊了。

然而即使知道真相，一切看上去也是于事无补。

Blue Rays作为专业的公关公司，拥有着足够强大的媒体资源，外加Resonance本身又是明星企业，与之有关的新闻，自然是各家记者争相追逐的目标。

虽然有遵守职业操守的媒体秉承以事实为基础的原则，不愿意过多涉及小道八卦，但有太多愿意收钱办事的营销账号和个人自媒体来搅这摊浑水。

言祈不愿惊动吴继恩，又拿不出太多的钱破财消灾，于是Blue Rays发起的这场舆论攻势，持续在围观群众中愈演愈烈地发酵着。

就这样过了大半个月，陈嘉杰终于心满意足地收了手，新公司这边却已元气大伤，各桩业务彻底处于停滞状态。

无事可干的情况下，陆余干脆重操旧业，搬着电脑坐在空调机下面打起了游戏，打到兴头上时，还呼唤言祈和谢雨晨一起加入队伍联机。

只是战绩再好，也无人表示欣喜。

除了那泄愤似的敲击键盘的声音外，只有陆余偶尔爆出的一句粗口在空荡荡的办公室里响起，听上去格外愤懑且无力。

到了周五下午，陆余戴着耳机打了两盘LOL后，忽然间爆发似的，把眼前的电脑一推站了起来："行了行了，这几天老在这儿耗着又没啥事，要不今天早点下班回家休息。咱们被吴寅峰这么一搞，怕是得废上好一阵。而且以后但凡撞上和他们竞争的业务，只怕他都得变着法地让我们吃瘪。所以周末大家回去好好想想，咱们以后要怎么办，要么想个和Resonance不冲突的新路子，要么各找各妈该干吗干吗去！"

"行，反正没什么事，大家先回家吧。"言祈原本就有些心不在焉，听他满是毛躁地这么一喊，跟着站了起来，"业务方面的事，是得好好想想了，具体什么打算，我们周一过来再碰。"

说到这里，他走到倪悦身边拍了拍她的肩膀："悦悦，一起走吧，我送你回家。"

回程的路上，言祈一直没怎么说话。

神色虽然平静，车子却差点闯了两次红灯。

临下车前，倪悦见他满腹心事的模样，轻轻拽了他一把："师兄，你今晚有安排吗？"

"没什么事，怎么了？"

"既然没安排，一起吃个饭吧。"倪悦有些紧张地解释着，"我看你这段时间状态不太好，饭吃得有一顿没一顿的。反正我今天也是自己吃，不然一起去超市买点菜，我来做顿饭？"

言祈笑了起来："这个建议不错。就是不知道你手艺怎么样，需要事先准备一点泻立停吗？"

"泻立停你个鬼啊！请准备健胃消食片好吗？"

说话之间，言祈已经把车停好，随即跟着她进了小区附近的一家超市。

社区超市规模不大，能买到的食材有限，不过胜在价格合理，菜品新鲜。

倪悦早出晚归，跟着他们拼了这么一段时间，每顿饭基本都靠外卖解决，好不容易有个大显身手的机会，当即开开心心地认真挑拣了起来。

言祈拎着购物篮跟在她身后，一副耐性十足的样子，偶尔会好奇地探问两句。

"话说这是什么啊？"

"毛豆啊！"

"可是毛豆不应该是一粒一粒的吗？"

"那是剥好了以后，没剥开的就长这样啦。"

"那这个呢？"

"这是鱼腥草，也叫折耳根。"

"这东西不是用来煲汤的吗？闻起来味道怪怪的……居然可以吃啊？"

"广东这边习惯用来煲汤没错，但在西南那边经常用来炒肉啊，凉拌啊什么的，可好吃啦，你要不要试试？"

"呃……还是算了吧。"

这个平时看上去英明神武、好像什么问题都可以轻松解决的青年，显然在家务事上并不给力，倪悦好不容易逮到机会，当即大力吐槽："师兄你真的太差劲了，之前在家一定是你妈把东西做好，送你手上才肯吃的类型，估计连厨房都没进过几次。"

"其实也不是……"言祈有点不好意思地摸了摸鼻子，"我妈不会做饭，之前我家都是我爸做饭。他的手艺很好，做出来的东西很好吃。只是后来他过世了，我妈就经常从外面打包东西回来……这么说起来，我好像真的很久没吃到家常菜了。"

"没关系啊，如果你愿意，以后我可以……"

倪悦刚兴致勃勃地说到一半，在对方似笑非笑的眼神里，赶紧闭了嘴。

洗手下厨做羹汤这种事，怎么说也是成为情侣之后才有的义务和权利。

在对方没有一个明确的态度之前，自己这么一厢情愿表热情的模样，好像实在太自作多情了。

这个话题被就此打住。倪悦赶紧收敛心神把菜买齐，进家之后一头钻进了小厨房。

她的小公寓厨房面积太小，言祈虽然试图帮忙，却实在挤不进去，最后只能靠在门口的地方，一边陪她说话，一边饶有兴致地看着她洗洗刷刷前后忙碌着。

几十分钟之后，一切就绪。

倪悦跑进客厅，把那张为了节约空间而堆在门后、万年不用的小餐桌撑开，再把准备好的饭菜一个个端了上来。

事实上，以她的厨艺水平和现有条件而言，弄不出什么特别让人惊艳的大菜，只是因为用心考量过，所以卖相还算鲜艳。小小的桌子上放着清炒虾仁、红烧带鱼、蒜蓉空心菜、土豆炖牛肉外加一份排骨莲藕汤，热气腾腾，看上去让人十分有胃口。

眼见言祈尝了几筷子之后迅速添了碗饭，吃得兴致勃勃的模样，倪悦像是得到了最高的赞誉，心情变得美滋滋的，赶紧又拿出了一瓶红酒，用以助兴。

"没想到你手艺这么好，真不愧是中华小当家。"

"那是当然！"倪悦骄傲挺胸，"再怎么说，我也是我妈一手操练出来的！"

"阿姨这么厉害啊！"

言祈低头喝了口酒，这才笑眯眯地抬眼："现在的女孩大多忙于工作，很少有精力学着操持家务什么的。阿姨这么有先见之明地调教了你的手艺，以后找男朋友的时候一定大大加分。"

"看看你这直男癌的想法，谁说学做菜是为了找男朋友！"倪悦瞪了瞪眼，"其实那时候是因为我爸生病住院了，我妈要忙着照顾他，又不放心我老吃泡面，所以才教了我几手。最开始嘛，我只会做番茄炒蛋什么的，但时间久了，慢慢学会了举一反三。而且啊，我和你说，后来学会做菜，我经常做给我爸妈吃，看他们吃得开心我也特别高兴。所以说，做饭这种事才不是为了找男朋友，只要重要的人吃得开心，就会觉得很幸福……"

"是吗？"

"是……吧！"

倪悦筷子一抖——好像话一多吧，又有什么地方不太对劲了。

言祈低着头，像是很用心地在拨弄着眼前的鱼刺，对她的尴尬没有过多关注的意思。

许久之后，他轻声笑了起来："悦悦，这顿饭我吃得很开心。"

"啊……好……那多吃点。"

倪悦端着碗不敢看他，嘴角却情不自禁地翘了起来。

一顿饭慢慢悠悠地吃了一个多小时，结束后，言祈主动表示要进行善后工作。

倪悦对他的家务能力十分怀疑，不想他东西没收拾好先摔几个碗，于是赶紧开了电脑放音乐，把他推到自己卧室休息，自己则手脚利落地收拾了起来。

十几分钟后，一切收拾完毕。

倪悦摘下围裙洗了手，走进卧室正准备和对方聊聊天，却发现言祈不知什么时候，已经合着眼睛歪在沙发扶手上，像是睡着了。

这段时间，他一直因为公司的事情烦恼着，很久没有好好地休息过。眼下在这间温暖的小屋里，伴着悠悠的音乐和醇厚的红酒香，能够情绪松弛地睡一会儿，十分难得。

倪悦调暗了灯光，慢慢走了过去，蹲下身子，静静地看着言祈熟睡中的脸。

昏暗的灯光下，他长长的睫毛随着呼吸的节奏轻轻颤抖着，在眼睑处留下了一排密密的阴影。

褪去了工作时专业干练的精英光环，和偶尔不着调时玩世不恭的模样，眼前青年熟睡中毫无防备的模样，看上去像个纯真的小孩。

仿佛被诱惑了一般，倪悦伸出手，顺着他五官的线条，在距离对方不到两厘米的位置轻轻勾勒着，像是要把这张脸深深地印刻在心中一样。

那种感觉虔诚、甜蜜，却又带着求而不得的酸楚。

自从那次亲吻以后，她和言祈之间的关系一直这么不进不退地相处着。

对方似乎把她那次失态当成了情绪激动下的一次冲动，自动忽略，当一切没有发生过。

他依旧很照顾她，无论是在工作里还是生活上，都秉承着一个师兄的立场，温柔体贴，从不逾越。

即使偶尔会开一两句让她心跳不已的玩笑，却也是态度坦荡，点到即止，并没有借机发挥，再加暗示的意思。

这样态度暧昧、若即若离的言祈，她在大学时代就从太多传闻中见识过。真要她狠下心骂一句渣男，却又舍不得。

说白了，这一切无非是她自己跌宕起伏的内心戏在作祟。

如果她摆正位置，只以一个师妹的位置自处，不存任何念想，那言祈的所有举动，绝对无愧于一个善解人意又体贴周全的好师兄。

可是爱情这种事，一旦萌发了，又怎么能轻易控制住？

何况对方是这么温柔又优秀的一个人。

如果这个时候偷偷吻他，他应该不会知道吧？

静静的注视中，倪悦只觉得自己的心跳越来越响。

慢慢地，她低下头，轻轻地在对方的鼻尖上吻了一下，然后又触电似的迅速分开。

然而还没来得及抬头，言祈的眼睛已经睁开了。

近在咫尺的对视中，谁也没有说话。

从对方幽深的瞳孔中，倪悦看到了惊惶下满是狼狈的自己。

实在是……太丢脸了。

这么近的距离，除了偷吻，大概没有什么其他像样的理由可以糊弄解释。

尴尬中，倪悦紧咬着嘴唇正准备起身，言祈的喉结微微一动，忽然抬手钩住了她的后脑勺，将她摁向了自己。

紧接着，一个轻柔却缠绵的吻很快迎了上来。

这是他们之间第二次接吻。

比起最开始那次，在绝望和渴求中催生的炙热和狂乱，这一次的吻因为对方呼吸里的微醺酒意，显得格外旖旎。

交织着的喘息声中，言祈逐渐撑起了身体，转而将她抱在怀中，压向了沙发的另一边。

嘴唇分开的短暂空隙里，倪悦本能地仰头轻轻咬了咬对方的喉结。

被咬住的部位太过脆弱，言祈显然惊了一下，轻声一哼之后很快又低头吻了回去。

倪悦紧抱着他，双手顺着对方背上的脊柱一寸寸地抚摸着，像是溺水后的缺氧者，神志恍惚地想要尽快抓住些什么。

紧贴着的T恤上，不知道什么时候渗出了薄薄一层汗，被对方紧压着的胸口却像是有火在燃烧。

言祈愿意吻她，即使是在不那么清醒的状态下，大概是对她感情的一点回应吧。

就算最后不能在一起，也比她单方面的求而不得好太多了。

越发急促的呼吸声里，一个接一个的吻从她的嘴唇转向了脖子。

倪悦紧紧地闭着眼睛，什么也不敢看，什么也不敢想，只是把所有注意力集中在悠悠飘荡着的音乐声中。

慢慢地，言祈将手臂撑在她的耳畔，腰微微弓着，身体却在轻轻发抖，像是不堪重荷下想要把腰沉下去，却又努力克制着。

音乐声越发缠绵，像是一种无声的催促。

片刻之后，耳边传来了一阵"沙沙"的动响，似乎是言祈抬手在沙发旁的柜子里急切地摸索着什么。

隔了十几秒，寻找的目标一直未出现，言祈摸索的动作越发毛躁起来。

几番拉拽之下，随着"啪"的一声响，正在温柔抒情的老式音箱脱离了电源线，重重地砸到了地上。

被音乐不断催化着的旖旎气氛僵滞了一下，房间彻底安静下来。

来自言祈的亲吻也就此停止。

倪悦小心翼翼地把眼睛睁开，略带困惑地看着他。

言祈低低地喘了一口气，声音微哑："你家里，没有……吗？"

"什么？"

问句刚出口，她已经涨红着脸反应过来了。

"我家里，没有那个……"倪悦磕磕巴巴的，却鼓起了全部的勇气，"但是……我可以吃药。"

言祈似乎有点想笑："吃什么药？谁教的你这些……乱吃药的话，你不害怕吗？"

倪悦摇了摇头。

然而抖得止都止不住的身体出卖了她。

怎么可能不害怕？

家里没有安全套，如果不做安全措施，谁也不知道以后会怎样。

靠事后吃药的话，会有副作用不说，大概也未必保险。

最重要的是，他们之间的关系至今依旧没有盖棺定论，言祈究竟是抱着怎样的心情在和她亲热，她根本不清楚。

在她哆哆嗦嗦的反应里，言祈终于笑了起来，满是怜惜地在她的额头上落下了一个吻。

紧接着，他起身去了洗手间。

隐约的水声很快响了起来。

言祈似乎花了点时间把自己整理了一下，顺便洗了把脸。

重新回到客厅时，他脸上还挂着水珠，只是那种带着微醺和情欲的状态已经全然消退，恢复了平日里清爽又礼貌的姿态。

"抱歉，晚上酒喝得有点多，所以头有点晕，你要不要和我下去散散步？"

"哦……好的。"

倪悦已经整理好了衣服，有些无措地坐在沙发上，听到他提议，赶紧跟着站了起来，跟在了他身后。

那天夜里，他们在小区下面的小花园里走了很久。

言祈始终牵着她的手，虽然会主动聊起一些轻松的话题，但从他微微蹙起的眉头和偶尔放空的情绪看，显然藏着重重心事。

只是倪悦并不知道他的烦恼是为了公司，还是刚才的一时冲动。

分别的时候，倪悦主动抱了抱他，低声安慰着："师兄，你回家以后好好休息，一切都会好起来的。"

言祈低头看了她许久，也伸手回抱了她："我知道了。悦悦，谢谢你。"

他说的是"谢谢你"，而不是"我爱你"。

虽然是在这么温情脉脉的时刻，却难免让人有些怅然若失。

周一上班前，倪悦刚起床没多久，意外地接到了谢雨晨的电话。

"我的车停在你小区门口了，黑色路虎，车牌号粤B×××××。你收拾好了慢慢下来，我接你去公司。"

"啊……谢谢师兄。我马上下来！"

倪悦哪敢"慢慢收拾"让他等，接完电话面霜都没顾得上擦，挖了个防晒往脸上一涂，赶紧奔下了楼。

"今天怎么是谢师兄你来接我啊？"

"言祈临时有点事，来你这儿不顺路，特意拜托我跑一趟。"

"哦……"

倪悦原本忧心着是不是周五晚上的那场意外，让言祈心生尴尬，才刻意避免和她见面，听对方这么一解释，总算放下了满心忐忑。

很快地，她从包里掏了个黄油面包出来："师兄你没吃早餐吧，要不要先垫一下？我昨天晚上买的，味道还不错。公司那边买早餐不方便，如果你们觉得还行的话，以后我早点起来买了带去公司？"

谢雨晨道了声谢，接在手里咬了几口，忽然笑了起来："前几天陆余和我开玩笑，说公司现在这个样子，不知道能撑到什么时候。照现在看来，你的干劲和信心好像还挺足的。"

这句话不知道是表扬还是调侃，又或者是某种微妙的暗示。

倪悦把握不准风向的情况下，只能干笑了一声。

车子刚上路没多久，谢雨晨的电话响了起来。

因为专注路况，他直接开了车载接听，似乎完全没有避讳倪悦的意思。

电话那头是个中年男性，声音听上去十分热情："谢总，我是Charles，不好意思一大早打扰您。我想冒昧问一下，之前和您说的那个工作机会，您要不要再考虑考虑？"

倪悦的心"咚"一跳，赶紧转过脸假装看风景。

车厢就那么大，再是装作不在意，耳边的对话却是明明白白的。

谢雨晨的声音听上去很平静："Charles你好，谢谢你的推荐，不过我现在没有换工作的打算。"

这个叫Charles的猎头显然不是第一次被他拒绝，哈哈笑了几声之后继续做着尝试："谢总，您的想法我清楚，只是您公司那边的情况我大概了解了一下。创业需要讲究天时地利人和，更讲究机会。现在我给您推荐的这家公司，老板没有资金方面的问题，也非常有诚意，就希望您这种大牛能够加入，一起做一款不一样的产品。了解到您的情况后，对方是以招募合伙人的态度让我们和您谈的，股份什么的，都不是问题……"

唠唠叨叨的介绍一说就是十几分钟，谢雨晨全程安静地听着，没打断对方的意思。时至最后，对方再次恳切表示："谢总，我虽然是猎头，但和您也是朋友，如果不是机会真的够好，是不会一再骚扰您的，所以希望您能再认真考虑一下……"

"好啊。"谢雨晨十分客气地应了一声，"我现在正开车，关于这个问题，有空再聊吧。"

电话挂断后，谢雨晨随手开了一档广播，专心致志地继续开车。

倪悦一路闭着嘴，眼睛直愣愣地盯着眼前的仪表盘发呆。

对方开的这台车，之前她在逛车展的时候见过。欧版全进口，最低配置都得八十万起跳，好像比言祈的那台车更贵一点。

而这副身家，显然是对方进入Resonance之前就挣下的。

这么厉害的一个人，无论什么时候，都有大把的机会等在眼前任其挑选。

如果让他留下的理由只是昔日的校友情，在创业公司这么严峻而惨淡的形势下，他又能和言祈站在一起多久呢？

"谢师兄。"车子快到公司前，她没忍住，"我听陆师兄说，你加入Resonance之前不在S城？"

"嗯？"谢雨晨看了她一眼，"是啊，之前我在B城工作。"

"那怎么会忽然过来呢？"

Resonance开出来的那点薪水显然不是理由。

"因为言祈。"

"嗯？"

看不出言祈还是男女通杀的款式。

谢雨晨动作稳健地把车挺好，却没急着开门："我比言祈和陆余大两届，其实是他俩的师兄，这事你知道的吧？"

"陆师兄告诉过我。"

即使陆余不说，从对方身上那股沉稳劲也能看出来。

"他们还在念本科的时候，我已经念研究生了，因为成绩不错，所以当时挺傲气的。"谢雨晨推了推眼镜，慢声回忆着，"我研一那年，国外有个网站搞了计算机方向的比赛，综合考验了算法、数据挖掘和商业化运用，当时国内有很多高校学生自由组队参与，最后Z大有两支队伍杀进了决赛。"

"师兄们真厉害！"

对这件事，倪悦是有印象的——当年姚娜娜为了强调她心目中的男神德智体美劳全面发展，特地把加诸言祈身上的光环一一向她推销了一遍。

只是她对非本专业的各类赛事没什么概念，除了瞻仰了一下言祈刊登在新闻里的那张帅照之外，没怎么留意其他信息。

谢雨晨继续补充："那是Z大历史上第一次有队伍杀进决赛，全校上下都很关注。对我而言，如果能在决赛期间拿到成绩，未来无论是继续深造还是工作留学，都是一个不错的加分项。"他顿了顿，"但是人都有个通病，喜欢就近做比较，像你们女孩子如果比美，首先关注的是身边的朋友，而不是女明星……"

"那不是够不着嘛？"

倪悦嗤声一笑，心想哪儿跟哪儿啊，你这个技术宅还知道女明星呢。

"一个不太恰当的比喻，别介意。"谢雨晨跟着笑了起来，"总而言之，当时在知道Z大除了我的团队还有其他队伍入选之后，我把很多精力放在了对他们的关注上，好像只有先赢了他们，自己才有机会似的。现在想起来，其实是格局和眼界太窄了。"

"另外一支队伍，是言师兄和陆师兄他们吗？"

"没错，他们当时才大三，还在念本科，却表现出了非常强劲的实力，最重要的是，比起很多强调技术本身的方案，他们作品的商业化程度非常高，即使放到现在，也是非常成熟的。"

"对同个学校的师弟能做出这么厉害的东西，我佩服且惊异。可是因为对他们太过关注，反而在优化自己项目的同时丢掉了许多原本的优势，从而陷入了迷局。就在我觉得东西越做越糟，已经快要失去信心的时候，言祈却忽然找到了我，说两支队伍要不要合作一下，一起冲击比赛的冠军。"

"所以谢师兄你被说服了吗？"

"没法不被说服啊，言祈那么能说会道……"谢雨晨耸了耸肩，"他对两支队伍的优势有很明确的认识，也仔细研究过我们之前的作品。我强于数据挖掘和算法，他强于技术和商业化，如果深度合作，的确是能做出更符合比赛标准的东西。只是两支队伍一旦合作，会有人因此失去领队和主程的身份。不过他好像一心只想做出点东西来，拿下冠军，对最后的报道里谁是最瞩目的那一个，并不怎么放在心上。所以赢下比赛以后，我作为所谓的领队，获得的利益，是整个团队里最多的。"

"原来如此。"

倪悦想起了还在Resonance的时候，言祈是很少以个人名义参加业内活动的，即使是一手一脚带出来的项目，他的名字也几乎不会出现在新闻稿里。

"从那次比赛以后，我们很快熟了起来，后续又有了不少合作。从这些合作里，我很快意识到，言祈这人吧，技术能力强是一方面，最重要的是，他有很好的商业嗅觉和资源整合能力。比起一个优秀的程序员，他更像一个厉害的产品经理。而且他很仗义，没什么私心，既不争名夺利，也不好大喜功，下定决心去做一件事后，挺拼命的，所以和他合作，本身就是件很愉快的事。"

话说到这里，谢雨晨终于推门下车，顺带朝她点了点头："所以故事说了这么多，小师妹你是不是也该放心了？"

"放心……什么？"

倪悦心想，这些师兄怎么一个赛一个的精啊。

"刚才那通电话啊。"谢雨晨很是善解人意地笑了笑，"关于这个新公司，只要言祈不说散伙，我想我和你，还有陆余都一样，是不会主动说离开的。"

快到中午十一点的时候，消失了大半天的言祈终于优哉游哉地在办公室露面了。

陆余一见到他，赶紧小跑上前，把他手里拎的东西一抢，顺带抱怨着："你这家伙一早上死哪儿去了？不是说好早上开会的吗？你再不来，老子都要以为你溜号了……喂，你买这么多音箱干什么？"

袋子里装着大大小小十几款音箱，几乎涵盖了市面上最火爆的款式。

连倪悦家里被摔坏的那只都有。

"开会总要做点准备啊，不然怎样……天马行空地干聊？"

言祈笑眯眯的，一副胸有成竹的模样。

经过倪悦身边时，他把腰弯下，凑在了她的耳边："之前把你家那台弄坏了，开完会你从里面选几个自己喜欢的，当作赔偿。"

"几个？"

倪悦被眼前一堆音箱晃得眼花缭乱："哪用得着那么多？"

言祈眉毛挑了挑："有备无患嘛……如果下次又弄坏了呢？"

"下次？"

倪悦心里"咚"地一跳。

这意思是还有下次啊？

言祈似笑非笑地抿了抿嘴角，站直了身体："来吧，开会。"

反正办公室就这么点大，也没什么正儿八经的会议室，几个人把椅子搬在一次凑了凑，就当开会了。

言祈开了电脑调出一份PPT，内容不长，十几页的样子。

风格看上去言简意赅，除了稍微调了一下字号大小，连基本的配色工作都没做，通篇白底黑字扔在那里，重点却很清晰。

智能音箱，是他给新公司定下的下一个业务目标。

言祈的想法很直接，随着技术的发展，智能语音类的产品如今在市场上已经不再是新鲜玩意儿，如果要避免被像Resonance这样有资源、有实力，也有一定行业话语权的公司正面狙击，只有快速占领细分市场。

在他看来，声控类的助理、工具、社交类项目，Resonance之前或多或少有所涉及，内容方面，则是它们相对空白的领域。而声音内容目前在市场上已经比较成熟，各大音频网站、电台等都能提供丰富的资源。智能音箱则是可以在现有的硬件基础上，通过智能语音技术，对其交互模式进行改善。

虽然基于Amazon对Echo的成功推出，国内市场上所谓的智能音箱产品一时间跟风般推出不少，但大多不温不火，并没有出现什么让人眼前一亮的领头羊。

而困扰着这些产品的基于人工智能、语音识别、语义判断技术上的各种障碍，正好是他们这个团队擅长的。

陆余趴在桌子上拿着一台音箱玩了一会儿，很快表态："这个想法听起来蛮好玩的。前段时间我看报道，涉及智能家居控制的大生态圈产品长青科技在美国已经做起来了。虽说我们目前没那些资源优势，做个以家庭娱乐内容为主体的小生态圈产品还是靠谱的。不过最有价值的技术部分我们是可以做，但上下游需要搭接的资源还是比较多。"

他说到这里，忽然抬起头来："老谢，我记得你在B城的时候，和好几家做音箱的企业打过交道吧？硬件方面的事，要不你先去探探底？"

"嗯。"谢雨晨显然快速思考过了，"刚才我看了下言祈带回来的这些音箱，好几家生产商我都能联系上，硬件方面的问题应该不大，具体看我们的要求。"

"那内容方面呢？"陆余继续琢磨，"这方面我和老谢可不熟，言祈你不是混文艺圈的吗，能搞定多少？"

"试试看吧……"言祈开了份文档，对着一串已经列出来的名单说，"这方面的大佬我不算熟，只能四处刷脸看看能不能攀上关系了。"

会议结束后，大家各自回到位置，一边涂涂写写地消化内容，一边开始整理资源。

倪悦犹豫了一会儿，走到了言祈身边说："师兄……"

"嗯？"言祈抬头，"音箱选好了？喜欢哪一款？"

"那个再说啦。"倪悦眼睛瞪了瞪，"我刚才看到你拉出来的名单上有Apollo，刚好它们总部就在S城，我和里面的一些高管见过面，你看要不要我介绍你们认识认识？"

"哎？"言祈笑了起来，"咱们公司现成就有个几十万粉丝的大V网红，我居然忘了！"

他顿了顿，眨着眼睛摆出一副小狗求怜爱的无辜姿态："大佬，求带！"

"大佬你个鬼啊！"倪悦被他这副刻意卖萌的姿态撩得心慌意乱，赶紧把眼睛瞥开，"不过我只是之前参加他们的线下活动，和CEO换了个微信而已，平时就是点赞之交。后续的合作可能需要你老人家亲自出马。"

"Apollo的CEO男的女的啊？"

陆余听到对话，远远喊了一嗓子。

"女的。"言祈立马接口，"之前在杂志里见过，长得还挺好看。"

"哦……那还不好办？搞定各种年龄阶层的女性同胞是你的长项。师妹你负责拉个线就好，剩下的事放心交给他去办。"

"那倒也是。"

倪悦白眼一翻，把手机掏了出来。

"别不高兴啊……"她还在微信联系人里翻翻找找，言祈的头不知什么时候凑了过来，声音放得很轻，"别听陆余在那儿胡说，师兄我卖艺不卖身。"

"你卖身也得人家肯要啊！Apollo的CEO可是个大美女，什么小白脸没见过？"倪悦有了资源贡献，说话底气都足了几分，锁定目标后一个转发，"喏……名片推送给你了。"

"一切换到网红身份，脾气还挺大的啊。"

言祈嗤声一笑，低头看了看。

推送过来的微信号上，的确是张职业感十足的美女头像。

名字和头像看上去也很般配——苏以菡。

苏以菡今年三十一岁，外形却比实际年龄年轻了好多。外加身材凹凸有致，又打扮时尚，既有成熟男性欣赏的机敏干练，又有青年男性热爱的妩媚娇柔，随便往哪儿一坐，都散发着一副老少通杀的迷人气场。

"之前悦悦和我说要介绍公司的负责人给我认识，我还想着见面的时候气氛会不会比较严肃，没想到言总你居然这么年轻，真是出乎意料呢。"

"彼此彼此，要不是事先在新闻里见过，我也不敢确认Apollo的CEO是一位这么年轻漂亮的小姐。"

双方约见的地方是Apollo办公大楼附近的一家咖啡厅，虽说言祈加了苏以菡的微信，但穿针引线做引荐的工作，最终是由倪悦来完成。此刻她坐在两人身旁听他们一通寒暄，只觉得空气里都是噼里啪啦的火花在闪，不由得把身子向后缩了缩，避免自己被四下乱窜的电流误伤。

不知道苏以菡是说惯了场面话，还是的确对言祈另眼相看，相互交换了名片后，夸赞的话仍然一句接一句："我这个CEO大家懂的啦，有我爸戳在那儿，开山辟路都有现成的人带，倒是言总这种亲力亲为一手一脚打天下的创业者，才真是让人敬佩。"

虽说Apollo自创立以来，能速度飞快地在市场上站稳脚跟，的确和苏以菡那个在商业战场上成名已久的父亲带来的各种人脉资源脱不了干系。但此后数年，公司能够在市场环境不断变化的情况下做大做强，成为业界领头羊，却依托于CEO本身的手腕和眼光。

倪悦之前在线下活动和这位女强人见面时，就见识过了对方极具魅力的精英风采和左右逢源的亲和力，此刻面对面一坐，更是深切体会到了自己这个柴火妞和职场女神之间宛若马里亚纳海沟般的差距。

作为一个身家优渥的白富美已经够让人羡慕了，结果还这么能干，性格也亲切随和，难怪之前的活动上，在场的男士们在她优雅登场后，眼神都一个劲儿地朝她身上瞄，自动忽略了身边的诸多美女网红。

这种魅力四射的女神遇到了招蜂引蝶乱放电的言祈，简直就是棋逢对手。

不知道向来战无不胜的小言总能不能在对方的强大魅力下保持清醒，顺顺利利地把业务拿下。

倪悦歪着脑袋神游了一阵，目光再次聚焦时，苏以菡已经认真看起了言祈事先准备好的企划书。

"言总也是做智能语音的啊……真巧，我有个关系不错的朋友也在做这块业务，公司在业界似乎还挺有影响力的，不知道言总认不认识。"

言祈的眼睛微微一眯："苏总是说Resonance的吴总吗？"

"你认识寅峰？"苏以菡的眼睛亮了起来，"这世界可真小。"

听她把称呼叫得这么亲切，显然和吴寅峰之间关系不一般。

再回想起言祈曾经向她透露过的暧昧八卦，倪悦不由得悲从中来。

这世界不仅很小，而且小得很狗血。

言祈倒很平静："既然苏总和吴总是旧友，那有些事可能要提前和您报备一下。我之前在Resonance工作，和吴总做了几年的同事，只是后面自己开始创业，和吴总的联系就少了很多。这次找您洽谈这个合作，其实不希望在业务上和Reonance有过多冲突。如果这件事让你觉得为难的话……"

"为难？为什么要为难啊？"苏以菡明白了他的潜台词，朗声笑着，"且不说在商言商，我们之间的合作和寅峰那边扯不上关系，就算他有合作意向，我们也会综合考虑做比较。更何况……"

她的目光看向言祈，眼睛里微光流转，带着一点动人的妩媚："我和言总，不也是朋友了吗？"

"那倒是。"言祈笑眯眯的，声音跟着压低了一点，倪悦甚至从中听出了一点不那么正经的味道，"不知道我这位新朋友，这几天有没有荣幸请苏小姐吃个便饭？"

称呼不知不觉从"苏总"变成了"苏小姐"，自然而然地带上了几分亲密。

苏以菡绺了绺鬓边的碎发，态度非常爽快："好啊。明天下班我有空，言总时间OK的话，我们到时候再聊。"

"那说好了，明天下班以后我来接你。"

看着两人之间堪比坐火箭一样的亲熟程度，倪悦一脸目瞪口呆。

高手之间过招，果然讲究的是效率。

这PPT还没看完呢，私下的饭局约会就这么飞速地敲定了。

第二天上班，来接倪悦的还是谢雨晨。

按照他的解释，言祈和苏以菡初步沟通了一轮，到家后立马第一时间修改了合作方案。

因为工作到凌晨四点，所以临时赖了个床。

午休时间刚过，言祈来公司了。

"我的天，你这是准备去选秀啊！"

陆余刚好准备下楼买咖啡，和他迎头打了个照面，止不住一阵怪叫。

倪悦顺着声音的方向一抬头，瞬间中了个定身法。

向来T恤牛仔裤、不怎么喜欢折腾自己的青年，居然很是考究地穿了一件浅灰色的修身西装，配了同色的西装裤。

连头发也用发蜡特别打理过。

"师兄，你不嫌热啊……"

眼前的美颜暴击实在杀伤力太大，倪悦口干舌燥，只能没话找话。

"昨天我到家没多久，苏总就把今晚吃饭的地方选好了。那地方进去，汤没喝就得先放两碗血，我不捯饬一下怕被服务生挡外面。"

言祈看上去的确是有点热，外套一脱，顺便把衬衫领口扯了扯，赶紧站在空调机下吹风。

漂亮的锁骨随着他有些急促的呼吸微微起伏着，真是性感得一塌糊涂。

"行啊！这么快就约饭了……看来是有戏。"

陆余咖啡不急着买了，绕着他身边转了两圈，接着从他手里捞了个东西出来："这是啥？"

打开一看，陆余闪瞎了眼："Tiffany？怪不得这么晚才来公司呢，你大早上跑去买这个了？"

"Cartier和Bvlgari太贵了，超出预算。"

"哟……懂得真不少，怎么着，约会还有预算呢？"

"什么约会，客情维护好不好？"言祈像是终于从浑身发热的状态下缓过来了，斜眼看着他，"要不你去，预算可以给你涨一点。"

"算了吧。"陆余一副很有自知之明的样子，"我们合理分工，'三陪'这种事还是专业的上。"

言祈把礼物拿了回来，朝桌子上一扔，紧接着走到了倪悦桌前："悦悦，下班了一起过去？"

"我算了吧。"倪悦指了指自己田园小清新风格的T恤，"我没衣服换，怕被赶出来。而且你们高层之间谈合作，我戳那儿有些话不好说。"

言祈想了想："既然这样，那今天下班以后，还是请雨晨送你回去？"

"好的，谢谢师兄。"

倪悦迅速挤了个笑。

晚上的约谈倪悦虽然没有去，但从苏以菡的微信朋友圈里，看完了几乎整场直播。

这两人先是在吉瑞酒店最顶层的西餐厅里慢条斯理地吃了个饭，然后移步空中酒廊，开了一瓶香槟继续对着星星月亮聊人生。

聊天中途，不知道是言祈兴致大发，还是苏以菡临时起哄，他甚至在现场乐队的伴奏下，走到酒廊前的舞台上即兴唱了一首"打雷姐"的*Carmen*。

要不是看了那模糊不清、只勉强看得出一个人影的小视频，倪悦简直不知道言祈连英文歌也唱得这么好。

声音低沉，醇厚又饱含深情，吐字带着一股漫不经心的散漫与风流。

难怪苏以菡那种叱咤风云的商界女大佬，也跟没见过世面的小女孩一样，接连刷屏了好几条。

直播最终结束的时候，差不多到了午夜一点。

苏以菡以一个烛光之下的Tiffany盒子特写，外加一句"Today is a nice day! Good night."做了本次约会的总结陈词。

一切看上去很圆满。

不过以苏以菡戒指是VanCleef&Arpels，手镯是Cartier的格调来看，专门晒一个装着基本款胸针的Tiffany盒子，总感觉有点不符合她见惯了大场面的白富美作风。

第二天倪悦醒来，第一件事就是把苏以菡的朋友圈再次打开瞄了瞄。

让人意外的是，对方最后那条朋友圈状态下，多出了一条她也可见的熟人留言。

吴寅峰：你今天晚上和谁在一起？

看这生硬得带着质问的口气，怎么都感觉不太妙。

苏以菡不愧是钢铁意志般的女强人，昨天凌晨一点才说晚安，今天一大早刚刚七点半，回复已经躺那儿了。

而且短短半个小时里，双方的回复来往了好几条。

苏以菡：你猜？

吴寅峰：你和言祈认识？

苏以菡：不只认识，他还在我的微信好友里，需要给你们拉个群吗？

吴寅峰：……

吴寅峰：今天下班以后我去接你，一起吃个饭。

苏以菡：需要叫上言总吗？

来自吴寅峰的回复消失了。

倪悦只觉得心惊肉跳。

加了吴寅峰微信这么久，她从未见对方发过朋友圈，也没在公司同事的朋友圈信息里有过任何的回复互动。

她甚至一度以为这位性格严肃、公事繁忙的大老板是没心思关注这些无聊的日常琐事的。

结果这次忽然一冒泡，就是修罗场的节奏。

事到如今，她只能祈祷言祈别惦记着吴寅峰用负面新闻搞他的仇怨，跑去这对气场诡异的熟人面前挑衅，发个"苏小姐早安"之类的留言。

正在忐忑之际，对方的电话先一步打了过来。

"起床了没？"

"当然啊！"

"那一会儿早点下楼，一起吃个早餐。"

"你昨天浪到那么晚，居然能起这么早？"

"吃个饭聊个天而已，又没干体力活，有什么不能早起的。"

"呃……"

"体力活"三个字让倪悦污了一下，情不自禁想起了那个夜晚对方抱着她，身体发热、额头渗汗的样子。

"想什么呢？赶紧准备。"

电话里一声轻笑，仿佛同步接收到了她的内心戏。

"没什么……一会儿见。"

倪悦赶紧收敛心神，跳下床反穿着拖鞋冲进了洗手间。

一切收拾完毕小跑下楼时，言祈已经等在了那儿。

几分钟后，两人找了个干净的早餐铺子，要了豆浆油条和小笼包，津津有味地吃了起来。

倪悦吃了一阵，看他胃口不错："你昨天晚上没吃饱？"

言祈头也不抬："那种场合是给人斗智斗勇用的，脑子都转不过来，谁顾得上吃？"

"可有句话怎么说来着……秀色可餐不是？苏总那么个大美女和你吃饭，你还有什么不满意的。"

"我这人口味轻，喜欢清粥小菜，所以和你吃饭比较舒服。"

什么啊？

倪悦不说话了，埋头赶紧喝了两口豆浆，不知道应该把这句话当蜜饯还是当毒药。

早餐结束后，言祈心满意足地吁了口气，磨磨蹭蹭地坐在那儿，一直没有准备走的意思。

倪悦想着他昨天晚上大放血不容易，表现得十分懂事："师兄，这顿饭我请。"

话音刚落，言祈一脸消化不良的表情。

几分钟后，一个孔雀蓝的盒子慢慢推到了她的眼前。

倪悦把盒子打开，里面是一条浅金色的心冠镶钻钥匙项链。

"要我帮忙转给苏总？"

"给你的。"

"啊？"倪悦受宠若惊之下，手猛地一抖，"多少钱？能报销吗？"

"你……"言祈哭笑不得，"没多少钱，报什么销……而且就算能报销，也是从你几个师兄的创业基金里掏钱。你这是怂恿我以公谋私，从你另外两个师兄身上薅羊毛呢？"

"那你平白无故送我这个干吗？"

倪悦把盒子推了推，无功不受禄这个道理她还是懂的。

面对她的不解风情，言祈已经没脾气了。

"首先呢，谢谢你介绍Aopllo的CEO给我认识，省去了中间托人办事的各个环节……"

原来是"皮条费"啊。

倪悦轻声一哼："可'拉皮条'不用这么贵，今天你请我吃个早餐足够啦。"

"另外算是提前预付买个版权吧。"

言祈站起身来，慢慢走到她身后，姿势温柔地帮她把项链戴上了。

"版权？什么版权？"

对方的手指很干燥，随着扣项链的动作，不时轻轻地触碰着她的后颈，微痒的触感让她情不自禁地缩了缩脖子。

"公司开始做智能音箱相关的业务，算正式进入智能硬件产业了，所以打算重新换个名字。想来想去，我觉得'悦享之音'这个名字不错，准备跟你要个授权……"

言祈把腰弯了下来，嘴唇凑在她的耳边："你没意见吧？"

何止没意见？

对她而言，他们珍视的东西，最终居然以这样一种形式交融在一起，哪里有比这个决定更浪漫的事？

只是早餐店里人有点多，她不能表现得太不矜持，最后只能把头埋在手臂里，趴在桌上一下下地抖着肩膀。

"我说……你是在笑还是在哭啊？"

几秒钟之后，言祈像是有些无奈地揉了揉她的头。

/ Chapter 12 /

悦享之音

因为这个特别的授权，倪悦接连兴奋了好几天。

浑身热血沸腾又无人可倾诉的情况下，只能把老斑鸠抓出来一通嘚瑟。

对她溢于言表的兴奋，老斑鸠"嗯嗯啊啊"表现得甚是敷衍，最后十分敏锐地，把重点放在了她最新上传QQ空间的自拍照里，颈间多出来的那条项链上。

一番严刑逼供之后，倪悦别别扭扭地交代了缘由。

老斑鸠表达出了老母亲嫁女般的欣慰："这才多久不见啊，定情信物都送了，可喜可贺！怎么着，心里美出花来了吧？"

"别乱说，什么定情信物？"

"啧啧啧，看你得了便宜还卖乖的小样！"

老斑鸠不和她废话，几秒钟后，迅速把一个网页截图扔了过来："来来来，自己好好品品。"

倪悦凝神一看，老斑鸠扔来的，是她脖子上这条项链的产品介绍页。

然后她立马被上面标注的价格吓白了脸。

"不是吧？这么细一条链子要三万多？"

"看重点！"老斑鸠恨铁不成钢。

"除了价格哪儿还有什么重点？"

"设计说明……"

"哦……"

倪悦终于把目光从价格那里向下挪了挪，心里开始默念——

"项链在古时有拴住妻子不让她走掉的意思，同时也是男士表达力量和勇气的一种象征。当项链成了美丽的装饰之后，变成了距离心脏最近的首饰。为了更真诚地表达爱意，对这款项链，我们的设计师还特别设计了一柄可以打开你心房的钥匙……"

几分钟后，久未等到回应的老斑鸠忍不住了："我说你看完没啊？还活着吗？需要叫救护车吗？"

"活着活着……"

倪悦忙不迭地说，却没被喜悦冲昏头脑："设计说明不都怎么煽情怎么写吗？毕竟情侣是主要的目标受众嘛。估计师兄也没多想，就是给苏总买礼物的时候随手带了一份。"

"喊……"老斑鸠悻悻地道，"小仙女啊，我以前没觉得你这么傻啊，怎么什么含蓄浪漫的事情到了你这里，都变得特别正直。"

"你才傻……懒得和你说了！"

倪悦扔了个表情包过去，结束对这个话题的讨论。

事实上，在看完这段设计说明后，她不是没有悸动和欣喜。

内心深处，也期盼着一切犹如老斑鸠说的那样，言祈是在用这样的方式对她的感情进行回应。

但另一方面，这种暧昧不明，需要人挖空心思去揣度的举动让她十分困扰。

比起价格不菲的礼物，她更期待的，其实是言祈能够直白坦荡地表明自己的心意——无论是接受还是拒绝。

但是很显然，像对方大学时代的女朋友所说的那样，在感情方面，他永远都是姿态游移、似是而非的。

或许挑不出错，但没有人知道他心里真正想的是什么。

对这条项链背后的意义，倪悦一直没找到机会探其究竟。

倒是公司正式更名为悦享之音后没多久，几个小青年对国内市面上知名度最高的几款智能音箱的研究和测评，很快完成了。

只是对测评结果，大家表现得不太乐观。

"这事做起来比我们之前想象的要复杂得多啊！"

从认识以来，就没怎么为工作的事情犯过愁的陆余难得唉声叹气，对着一桌子的设备眉头拧成了一个"八"字："老谢，你怎么想？"

谢雨晨仍旧一副不紧不慢的样子："最开始言祈聊起业务方向的时候，我大概做了些功课，心理准备还是有的。而且就是因为现在市场上的产品普遍不成熟，我们才有机会，不然都在红海里挤，谁看得见我们？"

"老谢说得没错。"言祈看上去比他们更镇定一点，显然方方面面的难题都仔细思考过了，"抛开这些现有的竞品吧，大家作为普通用户说说看，如果自己想要买一台智能音箱的话，你们会考量些什么？"

"颜值！"倪悦赶紧接了个腔，在对方带着鼓励的微笑里，很快解释道，"我不知道你们男生的想法，反正我身边的朋友不管是买包包、化妆品，还是科技产品，大多数是先看颜值再做进一步判断。如果长得真的很好看，就算没那么好用，只要价格合理，也会忍不住收藏一份。"

"所以你言祈师兄才会这么受欢迎？"陆余纵声大笑，"不管好不好用真的没问题吗？"

倪悦的脸色白一阵红一阵，对这个少儿不宜的玩笑不知道该怎么接话。

倒是言祈十分有风度地笑了起来："颜值这个问题是挺重要的。不过悦悦你得体谅一下你陆师兄，毕竟这么多年了，他也没能体会过这方面的优势。"

在陆余一脸要打人的表情里，他把眼睛悠悠然转了方向："老谢，这事我们之前聊过。现在市面上的智能音箱为了强化科技感，外形上大多是走比较简洁利落的路线，吸引男性消费者为主。但我们的产品主打休闲娱乐，使用场景大多在家庭或者休闲场所，女性群体也是我们要争取的重要目标，所以在外形和视觉上，可能要变个路数。"

"嗯，这几天已经在和供应商沟通了。"谢雨晨指着不远处扔着的一沓纸，"按照要求供应商提了几个外观设计方案过来，一会儿开完会咱们一起瞧瞧。"

颜值这种肤浅的问题讨论完，接下来的话题，就属于技术方面的硬干货了。

虽然在Resonance工作期间，倪悦下了很大一番功夫，恶补了智能语音技术方面的一些功课，但是面对专业领域的相关话题，依旧是云里雾里，犹如在听天书。

幸好几个师兄对她这个门外汉还算照顾，讨论结束后对后续的工作重点，用她能理解的句子，做了一番总结陈词。

第一，基于市面上竞品在指令理解上的普遍问题，以更加智能化的语意理解技术作为产品的核心竞争力；第二，优化远场拾音效果，保证用户能够在超过五米以上的距离跟设备进行自然语音交互，让这款产品更加符合家庭需求；第三，丰富内容资源，在争取能够直接从更多的终端读取音频文件之外，力争接入更多如Apollo一样成熟的内容平台。

大的策略方向一经讨论确定，悦享之音的小青年们紧接着迅速分工行动了起来。

这三个大的模块里，语意理解技术虽说是同类产品普遍在攻克的难关，但几个小青年都是这方面的行家，又积攒着相当多的经验，工作推进起来不慌不乱。

而远场拾音问题的解决，主要基于硬件本身和算法方面的配合，有谢雨晨主力操刀跟进，也十分令人放心。

只是关于内容资源的整合问题，各个平台之间本身存在着版权之争，要想做整合集成，除了涉及复杂而漫长的谈判和高昂的费用之外，时间上也不是短期之内能一蹴而就的。

基于这样的现状，言祈和苏以蒑之间的互动越发频繁而深入。不知道是两人真的相见恨晚、惺惺相惜，还是言祈借着对方的欣赏，在努力熟悉着内容行业的一些游戏规则，时间一久，随着合作的逐渐开展，苏以蒑不仅成了言祈通话列表里的常客，也很快成了悦享之音的小青年们聊天八卦时的热门人物。

某天下午，热门人物特意开车跨了半个S城，在悦享之音的办公室里出现了。

对她的不邀自来，言祈显然有些惊异："苏总你怎么来了？也不提前说一声，我好准备准备。"

"有什么好准备的，我从附近路过，顺便来看看合作伙伴……怎么，不欢迎吗？"

"怎么会，你能来我们当然高兴。只是这边办公条件不太好，空调时好时坏，怕你不适应。"

"有什么不适应的，这儿不是挺好的？虽然热了点，但是有气氛……我们那儿，一群人舒舒服服地坐在空调下敲电脑，什么斗志都给吹没了。"

苏以菡一边说话，一边在这闷热狭小、各种散件满地飞的办公室里前后绕了个圈："不过你们真是挺不容易的。之前Resonance刚装修那阵，寅峰带我去看过一次，环境挺不错，没想到你们起步的时候会这么难。"

她言辞之中不经意间提到了吴寅峰，办公室里大家都沉默了一下。

虽说都是创业者，但不是每个人会像她和吴寅峰一样，有一个可以在企业初创期，就能够给予诸多支持的好爸爸。

片刻之后，言祈才微笑着接口："所以才要谢谢苏总啊，慧眼识珠，愿意在我们起步的时候帮我们一把。"

"智能音箱是未来很重要的流量入口，大家互惠互利，说帮忙太见外了。"

苏以菡朝他眨了眨眼睛，声音压低了些："对了言祈，冒昧问一句，你和寅峰之间……是不是有什么误会？"

"嗯？苏总怎么这么问？"

"最近他给我打了几次电话，感觉对你挺关注的，但说起话来又总是藏着掖着，没那么坦率，感觉不像是前任老板和离职员工之间那么简单。"

"哦……"言祈神色不变，"没什么误会。就是之前一起工作的时候，在一些项目上看法不同。后来我离职了，竞标的时候又遇到过，所以他才会多问两句吧。"

"就这样？"

"不然呢？"

"没事。"

苏以菡微微一笑，十分懂事地跳开了这个话题，继而拿了几张邀请函塞在他手里："这次过来，除了表示慰问之外，其实主要是给你们送这个。这周末S城有一个关于内容平台的分享论坛，好几位业界大佬都会出席。我想着刚好借这个机会，你可以去和他们认识一下，所以帮你要了几张邀请函，反正你们公司现在人不多，一起过去看看？"

"苏总真贴心。"言祈轻轻吁了一口气，"这一个忙接一个忙地帮，我都不知道要怎么谢你了。"

"以身相许啊！"苏以菡哈哈笑着，态度看上去随意而亲昵，"不过我事先和你说一声，这次分享会Resonance也会参加，到时候很有可能会和寅峰撞上，你可别怪我没和你打招呼。"

"撞上就撞上吧……前同事之间见个面而已。何况再怎么说，也有苏总你罩着不是？"

"少来！"苏以菡有些娇嗔地，朝着他的肩膀稍稍推了一把，"反正快下班了，要不要一起吃个饭？我刚好有个朋友在这附近开了家餐厅，海鲜什么的挺新鲜的。"

"今天真是不凑巧。"言祈一脸遗憾，"一会儿我得去机场接个朋友，只能改天请苏总吃饭了。"

"这样啊……"

听他这么解释，苏以菡不再勉强，十分潇洒地朝众人say goodbye之后，就此告辞。

苏以菡一走，原本一片静默的办公室立马重新活跃了起来。

陆余捞着眼前的咖啡，喝得滋滋有声："苏总对你挺好啊，大热天不仅特地过来送邀请函，顺带把咖啡也买了。真可惜，没来得及说谢谢呢，人就这么走了。"

言祈对他马后炮的作风十分不屑："刚才大把机会给你说谢谢，也没见你吭声？"

陆余撇嘴做委屈状："我不是看你们一来一往打情骂俏的样子那么愉快，不敢插嘴做灯泡吗？"

"那下次把愉快的机会让给你？"言祈斜了他一眼，难得正经地解释道，"Apollo近期的发展战略是拓展多渠道的流量入口，和我们是互惠互利，才会对项目这么上心。所以老陆你清醒点，有空优化一下算法和框架，别满脑子都是这些废料。"

"老子哪里不清醒了？"陆余十分不服气，"苏以菡漂亮能干身材好，你之前不就喜欢这种类型的吗？"

谢雨晨不自觉地呛了一下，赶紧撞了撞他的肩膀。

五秒钟之后，陆余强行转折："当然，人的审美口味是会变的。"

倪悦坐在一旁，面不改色地听完全场。

等到讨论告终，她拿着电脑走到言祈面前："师兄，现在有空吗？"

"有，怎么了？"

"这是针对我们现在备选的几款音箱外形，做的一个小调研，样本量不算多，大概一千份，但是应该可以给你们做个参考。"

言祈原本因为陆余的揭老底行为有些发窘，没想到她无声无息地拿了这么个东西出来，一时间满是诧异："一千份的问卷就算交给专门的调研公司，也是耗时耗力的事，这么短的时间，你怎么解决的？"

"毕竟我是个网红嘛……"倪悦骄傲挺胸，"问卷范本我从网上扒拉了几个，按照我们的需求做了调整，然后简单地做了一个H5。前几天在电台节目里，又发动了一下我的粉丝。因为平时我很少打广告，所以大家的参与度蛮高的。今天刚把数据统计完，所以就过来交货了。"

虽然她说得轻巧，但言祈清楚，就算是套用模板，光问卷设计和H5制作都是非常烦琐的工作。

更何况后期还涉及数据的统计和整理，没有程序做协助的情况下，那些密密麻麻的数据大概是靠手动导出。

"你真是厉害啊……"

言祈把调研结果仔仔细细地看了一遍，有些神秘地朝她招了招手："这位朋友，你立了这么大一个功，晚上想吃什么？我请。"

"晚上？"倪悦愣了愣，"你不是要去机场接人吗？"

"咳……"言祈十分严肃地咳了一下，"刚才收到通知，因为机长心情不好，航班临时取消了。"

周六下午，悦享之音的小青年们一律正装打扮，按照邀请函上的时间赶到了活动现场。活动设在一家五星酒店的大宴会厅里，光看到场的媒体人数，就知道规格不凡。

正式开场后没多久，在主持人的介绍下，很快进入了大佬们的主题发言时间。

倪悦规规矩矩地坐在台下，手里拿了个小本子，一边认真听着，一边对着各种重点记得不亦乐乎。

言祈坐在她身边，有一眼没一眼地瞄着："看不出你还有做速记员的天赋啊？就是这些字鬼画符一样，半小时以后你自己还认得吗？"

"嫌丑你来啊！"

逮着嘉宾喝水的间隙，倪悦见缝插针地翻了个白眼。

"我不正干着吗？"言祈扬了扬手里的手机。

录音功能一路开启，看样子早已经录了好几段资料。

倪悦甩了甩快要抽筋的手，勃然大怒："有这法子你不早说！"

"总要给你点表现的机会嘛……"

言祈慢悠悠地笑着。

两个小时以后，随着嘉宾发言部分圆满结束，服务生把事先准备好的酒水茶点一一摆放好，到了各路人马自由交流、聊合作拉业务的时间。

苏以菡似乎早有准备，嘉宾们的发言刚结束，就拉着言祈到了会场外面的小阳台，和一群业界大佬坐在了一起。

聊了没十分钟，欢声笑语已经一阵阵地隔空传来。

从积极又热闹的气氛上看，言祈和诸位大佬聊得甚是投契。

这种场合下，倪悦这种小角色自然不方便前去凑热闹，喝了杯咖啡后很自觉地站到了角落里，一边等着言祈，一边认真地复习着手里的笔记。

几分钟后，忽然有人拍了拍她的肩膀，紧接着是一声带着惊喜的招呼："嘿！悦悦！"

"小安？"倪悦没想到在这里遇见了老同事，"你怎么也来了？"

"这个活动我们是协办方嘛，帮着政府方面出出力啰。"

"行啊！业务都做到政府头上了！前途不可限量！"

倪悦嘿嘿笑着，眼睛一转，果然在不远的地方看到了陈嘉杰的身影："陈总挺有本事的嘛……不过你在这儿和我聊天没有问题吧？被他看到了小心给你穿小鞋。"

"放心啦。"乔小安满是不屑地拍了拍她的肩，"那个烂人已经被Blue Rays干掉啦，而我呢……也已经换老大了！"

"啊？什么情况？"这个消息不由得令倪悦精神一振，"赶紧来扒一扒。"

"说起来也是和之前搞你们公司的那件事有关啰……"

乔小安喜气洋洋地咧着嘴，声音却不由自主地压低了点："陈嘉杰找各方媒体疯狂黑言祈的那事过了没多久，消息不知道怎么传到广恩集团那边去了。你也知道，广恩集团不仅是Blue Rays的年度大客户，而且下面好多子公司也和Blue Rays有case合作。据说广恩的董事长看完那些文章之后震怒，直接找到了Chris那边，后来没过多久，Chris从B城又派了个管事的下来，陈嘉杰就算被架空了。"

"架空了也不至于走人啊。"Blue Rays的做事风格和陈嘉杰的背景倪悦还是清楚的，"搞这种负面报道Blue Rays不是一次两次了，说白了，干这行这些事总是绕不过去的，就算得罪了广恩集团高层，有心要把他弄走，光凭这事分量也不够。何况他手里多多少少有些客户在，Chris真舍得？"

"后面的事，那就是我现任老大的手腕了。"

乔小安悄悄朝不远的地方指了指。

一个三十出头，头发高高盘起，身穿一身灰色套裙的职业女性，正扬着酒杯语笑嫣然地和主办方领导应酬着。

"哎？这位小姐姐是……朱砂？"

"你认得她？"

"之前在B城总部一起工作过。不过我们不在一个组，打交道的时候有限，而且那时她经常出差不在办公室，所以我认得她，她未必记得我。"

倪悦略微回想了一下："不过朱砂之前在B城只是个SAD（高级总监）啊，而且感觉性格蛮低调的，怎么能这么厉害，一来就把陈嘉杰扳倒了？还有，她怎么会突然来S城？"

"家家有本难念的经嘛……我们这种小菜鸟找工作麻烦，朱砂姐姐那样的大神也不轻松啊。"乔小安显然对这位新老大的背景做了研究，回答起来一套套的，"B城的那些高级总监，都是Chris从创业开始跟着过来的亲信，朱砂这种半路跑来干活的职业经理人，干到这个位置也是到瓶颈了。来S城做一把手是她为数不多的晋升机会，换你你干不干？"

眼见倪悦一副若有所思的样子，她磨了磨牙："至于收拾陈嘉杰嘛……朱砂应该是提前了解过他为人的，来公司以后忍着恶心和他虚与委蛇了一阵，想来没少受骚扰。私下里却把他平日骚扰女员工、吃回扣搞假账的证据一一收集了，然后一封邮件抄送给几乎所有的高管，直接塞到了Chris眼前。Chris再有心保他，也没戏了啊！"

"朱砂小姐姐居然这么劲爆？"

倪悦没想到，这个几年前看着不怎么爱说话的女总监居然如此雷霆手腕，刚来S城没多久，直接把前任干净利落地斩于马下，一时之间不知道是钦佩多一点，还是震惊多一点："小安你现在跟着这么厉害的老大，会不会很辛苦啊？"

"其实还好啦。"乔小安有一说一，态度还算平和，"朱砂虽然要求比较严，但肚子里有干货，严也是严在项目上，跟着她能学不少东西。就算加班加点，也比之前胆战心惊地跟着陈嘉杰，不知道什么时候被他吃个豆腐强。"

听她这么一说，倪悦觉得的确是这个理。

职场上，大家都愿意跟着有真材实料的老大做事。像自己，无论是之前在Resonance，还是现在在悦享之音，跟在言祈身后熬夜加班的时候不在少数，可排除感情因素之外，她觉得自己能在短短一年多的时间里快速成长，一切都是值得的。

"对了……"隔了几秒钟，她意识到了另外一个重点，"陈渣男既然被Blue Rays干掉了，那眼巴巴地跑到这里来干吗？"

"拉客户呗！"乔小安"扑哧"一笑，"他老人家走了以后一直不服气，不知怎么和锋芒网勾搭上了，据说对方看中他在圈里的人脉，投了点钱让他开了个小公关公司，顺手从Blue Rays挖走了几个人。不过啊，虽然打着公关公司的旗号，但他现在正经的生意不做，专门学着娱乐圈那套，去搞互联网和科技圈大佬们的各种八卦绯闻……来来来，就是这个公众号，你看看里面乱七八糟的，都是些什么玩意儿。"

倪悦接到手里一看，是个名为"前沿猛料"的微信公众号。

虽然名字一看走的就不是正经专业路线，但不知道是水军泛滥，还是广大群众茶余饭后都喜欢看八卦野史，从最近几篇文章看来，阅读量居然不少。

倪悦匆匆看了几眼，对里面那些充满着暧昧暗示的文笔十分嫌恶："这人真是够了，越来越没下限。我诅咒他快快关门倒闭。"

"这可难啰……"乔小安十分惆怅地把手机接了回来，"大佬们都是食色男女，感情上的纠葛总是有一些的。陈嘉杰之前在公关圈里混了这么久，根本不缺眼线。而且很多企业之间搞竞争，产品搞不过，就从竞争对手高层的私生活下手，据说这段时间光是收的所谓公关费，就够他嚣张好一阵了呢。"

话刚聊到这里，一直在场子里转悠的陈嘉杰像是终于等到了目标对象一样，一路小跑上前几步，把某个刚从露台走进门的女人堵在了那里。

倪悦凝神一看，居然是苏以菡。

这位女大佬虽说精明能干，但似乎因为创业路上一路顺遂，在某些方面，总感觉带着一些不知人间疾苦的天真。

倪悦担心她在陈嘉杰舌灿莲花的蛊惑下，钻进什么不为人知的圈套，赶紧结束了和乔小安的闲聊，匆匆上前几步，努力竖着耳朵想要听他们说些什么。

苏以菡一脸笑意地站在那儿，似乎对眼前这位突然凑上前来喋喋不休拉业务的家伙耐性十足。

听对方做介绍的过程中，她甚至偶尔会接腔问上两句，兴致勃勃的模样让陈嘉杰备受鼓舞。

"苏总您好，对您我是久闻大名了。之前一直想拜访您和Apollo却没机会，今天有缘分得见，真是万分荣幸。"

"陈总怎么这么客气啊……"苏以菡轻声笑着，仔仔细细地看着眼前的名片，像是对他并不陌生，"陈总的大名我早有耳闻。只是听说您之前在Blue Rays工作，怎么着，现在自己创业发展了吗？"

"总不能一辈子给人打工嘛……趁着年轻的时候，能拼总要拼一下啊！"陈嘉杰一脸厚颜无耻，像是离开Blue Rays是主动选择，为了实现自我价值一样，"我听朋友说，Apollo年度公关合作伙伴的竞标工作即将开始，所以想看看苏总是否有时间，听我介绍一下我之前经手过的案例，然后看看双方有没有什么合作的可能……"

"案例啊？陈总经手过的案例我倒真的听说过。"

苏以菡貌似来了兴趣，忽然间扬起眉毛，朝不远处招了招手："言祈，有空吗？一起过来聊聊？"

陈嘉杰赫然一惊，眉头皱起。

紧接着，原本站在一旁看热闹看得正起劲的小青年，悠悠然走了过来。

苏以菡把手机翻了出来，打开网页搜索了几个关键字。

成片的文章很快跳了出来。

"陈总之前做过的案子里，我印象最深的就是这个。刚好言总也在，不然陈总一起介绍一下，之前关于言总被Resonance开除的消息，您是怎么采访到的？有关言总以公谋私、道德败坏的那些信息，您又是从哪里得来的？"

"误会……都是误会……"一滴冷汗从陈嘉杰的额边流了下来，他勉强挤了个笑，"我们当时是在服务Resonance嘛……相关信息，自然是从公司那边拿到的。"

"哦？是吗？"苏以菡一脸恍然大悟，"刚好今天寅峰也在，不然我也叫他过来一起聊聊？"

陈嘉杰的脸"唰"一下黑了。

言祈像是听了一阵终于听出了些门道，随手接过苏以菡手里的名片，摆弄了一下："怎么了，陈总是在给苏总推荐业务吗？"

"是啊，言总给点意见？"苏以菡目光闪闪地看着他，"毕竟你也是被陈总在业内捧红过的男主角，评价自然要比旁人更有说服力些。"

言祈笑嘻嘻地说："陈总嘛，文章写得不错，就是戏太多。如果苏总有志进军影视业，应该是个不错的选择。"

"言祈你又淘气了……"苏以菡哈哈大笑，眼见着陈嘉杰面带愠色地快步走远，才把名片随手一揉扔向一边，"我还准备再逗逗他呢，居然就这样跑了。"

"苏总你还是小心点。"言祈轻声警告着，"这人心术不正又睚眦必报，你把他惹急了，小心引火上身。"

"我会怕他？"苏以菡一声冷哼，眼睛里都是不屑。

江湖大佬果然是江湖大佬啊……演技就是过硬。

倪悦站在一旁看着闹剧落幕，长长地舒了一口气。

不过想想也是，苏以菡三十出头就能把Apollo经营得有声有色，什么风浪没见过？

平日里偶尔扮猪吃老虎地装装傻，估计是没把那些乌烟瘴气的东西看在眼里。

不过她那副遇事举重若轻的模样，看上去和言祈还真的挺投契的。

难怪这两人一见如故，那么聊得来。

"那位朋友，傻站在那儿干吗呀？"

一个愣神之间，言祈的目光落到了她身上，微笑着朝她招了招手。

"没什么啦……"倪悦走过去，觉得有点不好意思，"刚才我看到陈嘉杰过来和苏总说话，怕苏总不知道他的为人，所以想提醒一下来着。"

"谢谢你啊。"面对她，苏以菡倒是很温柔，"这位陈总是什么人，我多少了解一些的，就算是冲着你们言总，我也不会和他打交道，你大可放心。"

冲着你们言总？

倪悦心里默默地把这句话咀嚼了一下。

陈嘉杰虽然人品堪忧，劣迹斑斑，但怎么说也是公关圈里闹出的事。

Apollo和Blue Rays之间没有合作关系，关于他的种种不会那么轻易地传到苏以菡耳朵里。

会对这些事情心知肚明，并对对方显露出这么大的敌意，丝毫不留情面地加以嘲弄，说来说去，无非是因为言祈。

照这样看来，苏以菡投在言祈身上的关注，绝非一句"合作伙伴"可以解释的。

"想什么呢？"愣神之间，有人挥手在她眼前晃了晃，"是不是肚子饿了，要不要过去吃点东西？"

"不饿不饿！"倪悦赶紧回神，指了指自己手上的笔记本，"师兄，我刚才闲着没事，把大佬们的发言要点总结了一下，发现我们的产品可能有些地方可以改进优化。比如说……"

话刚说到这里，一道人影压在了眼前，将她的话打断在了半空。

"不好意思，打扰一下。"

"吴总？"

听到熟悉的声音，倪悦心下一跳，本能性地赶紧抬头。

下一秒她立马意识到，吴寅峰这句"打扰一下"并不是冲她来的。

见他出现，苏以菡笑了起来："寅峰，你还没走啊？我以为这种活动，你一般没什么耐性待这么久呢。"

“我在等你。”吴寅峰眉头微皱着，神情却很专注，对站在一旁的言祈和倪悦全然视若无睹，“但是看你一直忙着，就没打扰。不过午饭时间到了，有什么要紧事，吃完了再聊。”

“这个……”苏以菡的笑容变得有点勉强，像是被学长教训的小学妹似的，几分钟前面对陈嘉杰的强势气场收敛了不少，“不好意思啊，我不知道你在等我。我这边事聊得差不多了，不会耽误吃饭的。”

“嗯。”吴寅峰点了点头，没向旁人多看一眼，只是盯着她，“既然聊得差不多了，那走吧，我们一起吃个饭。”

这种自带霸道总裁气场的“邀请”从他嘴里说出来，居然毫无违和感，不仅苏以菡无从拒绝，连作为旁观者的倪悦也被震慑得大气不敢出。

直到苏以菡略带歉意地说了再见，跟在吴寅峰身畔匆匆而去，她才捂着心口长长地吐了一口气。

苏以菡匆匆一走，也没来得及交代究竟回不回来。

倪悦低头看了看时间，主动表示：“师兄，现在不早了，如果没什么事，我先走了。”

“你就准备这么抛弃我了啊？”言祈表情哀哀的，“陆余和老谢两个人不讲义气溜了就算了，连你也这么绝情？”

“两个师兄忙着回公司是要加班啊！而且我想赶紧回去把资料整理出来嘛！”倪悦恨恨地瞪了他一眼，小声补充着，“何况谁知道你和苏总后面有没有约？”

“有约你也不用瞪我啊。”言祈弯下身子，满脸都是惆怅，“所以说，嫉妒是魔鬼，让人失去理智……”

“嫉妒个头啊……”

倪悦很想用手里的本子拍他的脸，却又忍不住笑。

好像从智能音箱的业务正式启动开始，言祈的心情就好了不少，在她面前经常一副贱兮兮的模样。

虽然很找打，但这样的言祈让她觉得亲切又真实。

言祈笑了一阵不逗她了："我和苏总没什么事啦，而且她被老吴抓走了，怎么可能还有机会跑回来和我聊天？"

听他提起吴寅峰，倪悦有些忐忑："他们应该不会出什么事吧？我刚看吴总好像挺不高兴的。"

"能出什么事啊，他向来不就那副所有人都欠他一个亿的表情吗？"言祈的口气意味深长，"不然怎么会暗恋苏以菡这么多年，还是没能从朋友升级为男朋友？"

"啊？"倪悦大惊，"怎么这种八卦你都知道？"

"随便了解一下嘛。"言祈云淡风轻地说，"这两人那么熟，我们和Resonance之间又关系微妙，不把里面那些弯弯绕绕的因果关系搞清楚，指不定合作之后会横生枝节。"他顿了顿，"毕竟我之前吃过亏不是？"

"不去狗仔圈出道真是委屈你了……"

倪悦忽然想起之前还在Resonance工作时，吴寅峰专门拉着自己在一家家奢侈品店里，给所谓的"学妹"选道歉礼物时的场景，不禁加入了八卦队伍："我觉得吴总对苏总挺好的啊，怎么会这么久了还没追到？"

"你说呢？"言祈朝她挤了挤眼睛，"要是有这么个不解风情的师兄追你，你干不干啊？"

在倪悦的干笑声中，他继续解释道："老吴和苏以菡不仅是校友，吴叔叔和苏以菡他爸也是生意场上的旧交，两家关系一直不错。

所以老吴这些事，我也是听吴叔叔偶尔说起才知道的。老吴念大学的时候就喜欢他这个学妹，不过他那人的性子你也知道，哪怕找人约会，态度也跟黑社会收保护费似的……所以拖拖拉拉地到了现在，谁知道什么时候才有进展？"

倪悦有点替吴寅峰着急："那……据你观察，苏总喜欢吴总吗？"

"谁知道呢？"言祈叹了一口气，哀哀地捂着心口，"我说，你有空关心他们，怎么不操心操心我？"

"哦……"倪悦从善如流，立马表示关怀，"那你呢，你喜欢吴总吗？"

"哈哈哈！"言祈放声大笑，"我口味看上去那么重吗？"

他顿了顿，笑声慢慢收敛了起来："你放心，就算我和老吴关系不怎么样，也不会利用感情上的事和他为难的。"

被看出来了啊……

面对他坦荡的目光，倪悦不禁对自己的小心思感觉羞愧，于是追问了一句："为什么？他之前那样对你，你不是应该很讨厌他吗？"

"一码归一码啊。业务上的过节，靠业务赢回来。利用对方的感情弱点打击报复，不是很无耻吗？"言祈微微笑着，"而且吴叔叔那边，我承着一份情，再怎么说不能用这种事给他们添堵。"

"吴董那边的事你听说了啊？"

"当然……"言祈叹了口气，"吴叔叔知道我被黑的消息以后，当天就去了Resonance，把公司高层臭骂了一顿，连老吴也没放过。后面逼着他们在官方网站上挂了个声明，说我是正常离职，并且很感谢我在Resonance工作期间做出的贡献。这事闹得全公司都知道了，我怎么可能没听说。"

虽说倪悦已经从乔小安那里知道了事情概要，却是第一次听闻其中细节，不禁感叹道："吴董对你真是没的说。不过如果这样的话，吴总对你的心结应该更深了吧？"

言祈耸了耸肩："无所谓了，反正我们现在井水不犯河水，业务范围也做了区隔，以后打交道的时间有限……倒是你啊，操了这么多心，现在愿意花点心思在师兄我身上吗？"

"干吗？"倪悦心生警惕。

"去你家蹭顿饭怎么样？"言祈看着她，委屈兮兮的，"卖了这么久的笑，我现在是真的觉得有点饿了。"

这一次的论坛活动，虽说言祈从头到尾赔了不少笑脸，但在苏以菡的引见下，总算捞回了不少大佬的名片，收获颇丰。

接下来的时间里，他把精力主要放在了和各大内容平台的合作洽谈上，一时间跑进跑出，几乎很难有什么完整的时间在公司。

之前在Resonance，陆余和谢雨晨尚未加入的时候，因为技术部门的不配合，言祈花了很多时间顶替技术工种，后续援军到达，他又充当起了产品经理的角色。如今在悦享之音，初创期人员短缺的情况下，除了兼顾技术和产品之外，市场商务和BD的相关工作也被他事无巨细地一手包圆。倪悦惊异于自家师兄的无所不能，同时不禁再次感叹创业这档子事，真不是普通人能做的。

幸好对他们的辛劳，上天总算没有辜负。

几个月后，悦享之音创立以来的第一款智能音箱产品Buddy，正式送到了各大专业评测媒体的手中。

与市面上诸多强调科技感的同类产品不同，Buddy整体呈椭圆状，以粉蓝和奶白作为主色搭配。顶部的地方有两个圆圆的熊耳朵，看上去萌感十足。

在强大的算法支持下，Buddy的机身内只设置了两台扬声器，以及两个麦克风进行收音，却成功达到了市面上同类产品设置七个收音麦克风的效果，让它在小巧可爱的外形下，依旧能够实现十分优质的远场拾音功能。

此外，作为一款主打内容生态圈的产品，Buddy深度优化了"兴趣识别""内容收藏""多终端读取"的功能，让使用者的体验更加轻松便捷。

同时，得益于言祈的努力，以Apollo为代表的多家音频分享平台巨头的顺利接入，让作为桥梁的Buddy，拥有了更为丰富的内容资源。

虽然作为智能音箱最核心部分的NLP（Natural Language Processing，自然语言处理）技术十分复杂，短短几个月的时间内，悦享之音的小青年们并没有交出一份足以让市场改朝换代的答卷，但比起大多数竞品，表现已然十分惊艳。

因此，在Buddy推出后的短短几天，各大科技媒体纷纷不吝赞誉地给出了正面评价，称其为"真正以家庭用户为核心，用心打造的小而美的产品"。

对媒体给予的测评反馈，陆余显得十分亢奋，每天趴在网上搜索评论，有时还会顶着小号主动答疑。

这天下午，在查阅了倪悦群发过来的媒体简报之后，他忍不住又是一顿碎碎念："我发现自从我们开始做智能音箱之后，就像开挂了一样，不仅内部研发顺利，外部的供应商和内容提供商也相当配合，连之前那些乱七八糟的媒体也没给我们找麻烦，还帮我们说了不少好话……现在居然连之前那些黑新闻也看不到了，感觉苦尽甘来啊！"

谢雨晨依旧保持着大神的淡定气场，一边敲键盘，一边给他扫盲："毕竟Resonance在官网和官微挂了正式声明，帮言祈正名了嘛，官方都发话了，那些八卦小报还有什么好说的？至于以往的负面消息你看不到，那就是悦悦的功劳了。"

陆余听他特别点了倪悦的名，赶紧把椅子挪了过去："啊？对哦，我说悦悦这段时间加班加点在忙活什么呢……隔行如隔山，来给师兄说说？"

倪悦被他直愣愣地盯着，只能暂时放下手里的工作，仔细解释道："其实没什么，除了主动做测评的媒体之外，Buddy的其他宣传是需要我们主动准备资料的。每家媒体的喜好、风格，还有侧重点不同，所以除了通稿之外，还需要针对他们的特性做一些特别的补充……"

她指了指电脑上十几个同时开着的微信对话框："这些媒体对我们的东西都很感兴趣，所以短时间内工作量有点大。另外之前的那些负面新闻，也需要在网上做信息优化，才能让用户在主动搜索公司信息的时候不再轻易看到它们，所以这段时间比较忙……"

"哇，听起来好复杂啊！"陆余作为一个纯技术人员，很少接触公关宣传，如今看着眼前一堆堆密密麻麻的文档，觉得头都大了，"这些……都是你一个人在干吗？"

"不止吧……"谢雨晨看他们聊得起劲，放下手里的活凑了过来，"我看这几天，公司的微博和微信大晚上还在做更新，估计悦悦回家以后没少加班。"

倪悦干劲十足地握了握拳："这些都是小事啦！师兄们比较辛苦。前期做研发的时候我帮不上什么忙，现在自然要多花点力气，才符合我们团队的气质啊！"

"啧啧，看看这性价比！"陆余一脸感叹，继而拍了拍她的肩膀，"不过你别担心，苦日子不会太久了。Buddy的市场反馈不错，我们已经决定多招几个人回来帮忙了。到时候给你找两个小妹，帮你分担一下手里的工作。"

"别！"倪悦听着要招人，赶紧表态，"公司既然要扩招，那帮我找个老大呗。我现在的水平应付一下日常工作还行，如果遇上上次言祈师兄那样的事，估计一点办法都没有……"

陆余和谢雨晨对视了一眼。

很明显，言祈之前被全网黑的那次事件，让他们这位小师妹至今耿耿于怀。

"悦悦你别介意啦。"片刻之后，谢雨晨柔声安抚着，"言祈说了，那件事放在当时，的确不是靠一两个人就能解决的，而且你真的已经做得很好了。"

"他说是那样说啦……你们知道言祈师兄嘴里，从来没个准话。"倪悦轻声一哼，忽然意识到了什么，"对了，师兄他人呢？怎么这几天没怎么看到他？"

"难道不是在和苏以菡约会吗？"陆余笑嘻嘻，"看他俩认识以来一路打得火热的劲儿，师妹你要小心哦。"

"我小心什么？"倪悦翻白眼。

"小心你师兄被抢走啊！"陆余逗她逗起了瘾，言辞凿凿地分析着，"言祈之前念书的时候，可喜欢这种有气场又能干的御姐了，看小电影都专挑这种类型的……"

"行了，你越扯越没谱了。"

关键时候还是谢雨晨靠谱，态度诚恳地为言祈拨乱反正："悦悦你别听他瞎说，言祈这几天是有个什么重要的事在聊，我们没多问，但见的人应该不是苏总……"

话音刚落，前台处有脚步声匆匆传来。

紧接着，言祈浑身带汗地在所有人面前出现了。

"哟……你还知道回来啊，和哪个小妖精约会去了啊？"

陆余腰一叉，拿腔拿调地摆出了一副正宫范。

言祈根本没打算理他，只是促声喘着气，胸口重重地起伏着，像是一路跑回来的。

很快地，他走上前去，分别拥抱了陆余和谢雨晨。

最后的一个拥抱他给了倪悦。

甚至众目睽睽下，在她的头顶轻轻落下了一个吻。

然后，在众人探究的目光中，他满是骄傲地笑了起来，眼睛里像是有星星在闪耀："告诉大家一个不错的消息，启翎创投……决定和我们合作了。"

/ Chapter 13 /

狙击之战

作为投资圈内风头正盛的一家企业，启翎创投尤其擅长在互联网和智能硬件的方向上，寻找具有潜力的合作伙伴。因为近几年来扶植过的数家公司陆续上市，眼下更是声名鹊起，被视为高科技产业内的投资风向标。

因此，悦享之音收到其橄榄枝的消息一经公开，很快引起了业内注目，首笔金额达六千万的投资，更是引发了各家媒体的争相报道。

言祈是如何能在这么短的时间内，与对方"勾搭"成功，不仅媒体方面颇为关注，连悦享之音内部也引发了一阵热烈讨论。

毕竟投资方连核心团队都没怎么考察，只凭着一款产品以及和创始人的短期接触，就迅速决定合作的举动，的确是有些不走寻常路的意思。

对这个例外，言祈自己也表现得比较茫然。

只是在结果尘埃落定的情况下，他没花太多精力纠结其中原因，最终以"缘分"二字盖棺定论，对双方的这次合作做个言简意赅的总结。

资金到位之后，小青年们首先将资源投注在了人员的扩张上。靠着Buddy显露出来的公司实力和丰厚的薪水，迅速招揽了一批核心岗位的员工，总算结束了之前行政人事没人理、财务全部靠外包的艰苦生活。

紧接着，按照公司的战略规划，谢雨晨细分的即将全力攻克的智能语音交互技术，悦享之音继续研发其中最核心的NLP部分，而把ASR（Automatic Speech Recognition，自动语音识别）和TTS（Text To Speech，语音合成）交给靠谱的合作方进行外包。

与此同时，言祈将公司重新进行了装修，除了更换了总是温度诡异的空调之外，还特别隔出了两个单间，一间用来开会，一间挂上了"休息室"的门牌。

对他这一番折腾，陆余满是不解。

毕竟按照计划，悦享之音数月之后即将搬至CBD。

而且他们这一群技术宅，早习惯累了往桌上一趴闭个眼，不知道特别装修出一间只供一人休息，鸡肋般的休息室做什么用。

一直到几天以后，倪悦生理期时，言祈拿着一杯红糖水和一条薄毯把她赶进休息室里躺着时，众人才恍然大悟。

陆余惊羡之下，终于十分懂事地闭嘴了。

就在悦享之音的小青年们铆足了干劲，一切进行得如火如荼之际，吴继恩拎着大大小小的一堆东西再次上门。

和以往不同的是，这次和他一起登门的，还有一个看上去气质优雅的美妇人。

"妈，你怎么来了？怎么来S城事先不告诉我一声？"

"我来这边办点事，是临时决定的。刚好你吴叔叔在，就说一起过来看看。怎么，不欢迎吗？"

"当然不是……"

言祈显然被突然到访的客人惊到了，手足无措地愣了半晌之后，终于记得把几个主要的创业伙伴介绍了一下，然后迅速把他们安排进了会议室。

重量级嘉宾莅临，众人自然免不了悄声议论一番。

倪悦之前在言祈视频聊天的时候，通过摄像头见过这位美妇人，当时就留下了很深的印象，此刻见到真人，更是忍不住感叹："师兄长得和他妈妈真像，一家人都这么好看。"

"那可不？"作为言祈的死党，陆余显然更有发言权，"读大学的时候，我们宿舍的人去言祈家蹭饭，见到阿姨时好多人在心里大呼女神。而且你是没见过他妈年轻时的照片，跟电影明星似的，哪是现在那些整容脸能比的。"

倪悦满心憧憬："那言伯伯一定也很帅吧？这样才能把阿姨追到手。"

"那倒没有……"陆余稍微迟疑了一下，声音压低了些，"言祈他爸……长得挺普通的，年纪大了他妈十几岁，个子也不高，第一眼看过去像个其貌不扬的普通小老头。不过他爸是历史学教授，满肚子文化，偶尔和我们聊天也是引经据典，为人很和善，言祈对他一直很尊重。"

"这样啊。"

倪悦想起言祈曾经和她说过，自己父母之间的感情一直貌合神离，世人眼中的"男才女貌"，未必那么圆满，心里不禁一声叹息。

韩亦婷和吴继恩这次到来，在悦享之音的会议室里待了大半个下午，倪悦中途进去送了两次水果，看到他们家长里短地聊，一派其乐融融。

到了晚餐时间，倪悦再次敲开了会议室的门，询问要不要在公司附近帮忙定个餐厅。

言祈没来得及说话，韩亦婷早一步站起来摆了摆手。

"吃饭就不用了，我和你吴叔叔晚上有点事要办。不过小祈……"她看着言祈，扬了扬手机，"妈刚才和你说的事，你放在心上。这个女孩……你明天抽个时间联系一下，先见个面再说。"

"好。"

面对自己的母亲，言祈显然没有什么讨价还价的习惯，姿态乖巧地低头记下了某个号码，然后亦步亦趋地把他们送下了楼。

两位客人一走，倪悦拿了个垃圾篓，十分自觉地钻进会议室，开始收拾那些残留的瓜果茶盘。

歌刚哼了没两句，一条安静地躺在椅子下方的蓝色丝巾引起了她的注意，应该是不久之前，韩亦婷不小心遗落在这儿的。

想着两位客人如果要下地库取车的话，应该还没离开园区，倪悦赶紧抓过丝巾，脚步匆匆地追了出去。

电梯门刚一打开，明晃晃的太阳光迎面刺来，闪得她几乎睁不开眼。

紧接着，"唰"的一声轻响，一辆熟悉的黑色奔驰从地下停车场开了出来。

倪悦几步小跑追了过去，眼见车子到了门禁闸机的地方速度渐缓，像是要缴停车费，她赶紧扬起手里的丝巾准备喊上一嗓子。

然后，她的脚步像钉在了地上，猛地停下了。

透过奔驰的后车窗，她可以隐约看到吴继恩在抬手交费之前，先一步扭过身去，和坐在副驾驶位的韩亦婷贴身抱了抱。

距离有些远，她甚至不确定在这个拥抱之后，他们是不是还唇耳紧凑地轻声说了些什么。

但无论如何，这样亲密的姿态对两个无论是以"同学"还是"朋友"身份相处的长辈而言，都太过暧昧了。

倪悦一时之间呆立当场，甚至大气不敢喘一声。

几分钟之后，车辆开远。

她只能捏着那条丝巾，心情复杂地重新回了办公室。

办公室里，小青年们正凑在那儿，瓜分吴继恩带来的各种慰问品，伴随着欢快的音乐，闹腾得跟开派对似的。

陆余则拉着谢雨晨一起，正围在言祈身边严刑逼供。

"刚才听阿姨那意思，是要逼你去相亲啊？怎么着，有妹子的照片吗？长得怎么样？身材好不好？"

"想什么呢？"言祈见完亲属心情正好，神情看上去优哉游哉的，"我爸老朋友的女儿，刚从国外回来，到S城这边来工作，让我帮忙照顾着点，哪有你想得那么多事？"

"国外留学回来的啊？"陆余闻言一阵怪叫，"那你可当心了。国外留学过的妹子据说十分生猛，见面就亲算是普通礼仪，你小心人没照顾好，先被吃豆腐！"

"少在这儿胡说八道，欺负我没留过学吗？"

言祈笑嘻嘻地在他头顶拍了一巴掌，眼见倪悦出现，拿了罐冰咖啡到她手里："你去哪儿了？怎么气喘吁吁的？"

"阿姨把东西落会议室了，想说给她送过去，结果……没赶上。"

倪悦难得说次谎，眼神始终有点慌乱。片刻之后，她还是没忍住，悄声问道："师兄，阿姨和吴董……关系一直这么好吗？"

"是啊。"言祈坦荡荡的，"他们之前是同学，关系一直挺不错的。只是据说吴叔叔小时候家境不太好，读大学和创业的时候我妈给了他很多帮助，所以他一直很感激。后来我爸妈结婚的时候，他还特意横跨了大半个中国来参加婚礼，婚礼上喝了个酩酊大醉，开心地哭了半宿……这事后来我偶然听我爸说起，觉得挺难得的。"

"怪不得吴董对你这么好……"倪悦暗中吐了口气。

学生时代建立起来的感情总是比较纯粹，比起他们这样的新生代，老一辈人之间经历了那么多风雨打磨之后，感情更是历久弥坚。

或许吴继恩和韩亦婷之间，正是因为一起经历过时光的洗礼，才会比普通朋友来得更默契亲密。

会心生异样，大概是自己对感情的理解太浅薄而产生的错觉。

在对自己的胡思乱想感到羞愧的同时，倪悦把那些不着边际的担忧迅速地抛到了一边。

接下来的小半个月，按照韩亦婷的嘱托，言祈花了不少时间在"照顾"那个留学归国的女孩上，连上班节奏都打乱了不少。

女孩名叫程筝，刚从国外念完研究生回来，比倪悦小两岁。

说起话来轻声细语的模样，一看就是家世优渥、没尝过什么人间疾苦的小公主。

因为没找到合适的公司，刚刚在S城租下的公寓里网线又没开通，言祈和她见过两次面以后，干脆把人带到了悦享之音的办公室，一边帮着她在网上投简历，一边提前让她感受一把职场的氛围。

虽然刚刚从学校毕业，但程筝性格开朗，为人热情，很快融入了这不算严肃的职场氛围之中。不仅对公司里的小青年们，一口一个师兄叫得格外亲切，偶尔交给她的一些简单任务，也完成得干净利落。

作为一个男性员工占了八成以上的科技公司，这种阳光娇憨又知情识趣不添乱的美少女，从来都是大受欢迎。

有一天，趁着中午在一起吃饭的时候，陆余半开玩笑地提议，要不干脆把她留下来，帮着倪悦一起干公司品宣方面的活。

对这个建议程筝表现得十分雀跃，一副"只要师兄们肯收，我坚决留下"的积极反应。

言祈没当场表态，开了两句玩笑把事情糊弄过去了。

事后却找了个时间，专门问了下倪悦的意思。

对这个问题，倪悦觉得自己很难回答。

她性格算不上敏感，但作为同类，女孩之间那点萌动小心思，是能够轻易觉察到的。

无论是拼命工作，在言祈面前用力表现，只为了引起他的关注，还是时不时地想用各种借口，变着法地表露关心，从程筝身上，倪悦仿佛看到了熟悉的自己。

只是以对方的条件而言，这个版本很明显是加强版的2.0。

但眼下，言祈是在就工作上的事向她征询意见。

她并不想为了儿女情长的小私心影响了对方的判断。

所以最后，她就事论事地给了良心而公正的反馈。

"我觉得程筝基本素质是很好的，工作起来效率也不错。虽然经验上暂时有所欠缺，但只要多积累一下，应该很快能磨合好。"

"那你的意思是，希望她留下来和大家一起工作？"

"嗯。"倪悦捏着小拳头给自己鼓了鼓劲，回答却莫名飘得有点歪，"我会很专业地对待这件事的。"

"怎么这么严肃啊？"言祈看上去有些啼笑皆非，"随便和你聊聊，怎么搞得跟入党宣誓似的？考虑留不留她下来这件事，需要你下这么大的决心吗？"

"不是啦……"倪悦想了想，抬着眼睛看他，"师兄……那你希望她留下来吗？"

皮球就这么踢回去了。

如果这是你希望的，我可以以最职业的态度做配合。

"我？"言祈一愣，很快笑了。

当天下班之前，言祈提前出了一趟门，临走时特别叫上了程筝一起。

眼见着女孩子小鹿一样，脚步雀跃地跟在他身后，快进电梯的时候，甚至带着一点撒娇地挽住了他的手，倪悦再怎么心大，难免觉得有些郁闷。

面对她的沮丧，老斑鸠显得十分不能理解。

"话说你们同甘共苦这么久了，怎么你还在瞎操心啊？来，给我说说看，你那个不靠谱的师兄又做了什么事让你闹心了？"

"其实没什么。我觉得吧……师兄他好像对喜欢他的女孩都挺好的。"

"所以呢？"

"所以我在想，有些事，是不是我……太自作多情了。"

会这样想其实不奇怪。

公司里的小青年们虽然会常常拿他们开玩笑，言祈也总是笑嘻嘻地不否认，甚至偶尔会配合性地表示亲昵，但真正能让她心安的"我爱你"或是"做我的女朋友"这类话，从未说过。

所有的关心和体贴，就他惯有的表现来看，似乎说明不了什么。

这种微妙的不安在没有其他人介入时，感觉还没有那么明显。

可是对方身边一旦出现了其他有所示好的女孩，原本暗藏在心里的惶恐就止也止不住了。

"你怎么会这么想啊？"老斑鸠觉察到了她的心情，耐心安慰道，"男人嘛……身边需要平衡照顾的关系有很多，有时候为了世界和平难免逢场作戏，但只要把握好尺度，坚守原则的同时做到与人为善，不是皆大欢喜的事吗？"

倪悦被他这么一说更是心慌。

按照老斑鸠的说法，自己是不是也算言祈"逢场作戏"的一部分？

毕竟以他的性格，自己死皮赖脸地辞职跑来悦享之音，又一次次地表明心意，想来他不好意思说什么太过绝情的话。

老斑鸠看她不接话，继续补充道："还有啊，很多爱情鸡汤里不是说过，看一个男生喜不喜欢你，是看他做了什么，而不是说了什么吗？听你之前和我说的那些，我觉得你师兄对你的喜欢很明显了啊，你非要他开口盖个章，才安心啊？"

"不和你说了，反正说了你也不懂。"

倪悦被他调侃得有些羞恼，抬头看了看窗外黑压压的天色。

好像快要下雨了，不知道言祈现在在干什么。

"喂，小仙女，你这是要下线了？"

"嗯……"今晚她的确没什么精神，"斑鸠兄，我先睡了。改天再和你聊。"

"去吧去吧。"老斑鸠也不勉强，"你赶紧去洗个热水澡换个心情，说不定满身的丧气洗一洗，接下来就心想事成了哦！"

倪悦洗完澡，刚把头发吹干躺上床，言祈的电话进来了。

"悦悦，睡了吗？"

电话那头的声音轻轻柔柔的，听着十分温和。

"还没有……"倪悦紧紧地把电话贴在耳朵上，声音不自觉地放低了些，"这么晚了，师兄你找我有事吗？"

"没什么特别的事，就是和你说一声，前几天我把程筝的情况和一家相熟的公司做了介绍，对方对她挺有兴趣的。今天安排他们见了个面，合作意向差不多谈定了。明天她再过去见一下HR，应该很快就能入职了。"

"啊？"倪悦十分惊讶，"你们不是想把她留在悦享之音吗？而且她也很乐意啊……怎么忽然去其他公司了？"

"程筝学的是金融，在我们这边暂时派不上什么用场，真放着做品牌，专业也不太对口。我推荐的这家公司刚好在金融领域还不错，双方契合度很高，所以就这么愉快地决定了。"他顿了顿，声音里带了一点笑意，"怎么，听你的口气，好像不是太高兴？"

"我只是个小员工，这种用人的事当然是师兄们说了算，哪有什么高兴不高兴的？"倪悦嘴里接着话，心里却为自己跌宕起伏的心情而感觉有些羞愧，"你打电话给我，就是为了说这事啊？"

"是啊。"言祈轻笑着，"看你好几天都满腹心事的，所以特别说明一下。"

"说明什么？"倪悦脸都红了。

"说明这件事上，我是清白的啊。"

"呃……"

许久之后，电话那头的青年似乎是清了清嗓子，态度严肃了一些："悦悦，我想和你说件事。"

他顿了顿，声音里带上了一点笑意："其实本来应该早点和你说的，但是公司之前一直不太顺利，我没有把握在那种情况下，自己能不能处理好其他的事情。所以计划着在一切稳定下来以后，再和你说……现在看来，时机虽然不算最好，但好像也不能再等了。"

某种强烈的预感让倪悦心如擂鼓，声音都开始紧张到发抖："你想说什么？"

"我想说的是……"

声音到了这里，忽然顿了一下。

倪悦捏着处于静默状态的手机等了一阵，满心忐忑地确认着："师兄，你还在吗？"

许久之后，言祈的声音重新响起，说话之前先轻声叹了口气："抱歉啊，悦悦，苏总一直在打我电话，不知道是不是有什么重要的事，我先接一下。如果没什么事的话，我晚点再联系你。"

"哦……"倪悦不知道是失望多一点，还是庆幸多一点，"没关系，你先忙。如果有事的话……有什么话改天再说也可以的。"

"好……那先说晚安。"

言祈轻声笑了一下。

紧接着，那通还没说完的电话，就这么被挂断了。

那天晚上，言祈没再找到机会给倪悦打电话。

因为在苏以菡那一通来电之后，他就被彻底绊住了。

"苏总，你现在在哪儿啊？找我有事吗？"

电话那头传来的背景音十分嘈杂，混合着强烈的电子乐和男人女人们的尖叫笑闹声。

苏以菡的声音时断时续地传来，带着一股朦胧的醉意："我在乐巢喝酒呢……言祈你现在没事的话，过来玩呀！"

言祈低头看了看表，时间已经到了夜间十一点。

"时间太晚了，我不过去了，苏总你玩得开心。"

"你平时都这么乖的吗？"电话那头的女人咯咯笑着，似乎在酒精的刺激下，言语中多了几分工作状态下难以得见的放肆，"别那么扫兴嘛，没事赶紧过来，我介绍几个朋友给你认识。"

"嗯？什么朋友？"

"你说是什么朋友？"苏以菡哈哈笑着，"我说言祈，你现在都自己操持公司了，该不会以为做生意交朋友只能在高峰论坛那样的场合吧？"

这话说得倒没错。

生意场上，在声色犬马的娱乐场所里聊合作，往往比那些正儿八经的峰会论坛上效率更高。

陆余和谢雨晨不善交际，苏以菡愿意帮忙铺路介绍资源，自己如果还要摆姿态，那实在太不识相了。

"OK。"言祈迟疑了两秒钟，做好了决定，"那你等我一会儿，我现在过去。"

"行，不过别开车啊！"苏以菡挂电话前没忘了笑嘻嘻地特别提醒，"开车不喝酒，喝酒不开车，我们要做遵守交通规则的好市民！"

半个小时以后，言祈赶到了位于S城中心区的乐巢酒吧。

才一进门，震天的音乐和缭绕的烟雾立刻将他淹没其中。

虽然已近凌晨，但对很多人来说，夜生活似乎才刚刚开始。

随着DJ打碟节奏的不断变化，纵情声色的夜行动物们愈加亢奋起来。

按照苏以菡的短信提示，言祈好不容易找到了位于酒吧二楼的一个大型包间。房间门刚被推开，好几道目光追了过来。

"言祈你来啦！"苏以菡似乎一直在留意房门那边的动静，见他出现，很快高声招呼着，"赶紧过来帮我喝杯酒，我输了一晚上，再喝下去得顶不住了！"

对方既然主动开口，这种场合下不能让她没了面子。

言祈没过多犹豫，在她的招呼下，拿起一杯不知道什么品种的烈酒，仰头喝了。

"哇，厉害了！苏总的护花使者终于来了！"

"苏总藏了这么久也没带给大家见见，今天终于舍得了？"

"这位帅哥长得这么帅，是我也得藏起来！不过既然来了，介绍给大家认识认识呗？"

酒才下喉，噼里啪啦的鼓掌声和哄笑声已经同步响起。

苏以菡眉目带笑地看着他，似乎对旁人的误会没半点要澄清说明的意思。

人群里热闹了好一阵，陆陆续续地一直有人过来找他碰杯。

勉强应付了好一阵，言祈才找到了个空隙，坐到了沙发的角落里，对着眼前乌压压的一片陌生面孔，只觉得有些头疼。

"你们这是在搞什么聚会啊？"

"都是些传媒圈的朋友，还有好些个是有着百万粉丝的网红，具体是谁攒的局我不知道，反正他们经常聚，我偶尔过来凑凑热闹。"

苏以菡像是有些热了，坐在他的身边，顺手把外套脱了下来。

一件轻薄的水蓝色吊带裙裹着凹凸有致的身体，看上去简直是风情万种。

眼前群魔乱舞的情形，要正儿八经聊点业务上的事，看来是没戏了。

言祈安静地坐了一会儿，眼看着苏以菡一直盯着他笑，也跟着笑了起来："既然是这样，那苏总怎么想着把我叫过来啊？我和大家不熟，而且不擅长夜场活动。"

"你骗谁呢？"苏以菡有些娇嗔地推了他一把，"之前我们刚认识的时候，你带我去喝酒唱歌，不是挺在行的。现在怎么变这么纯情，难道是……交了女朋友？"

眼见言祈只是笑，不说话，她继续补充着："而且出来玩嘛，自然是要找些志同道合的朋友才比较有趣。我在S城熟悉的男生不多，不叫你的话……难道叫寅峰啊？"

这句话从她口里说出来，隐约带上了一点试探的意思。

言祈自小经历过被各种女孩擦边挑逗的行为，也知道这个时候，自己不能再缄默了。

"吴总挺好啊，虽然平时看上去严肃了点，但真要玩起来，应该是能配合的。而且他和苏总你这么熟，必定会更清楚你的喜好。"

"嗯？难道我们之间不熟吗？"

苏以菡的脸凑了过来，嘴唇几乎要咬到他的耳朵。

言祈借着起身拿水的姿势，不动声色地将身体朝旁边挪了挪。

他意识到苏以菡今天晚上喝得实在有点多了。

女孩子一旦有酒精壮胆，言语和行动都容易出格。

有些警戒线在工作的状态下很容易被拉起，然而一旦进入失控状态，场面就会很难应付。

但对方毕竟是公司当下最重要的合作伙伴，自己刚来没多久就借口开溜也不太合适。

言祈低头喝了半杯水，又勉强坐了十几分钟，才轻声建议道："苏总，我看时间不早了，明天还要上班，要不我送你回家怎么样？"

"现在回什么家呀，难道你这个CEO上班还要打卡的吗？"

苏以菡像听到什么笑话似的，咯咯笑着，很快摇摇晃晃地站了起来，扬高了声音朝人群招呼道："有没有人一起玩真心话大冒险的？赶紧来啊！"

在她的身份和号召力下，乌啦啦一群人很快涌了过来。

因为人多，游戏的规则并不复杂。

参与游戏的人每人摇一次筛盅，直接比大小。所有人摇完以后，点数最少的人将选择"真心话"或者"大冒险"作为惩罚，而具体的惩罚内容，则由点数最多的玩家决定。

游戏本身极其无聊，纯粹考验手气，但夜场聚会本身就是找个乐子让人能够起哄而已，所以规则刚说好，大家很快相互吆喝着玩了起来。

半个小时之后，游戏玩了几圈，言祈运气还不错，每次摇出的成绩不高不低，足够他好整以暇地坐在一旁当观众。只是酒精刺激之下，无论输的人是选择"真心话"还是"大冒险"，相关的惩罚总是直指个人隐私，尺度也越发放肆。

又过了十几分钟，言祈低头频频看表，想着自己坐了这么久，时间也该差不多了，人群中忽然有人高声笑了出来："苏总，这次是你输了！"

"输就输呗，我又不是输不起。"苏以菡豪气干云地拿起眼前的酒杯喝了一口，声音跟着有点飘，"我选……大冒险！"

"哇！这可是苏总你说的！"坐在她正对面的四眼仔一脸跃跃欲试的样子，是这轮游戏里的赢家，"既然机会难得，那大家帮忙想想，让苏总冒个什么险比较好？"

"让苏总在现场的帅哥里随便找个人亲一下吧！"

"这不好吧……苏总的男朋友还在呢。"

"那就亲男朋友啊!"

"苏总亲自家男朋友算什么大冒险啊……要舌吻才行,时间不能低于一分钟!"

"我建议,要不现场考验一下苏总男朋友做俯卧撑的实力……不过自然是在苏总身上做啦!"

"你们太坏了……"

花样百出的建议声很快响了起来,似乎苏以菡平日里在职场上的模样太过高不可攀,大家急于想要看到她卸下盔甲后,属于女性的另一面。

至于有多少人是纯属起哄,有多少人是不怀好意等着看热闹,那就不得而知了。

言祈莫名被拖下水,随着身边人的推搡,紧紧地和苏以菡贴在了一起。对方像是被抽干了力气一样,倚靠在他的肩上只是一个劲地笑,不知道周边这些乱七八糟的起哄声究竟听进去了多少。

这个时候,如果再顾忌对方的面子不加说明的话,只怕是有些难以下台。

言祈抬手扶住她,很快站了起来,好脾气地笑着解释:"大家别误会,我和苏总是普通朋友。苏总喝了挺多的,各位罚她罚轻点,作为补偿……今晚的酒水我买单,怎么样?"

"哎呀,小帅哥害羞啦!"人群中有人高声笑了起来。

"不过真的很体贴啊,护苏总护成这样,我看了都羡慕。"

"苏总好像真的喝得有点多了,不然让她缓缓?"

"就是玩嘛……反正小帅哥说要请酒了,其他的看苏总的意思啰?"

碍于苏以菡的身份，言祈又态度委婉地表明不合作的态度，众人不敢闹得太凶，叫嚣的声音逐渐低了下来。

言祈看没什么人再刻意起哄，抬手叫了服务生准备结账，苏以菡忽然摇摇晃晃地跟着站了起来。

"谁说我喝多了啊？我没事！"

她轻声哼笑着，抬着眼睛朝四周的人群看了一眼，忽然扭身拉起言祈的领口，速度飞快地吻了上去。

言祈完全没有思想准备，忽然间被她紧拉着亲吻，一时半会儿满是茫然地站在原地。

片刻之后，当他反应过来想把人推开时，苏以菡已经早一步退开了。

"说到做到，人我亲了，买单的事你们别再赖了啊。"

苏以菡挑着眼睛，犹如女王一般，对周遭再次疯狂的起哄声不以为意，而是姿态自然地挽住了言祈的手臂："我们走吧……"

言祈想了想，没吭声，很快埋头往前走去。

挤出酒吧之前，他似乎感觉有什么异样的光亮，伴随着轻微的"咔嚓"声，在身后的位置闪了闪。

但满腹的复杂情绪，让他终究没有分心回头。

走出乐巢大门时，街道上几乎没了行人。只有一排出租车守在那里，等着接送醉酒归家的客人。

苏以菡被夜风一吹，似乎从不久前放肆迷乱的状态下清醒了过来，一双眼睛亮晶晶地看着言祈，一副欲言又止的模样。

言祈避开她的目光，朝不远处的一辆出租车挥了挥手："苏总，车在那边了，你早点回去。"

"你不送我吗？"

"啊？"

"还是刚才的事，让你生气了？"

对方步步紧逼，言祈实在有些难以招架，片刻之后，终究还是微笑起来："大家在一起玩嘛，又喝了那么多酒，有什么好生气的。只是现在时间的确有点太晚了，我住的地方和苏总又在两个方向，不太方便送你。要不这样，出租车的牌照我记下了，一会儿和司机打个招呼，你如果有什么事，随时打我电话？"

"好。"

短短几秒钟，苏以菡已经恢复到了平日里干练成熟又潇洒利落的状态，快步走向了等在路边的出租车。

上车之后没多久，她又把车窗摇了下来："言祈！"

言祈正准备走，听她招呼，慢慢走了过去："苏总还有什么事吗？"

苏以菡抬头看着他："如果没有悦享之音和Apollo之间的合作，你觉得我们之间还会不会是朋友？"

言祈一愣："当然。"

"那如果没有寅峰的这层关系在，你觉得我们之间的关系是会进一步，还是退一步？"

"嗯？"言祈想了想，"苏总，我是不会因为其他人或事，影响到自己交朋友的原则的。"

"最后一个问题。"苏以菡微笑着，"如果我说刚才亲你的时候其实没有喝醉，你是会生气还是会高兴？"

"苏总……"言祈跟着笑了起来，声音轻轻的，却带着难得一见的郑重，"谢谢你的欣赏。只是很抱歉，一直没找到合适的机会和你说……我有女朋友了。"

次日清晨，倪悦踏进办公室没多久，嗅到了空气中一股子蠢蠢不安的躁动。

刚坐下来把电脑打开，一篇微信文章推送到了她的眼前。

点开链接，没来得及仔细看内容，倪悦先被文章的封面头图惊了一下。

灯光幽暗的夜店里，一男一女正以一种激情又暧昧的姿势，紧贴在一起热吻。

虽然照片似乎因为是手机拍摄，清晰度有限，但不难辨认那两人正是苏以菡和言祈。

文章的标题满是糜艳，看上去深得娱乐圈八卦小道的精髓——Apollo CEO夜店激情热吻，神秘男友身份曝光。

倪悦做了个深呼吸，赶紧鼠标下拉，把文章内容从头到尾看了一遍。

执笔者始终保持着恶意满满的姿态，先是用介绍艳闻野史般的笔调，把Apollo和悦享之音合作初期，苏以菡态度积极地帮着介绍资源的往事绘声绘色地描述了一番，进而再把夜场之中，两位男女主角低头聊天、对视微笑、贴身接吻的场景一一做了特写。

虽然没有直接挑明，但字里行间的意思已是心照不宣——悦享之音的年轻创始人背靠着苏以菡这棵大树，甘当小白脸卖笑献殷勤，才会在独自创业后这么短的时间内，站稳脚跟混得顺风顺水。

"言祈，这是怎么回事啊？你跟苏以菡到底啥情况？"

公司里显然不止一个人看过这条报道了，不过只有陆余敢在这个时候上前堵枪口。

"什么啥情况？"

言祈进公司之后忙着处理邮件，面对他的询问一时之间有点茫然。

接过陆余的手机看了几分钟，他眉头皱了皱："这东西哪家媒体发的？"

倪悦赶紧查了一下新闻源。

最早进行推送的公众号看上去有点眼熟，赫然是陈嘉杰目前正在运营的那家"前沿猛料"。

言祈还没意识到问题的严重性，冲大家简单交代着："昨天晚上苏总约我去了个传媒圈的聚会，不知道具体有些什么人，大概有什么无事生非的家伙混在里面。悦悦，你去和他们后台沟通沟通，看他们要多少钱愿意删稿，如果不太过分，赶紧处理一下。"

倪悦显然没那么乐观："师兄，这事可能没那么容易。"

"怎么了？"

"这个公众号后面的人是陈嘉杰，他和你还有苏总有些旧怨，这次好不容易逮到机会，我怕事情不是那么容易能解决的。"

"陈嘉杰？"言祈一愣，"你之前的那位上司现在居然干这个了？"

"你别操心他了，先操心操心自己吧。"作为公关从业者，倪悦自然明白这种八卦小道可能带来的影响，"这篇报道虽然来自八卦号，但毕竟对方粉丝多，我朋友圈里已经转了好几条了。我们刚拿到融资，未来和Apollo的合作还要继续，再这么下去，对双方负责人的声誉很不好，甚至会影响到以后的业务合作。所以我建议，尽快和Apollo的公关部门协商一下，一起发布一个联合声明。不然再发酵下去，不知道会怎么样呢。"

言祈想了想："你先别急，这事我和苏总那边沟通一下。"

这种涉及高层私生活的八卦不比其他的企业负面，澄清的渠道、口径、说辞，需要当事人相互沟通一下比较好。

倪悦见他开始着手处理，很快坐回了自己的工位，等着反馈的信息。

几分钟后，言祈的QQ跳了起来："悦悦，你可能要再等一下，苏总没接电话。"

倪悦迅速回复："好，有了消息你告诉我就行。"

隔了几秒钟，消息再次传来，带着一点特意解释的意思："昨天的事是个意外。苏总喝多了，又在兴头上，所以举动难免出格，你别放在心上。"

倪悦面不改色："大佬们的私生活纯属个人自由，我不关心。不过师兄，你现在有空说这些，是准备让我用这样的口径出声明吗？"

言祈沉默。

说完这一句，两边都不出声了。

对话就此陷入僵局。

几分钟后，谢雨晨捏着手机走了过来，神色看上去有些严肃。

"言祈，苏以菡你联系上了吗？"

"还没有，怎么了？"

"自己看看吧，几分钟前，Apollo出消息了。"

Apollo那边的消息，是苏以菡在个人微博主页上进行的更新。

因为其CEO的身份，又和诸多媒体、业界大佬以及旗下网红保持着不错的关系，苏以菡的个人微博一直保持着极高的活跃度，影响力甚至超过了Apollo官方本身。

因此，她这份对"前沿猛料"的头条文章给予的转发回应，不过短短十分钟，评论区就炸开锅了。

出乎所有人意料，苏以菡在回应中，并没有对她和言祈之间的关系做澄清，而是把诸多笔墨，放在了"个人隐私被严重侵犯"这个重点上，在怒斥对方下三烂的偷拍行为后，继而潇洒表示"交什么样的男朋友纯属个人自由，不劳各方媒体讨论关心"。

"前沿猛料"炮制出来的那篇八卦文章，虽说浏览者甚众，但大多数人只是抱着无论真假，看个热闹的心情。但苏以菡这番亲身下场，又重点偏移地一回应，倒像是坐实了文章中暗示她和言祈之间男女朋友的关系。

不过半天时间，来自科技圈、媒体圈的大佬们，甚至是Apollo旗下的网红姐妹团纷纷下场，点赞的点赞，转评的转评。除了对偷拍者的声讨和斥责之外，各种祝福也夹杂其中。

放眼望去，整个一情侣关系被公开后的大型撒狗粮现场，其火爆程度甚至一度爬上微博热搜。

在此期间，言祈又陆续打了几个电话过去，苏以菡却始终保持无人接听的状态。然而在自家微博主页上，这位绯闻中的女主角换着各种可爱调皮的小表情，一直和熟人们保持互动。

事到如今，就算迟钝如陆余，也觉察到事情有点不对劲了。

"我说言祈，你到底是哪里得罪她了？昨天你们不是还搂搂抱抱在一起喝酒吗？还有啊，我们这边的澄清声明还发不发啊？再这么搞下去，你不真成小白脸了？"

"什么搂搂抱抱？"言祈心情实在有些一言难尽，"这事先这样吧。她估计心里有气，让她闹闹，闹过这一阵应该就没事了。"

"心里有气？有什么气？"

"呃……"

陆余站了一阵，眼看言祈不说话，终于乖乖地回自己工位上去了。

这场闹剧背后的微妙缘由，言祈虽然心里有数，却无可奈何。

苏以菡背靠自家父亲这棵大树，一路顺风顺水地混到今天，想来是不曾吃过什么亏的。

主动献吻示好的情况下被人拒绝，心中自然意难平。

作为一个生意人，她不至于幼稚到用破坏业务关系这样的行为施以报复，在私人感情上恶作剧般给言祈添添堵，却是乐见其成。

反正她眼下是自在潇洒的单身白富美，身边出现任何亲密对象都无可厚非，利用八卦文章在公众面前炒炒绯闻，对自己而言没有什么损失。

可言祈就不一样了。

既然有了传说中的女朋友，想来事发之后，赔着笑脸解释道歉之类的麻烦事，是免不了的。

更重要的是，就算吃了这个闷头亏，出于业务层面的考虑，言祈既不可能主动发澄清公告打她的脸，也不可能断绝来往。

不伤筋动骨的情况下，小小地给对方挖个坑，不仅是给自己出口闷气，也是给两个人之间的关系主动划了一条结界。

对苏以菡这番曲折的心理活动，言祈不是不懂。

所以再是郁闷，只能装傻充愣地让倪悦把准备推送的澄清公告撂了下来。

他原本以为，这件事造成的最严重后果，无非是花点时间，仔仔细细地和倪悦解释一下双方的关系，以及在未来的合作里，免不了会多遭受一点来自Apollo的小小刁难。

然而让他，甚至是苏以菡都始料未及的是，吴寅峰会在这场闹剧几乎快要退出公众视野时，悄无声息地突然登台。

在距离言祈和苏以菡的这场八卦事件仅仅两个月后，Resonance忽然召开了盛大的新闻发布会，以一款名为"Jimi"的产品为代表，宣布正式进军智能音箱行业。

这个消息来得如此猝不及防，诸多和Resonance保持着紧密关系的业内媒体，事先没有收到半点风声。

随着新闻发布会的召开，媒体几经深挖之后才知道，这个决定即使在Resonance内部也来得非常突然。以吴寅峰向来谨慎沉稳的个性，在做这个决定之前，甚至没有和公司高管们开会讨论而选择了一意孤行，使得这款产品上市之初，就充满了耐人寻味的气息。

像是为了赶时间，吴寅峰在做下决定后，迅速地兼并了市面上一家做智能音箱的小公司，动作之快，使得Resonance在价格方面做出了很大让步。

因为被兼并方已经在智能音箱的生产上，搭建起了成型的体系，免去了他们很多基础工作，于是Resonance把精力主要放在了对语音识别的技术优化上。

整个项目因为吴寅峰的特别关注，而在公司内部被列入了最优先的级别，由技术部总监程响亲自带队，抽调了整个团队中最精英的力量组成项目组，加班加点地持续攻克。

最终成型的Jimi呈水滴形，外形和色调一反Resonance惯有的高技术风格，看上去萌感十足。

在功能方面，Resonance放弃了自身和许多智能家居企业长期合作关系良好的优势，而把使用场景聚焦于家庭娱乐的生态圈，通过版权购买和商务联合等形式，大张旗鼓地和诸多音频内容方面的巨头建立了深度合作。

对这款产品，最先开始做测评的媒体，自然免不了拿它和当下风头正劲的Buddy做比较，然而比较结果，让突遭劲敌的悦享之音的小青年们忧心忡忡。

从外形上看，走"治愈系"风格的Buddy和"暖萌系"风格的Jimi各持胜场，目标用户有着很大重叠，而在作为核心的语意理解和远场拾音等技术层面，在Resonance核心技术团队昼夜不停的攻克下，双方的距离并未明显拉开。

然而得益于强有力的资金支持，Resonance在内容资源上占据着更为明显的优势，不仅签下了更多的版权协议，甚至好几家和悦享之音合作的内容提供商，也在其优越的合作条件下，即将与Resonance签下具有排他性的独家合作条款。

可即使在如此高成本的情况下，Jimi的市场定价只有Buddy的一半。

因此，许多嗅觉敏锐的媒体很快言之凿凿地下了定论——Resonance这场极为仓促的转型之战，最直接的目的，就是为了狙击悦享之音。

/ Chapter 14 /

振翅的蝶

Jimi上市不到一个月，因为低价战略，迅速成了智能音箱市场上的新宠。

原本颇受关注的Buddy，在其强有力的声势碾压下，各大电商网站上的销量以肉眼可见的速度迅速下跌。

面对这样的情况，悦享之音的投资方有些坐不住了。

某天下午，言祈正拉着团队准备开会，前台忽然通知有两位来自启翎创投的客人到访。

言祈虽感意外，但表现得依旧很放松："难得徐总这么有空，居然特意跑这么远来看我们。赶得早不如赶得巧，刚好大家准备点下午茶，两位要喝点什么？"

"冰美式吧……"徐朗作为启翎创投的副总，之前和他打过一阵交道，也算是混熟了，所以没太客套，"看你这不紧不慢的样子，好像不怎么担心啊？"

"担心什么？"

"担心再这么下去，还能不能叫得起下午茶啊？"

"看你说得……"因为对方年纪长了好几岁，性格又随和，言祈说起话来也随便，"这不有你们在吗？"

"你小子给我严肃点。"徐朗简直哭笑不得，"别忘了，当时我们合作条件里是签了对赌的，到时候销量完不成，我想保你们也保不住。而且不只启翎，你们和很多内容平台做免费的资源合作，也是有销量要求的吧？就算我这边给你争取时间，别人可没那么容易放过你……"

"门道很清楚嘛……不愧是投资界大佬！"言祈笑嘻嘻，"那朗哥你给个建议呗，咱们现在被人这么赔本赚吆喝地压着打，换你你怎么做？"

"少在我面前套话，我可没从你这里领工资。"徐朗瞪了他一眼，指了指一直站在他身后的男人，"这位刘齐刘先生是我刚认识的朋友，是很有经验的营销专家。今天我们刚好有约，他又对你们公司的产品挺关注的，一起过来看看。要不你们先聊聊？"

悦享之音成立以来，一直没有招到合适的负责品牌市场方向的高管，平日里的相关工作，基本是言祈和倪悦他们部门的几个小姑娘一起配合完成。这位刘齐在这个时候出现，大概徐朗是带着一点帮他们推荐CMO候选人的意思。

言祈自然不会放过这个机会，客气了几句之后，把几个重要的高管和品牌公关部的一众人等通通拉到了会议室，做洗耳恭听状。

刘齐递出的名片上挂着"营销战略专家"的头衔，据说当下主要是以独立自由人的身份，为各种大型企业提供所谓的"战略咨询"服务。

这种工作听起来实在太过缥缈玄幻，即使随性如言祈，一时也没琢磨过来对方具体是干什么的。

但刘齐态度大方，会议刚开场，先用半个小时介绍了一下自己之前操盘过的各种光辉项目。倪悦拿着笔记本低头记了几分钟，心中只觉得异样，渐渐不自觉地把笔停了下来

言祈留意到了她满脸的疑惑，悄悄撞了撞她的胳膊："你怎么了？"

倪悦尽力压低声音："师兄，不对啊，这位刘老师刚才说的好几个案例，我之前都听说过，有一个还是亲自参与的。可是这些案子真正在背后操盘的，都是类似Blue Rays的专业乙方团队，不太像是个人行为啊。"

"嗯……"

这种挂羊头卖狗肉，在项目中参与了某个部分，却把整盘生意的功劳归于自身的"专家"，市面上屡见不鲜。只要胆子大，乔布斯和扎克伯格都可能会被牵扯上关系，用来给自己的资历背书。

言祈属于务实派，原本觉得对方一上来先天花乱坠地炫耀资历，有点太啰唆，听倪悦这么一说，心里大概有了数。于是很快对她挤了挤眼睛："耐心点，我们听听后面怎么说。"

又过了十几分钟，刘齐终于自夸结束，总算把重点落到了悦享之音当下面临的问题上："言总，智能音箱行业的动态我一直在留意。就当下的情况，你们有没有考虑适当压缩一下利润空间，把销量先稳住，至少别给公众一种Jimi刚上市，就把你们打压得全无还手之力的观感？"

"没想过。"言祈十分干脆地一摆手，"先引流后变现的做法是互联网企业的常态，但如果引流成本太高，会严重影响后续发展。而且这套模式如果放在智能硬件的领域，就更加不适用，所以我没有想过和Resonance打价格战。"

"言总真是硬气！"刘齐原本以为自吹自擂地摆出了诸多光环，言祈多少会和他客气客气，没想到这位年轻的当家人态度如此强硬直接，于是立马顺着对方的风向给自己挽尊，"不过言总的想法是对的，Resonance家底厚，后面又是广恩集团，真要打价格战这么耗下去，言总的确不太有优势……"

"这个道理我们都明白。"言祈笑着打断了他，"不知道刘老师还有什么别的建议？"

"这个嘛……"刘齐眼睛转了转，"不知道言总有没有留意，虽说在很多人看来，Jimi的对标产品是Buddy，也有很多媒体判断这次Resonance仓促扩展业态，是冲悦享之音来的。但事实上，Jimi的低价入市让很多做智能音箱的企业都受到了冲击，销售受到影响的，远不止悦享之音。"

"所以呢？"

言祈眼睛亮了亮，感觉对方忽悠了这么久，终于要给出一点干货了。

刘齐咳了一下，摆出了一副十分专业的姿态。

"一个行业是有一个行业的规则的，低价入市不是不可以，但你得让同一行业的人能继续有饭吃。Resonance这么乱来，等于是扰乱了市场。比起以技术和内容为主要卖点的Buddy，很多靠硬件获利的企业受到的冲击更大。这种时候，行业同僚们比你们更着急的，只怕不在少数。所以我的建议是，联合相关的企业，通过行业媒体发声，声讨对方这种破坏市场的行为，集体向Resonance施压！"

倪悦听到这里，实在是坐不住了。

"刘老师，您说的这种情况不是没有，之前某电商企业零利润销售家电，还有某廉价航空公司一元机票的行为，的确受到过业界的联合抵制。可就Jimi的定价而言，虽然是比其他竞品要低很多，可远远没到刻意扰乱市场这一步啊。"

"这种事情，是可以操作的嘛……"刘齐一副"小姑娘真是少见多怪"的模样，"媒体舆论很多时候是可以倒逼行业和市场的，这种案例我之前运作过不少，和相关的机构媒体比较熟。同时，我们还可以做一些事件营销，打击Jimi的产品信誉度。我听说Jimi的硬件部分都是外采，其质量问题大有空间可做……"

他说到这里，面有得意之色："之前我帮一家充电宝公司运作过一个项目，在网站上策划推送了一个它的竞品质量不佳，导致家庭火灾的小视频，当月竞品的销售业绩就以肉眼可见的幅度大跳水了。"

"谢谢你啊，刘老师。"言祈耐着性子听他说到最后，微笑着站了起来，"今天听您分享了这么多经验，我们觉得受益匪浅。接下来，我和我的团队可能要仔细消化一下。现在时间不早了，您看要不我安排您和朗哥一起吃个饭？"

"吃饭就不用了，我们还有事呢，你忙你的。"

徐朗跟着站了起来，拍了拍他的肩膀。临出门前，悄悄扯了他一把："怎么着，这位刘老师感觉你不是很满意？"

"运营理念不同，估计是消受不起……"言祈笑嘻嘻的，态度十分坦白。

"行吧……"徐朗轻声笑着，"这位刘先生是朋友推荐过来的，因为和朋友关系比较熟，我就直接把人带来了。不过感觉路数的确和你们风格不太相符。你们这边CMO的事，我再帮你留意留意，人没到岗前，你自己多费点心。"

"多谢朗哥啦！"

言祈一路把他们送到电梯口，眼看电梯门关上，才悠悠然地走了回去。

刚回到公司门口，倪悦已经探头探脑地等在了那儿。

见他出现，她小跑着凑了过来："师兄，刚才刘老师说的那些……"

"怎么着，有想法？"言祈看着她，"来来来，赶紧分享一下。"

"我觉得他说的那些方法不可行。"

"可以啊，敢直接质疑业界专家了！"言祈歪着头，"为什么不可行？说来听听。"

"现在市场上的各种营销手段、公关手段看上去精彩纷呈，好像一个case就能力挽狂澜，可是在我看来，一切的本质终究是基于产品和事实本身。Jimi低价入市对行业有所冲击是没错，但他们愿意牺牲利润做这样的价格策略，并没有违反市场规则，如果通过制造舆论或者刻意抹黑的行为对他们进行打击，我觉得很不厚道，而且对整个行业是一种伤害。"

"所以呢，既然你不同意他的做法，自己有什么想法？"

言祈的声音很平静，听不出太多倾向性，这让倪悦为自己"不知天高地厚"的冲动行为，有些忐忑起来。

"我的想法……其实很初级啦。智能音箱不属于生活必需品，消费者大多具有一定的购买力，所以价格并不是最具决定性的因素。低价产品固然很好，但如果产品的确有打动消费者的地方，很多人是不会介意多花点钱，为自己喜欢的东西买单的。"

"嗯……别着急，慢慢说。"

言祈听她语速越来越快，安抚式地揉了揉她的头。

"Jimi一上市，因为外形、使用场景甚至销售渠道，很多人直接用它和Buddy做比较，甚至包括我们自己也是这么觉得的。但实际上，我们的产品是可以做出差异化的……"

她说到这里，把自己手里那个乌压压写着好多字的本子拿了出来，递到了言祈眼前："技术上的东西先不提，但Buddy在研发之初，我们做过了很详细的品牌定位。它的存在是为了陪伴，像家人、像朋友、像情侣……正是因为这个定位，我们在外观、音质、内容方面做了细节设计。产品一旦被赋予了某种情感诉求，就会有相应的溢价空间。比如哈根达斯，虽然价格很贵，但我会因为它传递的'高品质生活和浪漫的恋爱感'而掏钱。所以对Buddy，我觉得这个时候不应该跟着Jimi的市场节奏走，再在价格上做文章，而是应该强化它的情感内涵和差异性，让消费者觉得，我即使多花一点钱买它，也是值得的。"

"你喜欢吃哈根达斯啊？"言祈对着本子看了许久，忽然把头凑到她眼前，十分好奇的模样，"还有，吃个冰激凌真能吃出浪漫的恋爱感吗？"

倪悦感觉一阵青筋暴跳。

她说了这么多，这个人到底有没有在听啊？！

"呃……冰激凌的事咱们先放一放……"见她板着脸不吭声，言祈终于正经了点，"你的想法我认同，感觉比刘老师那些建议靠谱很多。一会儿将方案落实到执行层面细化一下，然后看看其他部门需要怎么配合。另外，就像你说的，产品是一切的根本。所以近段时间我们在技术方面下了一些功夫，具体的成果和进展，可以去找一下你那两位师兄。"

"所以你的意思是……按照这个方向去执行吗？"

倪悦有些兴奋地抬头。

"是啊！"言祈笑眯眯地看着她，"恭喜你，方案通过。等这波干完了，如果我们还没倒闭的话，我请你吃哈根达斯。"

一周之后，数支以"用心陪伴，你最懂我"为主题的小视频悄然登录了各大社交媒体。Buddy作为虽不刻意抢镜，却承载着情节主题的隐性主角，很快引发了大量用户的讨论和关注。

小视频分别以"亲情""友情"和"爱情"为切入点，描述了在城市中独自打拼，而陷入了情感沙地的年轻人们在Buddy的陪伴下，最终得以温暖、慰藉和鼓励的小故事。

虽说有启翎创投的几千万投资在那儿，但本着创业时期能省一点是一点，钱要用在刀刃上的想法，这几支小视频从脚本到制作，都由悦享之音的小伙伴们一手包办。

即使镜头甚是简陋，剪辑也缺乏节奏感，但因为脚本取材于身边人的真实经历，倪悦又加班加点几番润色，最终呈现出来的每一个故事，都具有强烈又真实的代入感，从而迅速在年轻人中引发了共鸣。

与此同时，为了加大宣传力度，倪悦特意在自己的电台开设了一期与视频主题相呼应的特别节目。

因为电台久未更新，本次节目又特设了Buddy作为奖品，听众们显得格外活跃。外加倪悦事先刷脸，铆足了劲儿联动了一些网红届的小姐妹协力宣传，节目的转发量很快逼近百万大关，一时间为Buddy刷足了存在感。

除了社交平台上的火热造势之外，在业界最具公信力的几家科技媒体那里，言祈也交出了相应的功课——对市面上智能服务设备普遍存在的NLU方面的瓶颈，尝试用data-driven的模式取代人工定义，让产品更具智能性。

随着讨论热度的节节攀升，以及科技媒体对其技术的肯定，Buddy的销量在被Jimi强势打压之后开始逐步回暖，甚至有诸多热衷追逐潮流的网红，在直播过程中主动带Buddy出镜，从而引发了好多粉丝追星抢购的热潮。

在Jimi入市之初，业内人士料想的Resonance和悦享之音浴血厮杀的场面没有出现，原本被重点狙击的Buddy也没有退出竞赛圈。

相反的，两家企业的产品在经历了最初的小小缠斗之后，迅速找到了各自的细分市场，相安无事地和平共处着，在自己擅长的领域里持续发力。

好不容易从危机之中缓过劲儿来，悦享之音地处CBD的新办公室又即将装修完毕，等着搬迁。双喜临门的情况下，公司里小青年们吵吵着要大吃一顿，以表庆贺。

鉴于倪悦在这次行动中利用网红身份，夹带私货地为大家省了大笔推广费用的卓越表现，陆余很自觉地让出了餐厅的选择权。一群人热火朝天地围在会议室讨论晚上的庆祝方案，苏以菡的电话忽然打了进来。

自从之前的微博转发事件之后，不知是因为置气还是尴尬，她和言祈之间已经很久没联系了，所有合作上的事务，都由下面的员工对接执行。

眼下收到她的电话，言祈有些意外，特意找了个安静的地方，才戴上了耳机："苏总你好。"

"这才多久没联系啊，你怎么变得这么客气了？"电话那头苏以菡的声音微微带笑，"不是还在生我的气吧？"

"生气？苏总说哪里话……你是有哪里得罪我了吗？我怎么不知道？"

"没生气最好。"苏以菡见他不欲重提旧事，十分懂事地跳过了这个话题，"今晚我生日，大家有一阵子没见了，所以想约你过来聚一聚，不知道你肯不肯赏脸？"

"苏总生日快乐。"言祈不卑不亢地说，"不过不太巧，今晚公司聚餐，可能我来不了了。"

"言祈！"苏以菡难得见他如此生硬的拒绝态度，声音急促了起来，"今晚我不仅约了你，也约了寅峰。你们两个都是我的朋友，说实话，看到你们之前因为……一些误会，闹成那样，我心里挺不安的。大家毕竟都在生意场上，又在一个行业内，低头不见抬头见，总是要遇上的。所以我想借着生日的机会，你们可以聊聊，心结解开的话，对以后的发展都好，你说呢？"

她这番话说得十分恳切，甚至带着一点主动道歉的意思。

考虑到未来的合作，言祈不想把关系闹得太僵，沉思片刻之后说："既然这样，不知道苏总介不介意我多带一个朋友过来？"

"朋友？"苏以菡愣了愣，"什么朋友？"

"女朋友。"

什么？

这个回答显然出乎苏以菡的预料，沉默了好一阵，似乎在判断这个回答究竟是真是假。

片刻之后，她勉强笑了起来："当然，如果你愿意，我完全没问题。"

"那多谢苏总了。"

言祈收了电话，重新回到办公室。

众人似乎已经商讨好了晚上的聚餐计划，见他出现，七嘴八舌地汇报了起来。

言祈心不在焉地听了一阵，对他们那些浮夸的娱乐方案没讨价还价的意思，挥手说了一句"大家随意，让谢总和陆总买单就好"，然后悄悄把倪悦拉到了一边。

"晚上你有安排吗？"

"怎么了，有什么特别的事需要加班吗？"倪悦浑身警惕地看着他，苦着一张脸，"师兄，又有紧急情况啊？"

"对！"言祈满脸严肃，"晚上的聚餐福利以后单独给你补，今晚和我出去一下，有个特别任务。"

"好吧。"

作为PR人员，随时待命应付突发事件是职责所在，倪悦工作以来习惯了。只是看着不远处的同事们欢呼雀跃的模样，还是禁不住悲从中来。

下班时间没到，言祈已经手指一勾把她召唤出了办公室。

车子开向市中心后，最终停进了一个大型shopping mall的地下车库。

倪悦不知道他葫芦里卖的什么药，亦步亦趋地跟在他身后，四下晃悠了好一阵后，最后在一家高级女装专卖店停了下来。

"师兄要买女装吗？"

"嗯……"

言祈看上去神情专注，在店里绕了两圈之后，选了好几条小裙子塞她手里："去试试？"

"哦……"

倪悦平时不算爱打扮，衣服大多以田园小清新风格为主，因为在淘宝上有好几家特别收藏的店铺，连逛街的时间也省了很多。

这种随便一件T恤价格就堆着四五个零的名牌店，她之前只在帮吴寅峰买礼物的时候逛过，现在抱着一堆小裙子进到试衣间，总觉得有点战战兢兢。

好在她身材苗条，皮肤白皙，身高虽然一米六五不到，但比例适中，四肢修长，和这个品牌强调轻灵简约、青春个性的风格居然十分契合。几套衣服试下来，连帮她整理衣物的店员小姐，都真情实感地夸赞了好几句。

言祈坐在试衣间前方的沙发上，悠悠然地翻着杂志，只有等她出现的时候，才会抬起眼睛仔仔细细地打量一番。

倪悦总觉得他带着笑意的目光里，藏着一点不怀好意的意味，忍不住瞪眼怒视，直到试完最后一条礼服裙出来，看对方已经在收银台那边一边准备付钱，一边和店员小姐聊天，才抓着裙摆小跑过去："你要买哪一件啊？"

言祈头也不抬："你觉得哪一件好看？"

倪悦不解："这是啥情况？"

言祈不紧不慢："今天是苏总的生日。"

难怪了……

倪悦紧捏着裙摆，心里有点涩涩的："这些裙子都很好看，不过感觉和苏总的御姐风格不是太搭。而且尺码你是不是也要考虑一下？苏总那么高，买M码可能更合适？"

言祈扭身看着她："谁说这是买给她的？"

倪悦无语。

言祈不紧不慢地开始解释："苏总今晚开生日派对，给我们发了邀请函。作为客人，还是配合一下主人家的风格比较好。毕竟是合作伙伴，去给她捧场不能表现得太随意。事发突然，估计你没空回家，所以自作主张地帮你准备了一下装备……不介意吧？"

这话说得真客气……

哪怕事发不突然，有足够的时间让她回家折腾，就她衣橱里那一堆最贵不超过五百块的棉质T恤加运动短裤，估计也捯饬不出什么合适的行头。

"那……既然属于商务性质，这些衣服买了以后能报销吗？"

"不能。"

长这么大，第一次买价格接近五位数的裙子，怎么说都有点肉疼。

但既然试了这么久，再说不要好像不合适。

何况这些裙子真的很好看，上身之后立马变身小公主。

想起试衣时言祈带着欣赏的眼神，倪悦咬了咬牙："师兄，我身上没那么多钱，裙子如果要买的话，我以后分期还你好不好？"

言祈像是被噎了一下，看了她半晌，似乎是想说点什么，最终还是忍住了，只是很大气地摆了摆手："行吧，分期付款的话记得算利息啊。"

"哦。"

最终，倪悦在试过的衣服里，选了一件对比之下价格适中的蓝色礼服裙，背部镂空的设计，带着一点纯真的性感。

言祈付完钱，让她直接把衣服换上，自己去隔壁的男装店买了一件同色系的衬衫，两人往镜子前一站，完全是一副默契情侣的架势。

到达派对地点时，场子里已经来了不少人，觥筹交错之间，满满都是热闹。

苏以菡坐在不远处的沙发上，正和身边的小姐妹们聊着什么，眼见言祈出现，很快起身迎了过来。

虽说从当年Apollo的线下活动开始，到后续的业务合作，倪悦和苏以菡打过了不少交道，但大多是在工作场合，对方的着装打扮向来是干练而简洁的风格。

今天的生日派对上，她换上了一条杏色的低胸礼服裙，头发高高绾起，耳上缀着两条细长的钻石耳链，整个人看上去风情而妩媚，简直是全场当之无愧的女主角。

见她走近，倪悦情不自禁地开口赞叹："苏总你今天真好看，简直跟明星一样！"

"谢谢……你今天也很漂亮。"

苏以菡的目光在她的脸上转了个圈，脸上微微笑着："言祈之前说要带女伴过来，我还在想会是谁呢，早知道是悦悦你，我就不用费劲猜半天了。"

倪悦原本以为，自己是被对方发了邀请函邀请过来的，可眼下的情形，自己的出现似乎不在对方的料想之中，一时间有些尴尬。

幸好苏以菡反应迅速，很快十分亲切地握住了她的手："两位既然来了，赶紧先吃点东西。对了悦悦，今天有一些你认识的播主会过来，到时候可以好好聊聊。"

"谢谢苏总……"倪悦赶紧手忙脚乱地把自己准备的礼物递了出去，"这个是送给你的，祝你生日快乐。"

"谢谢你啊，这么费心！"

苏以菡接在手里，抬眼看着言祈，带着一点撒娇的意思："言总的礼物呢？"

"今天来得比较仓促，没来得及特别准备，小小心意，希望苏总喜欢。"

苏以菡把盒子接在手里，神情有点微妙。

言祈和倪悦送出的礼物，是带着同样logo的包装盒，很明显是两个人一起在同家店里买的。

盒子拆开以后，倪悦的那份是一套香氛套装，言祈的则是一条白金手链。

手链的款式简洁大方，没有什么旖旎的设计供人遐想。

"真好看……"苏以菡细细摩挲了几秒钟，手腕抬了起来，声音轻软，"言总不帮我戴上吗？"

"当然！"

言祈笑眯眯的，身体没动，眼光落向了倪悦："苏总要帮忙，你赶紧的。"

"啊……好！"

倪悦总觉得他们之间的对话暗流涌动，正在仔细琢磨，骤然间听到有任务落到自己身上，立马抬头应了一声。

链子戴好没多久，苏以菡忙着招呼其他客人，先一步离开了。

倪悦记着之前的尴尬，在沙发上落座后，没忘记狠狠掐了一下言祈的胳膊："苏总又没请我，你把我扯来这里干什么？还害我花那么多钱买衣服！"

"看你这话说得……你不来的话，能放心吗？"

"什么？"倪悦一时间没能跟上他的思路。

"你看啊，今天这生日派对看着跟盘丝洞似的，来这里的女士们都那么拼，除了商业场上的，还有那么多貌美如花的网红小姐姐会出席。你师兄我，这么玉树临风地往这儿一站，身边要是没个挡箭牌，今天还能活着走出去？"

"喂……"

这个人实在太不要脸了，自我感觉良好得简直要上天。

然而倪悦对他上下一打量，居然无从反驳。

相反的，从周遭各色女性不时侧目的谈笑声中，她的确能预想到如果言祈是单身出现的话，身边的座位估计早被人挤满了。

然而对"挡箭牌"这个定位，她依然感觉有些愤愤。

正在郁闷之际，言祈一直懒洋洋靠着沙发扶手的身体忽然坐直了些，脸上的笑容也变得意味深长。

倪悦很敏感地觉察到了他的异样："师兄，你怎么了？"

言祈没回答，只是朝不远的地方挑了挑下巴。

顺着他的目光，倪悦向前看去。

入口的地方，吴寅峰手捧着大束的玫瑰花，步履平稳地登场了。

吴寅峰的出现，让派对现场爆发出了一阵不小的骚动。

毕竟以他向来严肃沉稳的公众形象，忽然如此高调地手捧大束玫瑰花，出现在一个女性朋友的派对上，很难不让人心生遐想。

连身为主人家的苏以菡都有些惊异，脚步匆匆地迎了过去。言谈之间，这位向来作风潇洒的女主人不时低头抚弄着耳边的碎发，脸色看上去微微有点泛红。

然而如此让人侧目的玫瑰只是个简单的见面礼。

很快，吴寅峰亲手为苏以菡戴上了一串光彩夺目的钻石项链，更是惹来围观者们连连尖叫。

倪悦探头看了一阵，满是艳羡地把头拧了回来："师兄，你输了。"

言祈一脸不解："什么输了？"

倪悦解释："你没看到吴总送的那束花吗？那是Roseonly的厄瓜多尔七彩玫瑰。价格可贵了，我之前还在做乙方的时候，有财大气粗的甲方在活动上订过，这么一束抵我一个月的工资！"

"懂得挺多的嘛。"言祈轻声一笑，"你是在变相要求我给你涨工资吗？"

倪悦无语。

言祈没准备放过她，口气哀哀的："我一直以为你是个低调朴素的小天使，搞了半天，原来也是喜欢这种又浮夸又没什么实用价值的东西的俗人。"

倪悦勃然大怒："这是心意好吗？这种玫瑰花要从厄瓜多尔空运，光是预订以后就要等很长的时间。而且这种九十九朵包装的有特别的花语，代表了这一生我只想爱你一个人！"

"谢谢……"言祈风度翩翩地对她最后一句话表示了感谢，然后抬头看着她，"既然这样，我输了又有什么关系，难道你盼着我赢？"

好吧……

倪悦举手做投降状，表示自己不想再继续这个话题了。

说话之间，苏以菡已经珍而重之地接过了吴寅峰手里的玫瑰，然后面带微笑地朝他们的方向指了指。

吴寅峰抬了抬眼睛，脸上的表情明显有些勉强，但在苏以菡的坚持下，还是走了过来，一言不发地坐到了沙发的另一边。

"吴总好。"

倪悦受不了冷场的气氛，满脸堆笑地扬手打了个招呼。

"你好。"

吴寅峰朝她点了点头，抬手要了一杯香槟，慢条斯理地喝着，不再说话了。

苏以菡看上去极力想要促成言祈和吴寅峰之间的互动，除了偶尔起身接待来宾之外，大部分的时间坐在两人之间，不断发起各种话题。

言祈还算配合，一路说说笑笑地配合着表演，吴寅峰却始终冷着一张脸，除非被点到名字后会简短地表个态之外，从头到尾没有半点主动接腔的意思。

时间一长，不仅倪悦觉得尴尬，连苏以菡也有些无力了。

刚好舞台那边的小乐队登场，有人伴着音乐开始迈入舞池。

苏以菡眼睛左右看了看，最终朝言祈粲然一笑："言祈，你不准备请我跳支舞吗？"

"我是很乐意啦……"言祈朝吴寅峰的方向悄悄挑了挑下巴，"不过今天是你生日，第一支舞难道不应该是和男主角一起跳吗？"

"哪里来的男主角？"苏以菡撇了撇嘴，像是对吴寅峰一路不配合的态度有些气恼，"既然今天我过生日，难道不是我说了算？"

"既然如此，那我恭敬不如从命了。"

言祈终于站起身来，十分绅士地朝她伸出手，苏以菡轻声笑着，很快把手放到了他的手心里，走向了舞池。

原本热闹的沙发区内顿时安静了下来。

倪悦不敢主动找吴寅峰说话，只能专心致志地调戏着手里的那杯可乐。

片刻之后，倒是吴寅峰主动开了口："你和言祈一起过来的？"

"是啊。"

"在新公司工作顺利吗？"

"挺顺利的。"

"言祈对你好吗？"

"啊？"

吴寅峰看了她一眼："你为了他把Resonance的工作辞了，跑到那么远的地方去上班，薪水据说也不是太高……他之前花言巧语把你骗过去，我想了解一下现在他说过的那些漂亮话，究竟兑现了多少？"

倪悦大窘："吴总，你别误会，事情不是你想的那样……而且师兄他对我挺好的。"

"挺好的？"吴寅峰冷声一笑，"挺好的会专门把你带到这种场合，看着他和另外一个女人亲热？"

"呃……"

倪悦心里一顿，觉得双方聊不下去了。

舞池里的言祈和苏以菡看上去默契十足，一边随着节奏踩着舞步，一边轻声聊着什么。

聊到酣处，苏以菡似乎心情大好，原本搭在言祈肩上的手直接搂向了他的脖子，整个人像是扑在了他的怀中。

等到一曲终了，满场的掌声响起，她才像是意犹未尽一般，满脸笑容地拉着言祈的手回到了原来的位置。

倪悦挪了挪身体，刚想把座位让出来，一只手伸到了她的眼前。

言祈微笑着站在那儿，姿势优雅得像个王子似的："这位小公主，请问你愿意赏脸和我跳支舞吗？"

"我……不太会跳啊。"

嘴里虽然说着谦虚的话，身体的表现却很诚实。

倪悦匆匆把手放在他的掌心里，先一步严正示警："一会儿踩到你，你可别生气。"

悠扬的音乐声再次响起。

倪悦跟着对方的节奏小心翼翼地踩着舞步，身体绷得有些僵硬。

"你之前没跳过舞吗？"

言祈一脸游刃有余的样子，不动声色地充当着她的导师。

"读书的时候练过一段时间的健美操，当时就被老师批评说身体不太协调，后来和我妈去跳过一阵广场舞，权当锻炼身体……喂，你笑什么？"

"没什么，挺好的。"

言祈微微笑着，搂着她腰的手加重力度，把她更紧地贴向自己："刚才老吴和你聊什么呢，看你们聊得挺开心的？"

"没什么……"倪悦斟字酌句地回答，"吴总问我在新公司工作是不是顺利，还有……大家对我好不好。"

"你怎么回答的啊？"

"我说挺好的呀。"

"那比之前在Resonance呢？"

"呃……"

毕竟福利不太一样，不太好直接做比较。

倪悦想了想，答非所问地找了个折中的方式："都挺好的。不过我觉得吴总不太擅于表达感情，好像只有在面对苏总的时候，才会显得比较温柔。"

"哪里温柔了？"言祈嗤声一笑，"因为他送了苏以菡两份生日礼物，你就给出这种评价，你的良心不会痛吗？而且说起来，我也送过你项链啊，我是不是也很温柔？"

"少来，那不是版权费吗？"

"这不送了你裙子吗？"

"我会分期把钱还给你的啊！"

"你……"

两人四目相对地沉默了一阵，倪悦逐渐回过味来。

正想说点什么，言祈已把嘴唇凑到了她耳边，带着一点轻微的委屈："你这小没良心的，我都把最重要的东西送你了，你居然这么不上道。"

"什么重要的东西啊？"

倪悦实在想不出他为什么偏偏在这个时候较上了劲儿。

"当然是我啦！"言祈笑眯眯的。

世界在那一刻轰然静止。

悠扬的音乐声和窃窃的谈话声消失得干干净净。

这个带着调侃味道的句子，像是一枚轰然炸响的重型炸弹，剥夺了她所有的视觉听觉，只有炸弹粉碎后的粉尘带着重重的余音，在耳朵边一遍遍地反复震颤着。

"你这什么表情？是想要退货吗？"

言祈似笑非笑地看着她，像是有点不满意了。

"师、师兄……你没喝多吧？"

虽然类似这样被对方亲口盖章的时刻，她畅想过很多次，但大部分的畅想是在花前月下，充满着严肃且浪漫的仪式感。

而现在这种时刻，到处闹哄哄的，她满心紧张地惦记着脚下的步子，偶尔还会在对方脚上踩一下，怎么看都不像是个适合表达心迹的场合。

如果对方明知她心意的情况下，再用这种暧昧不清的方式和她开玩笑，那真的太可恶了。

"要不你鉴定一下？"

说话之间，身前的人带着她缓步转向了舞池的角落，然后飞速地低头，在她的嘴唇上轻轻吻了吻。

那个吻像一只蝴蝶扇动着翅膀，在娇嫩的花蕊上短暂驻足，然后又轻快地飞走，但留下了柔软的触感和微醺的酒香，足够让倪悦脸红。

休息区的角落里，吴寅峰一直安静地坐在那儿，目光始终有意无意地追随着舞池内的两道身影。

那个动作飞快的亲吻或许躲过了很多人的视线，还是落在了他的眼里。

他知道，始终对他们保持着关注的，并不止自己一个人。

吴寅峰把酒杯放下，扭头看了看坐在一旁的苏以菡。

视线中的女人眉头微微拧着，脸色有点发白，像是要掩饰自己的情绪一般，自顾自又倒了一杯酒。

吴寅峰皱了皱眉，伸手捏住了她的手腕："你少喝点。"

苏以菡态度生硬："你爱管的闲事，怎么越来越多了？"

吴寅峰沉默了一会儿，忽然沉声开口："你这么喜欢他？"

"什么？"苏以菡愣了愣，忽然像是听到什么笑话一样大笑出声，"吴寅峰，你知不知道你这个样子很像在吃醋！"

吴寅峰没有要配合她玩笑的意思，依旧冷着一张脸："你清醒点，不要以为言祈在你面前献献殷勤说说漂亮话，就真的代表什么。Apollo是他重要的合作资源，为了利益，他逢场作戏口不对心的时候可没少过。"

眼见苏以菡不说话，他指了指不远处的倪悦："那个女孩你认识吧？之前一直在Resonance工作，后来受了言祈甜言蜜语的鼓动，自动降薪去了他的创业公司。小姑娘犯糊涂可以，你这么大的人了，明明知道他喜欢和女孩搞暧昧，还要和他纠缠不清，你究竟怎么想的？"

苏以菡终于被他的说教姿态激怒了，声音里带上了几分嘲讽："吴寅峰，我愿意和谁纠缠不清是我自己的事，倒是你，你凭什么在我这里指手画脚？我们之间是什么关系？"

吴寅峰呆坐原地，脸色红一阵白一阵，像是还想说点什么，终究没开口。

舞池中的音乐停止，言祈和倪悦双手紧扣着，已经漫步走回来了。

"苏总，你不舒服吗？我看你脸色不太好。"

倪悦刚落座，闻到了身边浓重的酒精味。苏以菡垂着眼睛，还在往杯子里倒酒。

言祈觉察到她的异常，低声劝慰道："苏总，虽然你今天过生日，是该热闹一下，但酒多伤身，要不要我去给你倒杯茶？"

苏以菡摇摇晃晃地站了起来，重重地喘了一口气，像是的确有些难以支撑的样子："不好意思，今天高兴，我好像是喝得有点多了，现在想回家休息。"

吴寅峰跟着站了起来，伸手扶住她："既然这样，我送你回去吧。"

"不要！"苏以菡从他的搀扶中挣扎了出来，像个闹脾气的小孩似的抓住了言祈的手腕，"言祈，你送我回家！"

这种指名道姓的要求一开口，气氛顿时变得尴尬。

言祈被她紧抓着，走也不是留也不是，只能轻声哄劝："苏总，我准备送悦悦走了，你们家在两个方向，不是太方便。要不我帮你安排一个司机送你回家？"

"不要……"苏以菡的声音里带上了一点哀求，"言祈，今天我过生日，难道连这点要求你都不答应吗？"

言祈轻声吁了一口气，满脸都是为难。

倪悦眼见许多人留意到了这边的动静，只怕再纠缠下去会引发不必要的麻烦，又不忍心言祈太辛苦，当即表示："师兄你送苏总吧，我打车回家很方便的。而且苏总喝了这么多，是得有个熟人在身边照顾。"

言祈像是被她的耿直打败了，抬手将苏以菡扶稳，随即悉心叮嘱着："那你注意安全，到家了给我打个电话……"

说话之间，吴寅峰跟着站了起来，头也不回地开始向前走。

路过言祈身边的时候，他脚步顿了顿，眼睛落向了双眼微闭，整个人几乎靠在对方怀里的苏以菡。

然后他推了推眼镜，主动开口说了今晚两人见面以来的第一句话。

"言祈，是不是什么东西你都要和我争？"

白色宝马从派对酒店的地下停车场开出后，顺着城市的主干道一路向西飞驰。

车子里没有放音乐，沿路只有发动机震响的单调轰鸣声。

苏以菡坐在副驾驶位上，眼睛依旧微合着。

车窗压下了三指宽的一条缝，她的盘发早已经散开，柔软的发丝随着夜风吹拂轻轻地飘动着，偶尔会有几缕拂向言祈的侧脸。

像是某种隐晦又暧昧的挑逗。

许久之后，她轻声开口："从上车以后你一直没说话，是准备这样一直不出声吗？"

言祈面色平静："抱歉，苏总。晚上开车比较危险，我第一次开你的车比较手生，所以需要集中精神。"

苏以菡睁开眼睛，歪着头看他："你之前和我说要带女朋友来……就是倪悦？"

言祈目不斜视："嗯。"

苏以菡笑了起来："你是认真的，还是在和我开玩笑？"

"苏总。"言祈跟着笑了笑，"这种事情，我从来不开玩笑。"

苏以菡把头扭向了窗外，神情有些发怔。

几分钟后，她的声音悠悠然地重新响起："这些话现在说来可能有些好笑，但我们两个，难得有机会因为非工作而坐在一起，所以我觉得应该和你聊聊……我二十四岁研究生毕业，二十七岁创立Aopllo，到现在是第五个年头了。在这五年里，我身边有很多追求者，也在无聊的时候陆续交过几个男朋友。可是对我而言，他们只是我工作繁忙时的一种慰藉和调剂，我从来没有在他们身上付出过太多精力，也没有想过要和其中哪一个建立长久的关系，因为我觉得不值得……"

虽然只是安静地听着，但苏以菡描述的这种心态，言祈是能够理解的。

即使是出身优渥白富美，但本身对事业抱着勃勃野心，并不甘于只在父辈的庇护下，做一个简单漂亮的花瓶。

这种原本就很优秀的女性一旦经过职场的打磨，必定会拥有更加高于常人的眼界，对爱情的要求，也会更加纯粹，更加严苛。

如果一直遇不到最合适的那个人，她的常态大概就是这样，偶尔谈一场不咸不淡的恋爱作为生活调剂，即使最终分手，也不会有太多伤心难过。

"苏总……没有考虑过吴总吗？"言祈终于主动开口，"之前在Resonance的时候，大概听说过你们之间的事，感觉这么多年了，吴总对你一直挺用心的。今天晚上，他的眼睛好像没从你身上挪开过。"

"你说寅峰啊？"苏以菡笑了起来，"他这个人……怎么说呢？虽然人是不错，但性格实在太无趣了。就算是表示关心，都像是在下达工作指令，永远不知道女孩子真正需要的是什么。不过我承认，他对我是很好，所以我曾经想过，如果一直遇不到合适的人，说不定可以和他在一起试试……可是这个念头很快打消了……"

她顿了顿，声音更轻了些："因为……我遇见了你。"

言祈没料到她这么直接，一时间有点尴尬："苏总说笑了。"

"言祈，"对方一字一顿地说，"这种事我从来不开玩笑。"

在如水般的幽然夜色之下，又是这么近的距离，亲耳听一个向来干练的女性真挚坦白地吐露爱意，无论如何，难免让人心生波澜。

就算言祈情场经验丰富，此刻也不禁有些手足无措："谢谢你，苏总，能被你另眼相看我很荣幸。但我已经有女朋友了，而且我真的很爱她，所以……"

"所以我一点机会都没有了是吗？"苏以菡伸手握上了他的手背，目光里带着炙热，"如果我说，我不介意呢？像你这样的人，能选择的风景自然不会少。我可以给你足够的时间了解和比较，中途不会给你任何干扰，说不定几年以后……"

"可是我介意。"言祈把手抽了出来，轻轻拍了拍她的手背，"而且苏总，像你这么优秀的女性，是值得一个很好的人全心以待的。"

车厢里重新安静了下来。

不知道是因为酒精的催化，还是被巨大的失望所打击，苏以菡斜斜地靠在座椅上，像是睡着了。

半个小时后，车子驶离主干道，在某条幽静的小路边停下。

言祈轻轻推了推副驾位上的人："苏总，应该是到你家附近了，你具体住哪个小区？我送你进去。"

苏以菡勉强把眼睛睁开，看了他一眼之后又很快闭上，脸上的表情有些扭曲："水……我想喝水。"

看这样子，应该是红酒洋酒混着喝之后，又吹了一阵风，郁闷之下后劲上头。没点解酒的东西的话，一时半会儿只怕很难清醒。

言祈在车上翻了一下，没有发现储备的矿泉水，于是开了双闪，轻声叮嘱着："你在车上躺一会儿，我去给你买两瓶水，顺便看看有没有解酒的东西，很快回来。"

苏以菡胡乱地点了点头，不知道将对方的叮嘱听进去多少。

言祈见状不敢多耽误，赶紧下了车。

临近午夜，附近的商家都已经关门。距离停车点最近的一家二十四小时便利店至少有五百米，一去一回得花不少时间。

还好这里是富人区，周遭除了十几辆豪车停靠之外，没见到什么闲杂人等。

言祈左右观察了一下，在确定环境安全后，脚步匆匆地赶往了便利店，买了两罐茶饮料和一盒青橄榄，又迅速小跑了回来。

再次回到停车地点时，副驾驶位的门已经是半敞开的状态。

不知是因为想吐，还是受不了车厢内憋闷，早在他回来之前，苏以菡已自顾自下了车，此刻浑身发软地靠在一旁的花坛上，眼睛微合，衣裳凌乱，连肩膀上细细的吊带，也在躁乱的翻动之中斜斜地滑下了肩膀。

　　言祈赶紧上前拍了拍她的手臂，轻声招呼着："苏总，你别在这里睡，起来喝点水，我送你回家休息。"

　　苏以菡像是彻底蒙了，含糊不清地说了几句话之后，满是不耐地把他的手推向了一边。

　　言祈平日里没少见过醉鬼，却是第一次单独面对烂醉不堪的女孩。踌躇之下，只能脱下外套，盖住她胸肩半裸的身体，然后俯身将她抱起，放到了车厢的后座。

　　躺进了车厢的苏以菡轻轻呻吟了一下，脸朝椅背翻了个身，再次睡了过去。

　　眼下这种情形，言祈不能一走了之。

　　正在烦恼之际，倪悦的电话打进来了。

　　"喂，师兄你到家了吗？"

　　"还没有……"听到她的声音，言祈烦躁的情绪随之平复了不少，"你安全到了吗？"

　　"我到家很久了，想着你可能在开车，就没打扰你。你现在还在路上吗？"

　　"我在苏总家附近。"言祈有些无奈地叹了口气，"她喝醉了，现在躺在车里睡着了。之前走得急，我没来得及问她具体住在哪个小区哪一栋，所以只能暂时等在这儿，看她什么时候能醒。"

　　"啊……那你稍等我一下啊……"

　　倪悦捏着手机翻找了一阵，几分钟之后，才有点遗憾地重新冒了个声音："我刚才找了一下可能知道苏总家具体地址的朋友，不过时间太晚，好像都睡了，暂时没人回复。你如果需要的话……要不我打个电话问问吴总？"

"他今天晚上脸都黑成那样了，你这个时候再去火上浇油，是想把他气到一晚上睡不着吗？"

"那也是哦……"倪悦叹了口气，"我看吴总今天晚上的确心情不太好的样子，不知道现在怎么样了。"

言祈气哼哼："你怎么不心疼一下我？就知道胳膊肘往外拐，真是白疼你了！"

"呃……"

这晚上幸福来得太突然，适应新身份总是需要点缓冲时间。

倪悦咧嘴偷偷笑了好一阵，才从善如流地表示安慰："辛苦你啦，你这样等在那里是不是很无聊啊？"

"当然啦……而且你那么冷漠无情，我不仅无聊，还很伤心。"

对他难得一见的撒娇行为，倪悦哭笑不得的同时，好声好气地哄劝着："别伤心啦。要不你等等，我把睡衣换了打车过来陪你……"

"别……我开玩笑的。"言祈撒了一阵娇，自己都觉得有点好笑，"大晚上的，你家那么远，等你到的时候，说不定苏总都醒了。你乖乖睡觉吧，我这边应该不用等太久。"

"这样啊……"倪悦想了想，"要不一会儿我给你推荐一期电台吧，感觉蛮适合你的，反正你现在没什么事，随便听听也不会那么无聊。"

"好啊。那先说晚安了。"

言祈把电话挂断。几分钟后，一条链接被推送了过来。

他凝神一看，忍不住弯起了嘴角。

电台的主人是一个宠物播主。

被推送过来的那期节目叫作"如何与爱撒娇的宠物和谐共处"。

过了午夜零点，在线听众并不太多，连留言区里的讨论也显得十分冷清。

言祈戴着耳机，安静地坐在花坛上，一边看着星空，一边听着耳机里传来的不甚标准的普通话，心里充满了宁静的温柔。

节目听了快一个小时，车厢里传来了动静。

言祈把门拉开，苏以菡努力撑着身体，从沉睡的状态中醒了过来。

"苏总，要喝点水吗？"

"好……谢谢……"

言祈听她声音嘶哑，模样看上去疲惫又憔悴，小心翼翼地把她扶了起来，靠在自己肩上，慢慢喂了她半瓶水。

喝完水以后的苏以菡意识终于清醒了些，仰头看了看窗外："现在几点了？"

"快一点了吧。"

"你怎么还没走？"

"没把你安全送到家，我不太放心。"

"所以你一直等在这里？"

言祈笑了笑，扶着她靠向了椅背，将剩下的半瓶矿泉水放在了她的手里："你现在好些了吗？方便的话，告诉我一下你家的具体地址，我送你回去。"

"不用了……"苏以菡闭了闭眼睛，从随身的挎包里摸出了一包烟，低头点燃，"我现在没事了，想在车里坐坐，晚点自己回去。"

"可是……"

"别可是了。"苏以菡指了指不远处的某处小区入口，"我家住那里，这一片晚上挺安全的。一会儿车停这儿，我抽两支烟以后自己走回去……就当散散心。"

"既然这样，我先走了，苏总早点休息。"

对方既然恢复了意识，情绪看上去也相对稳定，就这一片的治安情况来看，的确不会出现什么危险。

言祈和她道完别，刚把车门推开一半，对方忽然从身后将他牢牢抱紧。

"言祈，最后抱我一下，行吗？就当是……生日礼物？"

女人面对失恋，总希望能有一个充满仪式感的行为，作为泾渭分明的分割线。

即使如苏以菡这样向来理性的职场悍将，也难免俗。

言祈心中虽觉不妥，却担心如果再这么纠缠下去，又会横生事端。略加犹豫之后，转过身体轻轻抱住她的肩膀，安抚性地在她的背上拍了拍，随即将她扶稳坐好，很快推门下了车。

最终和苏以菡告别时，已经过了午夜一点，附近根本见不到出租车。

言祈不想停留，干脆重新插上耳机，踩着月光一步步地朝着城市主干道的方向走着。

几分钟后，一辆黑色帕萨特如风般从他身边掠过，让他忍不住抬了抬眼。

这辆车之前一直停在离他们不远的地方，买水路过的时候，隐约觉察到车内有动静，他还特别留意过。

而眼下，车子的主人像是遇到了什么特别紧急的事情，需要立刻赶去救场一样，车速一再飙升，聒噪的轰鸣声在安静的夜色里显得格外突兀。

就在车子与他擦身而过的瞬间，后座的窗户被摇下了半截，有人探出头来冲他的方向看了看。

因为夜色太深，车速又是飞快，这个夜半招摇的过客最终只留下了一个模糊的身影。

但不知为什么，言祈总觉得那个满带招摇的身影看上去有些眼熟。

/ Chapter 15 /

十面埋伏

次日清晨，倪悦刚起床没多久，发现自己的微信朋友圈，已经被一条名为"美女总裁生日当夜车震实录大曝光，是真爱还是一夜欢？"的八卦文章刷屏了。

虽说娱乐圈里骇人听闻的猛料几乎天天见，可一旦涉及"车震""艳照"这样的关键词，势必会引起一番大地震。

更何况此次的桃色事件，来自以精英气质著称的科技圈和互联网圈，更是惹得众人惊诧之余，议论纷纷。

毫不意外，把标题设计得具有如此三俗效果的文章，其源头依旧是让倪悦十分头疼的"前沿猛料"。

文章开篇的部分，笔者先是用链接加概要的形式，对之前发布过的"夜店热吻"事件做了一番回顾，继而绘声绘色地对本次"车震门"进行了图文并茂的详细解说。

比起上一次文章里那些角度飘忽、像素模糊的照片，这一次的偷拍显然动用了专业器材。因此，即使是在可视情况十分糟糕的夜景下，也把两位主角之间的各种互动拍摄得十分清楚。

按照文章的描述，两位男女主角同乘一辆白色宝马，至女主角家附近时，车子停了下来。两人先是坐在前座聊了一会儿天，不久之后，女主角下了车，风情万种地靠在了一旁的花坛上。

几分钟后，男主角小心翼翼地将女主角抱上了车后座，开始纵情亲热。亲热结束后，两人抱在一起说了一阵悄悄话，分别前还温情脉脉地拥抱了一番。

由于文章中包含大量的短视频，外加诸多照片特写以及引导性的文字介绍，粗粗看下来，竟是一反昔日里内容主要靠编、故事主要靠骗的风格，通篇证据清晰，看上去十分有理有据。

虽然绯闻的炮制者意思性地给两位主角脸部做了模糊处理，但苏以菡那套杏色低胸礼服裙在当夜的生日派对上风头无限，早已经在诸多参与者的微博上亮过相。最后醉醺醺地和言祈一起离开时，又被很多人亲眼所见，因此文章发布之后没过多久，讨论中有人直接用苏以菡和言祈的真名实姓，取代了文章中欲盖弥彰的"S女士"和"Y先生"。

同为桃色事件，在夜场中与年轻英俊的男性暧昧亲吻，或许能被公众看作"率性洒脱"和"坦荡勇敢"，而一旦成为"车震"事件的女主角，只会令声誉蒙羞，迎来诸多嘲弄与羞辱。

因此，中午下班时间未到，Apollo已经速度飞快地在官方微博上发布了一起公关声明，对事件进行了辟谣。

其态度之严肃，措辞之谨慎，显然是出自专业团队的手笔，和之前苏以菡以个人身份回应夜店热吻时的随意态度全然不同。

几乎同一时间，倪悦连办公室也没来得及去，直接在言祈接她上班时把人叫进了家里，然后一边询问事情的前因后果，一边在悦享之音的官方渠道发布了辟谣声明。

声明的最后，她甚至特别强调了将保留追究造谣者法律责任的权利。

事情到此为止，似乎暂时告了一个段落。

随着两家公司官方声明的发出，很快有关注此事态的行业媒体以及营销号进行了转载。倪悦却一直守在电脑前，不断刷新着各种讨论页面，看上去十分忧心忡忡。

言祈一大早被她拽进自己家，先是详详细细地被问了一通话，紧接着看她对着电脑一刻不停地敲字，也不敢出声打扰。眼看消息发出去了，才走到她身后："你怎么了？声明不是已经发出去了吗，怎么还是一副挺担心的样子？"

"言祈，我觉得这件事没那么容易完。"

倪悦向来叫他师兄，此刻直呼其名，显然是精神紧绷之下，十分严肃地在思考这件事："从那篇八卦报道的素材上看，陈嘉杰他们应该是早有预谋，不然使用器材和取镜角度什么的，不可能准备那么充分。我估计应该是之前他们在夜店里撞见了你和苏总……亲热，所以用了娱乐圈狗仔队的那一套，一直在紧盯着你们这两条线。公司、社交场合、家附近……想必他们都在蹲点，所以昨天你送苏总回家时候的那些事，才会被事无巨细地拍下来。"

"所以呢，他们是想干什么？出名、炒作、报复，还是讹钱？"言祈对娱乐圈那一套操作并不陌生，"现在我们和Apollo都发了公告，他再要造谣，大家可以法庭上见。"

倪悦在公关圈里待了这些年，也有了经验："你把事情想得太简单了，这种事法律是很难处理的。首先，这件事真要打官司，最多只涉及侵犯隐私，有视频和照片的情况下，或许连诽谤罪都不能成立，大不了赔点钱，他赌得起。其次，就算官司打赢了，公众还是愿意相信自己看到的，你和苏总在没有证据的情况下，仅靠一个声明，只怕很难把自己洗清。"

"证据？"言祈有些哭笑不得，"我去哪儿找证据，难道以后我随身带一个摄像机，走到哪里做点什么都要录一段自拍视频？"

"所以说事情比较麻烦……"倪悦长吁了一口气，"不过我们先看看吧，看陈嘉杰到底什么反应，我们再做应对。"

下午四点左右，不知是悦享之音发出的公告中"保留追究造谣者法律责任的权利"的信息起到了震慑作用，还是Apollo也采取了相关措施，这条关于"车震门"的八卦文章，在被疯狂转发了近百万次之后，悄无声息地做了删除处理。

可互联网时代的传播速度是如此惊人，造谣污蔑不过一篇文章的事，即使最初的源头文章删除，但相关事件早已经在各大论坛和社交媒体上被转载和发酵。

无数关于苏以菡以及言祈的过往隐私被一一翻出，围观群众在对两人评头论足的同时，自然而然地将Apollo和悦享之音之间的合作归结于私情之下的产物。

到了当天快下班时，有身份不明的"热心网友"在热度最高的讨论帖里，做了本事件相关照片和视频的更新。

就内容而言，比之最初并没有什么更热辣的爆点，但因为有新的材料出现，又引发了围观群众更为热烈的一番讨论。

仅仅一个白天而已，"车震门"事件犹如滚雪球一般，愈演愈烈。

时至次日，因为热度的不断攀升，连一些颇为严谨的媒体也纷纷下场，开始以双方的合作为由头，展开了各种角度的讨论。

平日里形象精英高冷的职业女性一旦遭遇桃色事件，往往比男性更容易受到抨击和羞辱，对苏以菡"荡妇""婊子""公交车"之类的攻击和辱骂，很快成了主流热评。

不久之后，在这些铺天盖地的辱骂声里，Apollo传来了苏以菡在绯闻的惊扰和攻击下，因病入院的消息。

对苏以菡而言，商场上的刀光剑影、血雨腥风她是见惯了的。

Apollo从创立以来到现在，她和团队不是没有和大大小小的企业、媒体打过公关战。

舆论之下的阴暗面她也曾经历过，但变成桃色绯闻中的女主角，以这样一种面目全非、受人羞辱的角色出现，在她的人生中还是第一遭。

当重重的谩骂和羞辱从屏幕那头涌来，父辈们又打来电话声色俱厉地对她发出质问时，她终于顶不住了，心悸之下彻底病倒。

可即使住进了环境清幽的高级病房，她的心仍然没有一刻是落下的。

手机里几乎每一刻都会有信息传来。

无论是安慰还是探究，都像是一颗颗定时炸弹，每响一下，就把她向深渊的边缘逼近一步。

她知道那些乱七八糟的信息现在不应该再看，可是心里又止不住想要知道网上的风向，是否已经有所好转。

中途公司助理曾经来探访，小心翼翼地告诉她陈嘉杰打过电话来，说双方是不是可以考虑一下如何应对这次公关危机，最终被她恨声摔了杯子赶了出去。

这是她现在保持尊严的唯一方式了。

但真的拒绝了对方，她又不知道这场恶意的绯闻风暴究竟什么时候才能告停。

苏以菡觉得自己从来没有这么无助过。

眼下不仅是媒体和公众，她甚至不知道该用什么样的脸面去面对自己的员工和下属。

辗转反侧之间，她甚至开始有些迁怒于言祈。

如果不是他那么决绝地拒绝了自己，当着自己的面和喜欢的女孩表现得那么亲密，自己或许就不会嫉妒失落，不会失控醉酒。

而后面的一切，大概也不会发生了。

黄昏时分，吴寅峰带着一篮水果出现在了病房。

虽然是一身西装革履的打扮，但气场显然比平日里更加肃穆了几分。

苏以菡自感无颜面对他的同时，十分担心对方又是一通斥责说教，所以最后只是避开了他的目光，轻声问着："你怎么来了？"

"我和你的助理通了电话，知道你生病了，过来看看你。"

吴寅峰的声音听上去很平静，没有半点奚落或是责怪的意思。

"我还以为你是过来看我笑话的。"

苏以菡笑了笑——她不想在对方面前露出太多的软弱。

吴寅峰在床沿边坐下，轻轻握住了她的手，像是要给她力量似的："我知道你现在心情可能不太好，所以你好好休息，别看手机，别想太多。这件事情你交给我，我会帮你处理的。"

"你帮我处理？"苏以菡的脸上终于露出了一丝自嘲，"现在照片视频满天飞，我在公众面前的名声已经臭成这样，连我爸都快不认

117

我这个女儿了，你又能帮我什么？"

吴寅峰的表情微微动了动，抬起另外一只手轻轻揉了揉她的头发。

这是这么多年以来，他第一次用这么亲昵又温柔的动作触碰她，就像这个在商场上早已声名鹊起的女强人，在他的眼里，依旧只是个没经历过什么风浪的小学妹似的。

然后他说："你放心，早上我已经和公关公司开过会了。他们现在在准备方案，晚一点会和我汇报。他们很专业，会妥善解决好这件事，所以你得答应我，这件事交给我处理以后，你这边什么都别过问，什么都别插手……"

他顿了顿，最后补充道："相信我，无论什么时候，我永远不会抛下你。"

苏以菡没有说话，眼睛却渐渐被泪水盈满。

这个平日里在她看来严肃得近乎不解风情的男人，在这一刻表现出来的坚定和呵护，让她格外动容。

所以最后，她加重了力量握住对方的手，轻轻点了点头。

朱砂接到吴寅峰的会议召唤之前，已经做好了心理准备。

悦享之音的创始人身陷窘境，Resonance必然会借势打压一回竞争对手。

没想到会议刚开了十五分钟，她才骤然惊觉，吴寅峰把Blue Rays的人马拉过来群策群力，讨论的重点居然是围绕着Apollo的创始人苏以菡展开。

依照朱砂原本的想法，Apollo作为悦享之音最有力的盟军，此番两家CEO又一起陷入桃色丑闻，作为竞争对手，正是乘胜追击的时候。

可眼下吴寅峰不仅没把心思放在业务竞争上，反而一心只是急着挽回苏以菡的声誉，这让她很快意识到，这个女人在他心目中的位置，在某种程度上，大概比他一直以来全身心投入的事业要重要得多。

有了这个认知做指导，项目组提前准备好的那些方案朱砂一个也没提，而是趁着会议的休息间隙，把吴寅峰拉到了休息室里，推心置腹地聊了聊。

"吴总，我们做公关这一行，说白了就是基于某种特定的目标，以各种形式与利益攸关者产生联系，并影响他们的一些观点。所以眼下苏总这个情况，我想提前和你沟通一下，您这边最核心的诉求究竟是什么？"

吴寅峰静静地抽着烟，对她的问题认真思考了一阵，才沉声回答："朱总，按照你的经验，这件事情现在如果要彻底翻盘，证明它从头到尾都是一场诽谤，有可能吗？"

"很难。"朱砂实话实说，"从目前流出的所谓证据来看，陈嘉杰应该是早有准备，那些姿态亲密的照片和视频是实实在在的。虽然视频中间的时间有切割，但怎么联想都有可能，就算通过法律途径问责，他最多只会就侵犯隐私这点道歉。苏总身上的那些脏水，只怕很难洗掉。"

"如果我给他钱呢？"

"吴总，你可能不太了解陈嘉杰这个人。他心脏人又狠，现在就是靠这种行为吃饭的，你给他钱让他承认这一切是造谣做伪，以后的生意还怎么做？更何况，偷拍的资料在他手里，他就算现在暂时收手，以后到了必要的时候随时可以翻炒一轮。你准备一直供着他这个无底洞吗？"

吴寅峰有些烦恼地把烟头朝烟灰缸里一碾："那照你这个说法，现在还有什么办法？"

"办法倒不是没有……"朱砂斟字酌句地看着他，"吴总，我最后和你确认一下，在事情没有办法彻底翻盘的前提下，你最核心的诉求，是不是只要保住苏总的声誉就好？就算我们操作以后的结果，可能会让言总那边……比较被动？"

"嗯？"吴寅峰听到言祈的名字，眼睛猛地一抬，"你有什么打算？"

"具体方案去会议室聊吧。"朱砂站了起来，"不过吴总，这件事真要执行的话，可能需要你和苏总双方做一点配合。"

"车震门"事件在网络上翻炒得沸沸扬扬的第三天，原本事不关己的吴寅峰，破天荒地在自己的主页上发了一条长微博。

在这篇长长的文章里，吴寅峰先是简单地回顾了一下自己和苏以菡相识以来的种种，对其"正直纯真"和"坚强善良"的人格做了背书。

紧接着，他详细回顾了苏以菡生日那天发生的一切，并重点强调她是在"饮酒过多，神志恍惚"的情况下被人送走。

文章的最后，吴寅峰表示："和苏总认识这么多年，无论作为朋友，还是昔日的学长，我都绝对相信，她是一个对感情认真严肃，而且自矜自爱的女孩。对她生日那天，因饮酒过多而导致意识全无的情况下被别有用心的人利用，我至今感到深深自责。事发之后，面对诸多流言和中伤，以菡住进了医院。这两天我去看望过她，和她长谈了很久。在此，我可以用人格担保，流言之中的种种诬陷纯属子虚乌有，以菡在醉酒的状态下绝对没有意识，也没有行动能力，做出流言中描绘的出格行为。但对某些心怀不轨别有用心的人，我深感愤怒，希望相关机构能够早日查明真相，还苏总以清白。"

微博发出去没到十分钟，苏以菡的个人账号对其进行了转发，并同步附上了留言："感谢吴总的信任和鼓励。心痛之余，同样希望早日查明真相。"

吴寅峰在业内和公众眼中一直是老成持重、洁身自好的形象，自接手Resonance以来，除了就自家产品和行业动态发表观点之外，几乎没有涉入过任何争端或绯闻。连微博主页上，也大多是一片无趣的时政新闻或公司动态的一键转发，常年长草犹如活死人墓。

如今这条长微博一出，各路蹲守着"车震门"事件的媒体和营销号顿时纷纷转载，围观群众也是一片哗然。

有了他公然为苏以菡站台，外加Blue Rays安排的水军做引导，苏以菡的形象很快从之前"行为放荡""不知廉耻"变成了"醉酒之中被无辜伤及的受害者"。

外加半天之后，在朱砂的策划下，Apollo的官方微博放出了两张自家CEO在医院里形容憔悴的睡中照片，更是引来了无数群众的同情和怜爱。

仅仅一天时间，网络上对苏以菡的谩骂和羞辱的声音收敛了不少，大多数人的注意力，放在了对吴寅峰那篇长微博的阅读理解上。

很快，针对文章中所谓的"心怀不轨，别有用心"，许多人做出了不同方向的解读，但其重点，无一例外地直指"车震门"中的男主角。

"这事刚出来的时候我就觉得有问题，吴总的长微博一出，更确定了自己的猜想。我估计这事是言祈自导自演搞出来的，不然那些照片啊、视频啊，怎么会刚好被拍到，还拍得那么清楚？"

"业内人上来说一句，Buddy前段时间销量下滑，各方的内容合作商估计都有些意见。Apollo那棵大树，悦享之音想必是要牢牢抱住的。商务上面谈不拢，靠感情绑住对方老大不失为一条捷径。吴总身在业内，只怕这里面的龌龊勾当，比我们更清楚些，不然怎么会说出别有用心这种话？"

"刚才又看了一遍视频，的确一直是男方主动，女方一直是半醉半醒的样子，下车的时候身子都在晃。趁对方神志不清，对人上下其手占便宜真的非常恶心。据说苏总的生日宴专门请了言祈，想来是把他当朋友吧。借着送人回家的机会搞这么一出霸王硬上弓，他能不能好好做个人？"

"这事严重点说算强奸了吧？虽然看吴总的意思好像是没有得手，但光是拖女方下水，把名声搞得这么臭，也够送他去牢里蹲一蹲了。原本以为混科技圈的人智商至少在线，不会把事情搞得这么难看，结果男的猥琐起来，下三烂的手段是一样一样的，真让人不能直视！"

"刚才特意搜了一下，感觉悦享之音的这位CEO长得挺帅啊，真对苏以菡有意思的话，正正经经地追不就好了，非要用这么下流的手段，脑子里究竟怎么想的？"

各种分析和斥责接连出炉，中间有几条甚至赢来了吴寅峰的点赞。

一时之间，言祈身上的罪证犹如被坐实一般，迅速被舆论打上了"渣男""不要脸"甚至"强奸犯"的标签。

自吴寅峰的长微博发出后，悦享之音的办公室陷入了一种诡异的安静氛围。向来开着公放，一边听歌一边吵吵嚷嚷的小青年们，默契般没了声音。

言祈把电脑搬去了会议室办公，整整一天没出来和员工们打过照面。

陆余和谢雨晨不敢在这个时候去吵他，只能和倪悦私下拉了个微信群，一边盯着网上的动态，一边焦急地讨论着各种消息。

"吴寅峰这是疯了吧？他这么一搞，是要把言祈彻底搞死才算完？言祈是抢了他爸还是杀了他妈？就算是竞争对手，也不至于有这么大恨意吧？"

到了快下班的时候，眼见网络上的各种谩骂愈演愈烈，陆余干脆一遍遍地在微信群里找倪悦："师妹啊，你不是干这个的吗？赶紧想想有啥办法，请个水军什么的帮你师兄洗脱罪名，多少钱都行啊！"

倪悦早一步从乔小安那边，得知了这场公关事件中朱砂已经入局，面对如此强劲的对手，她显得有些无力："吴总这是铁了心要保苏总，所以顺手捅了师兄一刀。而且这件事背后的操盘手是Blue Rays，我的那些经验，都是从他们那里学来的……"

"晕！你们那破公司好的不干，就知道栽赃人？干公关的人这是什么德行？"

陆余情急之下，顺带把倪悦骂了进去。直到谢雨晨起身在他肩上拍了拍，才骤然领悟过来："师妹，你别在意啊，师兄我没说你……"

时至眼下，倪悦没什么心思和他计较了，等到下班之后快一个小时，还没见言祈从会议室里出来，她端了杯咖啡，敲门走了进去。

"师兄，你还不走啊？"

"嗯？几点了，是不是已经下班了？"言祈拿起手机凝神看了看，"不好意思啊，一直忙着手里的事，忘了时间。我这就送你回去。"

倪悦走到他身边，抬眼朝电脑显示屏上一看，密密麻麻的都是代码。

这人真是一点不着急。

"你蹲会议室里就忙这个啊？"

"不然呢？"言祈微笑看着她，"Buddy的迭代产品已经在研发中了，要改进的部分又比较复杂，得沉下心仔细想一想。外面有点吵，我就把东西搬进来干活了。"

"原来是这样……"倪悦低着头，"我还以为你心情不好。"

"心情不好？你说网上那些事？"

"嗯。"既然对方不避讳聊这个话题，倪悦也不再藏着掖着了，"说实话，这两天大家心里挺着急的，我做了一些工作，但看上去成效不是太大……"

"既然这样，那就别理了。"言祈拉着她的手重新坐下来，"看样子明天我得和陆余老谢他们说一声，把精力放在项目上，别再为这些破事操心了。"

"可是，你不生气吗？"

"生气啊，可是生气有用吗？"言祈耸了耸肩，"这些东西其实这几天我有空的时候也会上网看看，最开始的时候气得睡不着，尤其是……吴寅峰的公告发出来以后，一些熟悉的朋友拐弯抹角地来套话，我甚至想冲到Resonance的办公室和他理论一下，然后再把陈嘉杰那个混账东西揪出来揍一顿。可是仔细想想，那样又能解决什么问题呢？无非是又让媒体和公众逮着小辫子，再狂欢一轮罢了。"

他说到这里，看着倪悦："悦悦，你记得上次刘齐过来以后，你和我说的那些话吗？一切公关和营销的本质都是基于事实本身。在这件事上，我没有做就是没有做，任由他们怎么编造，我问心无愧，所以与其花时间精力去澄清，不如干点有意义的事。至于眼下这点委屈……就当是我之前没有处理好和女性合作方关系的一点小惩罚好了。"

"你真是心大啊……"像是被他的轻松态度感染，倪悦跟着笑了起来，"既然这样，那我们走吧，今天你也闷了一天了，我请你撸串。"

"这才上道嘛。"

言祈电脑一关，伸手揉了揉她的头。

当天晚上，倪悦想了很久，还是忍不住给苏以菡打了个电话。

电话那边的彩铃声响了很久，才被人接了起来。

"喂，倪悦，有事吗？"

苏以菡的声音听上去虚弱且冷淡，不知是已经准备休息，还是依旧处在被绯闻打击的沮丧之中。

"苏总你好，很抱歉这么晚给你打电话，听说你住院了，本来想去看看你的，可是问了Apollo的同事，没能知道你具体住在哪家医院，所以……"

"我现在已经出院了，正在家里休息。"苏以菡显然并不想和她闲聊，有些不耐地打断了她的问候，"你找我有事吗？"

"是……"倪悦小心翼翼地说，"我想问问你，吴总之前发的那条长微博，事先和你沟通过吗？"

"你什么意思？"

"苏总你别误会，我是觉得……那条长微博里有些说辞，可能和事实有所偏差，所以想看看这中间是不是有什么误会，是否来得及补救。"

"补救？怎么补救？"苏以菡冷声笑了笑，"你是想让我告诉媒体，言祈在这件事里完全无辜，还是当时执意纠缠，导致这一切发生的人就是我？"

眼见倪悦不说话，她的声音扬了起来，带着几分尖锐的愤怒："倪悦，你是不是觉得，我在这件事里被泼的脏水和受到的伤害还不够？你现在是用什么立场来质问我？悦享之音的公关人员，还是言祈的女朋友？"

"苏总你别激动。"倪悦轻声喘了一口气，"我没有质问你，我知道在这件事里，你和师兄都是受害者。可是事情既然发生了，我想大家应该做的是以事实为基准，保持同样的口径，共同谴责造谣者，并试着给公众真相，而不是为了单方面的利益，连同造谣者一起，把另一方推到更艰难的境地……"

"所以呢？"苏以菡再次冷笑，"你今天打这个电话，是来替言祈抱不平？那么我可以告诉你，且不说现在微博发了，事情已经盖棺定论，事发当晚你不在现场，又怎么能认定我说的不是真相？就凭言祈哄哄你，告诉你他是被人栽赃陷害的？"

"苏总……"沉默半晌之后，倪悦轻轻开口，"且不说那天你喝醉的时候，我和他通过电话，知道他什么都没做。就算没那个电话，我也相信他不是这样的人。你们认识以来，师兄他一直视你为很好的合作伙伴，对你非常尊重。事发至今，因为考虑你的立场，他从来没有在媒体那边说过什么……这些，你感受不到吗？"

苏以菡没来得及回话，电话已经被挂断了。

次日上班没多久，由"车震门"引发的后续事件再次升级。

这一次的引爆点，来自某视频网站上的一条热门短视频。

一位面临高考的高中生在家复习功课时，通过Buddy收听某电台的网红直播节目，家长在为其送水果时，无意中发现自家儿子收听的节目中，包含着许多充满挑逗性的情色内容。

网红主播为了博取眼球吸引流量，往往喜欢用一些出格的话题和内容挑逗听众，在各大音视频网站上早已屡见不鲜。

只是对内容的审核与整治，通常是属于平台方职责，与播出终端扯不上太多关系。

然而因为"车震门"事件正沸沸扬扬，言祈作为悦享之音的CEO，身上又被贴满了诸多不堪入目的标签，家长愤然之下，没有办法拿内容平台出气，于是将一腔怒火发泄在了Buddy身上。不仅当场将其摔毁、大卸八块，还将相关视频上传到了网络平台，口口声声要把这种"风气不正，宣扬色情文化的企业告上法庭"。

经过这一闹，悦享之音和Buddy的关键字再登热搜，和言祈的名字一起，一夜之间仿佛成了不良文化的代名词。

面对眼前的复杂局面，倪悦很敏锐地从整个事态并不自然的快速发酵状态中闻出异常，但一时间难以确认，在背后控场操盘、设计这场恶性事件的力量究竟是来自陈嘉杰，还是Blue Rays。

就在她准备从乔小安那边套点话，甚至尝试接洽朱砂时，却从陆余和谢雨晨那边得到了多个平台以"内容自查"为由，暂时中止和悦享之音合作的消息。

对个人名誉上的诽谤，言祈可以置之不理，但事情最终发酵到对

127

业务产生影响的地步，他不能再无动于衷了。

接下来好几天，言祈似乎一直在和合作的内容平台之间做交涉，通常一外出就是大半天。

不知是风波之下，诸位合作伙伴面对舆论感觉压力巨大，还是对言祈的品性甚至企业发展已经不再看好，几番接洽下来，相关负责人们十分默契地表达出了甚为消极的态度。

有声内容的接入，是Buddy这款以家庭娱乐为使用场景的智能音箱的立足之本，这个板块一旦受挫，将会导致用户的大量流失。

这个道理悦享之音的管理层都明白，但作为一群技术流，即便再着急，也想不出什么可行的解决方法。

短短几天时间，陆余唉声叹气的次数已经比过去三个月加起来还要多。

连向来淡定的谢雨晨，都难得流露出了沮丧和焦躁。

面对办公室里层层弥漫着的低气压，和创业以来第一次如此狼狈的伙伴们，倪悦认真想了很久之后，觉得自己是应该做点什么了。

周五上班以前，言祈收到了倪悦的短信，说自己父母那边有点事，需要临时请个假。

言祈没多想，悉心嘱咐了两句之后，很快去了公司。

临近下班前，他给倪悦发了条微信，问她家里情况如何了，是否需要自己过去帮忙，却没收到任何回复。

几分钟后电话打过去，得到的回复是"您拨打的电话已关机"。

言祈只当她可能手机没电，又忙着处理手里的工作，一时间没再追问。

到了晚上八点，他关上电脑，准备去倪悦家里瞧瞧，一个陌生的电话忽然打了过来。

"你好,请问是悦享之音的言总吗?这里是南山区派出所。"

"是我,请问有什么事吗?"

"是这样的,您公司的一位名叫倪悦的员工因涉嫌盗窃,现在正在我们所里做笔录。因为对方不愿透露家属的联系方式,我们从相关人员那里拿到了您的信息,所以通知您一下,看看您是否方便过来一趟。"

"什么?盗窃?"

这两个字和倪悦沾上关系无异于天方夜谭。言祈眼角一抽,赶紧连声回应:"好!没问题,请您稍等,我马上就到!"

车子开进南山区派出所时,时间接近夜间九点。

言祈对窗口人员匆匆报明身份后,很快被一个年轻的小警察带去了办公室。

房门还没推开,耳边先传来了一阵气焰嚣张的叫嚣声:"你敢做怎么不敢认啊?你以为在这儿装可怜不说话,警察同志们就会放过你吗?警察同志,我可告诉你们,这个小姑娘手脚从来不干净,品德也不好,之前我们做过同事,那个时候我就看出来她不是什么正经人。"

"行了啊!"正在一旁忙着办公的警察似乎嫌弃他上蹿下跳的模样,沉声警告着,"派出所不是菜市场,有事说事,别在这儿大声嚷嚷!"

"是……是……"男人被这么一数落,立马消停了些,刚把眼睛抬起来,看到言祈时,表情惊了一下,"你……怎么来了?"

陈嘉杰?

这真是冤家路窄了。

言祈在他身上轻轻一瞥，顾不上理他，只是寻找着倪悦的身影。

几乎同时，一直坐在角落里咬着嘴唇没说话的女孩抬起了头。

四目相对的那一瞬，言祈的心被狠狠地揪紧，呼吸变得有点紊乱。

眼前的女孩嘴角肿了一块，细嫩的脸上有红肿的巴掌印，裸露在外的手臂上，带着好几道拉拽后的紫红掐痕。

很显然，在到派出所之前，她受到了很严重的暴力对待。

"谁打的你……"言祈快步上前，蹲下身子轻轻捧着她的脸，连声音都在抖，"谁打的你？！"

倪悦答非所问地摇了摇头："师兄，我没事！"

"你没事？你事大了！"坐在一旁的陈嘉杰不甘心被忽略，安静了两分钟，很快又跳了起来，"这个小婊子大晚上的去我那里偷东西，要不是我临时有事回了一趟办公室，不知道会损失多少财物呢。抓着她以后还敢和我动手，这种不要脸的小婊子就该狠狠判，判她个十年八年的，最好蹲在监狱里永远别放出来……"

"你给我闭嘴！"

言祈从他啰唆的控诉中终于意识到了什么，"唰"一下站了起来，从来笑容温和的脸上犹如铺了一层寒霜，浑身的戾气让原本满是嚣张的陈嘉杰不由自主地后退了几步。

"你打的她？"

"我……她偷我东西，还和我动手，我想把她弄到派出所来，拉了她两下而已……"

似乎是被身边的警察壮了胆，陈嘉杰的声音又扬高了一些："而且这种盗窃犯，我打她又怎么了？"

话音没落，言祈已经两步上前，将他的衣领狠狠拽住："你有种再说一遍？"

陈嘉杰原本就瘦，还比言祈矮了半个头，此刻被他气势凌人地一拎，只觉得脖子被狠狠勒住，气都喘不上来，惊恐之下只能拼命挣扎着求救："警察同志！警察同志！他要在你们眼皮子底下打人！"

"这位同志，有话好好说，别动手！"

几位上夜班的警察对陈嘉杰动手打女人的事实有些鄙夷，象征性地在言祈身前挡了挡，把他的手拽了下来。

言祈知道当着警察的面，无论如何没法动手揍人，于是咬牙忍了忍，转身坐到了倪悦身边，将她还在微微发抖的手紧紧握住。

值班警察拿起手里的笔录仔细看了一阵，抬眼看向陈嘉杰："你一直说她偷你东西，那究竟丢了什么，你具体说说？"

"这个……"陈嘉杰愣了愣，"警察同志，我当时抓她来派出所的时候走得急，没仔细检查，所以……不知道具体丢了什么。"

警察皱了皱眉，转身看向倪悦，声音倒是放轻了些："倪悦，那你说说看，你不是对方公司的员工，大晚上跑到人家办公室去做什么？"

倪悦的表情很镇定："我去找朋友。"

警察继续问："什么朋友？"

倪悦轻轻吐了一口气："之前的同事，叫大奔。他和我，还有这位陈总之前在一个公司工作，后来陈总跳槽了，他跟着走了。这段时间，我有点工作上的事想要麻烦他，就说约着见面一起吃个饭。因为他比较忙，经常加班，所以我们约好了今天下班，我直接去公司找他。结果过去的时候发现门没有锁，电脑也开着，我以为里面有人，可能暂时外出了，就在里面等……没想到陈总忽然回来了，不问青红皂白地认定我是小偷，然后把我抓到这里来了……"

"你放屁！"陈嘉杰简直气急败坏，"我们办公室下班以后，最后走的员工都会锁门，怎么可能你去的时候还开着？而且我回去时你在办公室里翻箱倒柜，哪里像是等人的样子？"

"我没有……"倪悦声音很平稳，甚至带着一股"我没说谎，但懒得和你争执"的淡淡嘲讽，"贵司的门口想必有监控，完全可以查一下是不是门没锁，我才推门进去的。至于有没有偷东西，反正我现在人在这儿了，身上只有一个包，你可以随便查的。"

一个衣裳单薄的女孩子拎着一个小挎包坐在这儿，究竟有没有赃物，的确是一眼可以看清楚。

况且倪悦从进警察局开始，就表现得不卑不亢、知书达理，在阅人无数的警察眼里，和盗窃未遂的犯罪者沾不上什么关系。

因此，在她说完话之后，很快有人站了出来："那今天先这样吧，两位的信息和资料我们都记下了。陈先生，你可以先回去仔细检查一下丢了什么，如果发现有什么具体损失，我们再进一步调查。"

事情至此，陈嘉杰眼看捞不到什么便宜，当着言祈的面，他不敢再多生事，于是只能狠狠地"呸"了一声，一路骂骂咧咧地出了派出所大门。

他走后没多久，言祈把倪悦紧搂在怀里，带上了车。随即又从附近的便利店里买了一杯热咖啡和一些膏药纱棉，仔细地帮她处理着身上的瘀肿。

倪悦看上去有些心不在焉，坐着喝了两口咖啡后，迅速催问着："师兄，你车上带了电脑吗？我着急用一下。"

言祈皱着眉头，没多问，从车后座拿了电脑递过去，一声不吭地看她从挎包里拿了个U盘，把好几个巨大的视频文件一一拷贝。

132

工作最终完成时，倪悦终于长长舒了一口气，扭头看向他，咧开了个笑："师兄，我现在有点饿了，想吃点东西。"

言祈依旧皱着眉，像是根本没听见似的，只是细心地在她的手臂、脸颊和嘴角瘀青处涂着膏药。

许久之后，他把用完的棉签膏药收拾好，随手扔在了车后座，然后静静地看着她："你现在可以和我说了吗？你去陈嘉杰的办公室做什么？"

"可以啊，我本来也没打算要瞒你……"倪悦有些淘气地眨着眼睛，"刚才我在派出所里说的那些，其实不算谎话。大奔的确是我和陈嘉杰之前在Blue Rays的同事，是负责做拍摄和剪辑工作的。不过这家伙自在惯了，大多数时候又认钱不认人，所以公司高层一直拿他很头痛，而陈嘉杰离职以后，借机开了高薪把他挖了过去……"

言祈见她说话间不时轻声抽气，显然嘴角处的伤口疼得厉害，很快打断了她："这些不用说了，说重点。"

"哦……"倪悦悄悄吐了吐舌头，继续补充，"作为之前的同事，我知道大奔有一个工作习惯，就是拍摄下来的重要素材，会备份在公司的内网网盘里。所以我想，如果能拿到你和苏总那份偷拍视频的源文件，去掉所有的编辑和处理，那么就能让所有人清楚地知道，那天晚上，你大部分时间都没有在车上，就算想干点什么，时间未免太短了些……"

她说这几句话的时候，表情有些憋笑，似乎是想到了什么比较少儿不宜的桥段，满脑子放飞自我。

言祈看着她高高肿起的半张脸，根本笑不出来。

"所以你去找了大奔？"

"是啊，我今天白天把他约出来，直接和他谈好了条件。我给他十万块，他今天下班之前把门给我留着别锁，然后把相关用户名和密码告诉我，让我自己随便找台机器操作……"

"自己拷出来给你不就完了？真是一点风险都不肯担。"

言祈气怒之下连连冷笑。

"倒不是风险问题，大奔其实就是嫌麻烦……陈嘉杰这个人特别小心，内网系统搞得超复杂的……"

倪悦本能性地为对方辩解了两句，发现言祈脸色越来越青，赶紧咳了一下："本来一切很顺利的，我去的时候办公室里一个人都没有，下载的网速也很给力。结果没想到运气不好，陈嘉杰那个混账居然忘了拿东西，半路又跑回来了……为了防止他意识到我在下载文件，只能装模作样地翻了翻柜子什么的，假装在偷东西……你说我是不是很机智？"

言祈没理会她的那点小得意："你哪里来的十万块？"

作为每个月给她发薪水的人，自家师妹身上能有多少存款，他还是清楚的。

"哦，我之前有点存款，然后找我爸妈要了点，不过数额太大怕他们刨根问底，所以把你之前送我的项链挂网上卖了，多凑了两万多块……"

倪悦说到这里，眼见言祈一直黑着脸不配合，骤然间有些胆怯起来："师兄，你不是生气了吧……我不是故意要把项链卖掉的……"

话音没落，言祈侧身压下，将她的嘴唇堵住了。

这一次的吻，没有酒气也没有血腥气，没有心怀不确定时的忐忑不安，也没有以醉酒做借口时的暧昧欲望。车窗外的灯光亮澄澄的，一切是如此温柔而清明，言祈反复亲吻着她嘴角边的瘀青伤口，很久之后，才把这个吻变成唇舌追逐的温柔缠绵。

倪悦紧紧地抱着他的背，闭着眼睛让自己沉溺在对方的温柔里。

偶尔她会偷偷把眼睛睁开，看着言祈浓密的睫毛随着亲吻的深入而轻微地震颤着，像一只展翅欲飞的蝴蝶。

那种全情投入的模样，让她觉得即使受了再多的委屈，好像也是值得的。

许久之后，言祈的嘴唇落向了她的额头，最后轻轻吻了一下，慢慢把她放开。

"你刚才是不是说饿了？想吃点什么？"

"都可以的……"倪悦此刻心跳得厉害，说话带着喘，"要不……你先送我回家吧，我可以叫个外卖，然后早点把视频检查一下做发布。"

"那个不急。"言祈像是已经整理好了思绪，"悦悦，答应我几件事。"

"嗯？你说。"

"第一，现在我们去吃饭，吃完饭以后你回家休息，视频的事情你交给我，我来处理。"

"好。"

"第二，以后你如果要做类似的事情，一定要事先和我商量，不能再自己擅自做决定。"

"嗯……好的。还有吗？"

"暂时没有了。"言祈笑了笑，"对了，明天早上我让雨晨来接你，我要请个假。"

"怎么了，你要出差吗？"

"不是……"言祈的眼光沉了下来，"出门聊点事，你不用担心。"

对恶意的中伤和诽谤，他原本决定一笑了之。

但现在，面对眼前伤痕累累的女孩，他改变了主意——无论是为了公司，为了倪悦，还是为了自己，都该去找陈嘉杰算算账了。

/ Chapter 16 /

一波未平

接到言祈的电话之前，陈嘉杰正站在办公室里对着一众员工大发脾气。

昨天夜里从派出所出来后，他立即回了公司，把里里外外的东西检查了一遍，依旧没有发现丢了什么。

心怀不甘之下，次日一早，他干脆直接跑去写字楼的物业管理中心，索要前一日的楼层监控。

在他不依不饶的撒泼下，物业管理人员十分无奈地将他带至监控中心，查看了相关记录。

依照记录显示，昨天夜里八点左右，倪悦到来之后的确是先敲了敲门，发现没锁后，才推门走进了办公室。其间她神态自然，举止得体，像是与人相约，前来见面而已，而非他揣测的那样，刻意行窃。

这样的结果让陈嘉杰很是不满，于是一腔怒火撒在了自家员工头上："谁？昨天是谁最后一个走的？为什么不锁门？公司丢了东西算谁头上？"

员工大多见识过陈嘉杰张口骂娘的粗鲁脾气，没过几分钟，有人悄悄嘀咕出声："昨天晚上……是奔哥加班到最晚……"

眼见被指认的家伙一脸事不关己的模样，依旧戴着耳机坐在电脑前刷游戏，陈嘉杰不禁皱了皱眉头。

对其他人，他可以大呼小叫随时让滚，大奔却是他费了九牛二虎之力游说许久，又下足了血本许以高薪，才从Blue Rays挖来的。

此人单身至今，一人吃饱全家不饿，性格乖戾又嚣张，向来无组织无纪律只认钱，仗着过硬的专业技术在市场上颇为抢手。

如果要冲他开刀摆谱，这其中的火候拿捏，得小心斟酌。

考虑了几分钟，陈嘉杰的口气多少软了些："奔哥……你加班辛苦大家都知道，但不能不顾及公司财产对不对？昨天你走的时候不锁门啊，这样多不安全？"

"锁门？"听到自己被点名，大奔终于懒洋洋地把耳机摘了下来，"这小破公司门有什么好锁的？又没什么东西值得偷……你说这几台破电脑，就这配置，送给我都不要。"

在众人拼命憋笑的表情中，陈嘉杰一时气结，忍了半天才把即将飙出口的脏字忍住："我听倪悦说，昨天你们约了在这儿见面？约的几点啊，怎么她来的时候你又走了？"

"她说想见面请我吃个饭，那就吃呗。"大奔一脸理直气壮，"但我下班的时间向来没谱，你们又不是不知道，我让她算着时间来。结果她来那么晚，我肚子都饿扁了，还专门等她那顿饭吃不成？自然是干完活赶紧回家煮面吃了。"

这个解释倒是很符合大奔自在如风、视时间为无物的个性，陈嘉杰心下渐安，忍不住确认了一句："就这样？"

大奔白了他一眼，没再接话，戴上耳机继续打游戏。

然而在陈嘉杰电话铃声响起，转身开始掏手机时，大奔在众目睽睽下，对着他的背影比了比中指，嘴里无声地咒骂了一句——垃圾。

陈嘉杰走到阳台上，一边点烟一边对着电话亮嗓子："喂？哪位？"

电话那头的声音淡淡的："我是言祈。"

陈嘉杰立马把烟从嘴里拿了下来，阴阳怪气地开始笑："言总啊？我等了这么久，苏总那边的公关部都和我接洽过了，您却一直没声息，我还以为您不会联系我了呢。"

"下午有空吗？"言祈似乎不想和他多废话，"约个地方，咱们见个面。"

"可以啊！"陈嘉杰盼了这么久，终于盼来了和对方谈条件的机会，眉开眼笑之下，保持着惯有的警惕，"不过言总，咱们得提前说好，这个约会，地点我选，时间我定。"

"哦？"言祈的声音里带上了一点淡淡的嘲讽，"没想到陈总聊个天也这么小心。"

"小心驶得万年船……"陈嘉杰一副经验十足的样子，"和言总聊天呢，还是私下一对一比较好，毕竟谈话内容可能涉及商业机密嘛，我可不想无关紧要的人知道。"

"行。"言祈态度十分爽快，"今天我会在家等你的消息，你定好了时间地点，给我发信息。"

下午四点，参照陈嘉杰的短信提示，言祈走进了位于CBD附近的一家茶馆。

上班时间，茶馆里的人不多，大多是洽谈业务的商业人士。

为了避免干扰，茶馆不仅设置了诸多包房，区域之间也十分体贴地用屏风和竹帘之类的东西做了分隔，环境看上去十分清幽。

对这个见面地点，陈嘉杰感觉十分满意。

出于一朝被蛇咬十年怕井绳的心态，见面之前，他提前了四十分钟到达，把订好的包房里里外外仔细检查了一遍。

当初他会被朱砂抓住小辫子，一脚踢出Blue Rays，除了那些破绽百出的账目作为证据之外，最重要的是，昔日里他约朱砂私下见面时的种种谈话，被对方不动声色地录了音。

这些录音不仅包含了他骚扰对方时各种轻浮又下流的言辞，还包括他得意忘形之下，主动谈及的将公司利益变成私人回扣的种种操作。

当附带着这些录音的邮件从高层手里转发到他面前时，他根本连辩驳的机会都没有，只能立马灰溜溜地卷铺盖走人。

从那个时候起，对任何涉及灰色交易的谈话，他都处理得格外小心。

虽说眼下这个茶馆是他自己选的，事先又做好了万全检查，然而在言祈落座之后，陈嘉杰先一步把目光落在了他的手机上："言总的手机挺潮啊，介意让我看看吗？我也想买一款。"

言祈一言不发，将手机递了过去，继而毫不避讳地将口袋里的东西全部掏出来，放在了桌上。

除了手机外，桌上只多了一个钱包和一串钥匙。

陈嘉杰干笑了一声，表情依旧有些警惕。

虽然对方已经十分配合地表明了姿态，但他还是仔仔细细地检查了一番。

手机处于日常状态，录音功能并未开启。

除了扔在桌上的钥匙和钱包之外，对方身上只戴着一只当下流行的运动手环。

同样的手环，陈嘉杰为了赶时髦也买了一只，十分确定除了监测一些运动数据之外，并没有录音录像功能。

这样的结果让他终于志得意满地笑了出来。

"陈总现在放心了？"

言祈见他眼睛终于不再乱转，慢悠悠地喝了一口茶。

"言总说笑了……"陈嘉杰有恃无恐，对着他咧嘴一笑，"难得言总主动把我约出来，是有什么业务合作要和在下谈吗？"

"业务合作？"言祈意味深长地把这个词咀嚼了一下，"不知道陈总可以为我们提供什么服务？"

"那可太多了……"陈嘉杰居然摆出了几分专业劲儿，"言总你知道，我一直是干公关这一行的嘛，帮你们做做公关业务，沟通一下公众媒体，都是常规服务。最重要的是，我们在危机公关的处理上经验丰富，也非常专业，能够帮公司或者个人解决掉很多负面信息。"

"这样啊，"言祈不疾不徐地说，"不知道陈总对危机公关的处理，是怎么收费的呢？"

"根据情况不同，我们有不同的收费标准。不过既然和言总这么熟，我可以打个折……"陈嘉杰手指一伸，"比如言总眼下遇到的麻烦，我收两百万，保管处理得漂漂亮亮、干干净净。"

"两百万？"言祈忽然间嗤笑一声，"这笔费用里，包括了你们自导自演、前期跟踪蹲点、偷拍剪辑、后期杜撰剧本、恶意诽谤的部分吗？"

陈嘉杰的脸"唰"一下黑了："你这话什么意思？"

"我什么意思，难道你心里没点数？"言祈把杯子往桌上重重一放，"还是陈总你觉得，这么久以来我一直没吭声，是真的拿你没办法了？"

他的这个反应不符合陈嘉杰的预想，几秒钟的沉默后，陈嘉杰虚张声势地瞪了瞪眼："看样子言总今天不是来和我谈生意的？"

"谈生意？谁说我今天过来是和你谈生意的？"言祈斜了他一眼，慢条斯理地转动着手腕上的手环，"我今天过来，是想见识一下你究竟能无耻到什么地步，顺便来教你这种垃圾怎么好好做个人。"

陈嘉杰被激怒了，脸上红一阵白一阵，嘴角抽搐了半天："言祈，你最好自己掂量清楚，现在你我在公众眼里谁是垃圾？别以为你在这儿放两句狠话就能糊弄我，我手里的东西再加工一下，顺带帮你炒一炒，保管你明天继续上热搜！"

"陈总的意思是，你手里的素材还能再剪辑剪辑，编出新的故事啊？"言祈重新笑了起来，做了个"少安毋躁"的姿势，"不过我挺好奇的，我和苏总之前没怎么得罪陈总，你怎么偏偏和我们过不去？"

陈嘉杰料想生意反正做不下去了，一脸咬牙切齿："我就是个生意人，哪里在乎什么得罪不得罪？言总你既然一直看不上我，那我只能自己找点项目来做。"

"所以先给人挖坑，再给人递条绳子，最后美其名曰危机公关，就是陈总当下的主营业务？"言祈一脸兴味盎然，"你不怕夜路走多了撞到鬼，用这么下三烂的手段做生意，迟早有一天被人告吗？"

"你有本事去告啊！"陈嘉杰狞笑着，"你有证据告我造谣诽谤吗？你要有证据的话，可以去告我试试，我随时奉陪。"

提到"证据"两个字，言祈有些沉默了。

见他不说话，陈嘉杰越发嚣张起来："我可以实话告诉你，不仅你和苏以菡这件事是我们弄的，高三学生家长直播砸你们家Buddy那事，也是我们策划的！之前你在Resonance时背靠大树我拿你没办法，现在的话，要靠舆论搞倒一家小小的创业公司，对我来说根本不算个事！"

"哦……"言祈若有所思地想了想，"听陈总刚才的意思，是终于肯承认我和苏总的那桩绯闻，是您刻意炮制出来博人眼球，顺带报复我们两家公司的杰作了？"

"承认了又怎么样？"陈嘉杰冷声笑着，"两个小时的素材，剪辑成几段大众喜闻乐见的艳情视频，这种事对我来说没有任何难度。所以言总，我劝你放聪明点，操控舆论做事件营销我是专业的，你最好不要以为简简单单地威胁我几句，就能把自己洗白。"

言祈轻轻地喘了一口气："陈总，那今天你亲口承认的这些话，如果被公众知晓，甚至是提上法庭当作诬陷我和苏总的证据，你觉得分量够不够？"

"那你也要有那个本事……"

话只说到一半，陈嘉杰像意识到什么一样，声音忽然消失在了半空中。

"看起来陈总对我们公司的业务不是很了解啊……这样的话，还怎么谈业务合作？"言祈微微地扬着头，嘴角挑了挑，"既然来了，我简单给陈总介绍一下吧。悦享之音是以智能语音技术为核心的一家科技公司，目前的产品以服务家庭娱乐的智能音箱为主。在这个基础上，我们拥有了很多的内容平台作为合作伙伴。同时，我们也在尝试把智能语音技术接入到其他的智能硬件领域，其中不仅包括了AI机器人……"

他轻轻地抬了一下自己的手腕："也包括了运动手环。"

陈嘉杰嘴唇颤抖："你……什么意思？"

"没什么意思，技术上的东西解释起来太复杂，也没必要。"言祈冷冷地看着他，"简单来说，这条手环被我们的技术团队事先处理了一下，加入了即时录音和同步上传分享的功能。陈总，您刚才和我的所有对话已经被录音上传，我们邀请了几个粉丝百万量级的KOL，在各大音频直播平台进行了直播……"

他顿了顿："当然，这件事我事先没征得您的同意，我可以道歉，但至少有一点你可以放心，所有的音频内容原汁原味，没有经过任何剪辑处理和加工。"

"言祈你……"

"陈总别激动，还有一点没和你说完，不过嘛……"言祈轻轻摁了一下手环上的控制键，"这个部分没有什么录音分享的必要了。"

陈嘉杰没来得及反应，几记重拳狠狠地砸在了他的脸上。

原本安静清幽的茶馆里，瞬间发出了杀猪般的号叫，堆放在桌上的茶具"噼里啪啦"摔了一地。

不明就里的服务员们满脸惊恐地围了过来，议论间甚至没来得及反应要不要叫保安。

言祈蹲下身子，一脸冷意地看着捂着下巴嗷嗷呻吟着的陈嘉杰。

"刚才和你说过，今天我过来，一是要让大家见识一下你究竟能无耻到什么地步，二是得教你怎么好好做个人……所以刚才那几下，是替倪悦、苏总还有我自己教训你的。如果你觉得不服气，派出所出门右转没几步路，刚好现在公司不太忙，我也有时间，我们之间的民事纠纷和刑事纠纷，可以一起处理掉。"

他说完这几句，终于慢悠悠地站起身来，看向围站在四周的服务员时，已经满是温和地扬起了笑脸："抱歉啊，惊扰到了你们的生意。摔碎的东西多少钱，我一起赔给你们。"

当天夜里，在言祈和陈嘉杰的对话录音在各大音频网站以及社交平台被热议纷纷的同时，悦享之音的官方微博公开了苏以菡生日当天，言祈开车送她到小区附近后，直至双方分别的全程录像。

热议一时的"车震门"事件真相，最终以这样的形式得以澄清。

网上的唾骂和斥责再次一边倒，伏藏在背后策划一切的陈嘉杰，连同他经营的公众号，瞬间成为众矢之的。

阵阵怒骂声中，更有当年在Blue Rays被其骚扰陷害过的员工上阵现身说法，在其斑斑劣迹上不断添砖加瓦。

倪悦在网上随意浏览了几下，居然在一片片热评转发之中看到了朱砂和大奔的身影，不禁大为震惊。

"朱总向来看陈嘉杰不顺眼，这时候棒打落水狗，借机踩上两脚可以理解，但奔哥真是……隐藏了这么久，居然是个卧底？"

"卧什么底？人家怎么说也收了你十万块呢！"言祈听她在那儿连连感叹，一脸无奈地走了过去，"按现在这架势，以后陈嘉杰在贵圈怕是没法混了，诉讼材料律师那边在准备，估计他们心里也有谱。你这位奔哥现在这么积极地竖中指表态度，大概是想争取个缓刑？"

"才不是！"倪悦拿起手机在他面前晃了晃，"忘了和你说，奔哥昨天一大早，在你没和陈嘉杰见面的时候，就给我发了个转账，里面是八万块钱。然后说帮我干了这事以后，从陈嘉杰那里跑路了，找工作估计得花一段时间，两万块钱当江湖救急，等过两个月再还给我。"

"嗯？你奔哥居然这么够意思？"言祈看样子是有点不服气，

"帮忙就帮忙，干吗找你要十万块？"

"哦……这个问题我也问他了。他说因为我们之前在Blue Rays的关系一般，没什么特别交情，他要是直接答应了，怕我反而疑神疑鬼。所以随口那么一说，准备事情办完了把钱还我。本来他就看陈嘉杰不顺眼，早不想干了，就是一时半会儿没找到合心意的下家，结果第二天上班听到我被打了，他觉得过意不去，所以下家都没找好，就直接撤了。"

"这内心戏够丰富的啊！"言祈轻声哼了哼，略带不爽地走向茶水间，"本来这件事他属于共犯，我是准备一起提起诉讼的。不过既然你这么拐弯抹角地给他求情，我再考虑考虑吧……"

倪悦满是问号地看着他的背影，顺手把在一边看热闹的陆余拉了过来。

"师兄这是怎么了？网上的事都解决了，他怎么反而不太高兴？"

"哦，是这样的……"陆余一脸了然，"你不是为了他这破事，被姓陈的打了，还花了十万块钱吗？言祈今天一大早，特地去新开了一张卡，存了一笔钱，准备晚点给你的。结果你那位奔哥一从良，他不但被抢了风头，还失去了送温暖的机会，自然觉得憋屈。"

"扑哧……"

倪悦趴在桌上一阵笑。

几分钟后，一条金额为十万块的转账提示信息跳了出来。

紧接着，是言祈用微信发来的好几条某奢侈品网站的链接。

最后面是一行十分霸道总裁的文字："来，自己选一条。"

倪悦把链接打开，对着那些精美璀璨的项链图片草草浏览了一阵，飞快回了几个字："这次还是版权费？"

"当然不！"回复看上去相当严肃，"这是陪嫁。"

倪悦一脸蒙："什么陪嫁？"

"呃……"

对话框里"正在输入"的状态犹犹豫豫了好一阵，紧接着出现了好几个含着羞怯的小表情："我不是把自己送给你了吗？所以自然是有陪嫁附赠的……"

随着手机倒扣在桌面上的一声轻响，陆余和谢雨晨满是疑惑地看着自家小师妹把脸埋在了双臂间，肩膀抖动着趴在电脑前，笑到不能自已。

因为"车震门"事件的收场，以及后续倪悦一系列的公关动作，悦享之音在市场上的声誉很快得以修复，与相关合作伙伴的关系重新建立了起来。

连原本关系最为微妙的Apollo，也无声无息地主动发来了一份新的合同，在最开始的合作条款上，给予了更多的资源支持和利益让步。

对事发当时，苏以菡为了自己脱身，把言祈逼至窘境的做法，悦享之音内部颇有微词，连向来不爱计较的谢雨晨，也态度明确地表示了不屑。

但言祈终究还是收下了那份合同，并在官方微博上对Apollo一直以来的支持表示了诚挚感谢。

苏以菡沉寂许久的个人微博上，最终以一句同样的"谢谢，合作愉快"作为转发语，在向公众表明自己态度的同时，也隐晦地向言祈表达了自己的歉意。

一切似乎因为真相的澄清和两位当事人的和解态度，重新走上了正轨，而悦享之音的行政负责人也带来振奋人心的好消息——公司位于CBD的新办公室全部装修完毕，周末之后可以正式进行搬迁。

虽说启翎创投的融资到位后，智创孵化园的这间办公室已经被打理得甚是舒适，早已不复最初连制冷设备都提不起精神的模样，但能够搬到位于城市中心的高级写字楼里办公，还是让悦享之音的小青年们兴奋了一阵。

收到正式的搬迁通知邮件后，有些急性子的女员工开始趁中午休息时间，围聚在一起刷淘宝，精心挑选到了新办公室后，布置自己工位的各种小物件。倪悦看她们讨论得热闹，不能免俗地加入其中。

搬家的头一天，所有人都暂时放下了手里的工作，忙着把自己的办公用品整理装箱。

言祈在接完一个电话后，招手把倪悦叫到了一边："你的东西收拾好以后直接给行政，让他们帮你搬过去，明天你有个特别任务，得陪我走一趟。"

"怎么了？"倪悦有些诧异，"这个时候还有比搬办公室更重要的事吗？"

"当然有！"言祈咳了咳，"明天我妈来S城，叫我一起吃饭。我想着……要不你一起过去，正式介绍你们认识认识。"

倪悦还沉浸在公司搬家的兴奋里，一时半会儿脑子没转过来："阿姨我认识啊！上次她来公司的时候，不是已经介绍过了？"

言祈无语。

倪悦终于回过味来："哦……"

要见家长的消息来得如此猝不及防，倪悦就算英勇惯了，一时间也不禁有些忐忑，回家以后把衣橱里里外外翻了个遍，也没找到一两件符合对方审美风格的衣服。

最终，她只能满是沮丧地坐回了电脑前，向自己的贴心网友发出求救信号。

"斑鸠兄，明天我要去和师兄他妈妈吃饭，你说我该怎么打扮比较好啊？"

"哟！这是要正式见家长了啊，可喜可贺！"

老斑鸠毫不吝啬地连发了好几个鼓掌的表情："你平时那样就挺不错的啊。不用太刻意，保持原汁原味就好。"

"那样可能不行……"倪悦仔细回想着，"我之前见过师兄的妈妈，她看上去又高贵又漂亮又有气质，感觉是个对生活品质很讲究的人。而且啊……我听师兄说过，他妈妈很喜欢他大学时候的那任女朋友。那位学姐可是个妥妥的时尚达人，平日里高跟鞋从来不下五厘米的那种，走哪儿都是女神！"

"那又怎么样，再是女神，还不是和你师兄分手了？"老斑鸠一副护犊子的模样，"你师兄喜欢你最大，只要他觉得你好，其他人的意见不用放在心上啦。"

"那不能太给师兄丢份吧……"

倪悦考虑了一阵，反正明天白天有时间，决定下点血本去家附近的商场里，买两件贵一点的衣服好好打扮一下。

老斑鸠看她半天不回复，忍不住逗她："我说你平时不挺威猛自信的啊，怎么对明天见面吃饭这件事这么紧张啊？"

"不完全是紧张啦……"倪悦解释道，"师兄之前和我说过，他爸妈对他很重要，尤其他爸爸去世以后，更不希望他妈妈失望难过。之前坚持从Resonance出来自己创业，好像已经让他妈妈不太高兴了，如果现在带过去的女朋友不能让她满意的话，那不是很糟糕？总之我不希望因为我，让他们之间再起什么争执。"

老斑鸠经验老到地分析："这个你放心啦，据我的经验呢，你师兄他妈那种女强人，要找儿媳妇的话，最喜欢你这种乖巧又懂事的类型！况且就你师兄那样的，有人肯要不错了，他妈看到你烧香拜佛都来不及，哪里会有什么不满意？"

倪悦被他这么一安慰，心放宽了些，却忍不住吐槽："扑哧……你一个单身狗，哪里来的这些鬼经验？"

"你说谁是单身狗啊？"老斑鸠不高兴了。

"啊？什么情况？"倪悦精神一振，连声催促着，"来来来，斑鸠兄，快来汇报一下你最近啥情况？我前段时间特别忙，都不知道你最近咋样了。"

"还行吧……"老斑鸠扭扭捏捏地说，"能吃能睡，心情也不错……"

这顾左右而言他的回答让倪悦越发生疑："少废话，说重点！"

"呃……"在她的逼问下老斑鸠越发娇羞，许久之后才回了一句，"好啦，告诉你啦，人家谈恋爱啦！"

"啊？"倪悦原本只是调侃一下，没想到真的诈出了爆炸性新闻，赶紧追问，"什么时候的事？你怎么现在才告诉我？对方长啥样？你们怎么认识的？"

"你这问题一个接一个的，我先回答哪一个啊？"向来厚脸皮的老斑鸠，关键时候居然流露出了一丝矜持和羞涩，"我和她认识挺久啦，不过最开始认识的时候我得罪过她，感觉她一直挺讨厌我的，所以很长时间没敢往那方面想。后来相处的时间久了，渐渐发现她好像对我有那么点好感，于是立志减肥瘦身，改变形象，顺便脱离肥宅路线，认真找了个工作……然后最近一段时间，大家就在一起啦……"

"哇！斑鸠兄你可以的啊！"倪悦没想到，自己身边居然会发生这样的爱情奇迹，羡慕之余不由得感叹，"你女朋友能让你这种不靠谱的家伙努力做出这么多改变，一定是个漂亮温柔又能干的小仙女！"

"那是当然！"老斑鸠这次没犹豫了，立马接口，"她是个特别可爱的小仙女！"

向来在感情上掖掖藏藏、没个准话的老斑鸠难得坦诚撒狗粮，倪悦不禁为他高兴。唠唠叨叨地盘问了对方一阵后，她忽然冒出了个念头："斑鸠兄，既然你现在交女朋友啦，不如找个时间大家一起出来玩啊！我和你女朋友刚好可以认识一下，相信你和我师兄也一定会聊得来的。"

"我才不要！"老斑鸠立马拒绝，"你师兄身高腿长英俊潇洒，我这种身高一米六体重两百斤的胖子往他身边一站，说不定女朋友立马跑了。"

"你不是减肥成功了吗？"

"呃……最近过得太幸福，好像又反弹了……"

"你别和我瞎扯！"倪悦只怕他是难得交了个女朋友，因此格外小心，所以也不勉强他，"如果你不想见我师兄的话，我不带他。就你、我，还有你女朋友，我们三个出来玩，这样你没什么可担心了吧。"

"这也不行……"

"为什么呀？"

老斑鸠犹豫了一阵："小仙女啊，那我直说了啊。我们认识了这么多年，一直是好友，但我现在是有女朋友的人了。为了避免她误会吃醋，或者心里有想法，我想……我们以后还是不要再提见面的事了，好吗？"

等了一阵之后，眼见对话框里没动静，老斑鸠显得越发小心："小仙女，我打的字你看到了吗？如果有不同意见，我们可以讨论，但你别装死不吭声啊！"

"看到了看到了！"倪悦愣了一阵，刚回过神来，立马诚恳回复道，"斑鸠兄，虽然觉得很遗憾，也有点小沮丧，但是你的心情我能理解，也真的很高兴你找到了一个喜欢的女孩。如果不方便，以后我不会再要求见面啦！不过……我们二次元的网友身份可以继续保持吗？"

"那是当然！"老斑鸠接连发了好几个哈哈大笑的表情，"虽然我现在有主了，以后上线的时间可能会慢慢减少，但你需要树洞吐槽闲聊八卦的时候，还是可以召唤我的。"

"好啊……那今晚不打扰你了。斑鸠兄晚安，祝你以后开开心心，爱情美满。"

"小仙女晚安，也祝你明天见家长顺利。"

随着熟悉的道别，那个熟悉的秃尾斑鸠头像很快变成了灰色。

倪悦随手翻了翻他们过去的聊天记录，替对方开心的同时，难免有些怅然若失。

刚刚发生的对话似乎预示着一场告别。

那个很长一段时间都陪伴在她身边，做她的树洞，哄她开心，并不时给予帮助，却从未见过面的朋友，终将回归现实生活，把更多的时间和精力投入到自己喜欢的女孩身上。

而自己也因为和言祈之间关系的改变，即将开启一段新的人生。

以后陪伴在她身边，参与到她生命里分享所有喜怒哀乐的人，不再只是一个网络上虚幻的头像，而是一个实实在在的恋人。

这样的认知，让她在轻微遗憾和不舍之余，充满了期待和感恩。

次日清晨，倪悦早早起了床，赶到附近的商场里花了三千多块钱，买了一套正正经经的小套装。回家以后，又临时抱佛脚地参看了好几个美妆博主的教学视频，拿出压箱底的化妆品，给自己化了个清新淡雅的淑女妆容。

等到黄昏时分电话铃响，她奔下楼去，言祈已经等在了那里。

见她出现，英俊的青年很快笑了起来。

"这位朋友，请问你搞得这么隆重，是准备去参加面试吗？"

"算是吧……"倪悦一脸严肃，手脚紧张地扯了扯自己身上的小裙子，"你说这面试能通过吗？"

"当然！"言祈低头在她嘴唇上轻轻吻了一下，看着她红扑扑的脸蛋，十分满意的样子，"满分一百的话，现在简直可以给你一百零一分。"

两个人上了车，一路说说笑笑地奔向了赴宴地点。

四十分钟之后，言祈在一栋竹影环绕的小别墅前把车停了下来。

比起各种声名在外的高级餐厅，这种幽僻低调的私房菜馆，似乎更能彰显宴客者精致又讲究的品位。

倪悦原本和言祈说笑了一路，心情舒缓了不少，此刻放眼一看，又莫名紧张了起来。

言祈锁完车，看她站着不动，主动拉起了她的手："你怎么了？"

倪悦不想露怯，赶紧找了个借口："阿姨不在S城常住，却能找到环境这么好、人又不太多的地方，真是挺厉害的。"

"因为有吴叔叔嘛……"言祈笑着解释，"早几年Resonance刚在S城发展的时候，吴叔叔经常过来，所以对这边的环境挺熟的。他和我妈关系又不错，所以我妈每次过来这边，他都会帮着安排，很多特别小众的餐厅和酒店，我是沾了他们的光才知道。"

他的态度十分轻松，仿佛两位长辈之间的亲密和默契是理所当然的事。

倪悦却不自觉地回想起了不久之前，吴继恩和韩亦婷来悦享之音的办公室参观后，共同离开园区前的那一幕。

一种莫名的异样感让她隐隐有些不安。

这种不安，在她的眼光无意中瞥到停在不远处的一辆熟悉的黑色奔驰时，更加躁动起来——如果记忆没错的话，那应该是吴继恩的车。

进房间之前，她鬼使神差般再次确认了一下："师兄，今天晚上的饭局，只有你妈妈在吗？"

"当然，这是家宴嘛。"言祈轻轻刮了刮她的鼻子，"不然你希望有谁在？"

"没有啦……我随便问问。"

倪悦冲他笑了笑。

然而有什么奇怪的预感，让她越发紧张起来。

推开包房门的那一瞬，言祈那张原本满是笑意的脸，飞快地怔了一下，连握着倪悦的手，也不由自主地紧了紧。

在看清眼前的情形后，倪悦不由得有些发愣。

和言祈事先介绍的不同，格调雅致的包房里，不止韩亦婷一个人等在那里。除了倪悦在进门前已经觉察到的奔驰车主吴继恩之外，另外一个坐在房间里的客人，竟然是久不见消息的吴寅峰。

自苏以菡在微博上与悦享之音公然互动，表示出了前嫌尽释、一如既往的合作态度之后，吴寅峰因在"车震门"事件中公然发声而关注量剧增的个人微博，再次归于沉寂，只留下了那条转发过万的长微博，依旧十分刺眼地保留在置顶的位置。

许多好事者纷纷揣测，吴寅峰之前冲冠一怒为红颜，对所谓的"心怀不轨者"表达出强烈的谴责之情，将言祈在丑闻的泥沼中狠推了一把。而今言祈成功自证，苏以菡又迅速与之回复邦交，打脸之下，他的心情想必一言难尽。

更有甚者，在他那条长微博下不断留言追问，眼下真相已明，是否应该为自己当初刻意引导言论泼脏水的做法，公开向言祈道歉。

然而直至今日，吴寅峰都没有再针对此事做出过任何回应。

听到推门的声音，他微微斜了斜眼睛，很快又把头低下，专心喝着手里的酒，一副视若无睹的样子。

倒是吴继恩见到言祈出现，很快站了起来。

"小祈你来啦！我们还没点菜呢……赶紧来看看，想吃点什么。"

"吴叔叔好。"面对长辈，言祈很快恢复了惯有的礼貌姿态，对他点头问好之后，看向了韩亦婷，"妈……原来今天是和吴叔叔一起吃饭，你怎么事先不和我说一声？我好准备准备。"

"都是熟人了，有什么好准备的？"韩亦婷微笑着朝他身侧挑了挑下巴，"你交女朋友的事，不也是最后瞒不住才告诉我的吗？"

"阿姨好，吴董好。"

听见自己被点名，倪悦赶紧上前打招呼。

"这个小姑娘我知道，叫倪悦是吧？之前为了小祈直接从Resonance离职，去了小祈的创业公司。说起来，你刚去上班那阵，我们见过对吧？没想到这么快，就和小祈在一起了。"

吴继恩对她印象颇深，凭着过往那点不多的交集，一直向身旁的韩亦婷介绍着。

一时间，包房内的话题都围绕着他们的关系展开，四个人热热闹闹聊起了天。

坐在一旁的吴寅峰只是静默地在喝酒，既不和他们打招呼，也没有要介入讨论的意思，自斟自酌的模样仿佛身处另一个世界，周边所有热闹，像是和他全无关系似的。

十几分钟后，言祈点好了菜，哄着两位长辈坐上了桌子，关于他们之间的讨论才暂停了下来。

随着冷盘热菜一一登场，吴继恩像是终于注意到了始终不发一语的儿子，眉头微微皱起："寅峰，小祈来了这么久，你这个做哥哥的怎么不打个招呼？"

"哥哥？"吴寅峰像听到什么笑话似的，冷声一哼，眼睛继续垂着，"我姓吴，他姓言，哥哥这两个字，我可担待不起。"

他慢慢地转动了一下手里的酒杯，嘴角边挑起一个略带嘲讽的笑容："还是说……爸你忍了这么多年，终于忍不住了，准备今天让他把姓改了吗？"

吴继恩的脸色迅速白了一下："寅峰，你怎么说话的？你韩阿姨惦记着你一个人在这边工作辛苦，特地叫你过来吃饭。结果你呢？从进门起，对你韩阿姨不冷不热，现在对我说话，怎么也是这个样子？你这叫什么态度？"

吴寅峰嘴唇动了动，像是想说什么最终又忍了回去。

韩亦婷眼见气氛尴尬，打了个圆场："老吴你别发脾气，我们把几个孩子叫到一起吃饭也不容易。寅峰平时工作忙，累了一天不想说话很正常，你别说他了，赶紧吃点东西。"

像是碍于她的情面，吴继恩低头喝了杯酒，口气平缓了下来："寅峰，我知道你和小祈之前在一起工作的时候，因为想法不同，闹过一些不愉快，所以后来小祈出来创业，我虽然舍不得，却没多说什么。作为长辈，我和小祈的妈妈一直都是……很好的朋友，所以希望你们两个以后即使做不到互相扶持、互相照顾，至少能够和平共处才是。"

吴寅峰仰头又是一杯酒，眼神中醉态已生，虽然依旧不说话，嘴角边却始终挂着一缕若有若无的嘲讽笑容。

　　吴继恩见自己抛出的这个台阶他并不领情，无奈之下深深叹了口气："我年纪大了，工作属于半退休状态，所以网上那些事，也是前几天才无意中听说。当时我实在很生气，想立刻过来问问你，怎么能对小祈做出那种事？但最后是你韩阿姨劝住了我，说既然事情已经过去了，那等我气消了，面对面地和你们好好谈谈。所以今天刚好赶上这个机会，我把你们约过来，也是想了解一下，你们之间究竟有什么深仇大恨，会闹到之前那个地步？"

　　言祈实在没有料到，预想中带女朋友见家长的戏码会变成眼前这副局面，即使自己和吴寅峰之间有着诸多恩怨，对对方一直以来莫大的敌意心有不解，却不希望长辈插手其中，于是当即举杯表示："吴叔叔，之前的事，其实都是误会，吴总只是想帮朋友澄清谣言而已，没你想得那么严重。"

　　面对他，吴继恩的态度明显柔软了许多："小祈啊，叔叔知道你一直是个重情义的好孩子，工作上遇到什么困难从来不和我说。其实叔叔之前把你带进公司，一方面是希望给你一个好的平台，发挥自己的才能，另一方面是希望你能和寅峰一起好好合作，让公司迈向一个更高的台阶。结果没想到，会让你受那么多委屈，叔叔实在觉得很过意不去……"

　　"其实您完全不用过意不去。"吴寅峰打了个酒嗝，终于把手里的酒杯放了下来，脸上一片潮红，显然有些醉了，"您既然这么喜欢他，那直接把他邀请回公司做继承人好了。别说Resonance，就算是广恩集团，不也是您一句话的事？"

　　他哼声笑着，目光瞥向了言祈："就是你啊……姓了这么久的

157

'言'，忽然要认祖归宗改姓'吴'了，要是没点过硬的心理素质，适应起来估计真有点难度……"

吴继恩大惊之下狠狠一拍桌子："混账东西！你在胡说八道些什么？"

"我胡说？"吴寅峰一步一晃地站了起来，脸上的表情不知道是哭是笑，"我是不是胡说，你自己心里清楚。爸……你和这个姓韩的女人究竟什么关系，言祈究竟是什么人，我妈跟着你的那些年究竟受了多少委屈，你以为我真的什么都不知道吗？"

随着他的一句句逼问，整个房间里温度骤降，所有人像是被冻僵了一样，根本来不及做出任何反应。

倪悦试着探手过去将言祈的手握住，却发现对方向来温暖干燥的手心此刻和她一样凉。

很快地，他甩开了倪悦的手站了起来，目光直视吴寅峰，声音有些发抖："吴寅峰，你什么意思？把话说清楚。"

"我什么意思？"吴寅峰不甘示弱地回视着他，"言祈，你不是一直觉得自己很能干吗？你不是以为之前你在Resonance能够为所欲为，后面单干能那么快站稳脚跟，是因为自己多了不起吗？那你知不知道当年在Resonance，你短短几年内从一个项目经理到产品总监再到公司副总，是谁在背后力排众议一路推着你往上走？启翎创投在主动找你之前，是谁一次又一次地找到他们创始人去做推荐？悦享之音和各大音频网站之间所谓的免费商务合作背后，是谁一直私下里利用广恩集团的资源在帮忙？对了，还有你们马上要搬的新办公室，那么便宜的价格拿下来，你以为真的是自己运气好，赶上了所谓的创新优惠政策？呵呵……"

他每说一句话，言祈的脸色就多白一分，像是原本充盈着的自信

158

与活力，骄傲与尊严，在这些残酷的句子下，一点点被剥离身体。

这些问句背后隐藏的潜台词实在太可怕了。

就算吴继恩和韩亦婷是如何交情深厚的朋友，这些举措未免太过不合常理。更何况，如果真的只是长辈扶植朋友家的后辈，吴继恩大可不必做得如此遮遮掩掩。

所以此刻，倪悦几乎不敢去想掩藏在问句背后，最大的那种可能。

一记重重的耳光扇在了吴寅峰的脸上，打断了他没说完的话，吴继恩重重地喘着气："你给我闭嘴！"

"我这么多年闭嘴闭得还不够吗？"吴寅峰笔挺地站在那儿，即使半边脸已经高高地肿了起来，却丝毫没有要退让的意思，"从知道你和这个女人的那些事开始，我一直在闭嘴，盼着你年纪大了以后，多少顾着我妈和你这么多年的情分，能稍微给她留点尊严。结果呢？我妈被你冷落了这么多年，最后那么死了，临死之前都还在反省自己到底哪里做得不够好，让你对她一直那么冷淡……再后来，你和这个女人隔三岔五地约会，把这个私生子光明正大地带进公司，我什么话都没说。我退让到那个地步了，他还是什么都要和我抢，什么都要和我争。到了现在，你还要我们相亲相爱、兄弟相称？那接下来呢？接下来你是不是要让你的私生子认祖归宗改姓吴，再计划着把这个女人娶进家门？"

"私生子"三个字一出口，倪悦立刻感觉到言祈的脊背狠狠地震了一下。

从她的角度看过去，只能看到对方紧握的拳头上，青筋一根根冒起，微微地抽搐着。

吴寅峰的嘲讽没有结束："只可惜啊……韩阿姨那么爱惜脸面，

你让她这把年纪了公然和你在一起，只怕她是不会干的。所以你们继续扮演关系亲密的知己好友吧，只要别逼着我欣赏，只是哄哄我这个弟弟的话，应该挺容易的……"

话说到这里，倪悦终于明白吴寅峰对言祈那股强烈的敌意究竟从何而来了。

所谓的理念不合，所谓的项目争端，不过是深藏在愤怒和恨意之下的表象。内心深处，对这个分去了父亲大量关爱，甚至让自己母亲备受冷落的"弟弟"，他或许早已经心存怨恨，忍无可忍。

倪悦忽然想起自己在Resonance提离职时，离开CEO办公室前的那一幕。

吴寅峰对着墙上挂着的全家福，眼神怔怔地站在那里，看上去又寂寞，又不甘。

或许在他心里，言祈一直在和他争抢。

抢走了一个家庭应有的完整和温暖，抢走了父亲的关注和偏爱，抢走了合作伙伴的欣赏，抢走了员工们的支持和信服。

甚至一度抢走了他心爱的女孩。

这些潜藏在心中的愤怒和怨恨，像埋藏在火山之下的岩浆，一直在他的心底狂热地焚烧着。

时至今日，借着酒精的催化，终于彻底爆发了。

但是很显然，眼下最痛苦的人，并非只有他一个。

如果说对吴寅峰而言，从真相浮出水面的那一刻起，此后的一切都是绵长而反复的折磨，那么对言祈，脓疮刚刚被挖开，面对这突如其来的巨大创口，他甚至没来得及感到疼。

许久之后，他慢慢地走了过去，在韩亦婷的身前站定，有些小心翼翼的模样："妈，他说的是不是真的？"

一连串的泪水从韩亦婷的眼睛里滚落了出来。

很快地，她紧紧拉住了言祈的手："小祈，你听妈妈解释……"

最后一点希望就此破灭。

言祈的身体晃了一下，慢慢拉开了她的手，声音轻轻的，带着从未有过的虚弱和绝望："您不用解释了，我知道了。"

从别墅回家的路上，倪悦一直想和言祈好好谈谈。

但对方实在表现得太过平静，像不久之前那场翻天覆地的闹剧根本和他无关似的。

在送倪悦回家之前，他甚至十分贴心地在小区门口的便利店里，买了许多熟食塞在她手里。

"不好意思，今天让你费心准备了这么久，结果饭也没怎么吃。只是我有点累了，想休息一下，买点零食给你填填肚子好吗？"

"我没事……"他表现得越是平静，倪悦心里越是忐忑，"师兄，要不你去我家坐坐，我陪你说说话？"

言祈微微笑着："这么晚了，还邀请我去你家里，这样真的好吗？"

倪悦顾不上羞耻了，有点发急地抓着他的手："师兄！"

"乖啦……"言祈伸手在她头上揉了揉，"我真的有点累了，想早点休息。你想和我聊什么，明天再说好吗？"

"那好。"倪悦不敢再勉强他，只能叮嘱着，"那你开车回家小心点，到家记得给我发个信息。"

"好。"言祈朝她挥了挥手，转身上了车。

进家之后没多久，天上淅淅沥沥地下起了小雨。

倪悦去洗手间洗了把脸，东西没顾上吃，一直捏着手机等消息。

半个小时以后，言祈的信息没等到，她意外收到了来自韩亦婷的电话。

"你好，请问是倪悦吗？"

"你好，我是，请问你是？"

"悦悦你好，我是言祈的妈妈。"

这个和她只有过几面之缘，在她印象里一直矜持高贵的女人，此刻像是崩溃了一般，声音里带着抑制不住的痛苦哽咽："很抱歉这么晚了打扰你，我想问一下，小祈现在和你在一起吗？我打他电话一直不接，实在很担心，找人帮忙要了你的电话，打过来问问……"

"阿姨你别担心，师兄他没事。半个小时前他把我送到家，后来回去了，现在应该是在开车，暂时没听到吧。"

"这样吗？"韩亦婷轻轻地抽泣了起来，"悦悦，今天小祈带你过来，本来是想好好介绍我们认识一下的，没想到让你看到了这些，真的很对不起。"

"阿姨您别这样说……"

面对电话里传来的哭泣声，倪悦一时之间不知该如何安慰，只能保持着聆听的姿态，无声地静默着。

在这通断断续续、不时抽噎的电话中，倪悦终于知道了两位长辈少年时代的那段往事。

早在念书的时候，吴继恩和韩亦婷就已经是一对两情相悦的情侣，但吴继恩家里实在太穷，即使再努力，短时间内也无法迈过阶级的门槛。

最终，韩亦婷大学毕业后不久，在亲戚们的极力撮合下，心不甘情不愿地嫁给了比她大十二岁的历史学家言柏文。

当时尚且为了生存而努力挣扎的吴继恩，在得知心上人结婚的消息后特意赶到了婚礼现场，痛心之下喝得酩酊大醉，并在婚礼上泣不成声。

旁人只当他是因为好友结婚喜极而泣，宽厚的言柏文甚至感动于他们深厚的友情，整个晚上对他照顾有加，这一切，让吴继恩终究没有在婚礼现场做出什么更过激的事。

然而木已成舟，事情至此，一切难以回头。

万般无奈之下，在韩亦婷结婚不过半年后，他很快听从家里的安排，娶了一个温柔贤惠却根本没有给他留下太多印象的女人。

成婚之后吴继恩将所有的精力放在了工作上，事业逐渐有了起色，很快有了属于自己的第一个儿子。

仿佛天有注定一般，就在他以为自己的一生尘埃落定时，因为一次出差的机会，他和远在Z城的韩亦婷再次相遇。

这场相遇不知是上天开的一次玩笑，还是给予他们的一次补偿，分隔多年后再重逢，虽然彼此都有了家庭的牵绊，却依旧没能抑制住内心的思念。

再接下来，就是两人长达几十年之久，却注定不能见光的暧昧纠葛。

"其实这件事，我很早就想和小祈说的，甚至在我和你吴叔叔的另一半都相继去世之后，我们也商量过，要不干脆光明正大地在一起生活。可是言祈他是个家庭观念很重的孩子，对他爸爸又一直非常尊敬。当年在知道我和他爸要离婚的消息后，一直苦苦哀求，甚至因为这个，出了一场很严重的车祸。从那场车祸之后，我彻底断了这些念头，只想这么瞒着他，让他安安稳稳地过一辈子。可是没想到，寅峰那孩子居然什么都知道了……"

"阿姨，你别哭了……"倪悦并不擅长对人做感情疏导，对老一辈人之间的爱恨情仇更是无力开解，只能悉心地劝慰着，"师兄他看着情绪还算稳定，只是有点累，现在已经回家休息了。明天找机会我会好好和他谈谈，您先别担心，有情况我会随时通知您的。"

韩亦婷没有因为她的劝慰而安心："不，悦悦，你不知道小祈的性子。他这个孩子平时爱吵爱闹，但真遇到了大事，情绪反而不怎么表露。之前他遇到车祸的那次，有段时间差点以为腿要保不住了，连大人都害怕的情况下，他也只是把自己关在房间里，闷着不出声。今天我一直盼着他能和我吵，或者像寅峰那样铆着劲儿闹一闹，把心里的怨气发泄出来，可是他一声不吭地走了，给他打电话也不接，根本不愿意和我说话的样子。我……我真的很害怕……"

"阿姨你别急！"听她这么一说，倪悦有点慌了，"一会儿我给师兄打电话，确定他没事以后给你报个平安。"

"现在这么晚了，他心情又这么糟糕，如果真的不想说话，那等明天吧……"韩亦婷的情绪在哭泣了这么久后，终于慢慢稳定了些，最后轻声恳求着，"悦悦，我听你吴叔叔说了，你对小祈一直很好，又是他学妹。小祈是第一次主动把女孩子带到我面前。我看得出来他很在意你，那么以后，麻烦你多照顾一下他。还有，你要告诉他，虽然在他看来，我做了一件让他很不齿的错事，但我一直希望他能够原谅我，而且我真的很爱他……"

"好的阿姨，我知道了，你早点睡吧。明天见到了师兄，我会尽早联系你的。"

好不容易收了电话，电量已经降到了红框以下。

倪悦一边充着电，一边试探着给言祈发了一条微信："师兄，你睡了吗？"

等了半个小时，微信一直没有回复。

倪悦看着窗外黑漆漆的天色，终究满腹心事地爬上了床。

次日清晨，几乎一夜未眠的倪悦早早起床等在了那里。

然而言祈的车始终没有来。

想着公司已搬到了离家不远的地方，言祈突遭变故大概无心再来接人，倪悦匆匆梳洗了一下，打了个车直奔办公室。

还没完全收拾好的新办公室里，隐约弥漫着一股装修味，许多女员工正忙着在自己的工位上放柚子皮。

见她出现，好几个平时关系不错的同事很快招呼了起来。

倪悦完全没心情欣赏新办公室的精美装修，顺手抓住了其中一个："言总来了没有？"

"言总？没见到人啊！"对方有点惊异的样子，"上班时间还没到呢，你见过哪个高管来这么早？"

倪悦低头看了看表，耐着性子先一步坐下。

随着时间一分一秒地过去，连平日里最没纪律观念的陆余都啃着早餐进办公室了，言祈还是没出现。

倪悦再也坐不住了，抓起手机给他打了个电话，得到的回复却是"您拨打的电话已关机"。

到了下午下班前，从倪悦口中得知有意外发生的陆余和谢雨晨，已经把言祈身边的关系网通通联系了一遍，陆余甚至开车往他家里跑了一趟，却始终没有任何消息。

他像是刻意把自己藏了起来，避开了所有人的关注和安慰，用一种他自幼熟悉的方式，独自沉默着消化伤口。

而这一藏，就是接连好几天。

搬进新办公室的员工们度过了最初的兴奋期后，逐渐留意到了自家CEO久未出现的情形，私下里忍不住议论了起来。

如果不是陆余和谢雨晨在找人之余，依旧保持着正常的工作状态以稳定军心，有人几乎要怀疑是不是自家CEO拿了启翎创投的投资后准备跑路了。

失联的三天里，倪悦不知道给言祈打了多少电话，发了多少微信。

以往充满了各种愉快互动的对话框里，如今只有她一个人孤零零地在刷屏。

面对那一条条不知对方是否阅读过的短消息，她仿佛又回到了当年一腔热血地邀请言祈来自己电台做嘉宾的那段时光。

对方正在巨大的灾难和痛苦中辗转反侧，饱受着煎熬，而自己，除了傻乎乎对着手机屏一句句地追问"你在哪里？现在究竟怎么样？"之外，只能十分被动地傻乎乎等着，根本无能为力。

这样的等待，不仅她难以忍受，连性格乐观的陆余和向来沉稳的谢雨晨，都坐不住了。

"我说……要不我们干脆报警吧？"言祈失联后的第三天，陆余忍无可忍地在临下班前，把倪悦和谢雨晨抓进了会议室，"这几天我能问的关系都问过了，没人知道那小子在哪儿。再这么下去，真出点什么事就糟糕了。"

"这事报警不合适，你别在那儿瞎添乱。"谢雨晨毕竟老练些，虽然心下焦虑，但脑子依旧保持着清醒，"悦悦，这几天我看你一直在和言祈他妈打电话，虽然具体发生了什么事我们不清楚，不过看现在这样子，言祈应该是主动把自己藏起来了。虽说不至于会有危险，但总这样下去不是个事。所以你仔细想想，他之前有没有带你去过什么特别的地方，或者见过什么特别的人？我们共同认识的朋友找不到他的话，或许可以试试其他的？"

"特别的地方？"

倪悦这几天脑子里一团麻乱，除了拼命给对方发消息之外，根本没空想其他的事。此刻经谢雨晨一提醒，忽然冒出了一个念头。

当年她生日的时候，言祈曾经开车跑了二十多公里，带她去过一个海边的小木屋。

那时候，他正面临着是否离开Resonance，进行自我创业的重要抉择。

也是在那天，言祈告诉过她，自己如果心情不好的时候，就会过去喝两杯。对着寂静的大海和漫天的星辰，再多烦恼，也会很快消失。

对他而言，那里或许是他用以消化痛苦的避难所。

因为之前出行是言祈开车，倪悦只记得一个大概的方向。

当她凭着零碎的记忆，指挥出租车在沿海公路上来来回回跑了好几个小时，最终找到那所熟悉的海边餐厅时，已经到了日头西沉的时候。

倪悦下了车，匆匆推开了餐厅的大门。

和上次来的时候一样，餐厅里灯光幽暗，空气里流淌着慵懒的音乐，服务生站在吧台一角，正神态悠闲地擦着玻璃杯，见她出现，很快迎了过来："小姐你好，请问几位？有预订吗？"

"我不是来吃饭的。"倪悦急急喘着气，"我想问一下，你们这边有一位常来的客人，姓言……不知道他这几天有没有来过？"

"姓言？你说言祈啊？"服务生歪头将她上下打量了一阵，"对了，你是之前和他一起来过这儿的那位小姐吧？"

"是的！"倪悦赶紧点头，"我是他的同事。他这几天一直没去公司，大家都挺担心的，所以过来看看。"

"哦……那你稍等啊，我给老板打个电话。"

服务生走到一边拿起了手机，几分钟后，又重新走了回来："倪小姐，我们老板和言总是朋友，前几天言总心情不太好，又不愿回家，我们老板就收留他在这边小住了一阵。不过刚才老板说，他这几天白吃白喝蹭了不少酒，既然有人来领，那就赶紧地……"

说到这里，他忍不住叹了口气，伸手指了指二楼右边的位置："那是我们的休息室，言总这几天一直待在那儿，没怎么出来。我们看他好像有点发烧，想劝他去医院，但他不去我们也拗不过，只能这么着了。你上去看看吧，最好劝他打个针什么的，酒水我们倒是不心疼，但身体出问题，就不好了。"

发烧？

倪悦眼皮一跳，赶紧谢过对方，匆匆跑上了楼。

刚把门推开一条缝，一股浓烈的酒精味铺天盖地涌了过来。

房间里朦朦胧胧的，只有尚未完全拉紧的窗帘背后，隐隐透出来一点光。

地板上横七竖八地堆放着许多酒瓶和易拉罐，红酒啤酒洋酒都有。

像是房间里身心俱疲的住客在这段时间里，在把它们当止疼药用。

靠墙的地方是一张不大的沙发床。

有人盖着一张薄毯，肩膀紧缩着躺在那儿，似乎睡得并不舒服。

倪悦在门口站了一会儿，等眼睛稍微适应了一下屋内的光线后，才小心翼翼地从满地酒瓶中走过，站在了床边。

床上的青年神情憔悴，面色苍白，表情看上去有些扭曲，似乎宿醉之下，依旧陷在巨大的痛苦中。

倪悦伸手摸了摸他的额头，发现温度有些烫手，显然是在高烧中。

"师兄……"

她轻轻地叫了一句，对方始终没有回应，于是下楼找服务生要了一条毛巾，再从洗手间里打了一盆水，坐在床边，一点点地帮他擦拭着。

似乎是感觉到了毛巾带来的清凉感，言祈轻轻地呻吟了一下，嘴里含糊不清地叫了一声"妈"。

紧接着，他朝倪悦坐着的位置蹭了蹭，像是终于找到了安慰一样，把头深深地埋了进去。

倪悦怔怔地看着，一时之间不忍心把他叫醒，只能紧紧地握住他的手，一直坐在床头。

时间一分一秒地过去，餐厅服务员在十点左右下了班。

倪悦久坐之下困意来袭，很快朦朦胧胧地靠在床头上，意识逐渐模糊。

不知过了多久，感觉一直紧握着的手微微动了动，她一个激灵抬起头来："师兄，你怎么样了？哪里不舒服？"

身边的青年把眼睛抬了起来，怔怔地看着她，目光里藏着千言万语，干裂的嘴唇微微动了动，却始终没出声。

倪悦以为他想喝水，准备站起来，身体才一动，忽然感觉自己的脖子被重重地勾住。紧接着，一个带着酒精味道的吻，很快堵了过来。

这个吻来得如此急切，又如此滚烫，每一寸气息里都充满了浓郁的渴求。

强烈的窒息感让倪悦忍不住轻微地挣扎了一下，却被言祈用近乎嵌入自己身体般的力度狠狠抱紧。

原本扣在脖子上的手一路下滑，在她腰线的地方徘徊了一阵，然后急切地开始向她的双腿内侧抚摸。

倪悦预感到要发生什么了。

可眼下对方焦躁得近乎失控的模样，让她觉得惶恐。

惊惶之中，她挣扎着重重推了对方一把。

言祈像是完全没有准备，随着"咚"的一声，头重重地砸向了床头。

躁动不安的空气暂时安静了下来。

倪悦重重地喘了一会儿气，轻声开口："师兄，我去给你倒杯水。"

"别……"

在她准备起身的那一瞬，手腕被人飞快握住。

言祈声音嘶哑，带着一点痛苦的哀求。

倪悦的心忽然间狠狠地绞了起来。

这样脆弱的言祈，在她的记忆中从未出现过。

以往的言祈，在人前从来都是精彩光鲜、自信满满的模样，从来不会允许自己露出半点为难的样子。

但眼下，这样脆弱得有点狼狈的样子，把她彻底打败了。

无可抑止地，她重新坐了回去，像是安慰一个受尽委屈的小孩一样，一边紧紧抱着他，一边将吻落在他干燥的嘴唇上，慢慢地亲吻着。

像是受到鼓励一样，言祈重新将手伸进了她的T恤里，沿着脊柱线不断抚摸，在那个绵长的吻最终结束的时候，抱住她一个翻身，踹开了身上的薄毯，整个人紧贴了上去。

倪悦紧闭着眼睛，感觉到自己身上的衣服在对方近乎粗鲁的动作下一件件被扯掉。很快地，她光裸的脊背贴上了沙发床的床单。

床单的布料有些粗糙，又带着潮湿的汗意，让她止不住一阵阵地发抖。

言祈见她抖得厉害，将手伸进了她的脊背和床单之间，牢牢地把她扣在了怀里。从额头到脚踝，一丝缝隙都没留下。

这么近的距离，像是连高烧都可以传染。

倪悦觉得自己被扔进了一个高热的熔炉里，紧贴在一起的心脏每跳动一下，身体的温度就多烧高一分。

恍惚中，言祈贴上了她的脸，又开始吻她，没有任何技巧可言，像是一次非要见血的撕咬，带着无尽的委屈和难过。倪悦本能地仰起脖子，像是在躲闪，又像是在无意识地配合着。

很快地，她感觉到对方开始不断摩擦她的身体，很重很激烈地摩擦，把每一寸皮肤都往她身上贴，像是要让她感受到自己身体的反应，却又不得其法。

倪悦深吸了一口气，把手探了下去，不断抚慰着他。

真正进入的那一下，谁也没有说话，倪悦紧紧地咬着嘴唇，用力地睁着眼睛。

从窗户透进来的天光，朦朦胧胧地照在言祈的头顶，他的额头挂着密密的汗水，英挺的五官带着浓浓的阴影，喉结上下滚动着，偶尔发出轻微的喘息和混乱的语调，像是要把压抑在心里的委屈一次性宣泄出来。

窗外的海面上夜风一阵阵响起，不远处的渔船偶尔发出沉沉的低鸣。

身上布满的汗水很快变成了薄薄的一层盐，紧接着，又被新渗出的汗水掩盖。

撞击的力量太激烈，倪悦疼痛之下不自觉地开始扭动躲闪，却又很快被言祈拉回自己身下，继续纠缠在一起。

皮肤接触着的每一个位置都烧着一把火，神志因为过度疼痛而变得模糊，但是最终，除了下意识地紧抱着对方外，她什么都没有说。

一切最终结束时，言祈像是彻底脱力一般重重地喘着气。

倪悦有些费劲地抬起手，摸着他汗湿的头发，声音里带着颤音："言祈，如果你现在愿意说话，可以和我聊聊吗？"

"聊……什么？"

"什么都好。"倪悦捧起了他的脸，"我知道这件事对你的伤害很大，但是始终是要面对的。你难过也好，生气也好，找个人说说话，不是比这样憋着一个人承担要好吗？而且你知道，两个人谈恋爱，不是其中某一方单方面接受对方的帮助和照顾。我知道比起很多人来，我不够厉害，在事业上或许给不了你太多帮助，只能做点力所能及的事情，帮你打打下手。可是我依然希望你可以信任我，依靠我，把我当作你最亲近的人，而不是在你最困难的时候，我连陪在你身边的资格都没有，只能等在一边看你自生自灭，等到你自己消化完了，想通了，然后再当作什么事都没发生过一样，继续接受你的照顾，你明白吗？"

言祈的嘴唇轻轻地动了动。

那一刻，无数难言的委屈和汹涌的感情喷薄而出，让他一直强装镇定的表情，终于崩溃动容。

终于，他轻声抽泣着，把脸埋到了对方的脖子里，断断续续地开口。

"我……一直很敬重我的爸爸，小时候我妈忙，大部分时间是他在陪着我，即使后面身体不好了，每天也会花很多时间在我身上，教了我很多做人的道理。我很爱我妈，虽然她一直很严厉，也很忙，但我知道她总是竭尽所能把最好的一切给我。还有……吴叔叔，我一直觉得，他是除了我爸妈之外，对我最好的人……可是……"

可是这突如其来的真相，让他生命中最熟悉、最敬重的几位长辈，变得面目全非了。

随着倪悦轻拍脊背的动作，言祈抽泣的声音越发激烈："我一直知道，自己在广恩集团的位置很尴尬。为了这点可笑的自尊心，公司成立以来，我没有接受过他们的任何帮助。我一直以为，虽然这一路走得很艰难，但总算做到了，可是现在我才明白，如果没有吴叔叔在背后帮忙，公司可能根本走不到今天这一步……"

"不是的！"倪悦轻声打断了他，"言祈，事情不是你想的那样，你不能因为吴寅峰口不择言说的那些话，就把自己，还有我们的所有努力彻底否定掉。没错，吴叔叔可能是为了帮你，在我们看不见的地方牵线搭桥，做了不少工作。可是言祈，你真的觉得启翎创投或者Apollo，甚至是其他合作伙伴，单纯只是为了卖吴叔叔的人情，才会和我们合作？你、陆师兄、谢师兄，还有公司那么多同事，他们的付出难道一点意义都没有吗？"

言祈慢慢把头抬了起来，哭得乱七八糟的一张脸看上去带着几分狼狈。

这样满是脆弱又委屈的模样，是倪悦从来没有见过的。

所以她很快把嘴唇凑了过去，慢慢亲吻着他脸上的泪水："我相信或许没有吴董的帮助，我们的脚步可能会慢一点，困难可能会更多一点，但是有你在，我从来没有怀疑过悦享之音未来的成功。"

她顿了顿，一字一顿地继续补充道："长辈之间的事情，我们很难改变，甚至很难评判。如果你一时半会儿无法接受，可以多花一点时间慢慢消化、理解。只要有我在，无论你做出怎么样的决定，我都会支持你，无论你面对的是什么，永远不会是一个人。"

言祈的抽泣声停了下来，他伸手抱紧了她，把她湿漉漉的身体紧压在怀里。

窗外暴雨疾风，临窗的海面上，浪花被阵阵卷起，拍打在岸上，不断发出阵阵巨响。

在这间晦暗不明，却被温暖充斥着的房间里，他们紧紧地拥抱在一起，热烈地亲吻着对方。

许久之后，倪悦慢慢放开了他："天快亮了，你再睡一会儿。等晚一点起来洗个澡，我们一起去新的办公室看看好吗？大家都在等着你。"

"好……"

言祈看着她，轻轻点了点头。

/ Chapter 17 /
深情疑窦

　　悦享之音搬进新办公室的第四天，失联许久的CEO终于出现在了大家面前。

　　虽然模样有些憔悴，但言祈的精神状态看上去倒不错，拉着倪悦的手一起走进办公室的时候，甚至主动笑着和员工们打了个招呼。

　　面对他的出现，陆余和谢雨晨表示出了热烈的欢迎态度，第一时间拉着他去了装修一新的CEO办公室，嘻嘻哈哈热闹了一番。

　　即使对他失联这段时间发生的种种，两人心中藏着诸多疑问，但像是达成了某种默契一般，谁也没有开口多问。

　　这样的体贴，让言祈感觉温暖又感动。

　　几天之后，言祈专门找了个时间，约了韩亦婷和吴继恩一起，在某个茶馆的包间里，聊了整整一个下午。

这次会面倪悦没有参与，只是坐在离茶馆不远的咖啡馆里安静地等待着。

太阳快要落山的时候，言祈走了进来，眼睛有点红，神色倒算平静。

倪悦给他点了一杯热巧克力，乖巧地坐在一旁。

"好甜……"言祈一口气喝了大半杯，像是才反应过来自己喝的是什么，微笑着在她头顶揉了一下，"怎么给我点这个？"

"怕你心情不好嘛……甜食里面的糖分满足大脑的需求，使人有愉悦感。现在看上去效果不错。"倪悦轻声吁了一口气，看他只是笑，忍不住小心翼翼地探问着，"你们聊完了？"

"嗯，聊完了。"言祈似乎不准备在她面前避讳什么，"我妈给我说了她和……吴叔叔过去的那些事，然后哭了很久，我看着挺难受的。所以最后，我和她说，无论他们是否决定在一起，我都会尊重他们的选择。只是……爸爸养了我这么多年，又一直对我、对我妈、对这个家很用心，所以我会一直做他的儿子，言祈这个名字，不会变的。"

"那……吴叔叔那边呢？"

"他没多说什么。"提起吴继恩，言祈的神情显然有些复杂，"他对我爸，应该是挺愧疚的，所以……没有强迫我改变现在的身份，说是会尊重我的选择。而且他答应了我，以后悦享之音相关的任何事，他不会再插手。未来有关广恩集团的任何事，我也不用再介入。"

谈话结果如此，似乎说不上圆满。

长辈之间的爱怨纠葛，给晚辈们留下了一道道的伤疤，需要更多的时间加以平复。

这场谈话结束后不久，倪悦和言祈在一个论坛会议上遇见了吴寅峰。

近一个月时间没见，吴寅峰看上去憔悴了不少，原本清瘦的身体晃晃悠悠地套在黑色西装里，风一吹就要倒的样子。

因为主办方的关系，他和言祈的位置被安排得很近，然而从始至终，他们像是根本不认识似的，即使眼神偶尔触碰，也会疏离又淡漠地迅速转开。

会议结束时已经到了下午六点，言祈没再多做逗留，一边和倪悦小声商量着晚餐吃些什么，一边下到地库取车。

刚进地库没多久，倪悦偶然间一抬头，不由得轻轻"啊"了一声，很快扯了扯言祈的袖子。

顺着她目光的方向看去，言祈的眉头跟着皱了起来。

靠近防火通道的地方，吴寅峰背靠着墙，动作困难地一直在口袋里掏着什么。

一阵摸索之后，他从口袋里摸出了一个小小的白色瓶子，倒出两粒药后，连水都没顾得上喝，仓促地咽了下去，然后靠着墙面，双眼紧闭，静静地平复着呼吸。

倪悦轻轻捏了一下言祈的手心："吴总他怎么了？好像不太舒服的样子。"

言祈像是根本不想回答与他有关的一切问题，许久之后，才十分生硬地哼了个声音出来："不知道。"

倪悦知道自己这句话问得唐突，但又觉得吴寅峰那副样子实在有些不对劲。即使在言祈的示意下，已经上车系好了安全带，还是不停地探头张望着。

许久之后，附近停车位上的车辆一辆辆地开走，她忽然意识到，车子发动了很久，却始终没有要挪动的意思。

言祈安静地坐在驾驶位上，眼睛低垂着，眉头微微皱起，像是在做什么特别为难的决定。

感觉到倪悦的目光落向了自己，一脸欲言又止的模样，他终于轻轻叹了口气，把眼睛抬了起来："他还没走吗？"

"还没有……"倪悦的口气里是藏不住的紧张，"吴总的车停在那儿，到现在为止一直没动……也没看到他过来开车……"

话音没落，言祈迅速熄了火。

倪悦见状从副驾位上跳了下来，匆匆跟在他身后。

防火通道前，吴寅峰不知什么时候像被抽干力气一样，有些狼狈地坐在了地上，正一只手紧压着腹部，一只手颤抖地拿着手机，似乎想打电话。

然而来来回回几次翻找后，像是始终找不到合适的求助对象。

言祈快步走了过去，在距离他几步的位置站定，说话的声音生硬又别扭："你怎么了？"

吴寅峰冷冷地看了他一眼，像是不想在他面前示弱，扶着墙壁似乎想要站起来。

他勉强撑到一半，又满脸冷汗地跌坐了回去，言祈顾不上和他置气，迅速上前几步稳住了他的身体，朝自己的肩上一靠，回头促声叮嘱着："悦悦，去开车门！"

吴寅峰勉强地挣扎了一下，在巨大的疼痛中始终挣脱不开，最后只能一边摁着自己的腹部，一边狠狠地咬着牙："少在这儿多管闲事，我的事不用你管……"

言祈闻言一把扯住他的衣领，忍无可忍地警告着："你以为我喜欢管你？吴寅峰我告诉你，我忍你很久了。知趣的话现在别再多说废话，不然我不保证自己会不会动手打病人！"

不知道是这番警告起了作用，还是巨大的疼痛让他无暇反抗，一番拖拽之下，吴寅峰终于被言祈安置进了车辆后排的位置，躺下之后，除了偶尔抑制不住地轻微呻吟外，再没有多说什么。

车子开进医院时，吴寅峰几乎进入休克状态，很快被送进了急救室。

言祈和倪悦坐在医院走廊的椅子上，手紧紧地握在一起，焦灼地等待着。

许久之后，有医生匆匆赶到了他们面前："请问你们两位是里面病人的家属吗？"倪悦看了言祈一眼，主动接过话头："我们是他的同事。"

"同事？"医生看上去有些焦急，"那你们能联系一下他的家属吗？病人被确诊为急性胃穿孔，情况已经很严重了，需要立刻进行手术。这份手术确认书，需要有家属来签一下。"

"哦哦……我们知道了。"倪悦听到这里，赶紧摸索着手机，"师兄，你能把吴董的号码给我一下吗？我现在给他打个电话……可是他现在又不在S城，不知道能不能及时赶过来……"

"不用了。"言祈迅速从医生手里接过了确认书，"字我来签，麻烦你们尽快手术。"

医生看上去有些疑惑："小伙子，你不是病人的同事吗？手术确认书需要亲属签字才行。"

言祈一边签着字，一边头也不抬地轻声解释着："不好意思，刚才没和您说清楚。里面的病人不仅是我前同事，其实……也是我哥……"

因为及时被送往医院，手术也进行得很顺利，发生在吴寅峰身上的这场意外，终究没有演变成更糟糕的结果。

言祈和倪悦在医院里守了整整一夜，直到吴寅峰被推出手术室，确保一切无恙之后，才在次日中午给吴继恩打了个电话，把事情的经过大概说了一遍。

收到电话后的吴继恩，当天下午就搭乘飞机匆匆赶到了S城，在和主治医生进行了一番长谈之后，被倪悦安排着在医院附近吃了顿饭。

席间吴继恩一直自责自己这些年对这个儿子的漠视和忽略，甚至连最基本的生活都没有太多过问，才会让他在作息极度不规律的情况下，导致了现在这样的结果。

说话途中，他几度红着眼睛，哽咽难语，直到倪悦和言祈双双出声劝慰，才逐渐平复下来。

接下来的很长一段时间，吴继恩每天来医院，陪着吴寅峰说话，吃药，看电视，即使是吴寅峰体力难支陷入睡眠的情况下，也会握着他的手，寸步不离地守在一边。

经历了手术之后的吴寅峰，似乎因为在生死之间走了一遭，将一直以来存积在心的痛苦、压抑和愤怒释放了不少。不仅对来自吴继恩的各种关怀和补偿都尽量配合着给予回应，连对言祈，也逐渐放下了针锋相对的敌视态度。

某一天，言祈和倪悦来病房探视时，刚好没有旁人在场，吴寅峰靠在床头上有一搭没一搭地打着一款当下正流行的战斗类游戏。

虽然言祈和吴寅峰的关系在经历了这次意外之后，不再像昔日那么紧张，有吴继恩在场的情况下偶尔会说上一两句话，但若非必要，不太会主动找话题。

眼见倪悦拿着刚买来的水果去洗，房间里剩下他们两人，言祈十分自觉地拉了张椅子远远坐下，心不在焉地刷起了手机。

几分钟后，吴寅峰头也不抬地突然发话："要不要来一局？"

言祈一愣，在确定屋子里没有旁人，吴寅峰搭讪的对象就是自己后，轻声咳了咳："什么？"

吴寅峰抬起手机，将屏幕在他眼前晃了一下："这款游戏……玩过吗？"

言祈凝神看了看："暂时没有，不过我现在可以下一个试试。"

倪悦洗好水果重新回到病房时，看到的场面，是两个青年正全神贯注盯着手机屏幕，指速飞快，操作得不亦乐乎。

一局终了，吴寅峰略带骄傲地挑了挑嘴角："你输了。"

言祈瞪了瞪眼："刚才只是热身，再来！"

倪悦只怕他们对决起来又要花上十几分钟，赶紧打圆场："今天先让吴总歇会儿吧，大家吃点水果聊聊天，你们要打比赛明天再来啊，又不是以后不见了。"

"那也行……"吴寅峰拿了颗葡萄，慢悠悠地塞进嘴里，"不服气的话……明天再来？"

言祈站起身，走到他床前，眼角微微弯起："好啊……那就明天再来。"

吴寅峰这次胃穿孔手术后，在医院住了两个星期。

其间除了吴继恩、言祈和倪悦每日会前来看望之外，Resonance的员工和诸多合作伙伴也很快得到了消息。

随着各路人马接连探视，病房里逐渐热闹起来。各种水果花篮和慰问品琳琅满目地堆在那儿，看上去堪比一个小型的礼品批发市场，不禁让负责整理这些杂物的倪悦大为头痛。

某天吃过晚饭之后，倪悦惦记着堆放在病房里的那些东西，在吴寅峰出院之前得提前收拾一下，于是约了言祈一起去了医院。

刚走到病房门口，正准备推门，却被言祈拎着后衣领，一把拽了回来。

"师兄你干吗呀？"

"嘘……别说话！"

身后的言祈一脸神秘地朝她使了个眼色，顺带朝病房里指了指。

倪悦满是好奇地踮起脚尖，透过房门上的小玻璃窗，朝房间里偷瞄着。

病床旁边，有人背对着入口的位置，正坐在那儿专心致志地削着苹果。

吴寅峰靠着床头坐在那里，神态专注地看着她，嘴角带笑，眼神缱绻，像是要把眼前的每一个画面牢牢记下似的。

倪悦仔细辨认了一下，有些吃惊："那是……苏总？"

"不然呢？"言祈一把勾住她的肩膀，"走吧，师兄请你看电影，这个时候咱们别进去当电灯泡了。"

从那天起，每日前往吴寅峰病房里探望的人员中，又多出了一个苏以菡。

吴寅峰脸上的笑容，越发多了起来。

只是不知道是出于某种顾忌，还是时间上不凑巧，各方人马撞在一起的时间并不多，连吴继恩对自己儿子身上的微妙变化，也没有太过觉察。

但言祈和倪悦心照不宣地没有在他们单独相处的时间里打扰过。

等到吴寅峰即将出院的头一天，倪悦和言祈下班后来医院帮着收拾东西，终于不得不在关系微妙的两人眼前露了个面。

见到他们出现，苏以菡像是微微有些尴尬，最终言祈主动上前微笑着打了个招呼："苏总也在啊？好久不见了。"

"是啊……"在他的坦然态度下，苏以菡逐渐放松下来，"我前段时间出差，寅峰生病的消息很晚才知道。听说是胃不太好，就买了点容易消化的东西过来看看。"

几个人坐下来，随意聊了一阵。到了九点左右，苏以菡低头看了看表，有些歉意地表示："各位，我晚上有点事，可能要提前走了。明天我会早点过来，帮寅峰办出院手续。"

吴寅峰扭头看了看窗外沉下来的天色："你自己开车了吗？要不要我叫人送送你？"

"不用了。"苏以菡走到床前，对着他微笑，"我的车技难道你不放心？"

吴寅峰看着她，慢慢把身体撑了起来，眼睛里写满了难分难舍。

苏以菡十分自然地俯身而下，在他干燥的嘴唇上轻轻吻了吻，才低声交代着："我走了，你早点休息。"

这冲击性的画面来得如此猝不及防，倪悦大惊之下迅速捏了捏言祈的手。

言祈像是有些意外，抿着笑容耸了耸肩，那意思分明就是：你别问我，我什么都不知道。

从他们身边路过时，苏以菡显然觉察到了某种欲言又止的八卦气氛，最终停下脚步，朝倪悦点了点头："悦悦，我手里的东西有点多，不介意的话，你送我下楼？"

"哦哦！好啊！"

看她这副模样，是准备主动招供。倪悦开心之余迅速点头，脚步匆匆地跟在了她身后。

走出了医院大楼，苏以菡找了个花坛旁的椅子坐下，微笑地看了倪悦一阵，才轻声开口："想问什么就问，别把自己憋坏了。"

倪悦被她一嘲弄，有点不好意思，但又抑制不住自己满心的八卦魂，嘿嘿干笑了两声，才小心翼翼地试探着："苏总，你……是和吴总在一起了吗？"

"很意外吗？"苏以菡耸了耸肩，"你该不会以为我被言祈拒绝以后，会继续在一棵树上吊死吧？"

倪悦吃不准她这句话是在赌气，还是在开玩笑，一时不敢接腔。

苏以菡看她有些局促地僵在那儿，忽然间"扑哧"一笑："别紧张，和你开个玩笑。这件事和言祈没关系，不是我头脑发热一时冲动才做的选择。"

她顿了顿，脸上的神色变得很温柔："我一直是个任性又自我的人，所以很容易被浪漫的情节吸引，而忽略掉身边朴质又长情的陪伴和关心。寅峰对我的付出我一直知道，却总是觉得他不够浪漫，又刻板无趣，才始终犹豫不决。一直到之前那件事发生，全世界在看我笑话的时候，只有他一直站在我身边陪伴我、保护我……我才忽然意识到，比起那些虚浮的浪漫，这样全心全意的付出，才是最难得的……"

倪悦雀跃之余又有些犹豫："所以说，苏总你是终于被感动了吗？"

"不能说是单纯的感动吧……"苏以菡轻轻叹了口气，"我这段时间来探望他，和他聊了很多，陆续知道了他和言祈之间的事。这件事在他心里憋了很久，以至对言祈的感情很复杂。虽然之前有嫉妒、有迁怒、有不甘，但这次生病住院以来，言祈对他的照顾让他受到了很大的触动。在说这些事的时候，他很多次哽咽得说不下去，那个时候我忽然觉得很心疼，第一次萌生了很强烈的想要陪伴他、保护他，不再让他一个人承担这些痛苦的念头……所以我想，只说是感动并不公平，应该说是在经历了这么多事情以后，我终于能够正视自己的感情，能够明白爱情出现时，不只有悸动，还包括了想要和一个人长久相伴的决心。"

"真好啊……"倪悦由衷地感叹着，"吴总如果知道你说的这些话，一定很开心。不过苏总，有一点你可能不知道，吴总他其实挺浪漫的。"

在苏以菡略带好奇的注视下，她很快笑了出来："你还记得吴总曾经送过你一个音乐盒吗？那个东西是为了讨你开心，他特地让我陪他买的。里面的每一个小零件在拼装前他都挑选了好久，包括最后的包装盒，超级犹豫地来来回回换了好几种颜色。后来听说你很喜欢，他那段时间心情特别好，连我的工作偶尔犯错，都没怎么批评过……"

"居然还有这种事？"苏以菡跟着笑了起来，"那个音乐盒他给我的时候没说什么，我以为他是随手在网上买的，还说这种小玩意儿一点都不符合他平常的画风，没想到背后费了这么多劲儿，看来之前发生过好多我不知道的事。不过还好不算晚，以后有很多时间我们可以慢慢聊……"

话题聊到这里，暂时告一段落。倪悦心满意足之下，正惦记着把苏以菡送走之后，要向言祈宣布这段喜事，对方突然礼尚往来地关注起了她的感情生活："对了倪悦，你和言祈最近怎么样了？我听寅峰提起过，你之前追他追得蛮辛苦的，现在一切顺利吗？"

虽然自己一路积极地倒追着，又是表决心，又是主动跳槽的事基本上已经是众人皆知的秘密，但此刻被苏以菡直截了当地一问，还是觉得有点羞耻："还好……吧，其实就是你们看到的这样。师兄他从创业开始一直挺忙的，所以暂时没怎么讨论过其他的事……"

"那你要加油哦！"苏以菡一边起身，一边开玩笑似的给她打起了预防针，"言祈这家伙，其实不太定性，身边的诱惑又多。悦享之音现在发展不错，以后会遇到的优秀女性只会更多。能经受住一次考验，未必能经受住下一次，所以有些事能抓紧时间定下来最好。"

眼见倪悦一脸怔忪的模样，她微微叹了口气："无论如何，作为朋友我还是要给你们道个歉，希望那些乱七八糟的事，不要再发生在他身上了。"

苏以菡这番说不上是提醒还是警告的言论，倪悦最终没在言祈面前提起，毕竟当初的事情已经过去了，她不想显得自己太斤斤计较，也不希望对方因为某些莫须有的猜忌，在未来的社交场合变得太过拘束。

但关于"有些事能抓紧时间定下来最好"的这个提议，让她上了心。

吴寅峰出院半个月后，突然打来电话，邀请他们去自己家里吃了顿饭。

因为是家宴，出席的人并不多，除了言祈、倪悦和苏以菡之外，长辈中只有一个吴继恩。

倪悦第一次去昔日的大老板家里做客，坐在对方那栋足足三百平方米的复式大洋房里，未免有点战战兢兢。言祈靠在沙发上左右看了一阵后，忍不住"扑哧"一声轻笑了出来。

"你怎么了？"

"看看老吴家现在这画风……"言祈随手从沙发靠背上拎起一只毛茸茸的长耳朵兔子，神秘兮兮地解释道，"你啥时候见他喜欢过这种玩意儿？"

"啊？"

在他的提示下，倪悦反应过来了。

除了好几个形态可爱的玩偶之外，吴寅峰以黑白色调为主，原本看上去充满禁欲味道的房子里，居然多出了四叶草的风铃、童话主题的沙漏、旋转木马音乐盒等充满了柔软味道的小装饰，连茶几上都扔着几支充满女性色彩的护手霜和润唇膏。

"你的意思是……苏总和吴总同居了？"

倪悦一脸震惊，这速度未免太快了。

"你说呢？"言祈轻轻刮了刮她的鼻子，像是对她在两人恋爱关系确定后，还坚持住在自己那间出租小公寓有些怨念似的，"我估计老吴今天请我们过来，不止吃饭这么简单，大概是想秀恩爱呢。"

一个小时之后，满满的一桌子菜被端了上来。

虽然大部分是从附近酒楼里定来的外卖，但吴寅峰亲手炒的几个家常菜，和苏以蔺花了一下午时间炖出的一锅乌鸡汤，还是受到了大家的一致好评。

众人埋头吃了一阵，因为有红酒助兴，气氛逐渐热闹了起来。

吴继恩对两个儿子能和和气气坐下来一起吃顿饭的场面，显得很是欣慰，不时起身给他们夹菜劝酒，忙得不亦乐乎。

酒过三巡，一群人中唯一因病不能喝酒的吴寅峰有些面颊微红，心不在焉地和吴继恩聊了几句后，起身回了趟卧室。

几分钟后，他走了出来，没有着急回座位，而是快步走到苏以菡身前单膝跪下，手指发颤地拿出了一枚戒指。

原本嘻嘻哈哈笑闹着的一桌子人瞬间没了声音，连剧情中的女主角也因为太过意外，而"当啷"一下把汤匙掉在了地上。

吴寅峰连眼睛都没斜一下，依旧专注地注视着她。

静默之中，言祈一脸无奈地扶了扶额："老吴，这种时候你多少说句话啊。光顾着摆造型，谁知道你要干吗啊？"

经他提醒，吴寅峰终于从极度紧张的情绪中喘了口气，正准备开口说点什么，苏以菡站起来了。

"你这是……打算向我求婚吗？"

"啊……是！"

对方的声音听不出太多喜怒，让人一时之间摸不准情节走向。吴寅峰不知道是不是自己自作主张的唐突行为惹恼了她，原本好不容易鼓足了的劲儿不由自主地垮下来几分，显得有些惶恐。

苏以菡不给他多解释的机会，继续问道："你现在的状态清醒吗？"

"当然！我没喝酒。"

"关于这件事，你之前认真考虑好了吗？"她说到这里，有些淘气地弯了弯嘴角，"你知道的，我不会做饭，今天能炖这锅汤，已经是拿出看家本领了。而且我不太会整理家务，工作也很忙，如果遇到特殊时期，下班时间可能比你还晚。而且我脾气不好，心情一旦糟糕起来，会拿身边亲近的人撒气，这点你最清楚。还有啊……"

"我知道！"吴寅峰忽然打断了她，"这些我都知道！"

"所以你不再考虑一下吗？"

"我已经考虑好了。"

"哦……"苏以菡笑了起来，眉目弯弯的模样，终于带上了一点又是开心又是羞涩的小女儿情态，然后她很快把手伸了出去，"那么……别反悔啊！"

吴寅峰先是愣了一下，然后很快颤抖着，把手里的戒指戴在了她的手指上，最后小心翼翼地在她的手背上落下了一个吻。

"老吴真不厚道，要撒狗粮事先不通知一声……"

一片哗啦啦的掌声里，言祈撇着嘴角，一边笑着，一边小声地吐了个槽。

随着这场求婚的成功和吴寅峰身体的逐步康复，之前所有风波带来的后遗症，逐渐平复了下来

吴继恩留在S城的时间越来越多，似乎在尽力帮忙操办自己儿子婚礼前的诸多事宜，有时和韩亦婷一起出现，吴寅峰也一脸和气地没有表现出太尖锐的态度。

搬入新公司的悦享之音的小青年们，在经过了短暂的亢奋期后，很快把精力重新投入到了Buddy 2的研发上。与此同时，陆余和谢雨晨惊异地发现，曾经和言祈势如水火互相看不顺眼的吴寅峰，偶尔会和苏以菡一起带着下午茶，来他们的办公室里坐坐。

另一方面，受到吴寅峰和苏以菡恋爱之后光速同居的影响，在言祈半是卖萌半是撒娇的要求下，倪悦在他那间公寓里留宿的时间逐渐多了起来。

言祈是典型的实践派，在经历了完全凭着本能和冲动、粗鲁莽撞的第一次之后，私下里想必认真做了一些功课，第二次顺利从容了很多。

倪悦虽然经验不多，但亲热过程中很明显地能感觉到体验上的变化，一方面惊异于自家师兄惊人的学习能力，一方面无法控制地跟随着对方的热情沉溺其中。

但所有的亲密只是止于身体，至于亲密之后他们的关系该如何进一步发展，即使是面对吴继恩的探问，言祈也始终没有任何表示。

倪悦隐隐觉得有些忧心，于是在两人单独相处时，有意无意地提起吴寅峰向苏以菡求婚时的场景。

言祈像是根本不懂得她的期待和暗示，对这个让倪悦满是感动的画面，只给过一句"毫无创意"作为评价，仿佛对吴寅峰这么快把自己陷入婚姻牢笼里的举动不以为然。

时间一久，倪悦似乎觉察到了他在"婚姻"这个话题上漫不经心，甚至略带逃避的态度，悻悻地闭了嘴。

然而内心深处，她在期待之余多出了几分忐忑。

作为一个普通的女孩，对她而言，婚姻大抵是爱情走向圆满的最终证明。

像吴寅峰对苏以菡那样，一旦确立了彼此的心意，就迫不及待地想要用一颗钻戒，向全世界宣布自己的所有权。

而言祈眼下这种不进不退，只是整日沉溺于肉体欢愉的态度，让她不自觉地想起了苏以菡当日的警告。

在这段关系里，自己一直是主动追求的那一个。

即使在一往无前的攻势下，双方走到了今天这一步，对言祈而言，随着事业的不断发展，却可以有更多的机会和更好的选择。

在这样令人心神不宁却无法坦言的烦恼中，时间又过去了一个多月。

随着新的合作项目的引入，言祈逐渐开始忙碌，两人之间夜夜甜腻的同居生活，跟着消停了下来。

当下和悦享之音合作的，是一家名为幻真科技的智能机器人公司。

公司的创始人容眠是个和言祈年纪差不多大的青年，两个人据说是在某场政府组织的酒会上看对了眼，惺惺相惜之下一见如故。

此后幻真科技在新品研发的过程中，遭遇了一些内部动荡，CTO被竞争对手高薪挖走，新一代的产品需要智能语音技术支持的情况下，言祈主动示好，带着悦享之音的技术团队介入。

不知出于什么样的原因，合作开始不久，容眠直接把电脑搬到了悦享之音来办公。言祈看上去热情满满，某段时间几乎天天和他泡在一起，熬到大半夜，连一日三餐外加夜宵，都敷衍着在办公室里叫外卖解决。

对幻真科技的这位小容总，倪悦倒是印象颇深。

毕竟在S城的科技圈内，颜值能和言祈战个不相上下的公司创始人，实在是数量有限。而且对方看上去总是一副专业又冷静的模样，虽然气质高冷，话也不多，却怎么看都比自家师兄像个正经人。

在此之外，真正让她最感兴趣的，还是陪着容眠经常出现在悦享之音的另外一个女人——幻真科技的CMO花裴。

这位CMO据说已经三十出头，但看着依旧青春活泼，待人接物的态度十分亲切。倪悦除了苏以菡之外，很少和这样的女性高管打交道，对方又和自己一个职能方向，自然忍不住找机会偶尔讨教一二。

随着交往的增多，花裴表现出来的过硬的专业能力和干练的处事风格，让她越发敬佩，在不小心从陆余口中得知，对方曾经经由启翎创投推荐，来悦享之音面试过之后，更是惊得几乎要跳起来。

"其实怪不得我们啦，要怪只怪你师兄们魅力不够，好不容易有这么一个大牛上门，结果没留住，最后被幻真科技的小容总拐走了。"提及往事，陆余一副心有不甘的样子，"面试那天言祈不在，他要是在的话，估计也没小容总什么事了……不过花总要是真来了，估计小师妹你就要头疼了……"

"我头疼什么？有个厉害的大佬带着我，可是求之不得！"

倪悦自动忽略了他那些挑拨离间的胡言乱语，仔细想了想："师兄，听你的意思，花总和容总现在是在谈恋爱吗？"

"这不废话吗？"陆余摊了摊手，"不然以花裴的资历，去哪儿不行啊？人家可是在长青科技做过全球市场VP的人！"

长青科技在没去美国之前，一直是Resonance最强劲的竞争对手，后续去了美国发展，更是在短短几年时间里，成功登陆了纳斯达克，成了国内科技从业者最津津乐道的企业。对方的市场VP眼下出现在了自家办公室，倪悦不禁越发惊异："那花总为什么要离开长青科技啊？因为和容总谈恋爱吗？"

"你傻啊！花裴在美国扬名立万的时候，幻真还不知道在哪儿呢。"陆余一脸的八卦样，"说起来，这事我也是后面才知道的。花裴之前是长青科技创始人康郁青的女朋友，陪着他一路创业到最后，结果长青上市之前被康郁青甩了，所以心灰意冷地回来了，后面才去的幻真。"

"被甩了？"倪悦满脸不可思议，"为什么？花总她这么好……"

"唉，男人嘛。有时候为了事业，考虑的事情总是很多。陪着一起创业的女朋友，未必能走到最后，这种事这些年我们几个看多了。"陆余很是无奈地叹了口气，"所以希望花总这次别看走眼，能够有个好结果。毕竟就小容总那副长相，身边乱七八糟的诱惑可是少不了的。"

这番话陆余说者无心，听在倪悦耳朵里，禁不住心惊肉跳。

毕竟花裴那份活生生的例子摆在眼前，让她无法不产生联想。

对方这么优秀的一个女性，最后都可能被抛弃。那只凭一腔热情、执意留在言祈身边的自己，究竟会不会变成对方感情上的一个难题？

因为这挥之不去的念头，外加接连加班太过疲惫，倪悦的工作状态开始变得有些恍惚，连打印文件这样的小事，也跟着出了不少错。

花裴很敏感地觉察到了她情绪上的低落，却不方便多问，于是在某个晚上主动提议，邀请尚在加班的同事一起出去喝酒放松。

这个提议得到了全体加班狗的一致拥戴，简单收拾之后，一行人很快兴冲冲地涌向了公司附近的酒吧街。

因为近日的工作取得了阶段性成果，大家都显得有些亢奋，连向来稳重的小容总，也在周围人的怂恿下来者不拒地碰了不少杯。

喝到酣处，众人言谈之间少了几分拘谨。随着一个个玩笑，话题更是早早地从工作层面，跳向了各自的感情生活。

鉴于花裴身上的传奇光环，她和容眠的恋爱史自然成了大家的重点集火对象。面对众人接连不断的八卦，花裴和容眠显得落落大方，凡事有问必答，一脸坦诚的模样使得原本想要找空子起哄的众人，反而无从下手。

时至凌晨，酒局散去，言祈不着急打车，而是拉着倪悦的手慢慢散了一阵步，神情看上去有些感慨："花裴和康郁青的事，我还在Resonance的时候就大概听说过，后来闹到分手，也是挺难看的。容眠那家伙呢，又是个不爱说话的性格，本来知道他俩在谈恋爱以后，我还想着可能没那么顺利，结果看这架势挺恩爱的，前几天听容眠那口气，怕是过不了多久就要结婚了……"

听到"结婚"两个字，倪悦心里一动，嗫嚅补充着："其实他们之前也不是那么顺利。花总之前和我聊天的时候提起过，她和容总因为一些误会闹过不开心。只是他们对彼此很坦诚，不仅是花总和康郁青的那段感情史，包括容总大学时代为了女朋友和人打架，最后没拿到毕业证书这些事，都没有向对方隐瞒过，才会走到今天这一步……"

"知道的挺多啊？"言祈似乎有些惊讶，"我以为你平时围着花裴问东问西，是在讨教专业上的事，没想到居然连容眠的黑历史也套出来了，真是小瞧你了！"

倪悦没接他的话，自顾白地继续说了下去："所以我觉得，恋人之间要保持稳定长久的关系，彼此的坦诚和信任是很重要的，遇到了什么问题，有了什么想法，要及时沟通才好。"

言祈若有所思地抽了抽鼻子："我怎么感觉闻到了某种投诉的味道？怎么，你是觉得我对你不够坦诚吗，还是感觉我们之间沟通不够？"

倪悦犹豫了一下，对"相处到现在，你究竟有没有想过要和我结婚"这样的问题，终究还是羞于问出口。

所以最后，她有些茫然地摇了摇头。

当天夜里，借着微醺的酒意，言祈格外热情地和她亲热到了很晚，以至第二天睁开眼睛时，已经过了早上九点。

幸亏当天是周末，不用急着起床上班。只是言祈手里有些工作要忙，在和她交换了一个早安吻后，很快钻进了书房。

倪悦在床上躺了一阵，想起很久没联系的老斑鸠，于是开了手机QQ，召唤出对方，准备问问这家伙最近的感情发展怎么样。

刚聊了没几句，老斑鸠一脸妻奴样地表示，要去伺候自家女朋友吃早餐，得先离开一会儿。

倪悦正百无聊赖地等待着对方回归，花裴的电话忽然打了进来："悦悦，你现在和言总在一起吗？我有点急事找他，打他的电话却一直没人接。"

倪悦起身进了书房，发现言祈的笔记本电脑开着，手机处于充电状态，人却没了踪影，于是赶紧回复："花总，师兄好像暂时出门了，手机扔在书房没带出去，你有什么事，我一会儿叫他回你电话？"

"不用这么麻烦。"花裴想了想，"你帮忙看看他电脑桌面上，是不是有一个扫描文件？那是我们双方合作的一份补充协议，昨天刚盖了章，结果吃夜宵的时候走得急，忘了传过来。你方便的话现在帮忙传一下？我这边挺急的。"

"哦，这个没问题。"

倪悦匆匆坐下，对着言祈的电脑桌面扫了一眼。一堆应用程序中，果然有一份眼熟的PDF文件躺在那儿。

这份补充协议之前经她的手办理，中间的条款倒不陌生。打开之后迅速浏览发现一切无误之后，她顺手就想点开桌面上的QQ窗口。

刚把鼠标移过去，书房外传来略显急促的一声诘问："悦悦，你干什么？"

"我给花总传一下补充协议啊。"倪悦一边解释着,一边诧异于对方的紧张,"怎么了,这份协议有问题吗?"

"也不是……"

说话之间,言祈快步冲到了电脑前,"啪"的一声合上了笔记本。

手忙脚乱下,连手里捧着的豆浆撒了一手,也像是完全没有觉察似的。

在倪悦满是疑惑的注视下,他有些尴尬地笑了笑:"文件没问题,我来传就好……早餐我帮你买回来了,你去洗漱一下,赶紧趁热吃。"

"哦……"倪悦慢慢站起身,在他身后站了一阵,却久久不见动静,于是催促道,"你赶紧传啊,花总说她那边挺急的。"

"这个……其实没那么着急。"

言祈脸上带着难得一见的别扭,那表情分明在说,你站在这儿,我实在不方便工作。

倪悦终于回过味来,回想到对方电脑上正在任务栏里不断提示着,处于聊天状态的QQ对话框,于是轻声确认着:"我站在这里,你不方便开QQ吗?"

言祈没说话,一脸尴尬的模样像是在默认。

倪悦犹豫了片刻,勉强挤了个笑脸:"老实交代,QQ上有什么见不得人的东西?"

"没什么啦……"

"没什么为什么不能让我看?"

倪悦一边笑着,一边佯装要去抢鼠标。下一秒,手腕被对方牢牢握住,耳边的声音多了几分认真:"悦悦,别闹了。"

"就……真的不能看？"

"抱歉啊……"言祈轻轻地撒着娇，眼神有些慌乱。

"哦……好的。"

倪悦看了他一眼，没再追问，拿起那杯已经洒了一半的豆浆，慢慢走出了房间。

半个小时后，言祈结束了手里的工作，拿着笔记本脚步匆匆地走了出来："悦悦，容总那边临时有点事，我得和他碰个面，你再休息一下，等我处理完手里的事，就回来陪你。"

倪悦机械性地点了点头："好的。"

觉察到她情绪上的低落，言祈蹲下身刮了刮她的鼻子，像是要分散她的注意力似的，随口起了个话题："对了，过几天我们回Z城的机票，之前行政不是帮忙订好了吗？不过我近期可能要去T城出差，时间暂时没具体定，如果到时候凑不到一起，你就和陆余他们一起过去？"

今年是Z大的八十周年校庆，悦享之音的高管群又集体毕业于Z大，自然不愿意错过这个给母校庆生的机会。在收到系里的通知邀请后，几个小青年私下里一合计，集体订好了返校的机票，却没料到事到临头，言祈那边又突生变故。

只是倪悦心情沮丧之下，无心再多追问，点头表示知道之后，没有再说什么。

言祈走后，倪悦将屋子仔细打扫了一下，然而内心的不安，并没有因为房间的整洁而得到安抚。

很明显，言祈有事在瞒着她，而且在几乎被她无意间撞破的时候，都没有半点要解释的意思。

虽然在她看来，即使是亲人之间，也应该各自保持着相应的空间，存留着一些只属于自己的小秘密，所有趁人不备时看日记、翻手机、查电脑的行为都很失礼。但言祈眼下的反应，还是让她忍不住有些难过。

一切清理完毕后，已经到了中午十二点。

倪悦坐在沙发上翻完了整整一本杂志，言祈依旧没有回来。

百无聊赖之下，她再次进到了对方的书房，正想找本书随便看看，一阵熟悉的电话铃声忽然响了起来。

或许是QQ上的秘密差点被撞破，心神不宁之下走得太过仓促，言祈那个一直在充电的手机，如今依旧躺在书桌的角落里，正精神抖擞地响得不亦乐乎。

倪悦拿起手机看了看，是个没有标注姓名的陌生号码，想要挂断，又担心耽误了什么重要的事。

犹豫片刻之后，她小心翼翼地摁下了接听键，正准备开口打招呼，一个声音带笑的娇俏女声迫不及待地传了过来。

"言祈你这个小没良心的，居然敢这么久不接电话。我换了个号码而已，你就准备翻脸无情地在我面前摆架子了吗？"

听这亲昵的口气，来电者和言祈的关系显然不一般。倪悦摸不准对方的身份，一时之间不知该如何作答。

两秒钟的沉默后，等不及她开口，对方自顾自地连珠炮一样继续说了下去："知道你忙，我长话短说了。按照你的要求，酒店什么的我已经订好了，king size的大床加无敌湖景，保管进去以后住得舒舒服服……不过言祈啊，我得说说你，你说咱们念大学的时候关系算不错吧？你那个时候心里藏了个白月光，姐姐我居然一点不知情？听老陆说，你这几年为了勾搭对方处心积虑的破事可没少做，现在人还没到呢，先帮着把吃饭住宿都安排好了，可够贴心的……不过恭喜你啦，这次校庆总算逮着机会和人重温旧梦，到时候别忘了给我们介绍介绍啊！"

几分钟后，电话那头的女人从长久的沉默中隐约感觉到了什么不对劲，语速终于慢了下来："言祈……言祈你在听吗？怎么着也吱一声啊！"

"不好意思……"倪悦轻声咳了咳，终于哼了个声音出来，"言祈现在不在，冒昧接了您的电话。您交代的这些，我会转告他的。"

"喂……喂！你是哪位啊？"

电话那头的声音瞬间变得焦灼，似乎想要解释什么。

然而在巨大的尴尬和狼狈下，倪悦迅速将电话挂断了。

这通电话带来的信息量巨大且混乱，倪悦强迫自己镇定下来喝了杯水，然后按照逻辑把事情捋了捋。

按照对方的说法，言祈从大学时代起，心里就藏着一个心仪的对象，而且这么多年来，似乎一直没有放弃追求对方。

这次校庆，他之所以会表现得如此积极，不仅在工作最繁忙的时候特意安排了三天时间回Z城，甚至在没回去之前，就拜托昔日的同学，仔细周到地安排好了一切，大概很大程度上，是因为能够和昔日的女神再度相遇。

这番推论虽然看上去有些不可思议，可仔细想想，其实不是全无征兆。

除了那个让言祈严防死守，无论如何也不肯让她一探究竟的QQ世界暗藏玄机之外，倪悦还记得，在最初和对方聊起感情问题时，言祈曾经很明确地表示过"有认真地爱着一个女生，不过对方没打算接受，所以还得努力努力"。

她当时还顺口鼓励了一句"师兄加油"。

此后言祈究竟花了多少心思在对方身上，是否通过网络上的互动和联系将双方的关系变得暧昧，她不得而知。

但她很清楚地知道，能和言祈走到今天这一步，几乎都是在她一步步的主动下才有的结果。

最初是她在对方的温柔和体贴下先一步动了心，然后不知羞耻地主动告白，最后还死皮赖脸地跑到对方公司长久蹲守。

甚至连接吻这种在世人眼中应该由男人主动来做的事，都是她最先发起的进攻。

至于最初那次做爱，严格说起来，大概是自己在对方身心俱疲、神志恍惚之下一次主动的投怀送抱。

因为种种"既成事实"的行为，让她不知不觉成了对方的"女朋友"。

但仅仅只是"女朋友"而已。

再往前一步，涉及"婚姻"这种需要更多爱和责任去推进的关系，言祈始终没有表示过任何积极的态度。

一幕幕的回忆如潮水般涌来，倪悦越是细想，越是觉得惶恐。

她甚至忽然意识到，除了那句开玩笑似的"我把自己送给你"之外，言祈对她连一句正儿八经类似"我爱你"这样的告白都不曾有过。

这种回馈似的感情究竟同样是出于爱，还是感动、感激甚至无奈，她现在一点把握都没有。

所以最后，经过一番挣扎，她决定先和言祈聊聊。

接到她的电话时，言祈在忙碌中，仓促的口气中带着些许意外："悦悦，你怎么把电话打到花总这里来了？发生了什么事吗，这么着急找我？我这里还得忙上一阵，你要是饿了的话……"

"你的手机没带，我才会打给花总。而且我就问你两句话，不会耽误你太久。"倪悦一鼓作气地打断了他，"你现在可以给我五分钟时间吗？"

"什么事情搞得这么严肃啊？"言祈笑着说了句"稍等"，一阵短暂的沉默后，他的声音重新扬了起来，"我出办公室了，现在在阳台上，周围没有人，你有什么想聊的我现在都OK。"

倪悦紧捏着手机，声音微颤："师兄，我曾经和你说过，两个人如果要保持一段稳定且长久的关系，彼此的坦诚和信任是很重要的，你还记得吗？"

"当然。"言祈微笑着，"所以呢，你想说什么？"

倪悦咬了咬牙："所以我想问，和我交往以来，师兄你有没有什么事情在瞒着我？"

"啊？你这是和什么人玩游戏输了吗？"

"我没开玩笑，请你诚实回答。"

"算是……有吧……"这一次的回答间隔了很长时间，言祈声音里的笑意消失了，多出几分小心翼翼，"悦悦，如果说……我的确有事一直瞒着你，你会不会生气？"

倪悦的心猛地一沉："可以告诉我，你隐瞒的，是关于哪方面的事吗？"

"应该是……感情？"

一切似乎正朝着她最不愿看到的方向发展，倪悦只觉得喉咙越发干涩："所以说，你不愿我看你的QQ，也是这个原因？你的QQ上……有一个不能让我知道的女孩？"

没等对方回答，倪悦的声音抑制不住地开始哽咽："那关于这件事，你能具体和我说说吗？"

言祈似乎有点为难的样子，想了很久才勉强开口："这段故事有点长，其实之前想和你说来着。但一是我没想好怎么开口，二是电话里一时半会儿可能说不清楚……"

他顿了顿，声音越发小心起来："而且这件事瞒了你这么久，我怕说出来你会生气，所以……"

"既然这样，那晚点再说吧……我还有点事，先回家了，你忙你的，再见！"

"喂……悦悦？"

电话那头的声音还没断，倪悦已经匆匆把电话挂断了。

她原本只是情绪冲动之下，想要和言祈求证一下，内心深处依旧期盼着所有推测只是她在胡思乱想。

但对方给出的答案，让她在不知所措之下迅速退缩了。

言祈的确一直有事情瞒着她，而且这段被隐瞒着的感情持续了很久。

很明显，在她看不见的地方，对方心里始终藏着一颗朱砂痣。

在这样的情况下，自己对他而言，大概仅仅只是感激中勉为其难的一个责任。

电话从她挂断之后，又接连响了好几次。

大概是言祈觉察到了她情绪上的动荡，急于想和她解释什么。

倪悦始终不敢接，她甚至开始后悔给言祈打了那个电话。

如果不是她一路刨根问底，这件事可能根本不会这么快浮出水面，甚至只要她一直装傻下去，就还会是对方名义上的"女朋友"。

可是眼下，事情既然被翻了出来，彼此心知肚明的情况下，她不可能再装作什么都不知道了。

十几分钟以后，电话终于安静了下来。

在她一直装鸵鸟的情况下，言祈像是终于放弃了。

回家的路上，倪悦坐在出租车里一直哭。

虽然在出租车司机好奇的目光下，她不想表现得这么丢脸，可眼泪还是怎么止也止不住。

进家以后，她去洗了一把脸，这才鼓起勇气重新把电话拿在了手里。

屏幕上除了好几通未接来电之外，多出了一条来自老斑鸠的QQ消息："小仙女，你在吗？"

这个家伙，像是会算命一样，每次出现都赶在她最脆弱不堪的时候。

倪悦戴上了耳机，抽抽噎噎地回复着："斑鸠兄，我在呢，你找我有事吗？"

"没啥事啦，就是早上我陪女朋友吃早餐吃得有点久，忘了回来和你打个招呼，结果没见你有动静，就过来问问。话说你是生病了吗，怎么声音听起来哑哑的？"

"没有。"倪悦吸了一下鼻子，"我没生病，就是遇到了一点不开心的事，所以有点难过。"

"啊？你遇到什么不开心的事，可以说给我听啊。"老斑鸠十分体贴的样子，"我之前说过的，就算我交了女朋友，在二次元里也永远是你的贴心小树洞。"

只是这一次贴心小树洞似乎也起不到什么作用了，倪悦伤心之下无力交代事情的始末，只是简单回复着："谢谢你啊，可是这事你帮不了我。"

"这么严重啊？"老斑鸠大概意识到了什么，小心试探着，"是和你师兄闹矛盾了吗？"

"其实说不上是闹矛盾。"哭了这一阵，倪悦逐渐冷静了下来，一边擦着眼泪一边解释道，"我想我们可能快分手了。"

"啊？"老斑鸠大惊，"为什么呀？你之前不是说你师兄对你挺好的吗？怎么忽然要分手了？"

这个问题倪悦没有回答。

其实老斑鸠说得没错，言祈一直以来对她挺好，就算心里藏了个不为人知的秘密，也几乎没有在她面前表露过。

如果她要继续死皮赖脸地在他身边赖下去，努力争取一下，对方未必不会心软。

会觉得难过而绝望，大概是因为自己一直在很努力靠近他，可最后还是没有办法让他毫无保留地敞开一切，成为他心里最亲近的那个人。

老斑鸠敲完字以后等了一阵，没见她有回应，像是有点急了："小仙女，你还在吗？"

"嗯，我在……"倪悦一边吸着鼻涕，一边以己度人地提醒着，"斑鸠兄，今天是周末，你赶紧去陪你女朋友吧。不然她要是知道你和其他女生一直聊天的话，一定会不开心的。"

"怎么会？"老斑鸠一副全不在意的模样，"我和你是啥关系啊，关键时候能不讲义气？更何况……我和你的关系，一开始就给我女朋友交过底啦，她知道我们只是好朋友而已，不会瞎吃醋的。"

连向来没个正形的老斑鸠在恋爱中也能如此态度坦诚，再联想到言祈对自己遮遮掩掩的行径，倪悦不禁悲从中来，半晌没吭声。

面对她的难过，老斑鸠像是没辙了。许久之后，他像是忽然下定决心一样："倪悦，和你商量个事？"

相识以来，这是老斑鸠第一次正儿八经地称呼她的名字，字里行间流露出来的严肃，让倪悦吃惊到暂时止住了抽泣："什么事，你说。"

"我们见面吧。"对话框里的字一个接一个地蹦了出来，带着深思熟虑后的认真和郑重，"和你认识了这么久，我想我们是应该找机会见个面了。"

/ Chapter 18 /

终身落定

几天之后，倪悦和陆余、谢雨晨一起坐上飞往Z城的航班。

只是言祈并没有和他们同行。

虽然是工作之后第一次回母校，但倪悦的情绪始终有些低落，整段航程里一直迷迷糊糊地处于昏睡状态，连空姐送来的飞机餐也没吃上一口。

周末和言祈打了那通电话之后，她因为心情太糟糕请了两天病假，等到状态勉强平复，回归工作岗位时，又从同事那里听闻了言祈已经去T城出差的消息。

可能是因为之前她鸵鸟般的逃避态度，这些日子言祈没有再联系过她，反倒是老斑鸠，自从发出了见面建议后，表现得格外积极，每日里和她确认着见面前后的各种安排，絮絮叨叨的模样像是怕被她放第二次鸽子似的。

　　按照老斑鸠的计划，Z大校庆期间，他刚好要回Z城办事，干脆就在校庆当天活动结束以后，他到Z大来找倪悦碰头。

　　和老斑鸠见面，把他介绍给言祈认识，一直以来是倪悦的心愿。但想着校庆短短几天里，言祈或许要抓紧时间去当年的白月光面前一叙衷肠，她完全没了和对方分享这个消息的心情。

　　飞机落地之后，一行人直奔Z大，刚到校门口，陆余和谢雨晨很快被电子信息工程学院的系友们拉走。姚娜娜比倪悦提早到了半天，在学校附近的酒店里订好了房间，收到她的消息后，迅速迎了出来。

　　两个女孩子数年不见，见面之后先是热烈地拥抱了一阵，才在微信群里约上了其他同学，在昔日熟悉的小餐馆里一边吃着水煮鱼，一边天南地北地聊起了天。

　　旧日同学见面，聊得最多的，无非是当年那些暧昧情愫。酒过三巡后，一对对话题中的热点人物直接被人哄闹着要求喝交杯酒。

　　倪悦大学时代的感情生活白纸一张，逃脱一劫，拿了罐可乐正在一旁看热闹，忽然有人笑着凑近了他们的队伍："我说怎么这么眼熟呢，原来师弟师妹们都过来了啊！"

　　"呀，是吴师姐啊！"

　　人群中有人站了起来，满是热情地招呼着："师姐你也回来啦？一个人吗？要不要和我们一起吃个饭？"

　　"不啦！"对方笑容满面地朝旁边指了指，"刚好遇到校庆，我又有假，带男朋友回来看看。刚刚吃过了，过来和你们打个招呼，你们慢慢聊！"

　　"师姐的男朋友长得蛮帅的！"姚娜娜坐在倪悦身边，朝不远处那位文质彬彬的男青年仔细打量了一阵，"不过比起言祈师兄差了点。当年她和师兄告白以后，两个人关系一直不错，听说毕业之后还有联系，我以为怎么着会有点发展呢，结果没想到交别的男朋友了。"

眼见倪悦没说话，她像是想起什么一样，贼兮兮地笑了起来："不知道过了这么多年，师姐又交了男朋友，明天的校庆活动上，如果看了言祈师兄的返校演讲，会不会再次心生萌动。"

倪悦骤然一惊："明天的校庆活动言祈有演讲吗？"

"你不知道？"姚娜娜从手机里翻出了一张宣传图，"Z大每次做校庆活动，都会邀请一些发展不错的师兄师姐回校做演讲，言祈师兄不是创业蛮成功的吗？加上之前又是Z大的风云人物，学校特地把他请来了……宣传单早几天就发群里了，你居然不知道？"

啊？

好吧，怪只怪群里刷屏太快，她最近情绪又低落，居然忽略了。

怀着一肚子一言难尽的心情，倪悦当天晚上喝得有点多，散局之后没跟着大家续摊，早一步回了酒店。

犹如赌气一样，在上床之前，她除了和老斑鸠确认了一条"已到达，明天见"的信息外，没有和言祈有过任何联系。

次日清晨，倪悦早早起了床，漱洗完毕之后，和姚娜娜一起走进了Z大校园。

和她们离开时相比，当下的Z大变化并不大，校舍、食堂、篮球场，还是当年熟悉的模样。因为正值校庆，园区里多出了许多西装革履的昔日校友，擦身而过时目光偶有交汇，会十分默契地含笑点头。

一个小时之后，她们绕到了校园公示栏的附近。

一群年轻的学弟学妹挤在那里，对着公示栏上的活动海报正交头接耳地讨论着什么。

Z大校庆的活动众多，因此按照不同的时段和区域做划分，以供学生们自由选择。姚娜娜挤在人群中看了一阵，满是兴奋地扯了扯倪悦的袖子："悦悦，还有四十分钟就是言祈师兄的创业专访了，要不我们一起过去瞧瞧？"

"好吧……"

虽然对方创业以来的所有经历她都亲身参与了，但以旁观者的身份，听听他自己的介绍，想来是另外一番感受。

原本言祈的这场创业访谈安排在了信息学院的阶梯教室，然而架不住海报上的男主角一脸英俊潇洒，Buddy又是当下智能硬件圈里炙手可热的明星，申请参与活动的学弟学妹人数一再飙升，早早在场地外排起了长龙，一个只能容纳二百余人的公共教室根本不够用。

经过短时间协商，学校通过校园广播给出了最新方案——除了将活动场地从公共教室挪向了可以容纳四千多人的大礼堂外，在公共教学楼里同时开放八间教室，以Buddy为介质进行访谈直播。

虽说场地已经大幅度扩容，但放眼看去依旧人满为患。多亏姚娜娜运气不错，匆匆赶至大礼堂后一路刷着师姐身份，居然真的在自家师弟的礼让下捞了两个座，抓着倪悦坐了下来。

这个地方对倪悦而言并不陌生。

很多年前，她曾经像小粉丝一样，坐在台下看着言祈闪闪发光地站在舞台上进行表演。

从那个时候起，他们之间故事的序幕徐徐拉开，只是经过了这么多年，结局依旧是个未知数。

不知道言祈心中的白月光，此刻是否坐在台下，期待着这个这么多年一直为她牵肠挂肚的青年登场，是不是也会为他如今意气风发的模样心动。

光想到这些，倪悦心中越发苦涩。

礼堂前方的讲台上，被工作人员放上了一台最新的Buddy，虽然距离有些远，倪悦还是很快认出了，那是迭代以后尚未正式在市场上推出的最新产品。

比起之前的初代产品，新一代的Buddy身量更小了一些，外形上变得更加酷炫，同时加入了one shot一键唤醒功能，语音交互方面因为算法的更新，显得更加善解人意。

在她来Z城之前，这款机器才刚刚到了一些测评媒体的手里，没想到言祈居然那么有自信，在测评结果没正式出来以前，就大张旗鼓地带它们过来给自己的母校做礼物。

几分钟后，随着一阵轻微的骚动声，主持人和男主角先后登台，Buddy的机身亮起，这场备受瞩目的访谈正式拉开了帷幕。

对言祈进行采访的，是个声音甜美的女孩子，在这次活动之前对采访对象做过了不少功课，聊天的过程中，不时提及言祈当年在学校时的各种风云战绩，倾慕之情溢于言表，各种带着粉红泡泡的言论，不时引来听众席内一阵阵默契的笑声。

言祈的表现一如既往善解人意，整个访谈过程中语速轻缓，态度温柔，对访问者激动之下某些颇为幼稚的问题，完全没有半点不耐烦的意思。

四十分钟之后，采访过半，主持人宣布暂做休息，现场的学弟学妹们依旧保持着热情讨论，言谈之间是一片片的赞誉和倾慕声。

"师兄真是太帅了，声音又好听，难怪毕业这么久了，还常常被校领导提起。"

"不仅声音好听，人长得帅，最难得的是肚子里有干货。比那些只会耍帅的绣花枕头强多了，简直Z大之光！"

"作为同系师妹，一会儿我准备去系门口堵人，找师兄要个合影签名什么的。"

"别了吧，师兄的迷妹那么多，小心一会儿有人撕了你！"

嘻嘻哈哈的笑声中，倪悦的手机振了振。

老斑鸠的QQ信息弹了出来："小仙女，你现在在哪儿呢？"

"我在Z大大礼堂……"倪悦匆匆摁着键盘，"你现在到Z大了吗？"

"估计还有一会儿吧。"事到临头，老斑鸠的满腔豪情像是燃尽了一样，满是忐忑地开始给她打预防针，"不过我们说好了啊，无论我长什么样，你都不能不理我！"

"这都什么时候了啊……"倪悦简直被他那副战战兢兢的模样搞到没脾气了，"你放心，无论你长什么样，我都不会不理你的。"

"那你发个誓？"

"好啦，我发誓！"

倪悦敲完这几个字，感觉到主持人已经重新登场，赶紧正襟危坐："斑鸠兄，我现在在听一个访谈，先不和你说了。一会儿活动结束了，我在礼堂侧门的走廊那儿等你，你直接过来就行。"

"说好啦，不见不散哦……"

老斑鸠发了一个含泪祈祷的表情包，很快消失了。

重新开麦后的女主持显得有些兴奋，一段简短的暖场词后，表示接下来将进入自由提问环节。

比起前半场调性严肃的创业访谈，自由提问显然能够挖取更多的私人八卦，现场顿时一片蠢蠢欲动之声，甚至可以听到有女孩高声呼唤着："我来！我来！"

第一个被选中提问的，是个来自自动化系的小学弟，问题中规中矩："师兄你好，我是Buddy的用户，一直在关注你们的产品。从目前的情况看，Buddy一直在针对家庭娱乐这块使用场景做迭代，甚至有媒体报道过，会聚焦这个领域，是因为师兄你自己有电台情结。所以我想了解一下，未来你们是否会将Buddy拓展到智能家居控制，还是会一直专注于内容和娱乐的部分？"

　　"不愧是Buddy的粉丝，问题听起来很专业。"言祈似乎对这位小学弟颇为赞许，回答的内容也很详细，"智能音箱在未来的应用是很广泛的，刚才你提到的，作为智能家居系统的控制中枢会是它一个重要的发展方向，国内外已经有很多同行做这样的事了。只是对我们而言，因为暂时没有足够的资源为智能家居生态圈做支撑，所以在目前的阶段，会继续发挥现有的优势，做好家庭娱乐这个小型生态圈。"

　　这个回答听上去虽然诚意满满，但缺少听众们期待已久的刺激性。

　　一阵轻微的骚动后，有坐在前排的大胆女孩站了起来，话筒都不要了，直接冲着舞台方向高喊："师兄，我想了解一下，你现在有女朋友了吗？"

　　"有啊！"在全场一片哄笑声中，言祈跟着笑，"我看上去那么像单身狗吗？"

　　"那倒不是啦……"众人的哄笑声中，女孩有些羞赧起来，但是大着胆子把问题继续问了下去，"其实师兄这次回校之前，我去学校的论坛上考过古，知道师兄你一直蛮受欢迎的。所以我其实想了解一下，像师兄你这么优秀的男生，究竟会喜欢什么样的女孩子？你们又是怎么走到一起的？"

"我的状况属于特例，好像不怎么具备参考价值……"言祈声音带笑，似乎不准备正面回答这个问题，"还有……今天我们不是聊创业话题吗？你们这么热衷听情感故事？"

"是的！"

全场一片齐刷刷的回答，声音之大，似乎连音箱都跟着震颤了一下。

"好吧……"

言祈举手投降了，在主持人一脸亢奋的怂恿下，拿着话筒慢慢走到了台前："我的女朋友呢，是我之前的师妹，也是你们的师姐，我们在Z大读书的时候就认识了。不过我当时比较讨人厌，因为一些事得罪了你们师姐，被她嫌弃了好多年，只能偷偷摸摸地暗恋着，处心积虑地加了她的QQ，以网友的身份陪在她身边。不过功夫不负有心人，经过这些年的折腾，我这个网友身份总算转正成了男朋友。如果求婚成功，后续即将升级为未婚夫……所以，在座的各位师弟师妹，听了这段辛酸曲折的暗恋八卦以后，不准备给你们师兄加加油吗？"

噼里啪啦的掌声、加油声、起哄声顿时响了起来，几乎要掀翻整个屋顶，言祈风度翩翩地冲台下鞠了一个躬："谢谢。"

一片疯狂的氛围中，主持人带着一脸意犹未尽的笑容，跟着站到了台前："师兄能透露一下你的网名是什么吗？我刚才好像听到有人在喊，要加你QQ和你网恋来着。"

"那只能说抱歉了……"言祈摊了摊手，"我那个QQ是专门为了追女朋友申请的，上面只有她一个人，不接受任何好友申请。至于网名嘛……倒是可以透露……"

他顿了顿，抬眼看向了近乎沸腾的舞台下方，像是在一片喧嚣之中，也能锁定唯一的目标一样，声音深情而温柔："自我介绍一下，我是印第安老斑鸠。"

一个小时以后，人群散去的大礼堂恢复了惯有的宁静。

礼堂侧门旁的走廊下，微风轻拂。

身材挺拔的男青年靠着廊柱，偶尔低头看手机，偶尔抬头张望，像是在满心迫切地等待着什么。

听到不远处的脚步声轻响，他终于轻吁一声笑了起来。

他的小仙女终于来了。

和他目光相触的那一瞬，倪悦不知道是该哭还是该笑，在原地站了半晌，才愤愤地骂了一句："骗子！"

"别这样嘛……"言祈小跑过去拉住她的手，像是怕她愤懑之下跑远一样，小心翼翼地提醒着，"你可是发过誓的，无论我长什么样，你都不会嫌弃我的是不是？"

倪悦简直要被他气哭了，恨恨地反驳："可是你说过你身高一米六体重两百斤！"

"那不是为了配得上你，努力增高减肥了吗？"言祈嬉皮笑脸地围着她转了一阵，眼看她眼圈发红，像是真的快哭出来了，赶紧解释道，"你别生气了嘛……其实我不是故意骗你的，那个时候你那么讨厌我，我想加你微信和你道歉你一直不通过，无奈之下，我才会用老斑鸠这个身份接近你的。"

"那后来呢？后来这么久的时间，为什么你一直不说？"

想到自己曾经在这个所谓的"网友"面前，无数次表露少女心，把自己对言祈的每一点心动、每一份爱慕事无巨细地做汇报，倪悦觉得羞愤欲死。

"后来……不是没什么机会吗？"言祈小心翼翼地说，"其实我给你说过的很多事情都是真的，之前我因为爸妈闹离婚的事遇到了车祸，心情最低落的时候，一直在听你的电台，那个时候，是你一直陪伴着我，让我从最艰难的处境里走了出来，所以从那时起，从歉疚到感激再到依赖，慢慢地，我就开始喜欢你了……"

他顿了顿，耳根有些发红："可是当时你那么讨厌我，我就想着，那退而求其次地做个朋友吧。就算只是网友，能陪在你身边看你开开心心的，我就满足了。只是没想到，有一天你会回到S城，和我生活在同一个城市……"

所以从那个时候开始，想要靠近对方的冲动，再也无法克制了。

眼见倪悦不吭声，言祈更紧地握住了她的手："最开始把你带进Resonance，其实我没有奢求过太多，只是想着如果你能多了解我一点，是不是会对我改观。后来知道你不再那么讨厌我，甚至有点喜欢我的时候，我真的很高兴，可是那时候我刚离开公司，一切那么动荡，甚至不知道未来会是怎样，所以一直犹豫着不敢对你开口……"

仔细回想起来，言祈对她的态度变得明朗积极，的确是在悦享之音开始转型做智能音响，并和Apollo达成合作，获得稳定的投资和营收之后。

这个什么时候看起来在感情面前都浪浪荡荡、暧昧不清的家伙，其实在面对他们的关系时，一直谨慎又小心，生怕出一点点错。

在他诚挚的注视下，倪悦的心情终于渐渐平复了些，小声地开口："那你瞒了我那么久，怎么忽然又决定要曝马甲了？"

言祈捧起她的脸，和她额头相抵，慢慢解释着："在感情上，我一直不是一个太勇敢的人，无论是自己喜欢的，还是不喜欢的，很少直接表达出自己的心意。可是后来我发现，这样的态度其实会伤害到很多人。像你说的，两个人之间如果要维持一段稳定且长久的关系，坦诚和信任是很重要的，所以即使可能会惹你生气，我还是决定诚实招供了……"

"扑哧……"倪悦在他越来越没底气的口气里，忍不住笑出了声，想到自己被骗了这么久，不能太快表示原谅，于是很快又板起了脸，"所以你这次约我见面，是为了在我面前招供？"

"不完全是啦……"话说到这里，言祈微笑着慢慢后退了两步，紧接着，在她身前单膝跪了下来。

"你干吗啊？"倪悦脸都吓白了，赶紧去拉他，"我原谅你了！我不生气了！你赶紧起来啊。"

虽说眼下是中午用餐时间，礼堂附近暂时没什么人了，但毕竟正值校庆期，到处晃悠着不少重游故地的校友，言祈在Z大怎么说也是个名人，被人撞到给女朋友下跪赔罪的一幕，只怕又得在校园论坛里热炒一阵。

言祈任由她拉扯了一阵，还是一脸不为所动地跪在那儿，像是这种姿势有多光荣似的。

十几秒钟后，随着校园广播里悠扬的音乐声响起，他才慢悠悠地从口袋里掏了个盒子出来。

"之前太忙了，结果求婚这件事被老吴抢在了前面，我实在是很郁闷。所以一直琢磨着要怎么对你开口，才不会被那个毫无创意的家伙比下去。后来在微信群里和大家聊起校庆要回来的消息，想着既然我们是在这里相识，因为电台而结缘，那不如就把求婚的地方定在这里……"

在他轻声细语的解释声中，校园广播像是应景一般，开始播放一段深情款款的歌曲。

歌者的声音温柔而动听，和眼前的告白如出一辙。

倪悦听了一阵，忍不住咬牙切齿："你不要脸！居然在校庆的时候夹带私货！"

　　"已经很克制了好吗？"言祈嘿嘿笑着，"本来按照计划，我是写好了一段告白信，准备让广播站的小师妹帮着念的，后来被老谢劝说别连累小师妹被记过，才连夜录了这首歌。昨天晚上我又要准备今天的演讲发言稿，又要录歌混音做后期，还要刷脸讨好今天做广播的小师妹，很辛苦的好不好？"

　　说到这里，他委屈巴巴眨了眨眼睛："我都这么拼了，刚才又在大礼堂里当着几千号人，公然宣布了自己要求婚的事，小仙女你再不答应的话，我真的很没面子啊。"

　　这个世界上，大概没有比知道自己一直苦苦追求着的人，其实比自己早一步就开始动心更浪漫、更美妙的事情了。

　　没有哪首歌，哪段誓词，像现在听到的那么深情悦耳。

　　所以在对方热切的目光里，倪悦很快把手伸了出去，任由对方将戒指戴在了她左手中指上，最后满是虔诚地落下了一个吻。

　　当日黄昏，已经正式进阶为未婚夫妇的两个人，正手拉手在Z大的湖边散步，倪悦忽发奇想，抬眼问他："到现在为止，你再没有什么事情瞒着我了吧？"

　　言祈低头沉吟了片刻，有点犹豫地表示："好像还有一件。"

　　倪悦大惊："还有什么？"

　　言祈笑得一脸心虚："我之前见你登过悦享之音的电台，一不小心偷偷记下了用户名和密码……"

　　"所以呢？"

　　倪悦赶紧登了自家电台，面对忽然多出来的上千条评论，一时有些疑惑。

很快地，她发现自己的账号不知道什么时候被人偷偷登录，并在公告区里设置了一条高亮置顶："播主已婚，求祝福！"

铺天盖地的评论里，身边这位兄弟一脸嘚瑟地顶着他那个丑丑的秃尾斑鸠头像，回复了好几段天作之合、郎才女貌、早生贵子之类土得掉渣的祝福，外加几十个得意扬扬的表情包。

【全文完】

图书在版编目（CIP）数据

暗恋自救指南：全 2 册 / 拂衣著 . — 南京：江苏
凤凰文艺出版社，2020.6（2022.4 重印）
ISBN 978-7-5594-4738-8

Ⅰ.①暗… Ⅱ.①拂… Ⅲ.①长篇小说 – 中国 – 当代
Ⅳ.① I247.5

中国版本图书馆 CIP 数据核字 (2020) 第 054947 号

暗恋自救指南(全2册)

拂衣 著

选题策划	北京记忆坊文化
特约策划	朱 雀
特约编辑	朱 雀
营销编辑	杨 迎
责任编辑	刘洲原 白 涵
封面绘图	三 乖
封面设计	80 零·小贾
版式设计	天 缈
出版发行	江苏凤凰文艺出版社
	南京市中央路 165 号，邮编：210009
网 址	http://www.jswenyi.com
印 刷	环球东方（北京）印务有限公司
开 本	880 毫米 × 1230 毫米 1/32
字 数	387 千字
印 张	15
版 次	2020 年 6 月第 1 版 2022 年 4 月第 2 次印刷
书 号	ISBN 978-7-5594-4738-8
定 价	56.00 元（全二册）

江苏凤凰文艺版图书凡印刷、装订错误可随时向承印厂调换